KB214125

젊은 시인들의 새로운 시선

이 도서의 국립중앙도서관 출판예정도서목록(CIP)은 서지정보유통지원시스템 홈페이지
(http://seoji.nl.go.kr)와 국가자료종합목록시스템(http://www.nl.go.kr/kolisnet)에서 이용
하실 수 있습니다. (CIP제어번호 : CIP2020051247)

고요아침

叢　書

0　2　8

젊은 시인들의 새로운 시선

황치복
평론집

고요아침

2011년부터 ≪열린시학≫의 '젊은 시인들의 새로운 시선'이라는 꼭지에 써서 발표했던 평론들을 모았다. 젊은 시인들의 현란한 상상력과 무모할 정도로 과감하고 도전적인 실험정신을 확인할 수 있는 시간이었다. 등단하진 겨우 3~4년이 지나지 않은 풋풋한 신인들의 작품만을 대상으로 했는데, 그렇기 때문에 아직 시적 형상화가 부족하고 시적 사유 또한 설익은 작품들이 많았지만, 바로 그렇기 때문에 기성의 시적 문법에 물들지 않고 '시(詩, poetry)'라는 양식을 새롭게 개척해 간다는 생각을 지닌 신인들의 참신한 시적 발상을 확인할 수 있었다.

아직 다듬어지지 않고 거칠고 성긴 작품도 있지만, 이렇게 풍요롭고 다채로운 상상력을 접하는 것은 황홀한 일이다. 신인들의 활발하고 생동감 있는 상상력의 향연을 대하는 것은 우리 사회의 역동성과 창조성을 보는 것 같기도 하다. 대체로 판타지에 의존하고 있는 젊은 시인들이었지만, 사태가 그리 단순하지는 않다. 어떤 시인들은 유물론적 상상력을 보이는가 하면 새로운 풍경의 발견을 통해서 세계를 재구축하려는 시도를 하기도 했다.

하지만 대체로 젊은 시인들은 부정의 정신으로 무장하고서 그동안 우리의 인식을 지배했던 관습을 과감히 벗어던지려는 시도를 하고 있었다. 그것은 때로 안티-휴머니즘(anti-humanism)

으로 나타나기도 하고, 혼돈과 무질서를 새로운 질서로 받아들이기도 하며, 신화적 세계와 신비주의에 몰입하는 양상을 보여주기도 한다. 또한 젊은 시인들은 극단과 광기의 세계를 숭상하기도 하고, 최첨단의 현대로서 중세를 복원하기도 했으며, 이종교배로서의 하이브리드적 세계를 추구하기도 했다.

돌이켜 보면 카오스의 늪을 헤매고 빠져 나온 듯한 기분이 들기도 하고, 앙토냉 아르토(Antonin Artaud)가 역설한 잔혹극, 혹은 전위극의 한 무대를 감상하고 나온 느낌이 들기도 한다. 벌써 세월이 많이 지나서 어떤 시인들은 시집을 내기도 하고, 어떤 시인들은 활동이 뜸하기도 하다. 젊은 시인들이 초심을 잃지 않고 언제나 아방가르드적 속성을 지닌 시의 영역에 머물며 도전과 모험의 시정신을 발휘해주기를 바라는 마음이다.

2020년 12월

황치복

차례

/

제1부 혼돈의 언어와 이미지

혼돈의 언어와 이미지, 시적 상상력의 근원

— 허정임, 김원경, 성은주의 그로테스크한 시선　　　　　　010

속악한 세상을 건너가는 법

—극적(劇的) 상상력에서 신화적 상상력까지

　주허림, 김성순, 권지현의 새로운 시선　　　　　　　　　021

인간이 사라진 피안의 세계

—유물론적 상상력과 물활론적 상상력

　박성현, 민구, 김정웅의 새로운 시선　　　　　　　　　037

젊은 시인들의 판타지 세계

— 김제욱, 박은정, 박연숙의 새로운 시선　　　　　　　　054

욕망이 빚어내는 무늬

— 강은진, 박송이, 황혜경의 새로운 시선　　　　　　　　070

제2부 의미의 해체와 관계들의 풍경

의미의 해체, 혹은 관계들의 풍경

— 송승언, 박찬세, 황인찬의 새로운 시선　　　　　　　　088

새로운 생의 형식, 새로운 삶의 조건

— 안미옥, 권민경, 임승유의 새로운 시선　　106

위악의 포즈, 혹은 묵시록적 상상력

— 김도언, 류성훈, 여성민의 새로운 시선　　124

현대의 최첨단, 중세의 복원

— 성동혁, 이범근, 최호빈의 새로운 시적 발상　　143

부정의 정신과 낭만적 열망

— 손미, 최라라, 윤성아의 새로운 시선　　159

제3부 풍경의 발견과 그림자의 세계

풍경의 발굴과 그림자의 세계

— 김민철과 김해준의 새로운 시선　　178

시간, 몽상, 감각의 극한

— 금은돌, 김영미, 안미린의 새로운 시선　　195

말의 음영과 만남의 양상

— 김재현, 신두호의 새로운 시선　　214

새로운 세계의 가능성

— 배수연, 이재연, 이지호의 새로운 시선　　234

광기(狂氣), 혹은 섬세한 극단의 세계

— 김진규, 이병철, 이영재의 새로운 시선　　253

제4부 마법의 힘과 창조적 상상력

마법의 힘, 혹은 창조적 상상력

— 권민자, 이소연, 전문영의 새로운 시선　　　　　　276

현실의 궁핍과 환상의 비약

— 최덕진, 박천순, 유순덕의 새로운 시선　　　　　　299

현실의 비현실, 혹은 비현실의 현실

— 강지혜, 리호, 전문영의 새로운 시선　　　　　　319

신비주의, 혹은 삶의 미묘한 국면들

— 정우림, 박가경, 문근영의 새로운 시선　　　　　　342

시적 영역의 확장

— 진창윤, 김정진, 김관용의 새로운 시선　　　　　　362

제**1**부

혼돈의 언어와 이미지

혼돈의 언어와 이미지, 시적 상상력의 근원

— 하정임, 김원경, 성은주의 그로테스크한 視線

1. 혼돈과 무질서의 무늬

젊은 시인들이 재기발랄하고 기지에 넘치는 시선을 오랜만에 깊이 있게 접해 보았다. 이미 기성세대의 사고방식으로 굳어지고 있는 필자의 감수성으로는 그들의 상상력이 담고 있는 혁명적인 발상과 그 진폭을 감당하기가 쉽지 않았다. 특이한 언어와 이미지의 뒤틀린 배치, 그리고 기괴한 사물과 이미지의 충격적인 결합과 공존은 시적 공간에 묘한 역동성을 생성시키고 있었다. 그야말로 살아 꿈틀거리는 이미지의 변주와 곳곳에서 튀어나오는 의외의 발상과 시어들은 마치 다국적 언어의 향연을 보는 듯한 느낌을 주기도 했다.

젊은 시인들의 이러한 발상의 참신성은 사실 이제는 새로울 것도 없을 것 같다. 우리는 김행숙과 이근화를 비롯한 다양한 젊은 시인들의 목소리를 통해 그러한 충격적이고 도발적인 이미지의 변주를 경험한 바 있기 때문이다. 젊은 시인들의 이러한 발상의 자유는 의미의 감옥으로부터 해방된 점에서 그 시원을 더듬어볼 수 있을 것 같다. 이번에 새롭게 조명해볼 젊은 시인들, 하정임, 김원경, 성은주 등의 시작품은 모두 의미의 자장에 얽매이기보다는 이미지의 변주에서 오는 효과, 즉 새롭게 구축되는 시적 분위기와 감수성, 그리고 미묘한 언어의 감각적 결을 추구하는 경향을 보여주고 있다.

그러나 이러한 경향성은 과거 우리 시가 의미의 과잉에서 허우적거리며 스스로 상상력의 폭과 감수성의 결을 제한했던 문제점을 드러냈던 것처럼 기표(signifiant)의 과도한 유희로 인해 또 다른 혼란과 무질서를 생성해낼 수 있지 않을까 하는 의구심을 떨쳐버리기 어렵게 하기도 한다. 그러나 혼란과 무질서는 새로운 창조를 위한 하나의 과정이며, 그 자체로 창조의 원천이 된다는 점에서 그것에 대해서 다소 관대할 필요가 있는 것은 아닐까? 왜냐하면 젊은 시인들의 시작품에는 혼돈과 무질서, 파격과 일탈, 그로테스크와 일그러짐의 요소들이 곳곳에서 진을 치고 있지만, 그러한 요소들이 은근히 서로를 끌어당겨 하나의 배치를 이루고 있기 때문이다. 즉 젊은 시인들의 시작품에는 하나의 일탈과 파문(破門)을 갈망하는 지향성이 드러나 있으며, 기존의 관행과 질서에 대해 시비를 걸고 싶은 욕망이 잠재되어 있다. 그리고 그러한 욕망들은 어렴풋하지만 하나의 무늬를 이루고 있는 것이다.

우리가 이렇게 판단할 수 있는 또 다른 이유는 새롭게 시 창작에 임하는 젊은 시인들의 문제의식과 그들의 고민이 시대의 정신을 외면하고 있지 않기 때문이며, 그들 나름의 방식으로 그들에게 부여된 시대적 삶을 치열하게 살아내고 있는 모습이 발견되기 때문이다. 이러한 사실은 하정임의 다음과 같은 시작품을 분석해 보더라도 쉽게 감지할 수 있다.

2. 하이브리드(hybrid) 시대의 시쓰기

주전자를 들고 술을 마시던 사람들
뒤섞이는 다리와 음부, 들썩이는 탁자 아래
수염이 잘린 고양이
버려진 새끼 고양이
쥐덫에 걸린 고양이의 얼굴

취한 사람들 주전자를 버리고
고양이 수염을 붙이고 뒷골목 찾아 떠난다
미로를 지우고 기러기 떼가 열어놓은 길 따라
버려진 이야기를 찾아, 비밀을 찾아
최초의 종족을 완성하기 위하여

얼굴 없는 고양이
아직 덜 녹은 구름 같은 털은 눈물을 오래 참느라 딱딱해졌다
쥐덫에 걸린 표면을 버리고
주전자와 고장 난 나침반을 들고 광장으로 나선다

취한 사람들이 돌아오지 않는 날들
골목마다 긴 수염을 가진 것들의 울음소리로 들썩이고
광장에는 수천 개의 태양으로 뜬 고양이 눈동자 번쩍이고 있다
                                                —하정임, 「이종교배」 전문

이 시에는 술 취한 사람들의 들썩이는 모습, 서로 뒤섞여서
홍청대는 모습, 그리고 술 취한 사람들의 울부짖는 소리, 고양이

의 울음소리 등이 가득 차 자못 혼란스럽고 잡스러운 풍경을 보여주고 있다. 시적 메시지가 없는 것은 아니다. 술 취한 사람들은 "버려진 이야기를 찾아, 비밀을 찾아/최초의 종족을 완성하기 위하여" "뒷골목을 찾아 떠난다." 이러한 시적 진술에서 우리는 시적 화자가 아직 존재하지 않는 새로운 삶의 방식을 추구하고 있으며, 새로운 존재 방식을 갈망하고 있다는 사실을 감지할수 있다. 그러나 이러한 사실보다 더욱 중요한 것은 시적 화자가추구하는 새로운 존재 방식과 삶의 방식의 구체적 모습일 것이다.

그런데 시의 전면에 부조되어 있는 심상은 '주전자'와 '고양이'의 이미지라고 할 수 있을 것이다. 하필 시인은 하나도 새로울 것이 없는 주전자를 내세우고, 그리고 그와 전혀 어울릴 것같지 않은 고양이를 그 옆에 배치해 놓는 것일까? 술을 담고 있는 주둥이가 긴 주전자, 그리고 긴 수염을 가진 고양이는 전혀공통점이 없는 것이 아니지만 매우 이질적이며 조화를 이루기어려운 배치물이라고 할 수 있을 것이다. 그러나 이 시가 이종교배의 문제를 다루고 있다는 점을 고려해야 할 필요가 있다.

이종 교배, 혹은 종간 교잡은 잡종과 혼성체의 탄생을 위한이질적인 종간의 교배를 뜻한다. 즉 기존에 존재하지 않은 존재의 탄생 방법으로서 이질적인 종간의 혼합을 뜻한다고 할 수 있다. 이른바 퓨전(fusion), 즉 서로 다른 두 종류 이상의 것을 섞어 새롭게 만든 것, 혹은 서로 다른 두 종류 이상의 것이 합해진새로운 현상을 지칭하는 퓨전의 한 방식인 것이다. 오늘날 우리는 이종교배가 판을 치는 잡(雜)의 시대, 혹은 혼성체를 생산하는 퓨전의 시대에 살고 있다. 이 시는 결국 이러한 시대적 정신과 풍경을 새로운 시적 이미지를 통해 포착하려 한 것이다.

사실 '주전자'는 그 자체로 이종교배의 상징으로 기능할 수 있을 듯하다. 거기에는 원과 타원, 곡선과 직선, 그리고 닫힘과 열림 등의 다양한 형상과 이미지가 혼재하고 있어 다양성의 집적체라고 할 수 있다. 그것은 안으로 함몰되어 있으면서 또한 밖으로 돌출되어 있다는 점에서 요철과 안팎의 경계를 허물고 있다고 할 수 있다. 이러한 속성을 가진 주전자의 이미지는 도취와 갈망의 의미 자장을 거느리며 고양이와 접속한다. 고양이는 시적 전통에서 가장 탐미적인 대상이자 에로틱한 대상으로 간주되어 오곤 했다. 그런데 이 시에서는 수염이 잘린 고양이, 얼굴이 없는 고양이 쥐덫에 걸린 고양이 등으로 결핍의 존재로 등장한다. 결핍은 욕망의 다른 이름일 것이다.

그런데 이 시에서 고양이는 눈동자의 이미지로 부각되고 있다. "광장에는 수천 개의 태양으로 뜬 고양이 눈동자 번쩍이고 있다"라는 다소 현란하지만 아름다운 이미지로 전면에 부각되고 있는 것이다. 광장에 뜬 수천 개의 고양이 눈동자라는 이미지는 선명하지만 그로테스크한 이미지라고 할 수 있을 것이다. 추상화의 한 장면처럼 그것은 기괴한 느낌을 자아내고 있다. 더군다나 고양이 눈동자의 특징이 한시도 멈추어 있지 않고, 수시로 변한다는 사실에 착안해 보면 그 이미지는 그야말로 변화무쌍한 상상의 세계를 펼쳐 보일 것이다. 이러한 변화와 기괴한 접속은 하이브리드 시대를 살아가는 우리들의 일상이자 일용할 양식인지도 모른다. 하정임은 그러한 시대정신을 예리하게 감지하고 시적 형상화의 옷을 입히고 있는 것이다.

3. 기표(記標)에 집착하는 시대의 자화상

김원경의 「사소한 기록」과 「문장의 소리」, 그리고 「물의 진화」라는 시에는 사소한 일상의 사건과 사태를 역사적 기록으로 남기려는 욕망이 들끓고 있다. 잠깐 사이에 사라지는 일상의 한 사건, 그리고 그 사건 속의 소리나 문자 등을 역사적 사건으로 기록해 남겨두고자 하는 욕망이 그녀를 사로잡고 있는 것이다. 그러한 사건이나 사태는 아무리 사소할지라도, 그리고 찰나적으로 사라져버리고 말지라도, 아니 오히려 그렇기 때문에 더욱 기록되어야 할 소중한 것으로 각인되고 만다. 예컨대 다음과 같은 시구절을 보면 기록에의 충동을 확인할 수 있다.

환경이 깨지는 순간,
너는 네가 태어난 곳을 처음으로 사랑할 수 있단다
네 몸 여기저기 자잘한 주름 속까지 괄호를 치며 기록해 두거라
수상한 죽음의 냄새까지도

— 김원경, 「사소한 기록」 부분

나는 곧,
소리에 고인다

소금쟁이가 다리를 떨면서 걸어가는 소리
네가 아이였을 때 냈던 웃음소리
물수제비가 건너며 내는 파문의 소리
사라진 물고기의 숨소리

— 김원경, 「물의 진화」 부분

이처럼 김원경은 우리의 신체에 새겨지는 자잘한 변화나 포착하기 어려운 예감 등을 기록하고자 한다. 또한「물의 진화」에서 알 수 있듯이 잠깐 동안 존재했다가 순간적으로 사라져버리는 미세한 떨림과 그로 인한 소리들을 기록해 두고자 하는 집착을 보인다. 사실 김원경이 기록하고자 하는 대상들은 그야말로 '자잘한' 것이며, 소금쟁이와 물수제비, 그리고 물고기들이 내는 소리로서 그것은 하찮은 소리들이라고 할 수도 있을 것이다. 그러나 이러한 사소하고 자잘한 소리들은 그러한 소리와 연관되어 있는 생명체나 사물들의 삶의 모습이고 존재의 형상들이라고 할 수 있다.

　　그런데 더욱 중요한 것은 그러한 것들은 곧 사라져 '흔적'으로만 남게 된다는 것이다. 신체에 새겨진 흔적으로서의 기표, 그리고 순간적으로 나타났다가 시간의 망각 속으로 영원히 잠겨버리는 흔적으로서의 기표들. 지구의 표면에 새겨지는 흔적, 물의 표면에 새겨지는 흔적, 신체의 주름에 새겨지는 흔적, 시간의 표면에 새겨지는 흔적. 어쩌면 김원경은 이러한 삼라만상의 존재의 흔적에 묘한 매력을 느끼고 있는지도 모른다. 물론 이러한 흔적들이 하나의 문자나 청각 영상과 같은 기표로만 존재하는 것은 아니다. 그것들은 김원경의 시적 논리에 의하면 '예감'과 연관되어 있으며, '물의 신음소리'와 혹은 '울음'과 관계 맺고 있다.

　　흔적은 존재의 기록으로만 남는 것이 아니고 미래에 대한 예감과 징조로서의 기능을 내포하고 있다는 것이다. 따라서 김원경이 기록과 흔적에 주목하는 것은 상고주의적 취향을 노골화하는 퇴영적인 모습과는 일정한 거리를 두고 있다고 하겠다. 김원경의 기록 취향이 건강성을 획득할 수 있는 것은 하나의 전조로만 확인할 수 있는 것이지만, 생명과 생태에 대한 관심에서 오는 것인지 모른다. 이렇게 판단할 때, 김원경의 시적 작업은 새로운 생태주의 시의 가능성을 타진하는 노력으로 평가할 수 있을지도 모른다.

4. 공포는 또 다른 공포를 낳고

성은주의 시인의 작품은 밑도 끝도 모르게 빠져드는 공포와 불안의 세계로 가득 차 있다. 공포와 불안은 사실 실체를 잡기 어려운 묘한 분위기나 맥락에 의해서 형성되는 것이며, 그렇기 때문에 공포와 불안은 자기 증식의 메커니즘을 가지고 있다고 할 수 있다. 그것은 명확한 인식론적 그물망으로 포착하기 어렵기 때문에 더욱더 확대되고 증폭되는 경향성을 가지고 있다는 것이다. 그렇다고 공포와 불안에 아무런 원인과 이유가 없는 것은 아닐 것이다.

성은주는 2010년도 〈조선일보〉 신춘문예로 문단에 나온 신인이라고 할 수 있을 것이다. 그런데 그녀는 신춘문예 당선작인 「폴터가이스트」라는 작품에서부터 불안과 공포를 섬뜩한 이미지로 형상화함으로써 주목을 받았다. 이번에 소개되는 신작시에서도 이러한 주제는 반복되면서 변주되고 있다. 다음과 같은 장면에서 선명한 공포의 모습을 확인할 수 있다.

푸른 초원을 달리던 황소가 불안을 껴안고 화폭 안으로 숨었지 화려한
작살과 붉은 망토에 시달리는 악몽으로 매일 밤 울었다네 그림 밖으로 나

오고 싶지 않다고 꼬리를 치켜들었지 슬픈 눈동자를 보여주던 황소는 투
우사가 자신의 귀를 언젠가 잘라갈지 모른다 했어 단 한 번도 인간을 적
이라 생각하지 않았는데
　게르니카여 게르니카여
—성은주, 「그날의 게르니카」 부분

　난 아직 어둠이에요
　어떻게 해야 밤의 나른한 공포에서 날 구해줄 수 있나요?
　오늘까지 줄곧 북서풍이라서
　예전에 당신이 날 벗어나듯 새들도 모두 날아가서
　이름 없는 강가에 떠도는 당신을 모으려고
　텅 빈 상자에 앉아 바람개비를 만들었어요
—성은주, 「오래된 몸」 부분

　「그날의 게르니카」는 스페인 내란 당시 독일의 폭격을 맞아
잿더미로 변한 게르니카 도시를 작품화한 피카소의 작품 「게르
니카」를 배경으로 하고 있다. 하지만 그러한 사실보다는 왜 성
은주는 피카소의 작품을 패러디해서 작품화하려고 했는지, 그리
고 화가의 작품을 어떻게 해석하고 있으며 어떠한 요소를 부각
시키고 있는지를 확인하는 작업이 더욱 중요할 것이다. 인용된
부분에서 황소의 시각에서 묘사되고 있는 현대인의 공포와 불안
의 모습은 도대체 그러한 불안과 공포가 왜 발생하는지 모르기
때문에 더욱 공포스러운 것으로 변한다. 황소를 둘러싸고 있는
환경은 '작살'과 '붉은 망토' 그리고 '악몽' 등이다. 그런데 그러한
환경이 조성된 원인은 한 번도 적대적으로 대하지 않았음에도

불구하고 자신의 귀를 잘라가려고 노리고 있는 음모와 적대감이라고 할 수 있다. 이유도 없이 자신의 존재에 가해지는 폭력과 위협, 그리고 그로 인한 불신과 의심, 회의의 감정 등이 공포를 확대재생산하고 있는 것이다.

「오래된 몸」에서도 공포의 감정이 주조를 이루고 있다. 그런데 「그날의 게르니카」와 달리 「오래된 몸」의 공포는 한결 개인적이고 인간적인 색채를 띠고 있다. 어둠의 심연에 갇혀 있다는 것, 사랑하는 존재와 이별의 아픔에 처해 있다는 점, 또는 사랑하는 사람이 죽었을지도 모르는 상황 설정 등이 공포의 색채에 좀 더 인간적인 면모를 부여하고 있는 것이다. 이에 반해서 「그날의 게르니카」는 문명적인 공포, 혹은 익명적인 현대도시 자체에서 야기되는 공포의 모습을 띠고 있다고 하겠다. 그런데 성은주의 시적 작업은 이와 같이 개인적 차원의 공포를 형상화하는 시에서보다는 현대 사회와 문명적 차원에서 야기되는 공포를 형상화할 때 더욱 의미를 가질 수 있을 것이다. 그것은 성은주 나름의 시대에 대한 관심의 표명이며 고발로서, 보편적인 공감대를 형성할 수 있기 때문이다. 성은주가 보기에 현대사회와 문명은 폭력을 일용할 양식으로 해서 영위되는 일그러진 사회이며, 따라서 그러한 사회 속의 현대인은 공포와 불안의 희생양이 될 수밖에 없다는 진술은 시대적 공감대를 형성할 수 있다는 것이다.

하정임의 이종교배적 상상력, 그리고 김원경의 예감에 가득 찬 미세한 물결 같은 기표에 천착하는 시적 관찰, 뜬금없이 밀려드는 공포와 불안의 근원으로 육박해 가려는 성은주의 시적 전투 등은 모두 시대의 도전에 대한 치열한 응전이라고 할 수 있을 것이다. 그러한 작업은 잠수함의 토끼처럼 우리의 삶의 조건과 환경을 감시하고 지켜내려는 의지, 그리고 예민하고 예각적인 감수성에 기반을 두고 있다는 점에서 믿음직스럽다.

속악한 세상을 건너가는 법

—극적(劇的) 상상력에서 신화적 상상력까지

주하림, 김성순, 권지현의 새로운 시선

1. 날것의 이미지들

신인들의 시작품은 기존의 시적 문법을 일그러뜨리는 경향성을 필연적으로 함유할 수밖에 없다. 신인들의 존재 이유는 어쩌면 일탈과 파격을 일용할 양식으로 삼을 수 있는 불온성에서 오는 것인지도 모르기 때문이다. 신인들의 젊은 시들이 놀라운 상상력의 진폭을 보여주거나 또는 이질적인 사물들의 충격적인 결합을 시도할 수 있는 것은 어쩌면 이러한 메커니즘에서 나오는 필연인지도 모른다. 따라서 기본적으로 신인들의 모든 시들은 전위(前衛), 혹은 아방가르드(avant-garde)적인 속성을 조금씩 공유하고 있다고 해도 과언이 아닐 것이다.

전위적 속성으로 인해서 신인들의 시작품은 대체로 생경한 모습을 보이곤 하는데, 이러한 현상 또한 필연적인 수순으로 이해할 수 있을 것이다. 다 익지 않은 감의 빛깔이 푸르스름하고, 맛 또한 떫은 것은 당연한 것이다. 젊은 시인들의 작품에서 서녘 하늘에 깔리는 노을과 같은 완숙미를 기대할 수는 없는 노릇이다. 비록 지금은 믿기지 않는 떫은맛의 단단한 감일지 모르지만,

어느새 가을이 오면 빨갛게 익은 말랑말랑한 홍시처럼 순화되고 정화된 세계가 펼쳐질 것이다.

　그러나 그렇게 되면 신인은 더 이상 신인이 아닐 것이다. 신인의 생경함과 무모함, 그리고 거기에서 오는 도저한 모험과 비상을 그는 더 이상 가질 수 없기 때문이다. 그런데 여기서 그 유명한 아방가르드의 역설을 상기해 볼 필요가 있다. 즉 전위로서의 예술은 관객과 독자에게 이해되는 순간 예술적 도전은 실패하게 되고 존재 이유가 없어지고 만다는 아방가르드의 역설 말이다. 끊임없이 시대를 앞서 가려고 몸부림치는 전위 예술가은 항상 대중들로부터 소외될 수밖에 없는 운명을 감내한다. 그것이 그들의 본질적인 운명이기 때문이다. 그들은 실패와 좌절을 에너지로 삼아서 전진한다. 그들이 더 이상 좌절하거나 실패하지 않을 때, 그들은 존재 이유를 상실하고 평범한 대중으로 전락하고 마는 것이다.

　아방가르드의 역설은 시를 쓰는 젊은 시인들의 존재 의미를 더욱 각인시키는 효과가 있다. 즉 시적 장르는 함축적인 언어를 통해서 사물과 세계의 본질에서 오는 서정적 효과를 극대화하려는 경향을 가지고 있다는 점에서 전위적인 예술에 가장 가까이에 있는 양식이라고 할 수 있다. 따라서 시작품은 신인들의 패기와 열정, 그리고 상상력의 모험이 가장 어울리는 장르이기도 한 것이다. 함축적인 언어의 사용에서 오는 응축 효과, 그리고 거기에서 오는 긴장과 떨림의 정서적 효과를 노리는 시적 도전이 시 양식의 본질적인 요소라고 말할 수 있는 이유가 바로 여기에 있는 것이다.

　날것의 이미지는 바로 이처럼 문학적 관습을 용인하지 않는 도전에서 가까스로 창출되는 이미지라고 할 수 있다. 날것의 이미지가 생경한 이미지일 수 있지만, 시적 가치를 가질 수 있는 이유도 바로 이러한 도전과 전진에서 찾을 수 있을 것이다. 그것은 새로운 감각과 관념의 세계를 열어젖힐 수 있다는 점에서 창조성의 한 징표로 이해할 수 있지만, 새로운 시대를 포착하는 촉수일 수 있다는 점에서 더욱 관심의 대상이 된다. 날것으로서의 이미지는 신인들의 진지하고 건강한 시대의식과 시대 진단을 함축하고 있다는 점에서 그 의미를 평가할 수 있다는 것이다.

2. 자잘한 일상의 미세한 떨림

주하림, 김성순, 권지현의 신작들은 신인들의 패기와 열정을 보여주기에 손색이 없는 작품들이다. 그들의 작품 속에는 각자의 세계관과 가치관이 독특한 상상력의 언어를 통해서 개성적으로 표출되고 있고, 기성의 이미지에 예속되지 않는 날것의 이미지들이 향연을 펼치고 있다. 비록 권지현의 작품들은 주하림과 김성순의 상상력에 비해서 그 진폭이 좁은 듯이 보이고, 일탈과 파괴의 전위적인 속성을 함축하고 있다고 말하기는 어렵지만, 나름의 미세한 긴장과 떨림을 내포하고 있었다. 주하림과 김성순의 현란한 상상력과 대비되어 평범함의 위대함을 보여주는 듯한 권지현의 작품들은 시적 균형 감각을 달성하고 있다는 점에서 믿음직스러운 느낌을 주기에 충분했다. 예컨대 다음과 같은 작품을 보아도 시인의 시적 감식안과 서정의 깊이를 확인할 수 있다.

거실 안쪽을 엿보는 나리꽃대, 흔들림을 당겨
거미는 방충망에 줄을 잇는다
지그재그 줄무늬 위에 떠있는 거미여
괜찮은가, 먹고 살만한 가계인가

끈적이는 거미줄을 퉁겨내는 날갯짓
날것들의 몸부림이 둘둘 말려 내걸린다
나비 벌 하루살이로 차려내는 허공만찬

햇발이 마당가를 느릿느릿 벗어날 때
밥 한 그릇, 고등어 한 토막, 깻잎 한 접시
배추장국으로 시장기를 덮는다

끼니를 기다렸을 지루한 시간, 거실 안쪽의
웅성거림에 한껏 움츠려 견디던 때도 있었지
종일 먹이를 구하고 식탁을 차려
포만과 느긋함을 이루었으니 저녁거미여,
오늘은 고단한 몸을 그만 눕혀야겠다

아직 괜찮은가, 먹고 살만한 가계인가
허공식탁에 걸린 남은 끼니들이 이따금 흔들린다

　　　　　　　　　　　　　　　　—권지현, 「허공식탁」 전문

　　'허공식탁'이라는 제목 자체가 상징적이며 무한한 메타포를
발산하고 있다. 허공에 걸린 거미줄은 거미에게 작업을 하는 직
장이며, 살림이 이루어지는 한 가계이고, 끼니를 때우는 식탁이

기도 하다. 그런데 그처럼 거미에게는 전부일 수 있는 거미집은 거미의 몸에서 나와 허공에 떠 있다. 자신의 몸의 일부를 무기로 생명의 끈을 이어가고 있는 것이다. 거기에서는 지나가던 나비, 벌, 하루살이 등이 걸려서 거미에게 하루의 일용할 양식을 제공한다.

거미에게 거미줄은 '고단한' 작업장이자 생명의 근거지이다. 생명이 이처럼 미세한 지그재그의 줄들에 의존해 이어질 수 있음은 경이적인 현상이기도 하다. 하지만 그러한 생명이란 거미줄처럼 가는 생명줄에 의존해야 하는 위태위태한 것이기도 하다. 허공에 차려진 식탁 또한 언제든지 허공으로 날아갈 수 있는 매우 가변적이고 잠정적인 것이다. 본래 생명 현상이 거시적으로 보면 모두 순간적인 것으로서 시간의 제물에 불과한 것이라고 주장한다면 그것 또한 일말의 진실을 담고 있는 것이겠지만, 순식간에 사라질 수 있는 식탁에 의존하는 생명은 불안한 것일 수밖에 없을 것이다. 시적 화자가 '괜찮은가', '아직 괜찮은가' 하고 연거푸 안부를 묻는 것은 이러한 소멸 가능성에 대한 조바심의 표현일 것이다.

하루 종일 먹이를 구하고, 한 끼니를 때우기 위해 지루한 시간을 기다리는 거미의 삶은 "밥 한 그릇, 고등어 한 토막, 깻잎 한 접시" 등으로 한 끼니를 해결하는 시적 화자의 삶의 모습과 중첩된다. 시적 화자 또한 거미처럼 허공식탁을 차려놓고 생을 영위하고 있는 존재인 것이다. 시적 화자가 되풀이해서 "먹고 살 만한 가계인가"라고 묻고 있듯이, 이 시는 먹고 사는 문제를 다루고 있는 작품이라고 할 수 있을 것이다. 이러한 시적 주제에서 오늘날 우리 사회에서 만연하고 있는 비정규직의 삶의 비애를 떠올리는 것은 자연스러운 연상일 것이다.

권지현의 다른 시작품에도 먹고 사는 문제는 자주 등장하고 있다. 「줄무덤」이란 시에서는 "밥 한술 건네주려다 함께 처형당한 오누이 얘기"가 등장하고, 「봄 폭설」이라는 시에서는 "엄마 밥 맛있게 먹어"라는 표현이 두 번이나 등장한다. 이러한 시적 표현들은 경제적 동물로서 먹고 사는 문제에 대한 시인의 무의식적 경사를 드러내는 장면일 수도 있고, 의식적인 시적 관심의 표현일 수도 있을 것이다. 하지만 중요한 것은 먹고 사는 문제는 여전히 현대사회에도 중요한 문제이며, 그렇기 때문에 주요한 시적 관심의 대상이 된다는 점이다. 그리고 더욱 중요한 것은 과거처럼 관념적이고 이념적인 시적 주장이 아니라 허공에 떠 있는 온실의 거미줄을 통해서 이러한 문제를 다루는 시적 상상력의 진화라는 점이다.

3. 극적(劇的) 상상력, 요설(饒舌)이 뱉어내는 언어의 미끄러짐

먹고 사는 문제는 언제나 인간을 괴롭혀 온 해묵은 과제로서 그리 새로울 것이 없다. 하지만 현대사회에 먹는 문제만큼 중요한 문제들은 다양한 영역에 편재되어 있다. 그 가운데 속악한 세상에서 타인과 관계를 통해서 진정성을 실현하는 소통의 문제 또한 중요한 문제 가운데 하나이다. 사회적 존재로서의 인간의 속성을 굳이 강조하지 않더라도 현대인들은 혼자서 살아갈 수 없는 존재이다. 그러나 현대인들의 대화와 교류는 항상 어떤 맞짝 개념을 이루지 못하고 부유하거나 엇갈리는 경향을 보인다.

그들은 서로 기표를 내세우며 대화를 시도하지만 그것들은 거의 기의에 닿지 못하고 떠돌다가 소멸하고 마는 혼란 속에 빠져 있는 것이다.

그런데 이러한 상황은 폭력적인 상황을 조성한다. 내뱉은 말들이 상대방과 관계에서 의미를 형성하지 못할 때, 그러한 기표들은 단순히 소멸하고 마는 대상이 아니다. 그것은 의미의 형성에 도달하려는 현대인들의 간절한 욕망을 좌절시키는 폭력적인 매개체가 되는 것이다. 상대방과 소통하지 못하고 허공으로 사라지는 말들의 풍경은 날카로운 비수처럼 서로를 파괴하는 오늘날의 인간관계의 한 단면을 보여주고 있는 것이다. 주하림의 시적 작업은 바로 이러한 현대사회의 폭력적인 풍경을 배경으로 하고 있는 듯이 보인다.

주하림의 시들은 끊임없이 어떤 장면과 무대를 설정하고, 거기에 특정한 가면들을 등장시켜 대화하도록 한다. 그러한 대화는 내면과의 대화인 독백이라고 할 수도 있고, 가상적인 대상과의 대화일 수도 있다. 그러나 어떤 경우든 문법과 맥락을 무시한 기표들이 난무하는 대화의 국면은 진정한 소통에 이르지 못하고 상처로 남게 된다. 실제로 주하림의 시편들에는 온갖 상황에서 파생되는 폭력과 상처가 뒹굴어 다닌다. 깨지거나, 피 흘리거나, 아프거나, 병든 영혼과 육체들이 거처를 잡지 못하고 불안하게 서성이거나 부유하고 있는 장면들이 그녀의 시적 공간을 가득 채우고 있다. 이를테면 다음과 같은 한 장면만 보더라도 이러한 현상을 쉽게 발견할 수 있다.

1950. 만주

갑자기 저한테 왜 그러시죠?

네가 삼 층짜리 목조로 된 술집에서

외국인 내국인 할 것 없이 겁탈 당하는 꿈을 꿨어

(고작 그런 꼴이라니)

피로 물든 팬티를 들고

약속이라도 한 듯 이 층의 나를 찾아왔더군

내가 너와 같은 민족이라고 생각하나

민족이라니요

그것은 목소리를 빼앗기기 전, 사전에 있던 말인데

퍽이나 많이도 배웠군 사전이라니… …

네 심보 속에 뭐가 있는 게냐

(내 심성 속에는 재물 밖에 없는데)

어찌나 늠름한 당신! 당신과의 결혼식은

취소 됐어요 나는 다른 주인에게 팔려가요

슉

슉

슉

슉

—주하림, 「텍스처 무비(texture movie)」 부분

　　3D폴리곤의 표면상에 무비를 재생하는 '텍스처 무비'를 제
목으로 삼고 있는 이 시는 서로 연관성을 발견하기 어려운 다양
한 장면과 장면들이 꼴라주 형식에 의해서 결합된 작품이다. 시
적 논리를 발견하기 어려운 비약적 장면들이 스크린에 명멸하는

영화의 한 장면처럼 스쳐 지나가는 형식을 취하고 있는 것이다. 인용된 부분은 '1908년의 북경'이나 '1923년의 상하이'처럼, 1950년의 만주라는 시간과 공간이 제시되고 있으며, 이러한 배경에서 가상적인 두 인물이 등장해서 대화를 시도한다.

그런데 1950년 만주라는 시공간적 배경은 사실 무대에서 이루어지는 상황이나 대화와 관련하여 어떠한 의미를 발견하기도 어렵다. '1950. 만주'라는 무대 자체가 무대에 등장한 가면들에게 어떠한 영향력도 행사하지 못할 정도로 무의미한 기표에 불과한 것이다. 이러한 무대에 갑자기 두 인물이 등장하는데, 이들은 밑도 끝도 없는 대화를 시도한다. 상대방이 겁탈당한 꿈 이야기를 하지만 그러한 문제는 오랫동안 그들의 의식을 지배하지 못한다. 그들은 곧 민족의 문제로 넘어가 앞의 관심사항을 망각하며, 민족의 문제 또한 사전과 관련된 지식의 문제로 전이된다. 이처럼 이들의 의식 속에는 밑도 끝도 없이 기표들이 환기하는 문제들이 떠올랐다가 환영처럼 사라져 간다. 결코 뇌리에 어떤 잔상을 남기지 못하고 스크린에 비치는 빛과 어둠처럼 찰나적으로 명멸하고 마는 것이다.

의식의 자유로운 연상을 기표로 붙잡으려는 자동기술법에 의해 쓰인 듯한 이러한 시적 장면이 무대를 배경으로 하는 연극적 구조를 지니고 있다는 점은 여러 가지 면에서 주목할 필요가 있을 것이다. 하지만 더욱 주목되는 점은 연극에 등장하는 인물들이 진정한 대화에 이르지 못하고 폭력적인 관계를 형성하고 있다는 것이다. 가상적인 인물 가운데 한 인물은 권위적이고 명령적인 성격을 가지고 있다면, 한 인물은 비아냥대는 등의 소극적 반항을 시도하는 가면으로 설정되어 있는 것이다. 이들은 끊임없이 대화를 시도하지만 평행선을 달리듯이 진정한 소통에 이르지 못하는데, 그 이유는 다음 장면을 보면 분명해진다.

세상은 그 모양으로
사랑을 하려고
우리는 사랑의 행위를 따라하려고 엉덩이를 들썩거린다
불꽃!하는 순간 서로에게 돋아난 딱딱한 뿔로 서로를 박으며

아파… 이 미친 새끼 아파요… 아 기억이 날 것 같기도 반갑고 고맙고
그리고 잘가요
그것을 생각하면 너도 나도 자유를 잃어
대신 언제 어디서든 어떤 모양으로든 불안과 불만으로 태어나겠지
(다른 나라에 태어나도 나를 알아보겠어?)
                                    ─주하림, 「우리는 사랑의 계절에 굶주린 새」 부분

요컨대 오늘날 세상은 사랑조차 하나의 모조품이거나 가식, 혹은 포즈에 불과하다는 진단이 드러난 셈이다. 가식적 행위는 사랑과 같은 진정으로 가치 있는 신성한 것을 퇴락하게 하며, 그것은 타인에게 폭력으로 작용해 상처만을 재생산할 것이다. 그러한 세상은 궁극적으로 '불안과 불만'을 양산하는 메커니즘을 체현하게 될 것이고, 진정성에 의한 소통과 합일의 욕구를 좌절시킬 것이다. 폭력과 상처, 불안과 불만의 세계를 주하림은 연극적 무대를 설정하고 거기를 떠도는 공허한 언어들을 통해 고발한다. 물론 이러한 고발은 현대인들의 가식과 거짓에만 국한된 것은 아니다. 쉴새 없이 지나가는 스크린의 영상처럼 우리의 의

식이 의미를 포착할 수 없도록 하는 속도전이 지배하는 사회구조, 아바타와 같은 환영이 실재를 대신하는 호접몽의 세계상 등이 그 속에 포함될 수도 있다. 미처 언급하지 못했지만, 유기적 연관성과 완결된 자아상과 세계상을 허락하지 않는 현대사회, 즉 영화의 한 장면들처럼 경험의 파편성만을 허용하는 현대사회의 분열증과 균열이 주하림의 주요한 문제의식일 수도 있다. 하지만 극적 상상력을 통해서 끊임없이 대화를 시도하는 주하림의 시적 도전 자체에 더욱 주목할 필요가 있다. 그것은 시지푸스처럼 좌절을 예상하면서 실패를 위해 돌진하는 비극적이면서도 위대한 도전일 수 있기 때문이다.

4. 신비주의, 혹은 신화적 상상력

먹고 사는 문제가 지배하는 세상, 사람과 사람 사이의 폭력과 상처가 난무하는 세상은 속악한 세상으로서 현대인들의 삶의 터전이 되고 있다. 이러한 세상을 살면서 현실에 정면으로 도전해서 그것의 폐부를 드러내는 것으로 문학적 응전을 보일 수 있다. 한편, 주술처럼 끊임없이 분열적 언어들을 쏟아냄으로써 파편화된 경험에 만족할 것을 강요하는 시대에 대응할 수도 있다. 하지만 지금, 여기의 현실이 더 이상 대안이 될 수 없다면 시간과 공간을 달리해서 새로운 대안을 모색해 볼 수도 있다. 이를테면 신성한 과거의 시공을 현실에 끌어들임으로써 세속적 현실과 위악적인 세태에 대한 정화를 시도할 수도 있는 것이다. 징후적인 독법이지만 김성순의 경우가 여기에 해당하는 듯하다.

김성순은 자꾸만 과거의 어느 시공을 발굴하여 현실로 가져

오려고 한다. 현실을 떠나 과거의 특정한 시공으로 유목하려 한다고 해도 같은 말이 될 것이다. 결국 그러한 시도는 현실에 대한 새로운 대안적 성격을 모색하는 작업이라는 점에서 동일한 성격을 지니고 있기 때문이다. 김성순은 '현대시학' 당선작품에서부터 성스러운 공간에 대한 집착을 보여준다. 「낙타의 눈물」이라는 당선작에서 그는 초원을 떠도는 몽골의 신성한 유목민들의 모습을 소개한다. 게르 앞에서 제단을 차리고 마두금을 연주하면서 당상집례가 홀기를 읽는 주술적인 세계상을 소개하고 있는 것이다. 이번에 발표되는 시편들을 보면 이러한 복고풍의 시편들이 결국 이국적인 취향에 국한된 문제이거나 상고(尙古) 취미와 관련된 문제에 한정된 것은 아니라는 것을 알 수 있다. 한마디로 김성순의 이러한 시도는 매우 자각적이며 방법론적 영역에 속하는 문제인 것이다.

「그리운 무늬」라는 작품은 일견 과거 유년시절의 향수를 평범하게 시화한 것처럼 보인다. 유년시절에 시골 골목에서 술래잡기를 하며 놀았단 추억의 한 페이지를 펼쳐놓고 있는 것처럼 보이는 것이다. 하지만 시 전편을 지배하는 정서와 분위기는 무속의 주술적 세계를 보는 듯한 신비스러움을 풍기고 있다. 단순히 어린 시절의 술래잡기를 회상하는 듯한 시적 풍경에 무당이 굿을 하는 듯한 분위기를 형성하고 있는 것이다. 이러한 분위기는 이를테면 술래잡기의 공간이 암호 같은 '당산무늬 아래'로 설정되어 있거나 술래잡기 하는 아이들의 영혼이 배고파서 까악까악 우는 '까마귀'로 설정되어 있는 부분에서 감지할 수 있다. 또한 어린이들의 '무궁화 꽃이 피었습니다' 놀이를 신비한 무늬인 '비문(秘文)'으로 해석하고 있는 장면에서 명시적으로 확인할 수 있다.

유리잔에 얼음 덩어리를 넣고 주류를 넣어 마시는 것을 시화하고 있는 「온더록스」 또한 신비스러운 분위기를 직조해내고 있다. 현대인들에게는 평범하기 그지없는 술 마시는 방법을 시화하고 있음에도 불구하고 전체적인 분위기는 '검은 타이', '검은 실크덩어리', '밤' 등의 시어들이 환기하듯이 온통 어두운 정조에 휩싸여 있다. 시적 화자는 이러한 정조를 조성한 뒤, 술 마시는 밤을 "비밀스런 방안에서 잉태한 여자처럼 도해 속 코뿔소 다리 사이로 순산하는 저녁은 투명할 뿐"이라고 묘사하고 있다. 비밀스러운 방안에서의 생명의 잉태 또한 신비스러운 분위기를 고조시키고 있지만, 그야말로 풍부한 상징적인 의미를 육화하고 있는 상상적 동물인 유니콘으로 자주 비유되는 코뿔소의 등장은 한층 신비로움을 증폭시킨다. 이러한 신비로움은 다음의 시편에서 절정에 이른다.

웅크리고 잠든 그녀의 백발이 아이스크림처럼 흘러내린다
습관적으로 그녀를 핥는다
밥은 먹었니?
움푹 팬 눈망울이 꾸르륵거리는 내 뱃속 안부를 묻는다

뜨거울수록
허물어지는 속도가 빠른 초록이 싫어 언제부턴가 나는
삐딱하게 그녀를 베어 먹는다 가끔은
알 수 없는 종족으로 그녀를 삼키고 나면
서늘해진 몸속에서 소화되지 못한 백발이 엉켜 밤마다

내 손바닥에서 끈적거린다

온 몸에 퍼진 엘리오십
고생대의 맹수로 나는 숲 바다 하늘을 으렁대다 지친 밤이면
숲에서 복용한 다량의 별빛으로
허물을 벗고 아이스크림을 핥는다
달콤한 그녀,
전생의 기억으로 내 뱃속에서 등가죽을 핥으며 환하게 웃는다

　　　　　　　　　　　　　　　—김성순, 「푸른 뱀 인디고」 전문

　이 시는 주로 자기 종족을 잡아먹고 사는 인디고뱀에 대해 형상화하고 있다. 또한 주의력 결핍이나 행동결핍 장애 아이로 오해받기도 하는 4차원적인 사유의 소유자들인 인디고의 아이들을 형상화하고 있는 시작품이다. 이들은 어른들이 지닌 낡은 관념의 잣대로는 해석될 수 없는 놀라운 자질과 능력을 드러내면서 때로는 아주 낯선 삶의 방식을 펼쳐 보인다고 한다. 이러한 모습으로 인해서 그들을 자칫 문제아로 낙인찍히거나 사회 부적응자로 배제되기도 한다고 한다. 이 시는 이러한 존재를 형상화하고 있는데, 우선 그들이 '푸른 뱀'으로 묘사되고 있다는 점에서 주목을 요한다.

　뱀은 기독교적 해석에 의해서 죄악을 상징하는 동물로 관습화되었지만, 사실 그리스적인 신화적 관점에서 보면 풍요와 다산, 혹은 재생과 영원의 상징으로 해석된다. 그리스 신화에서 뱀은 대지의 여신인 데메테르가 손에 들고 있는 동물인데, 그것은 해마다 되풀이되는 발아와 성숙, 그리고 결실과 퇴락의 반복을

상징하는 것으로서 재생과 영원을 내포하고 있는 것이다. 옛날 사람들은 뱀이 벗어놓은 허물을 보고, 뱀이 새롭게 탄생했다고 믿었는데, 여기서 영원히 죽지 않고 재생하는 뱀의 이미지가 형성되었다고 한다.

이 시에는 이러한 뱀의 형상과 상징적 의미가 고스란히 녹아 있다. 뱀은 허물처럼 녹아내리는 아이스크림으로 비유되고 있는데, 그것은 보통의 존재보다 외부적 환경에 민감하게 반응하는 인디고아이들과 중첩되며 비상한 존재감이 부각된다. 또 다른 뱀으로 설정된 시적 화자는 그러한 푸른 뱀을 핥아먹거나 삼킨다. 그러니까 뱀을 삼킨 뱀은 뱀을 품고 있는 뱀이라고 할 수 있으며, 또한 뱀이 엘리오십이라는 독으로 해석되고 있다는 점에서 독을 품고 있는 뱀이라고 할 수 있다. 이러한 뱀은 또한 현대의 사고방식과 관습으로 파악하기 어려운 이질적이고 기괴한 인디고아이들의 형상이기도 하다.

그런데 '독' 혹은 '인디고뱀'은 '전생의 기억'으로 해석되고 있다는 점에서 비상한 상상력을 발견할 수 있다. 그러니까 인디고뱀이 삼킨 뱀은 전생의 기억을 담고 있는 존재이다. 전생의 기억은 구체적으로 '고생대'처럼 먼 것일 수도 있지만, 그보다 가까운 역사시대 일 수도 있을 것이다. 중요한 것은 그것이 독처럼 내 몸을 괴롭히는 것일 수도 있지만, 달콤한 것일 수도 있다는 것이다. 이렇게 볼 때, 그것은 어쨌든 야생의 모습을 하고 있는 것일 수 있다. 인디고 아이들이 현대 문명의 사고방식과 과학적 체계로 온전히 해석하기 어렵듯이, 인디고뱀이 삼킨 독, 혹은 다른 뱀은 '백발'을 하고 있는 오래된 것으로 주술적인 야생의 모습을 취하고 있다고 할 수 있는 것이다. 이러한 해석은 「낙타의 눈물」

을 비롯한 다양한 작품과의 상호텍스트적 독법에 의해서도 검증될 수 있을 것이다.

　이상의 분석에서 알 수 있듯이 김성순의 작품들은 시공을 유영하는 자유로운 상상력으로 현대사회에 대해 우회적으로 발언하고 있음을 알 수 있다. 그녀가 달려가고자 하는 곳은 문명적 사고가 미치지 않은 신비한 모습을 하고 있거나 속악한 세상과 경계를 달리하는 주술적이고 야생적인 모습을 하고 있다. 이러한 작업은 멀치아 엘리아데가 적절히 지적한 것처럼 세속적이고 위악적인 현대사회의 시간과 공간을 정화하고 신성화한다는 점에서 그 의의를 찾을 수 있을 것이다. 즉 김성순의 시적 작업들은 '세상 같은 것은 더러워버리는 것이다'라는 백석의 낭만주의적 충동과 다른 지점에서 진부하고 속악한 세상을 건너는 방법을 모색하고 있는 것이다.

인간이 사라진 피안의 세계

—유물론적 상상력과 물활론적 상상력

박성현, 민구, 김정웅의 새로운 시선

1. 휴머니즘과 진보론의 겉과 속

휴머니즘(humanism)은 인간주의(人間主義) 혹은 인문주의(人文主義) 등으로 번역되는 외래어로서, 근대 문명과 근대사를 이해하기 위해 없어서는 안 되는 가장 중요한 개념 가운데 하나이다. 절대자로부터의 해방, 절대적 신분체제와 관습으로부터의 해방을 의미한다는 점에서 휴머니즘은 인간성의 진전과 역사의 진보를 표상해주는 긍정적 의미를 지닌 이념으로 평가되고 있다. 실제로 휴머니즘의 논리에 의해서 타자화의 폭력에 대한 비판, 그리고 인권과 기본권 등의 현대적 가치 개념들이 정립되고 있는 것도 현실의 한 부분으로 인정할 수 있다. 인간주의는 인간이 지니고 있는 능력을 극대화하고 인간적 삶의 질과 척도를 높이는 데 기여한 주목할 만한 사상운동이자 이념으로 그 위상을 평가할 수 있다는 것이 저간의 사정이다.

휴머니즘의 사상운동은 인간의 가능성과 잠재성을 실현하는 중요한 계기로 작용했다는 점에서도 의미있는 국면이었지만, 인간의 가능성과 잠재성을 확대하고 증폭시키는 매개체이기도 했다는 점에서 중요한 흐름임에 틀림없다. 이러한 지점에서 휴머니즘은 항상 진보라는 근대인들의 신앙과 조우한다. 인간의 삶의 조건과 가능성을 개선하고, 오늘보다는 내일이 더 나은 것일 수 있다는 믿음은 근대적 삶을 추동하는 동인(動因)으로서 근대적 삶의 내부에서 은밀하게 작동하는 중요한 기제였던 셈이다. 따라서 진보에 대한 믿음, 진보를 향한 열망과 열정 등을 이해하는 것은 고요한 중세의 가을과 대비되는 근대적 삶의 역동성과 꿈틀거림을 이해하기 위한 하나의 중요한 척도가 되는 셈이다.

인간주의에 근본적 토대를 두고 있는 진보는 '능력'의 확장을 중요한 기준으로 설정하는 경향성을 보여준다. 인간적 의미에서 진보는 개체적 차원이든 집단적 차원이든 능력의 확장을 의미하는 것이다. 그리고 인간주의에 토대를 두고 있는 '능력'이라는 근대적 개념은 항상 주체와 대상의 분리 위에서 대상 세계에 대한 통제 가능성으로 정의되는 경향이 있다. 진보라는 개념의 자장 안에서 형성된 능력이란 주로 자연적 대상에 대한 통제 가능성, 혹은 자연적 문제에 대한 대응력이라는 의미로 활용되는 것이다. 인간주의에서 발원한 진보론은 결국 인간에 의한 자연의 통제, 혹은 인간에 의한 타자의 지배를 위한 목적에 봉사하는 담론 체계였던 셈이다.

그런데 이러한 능력의 개념은 이질성과 다양성, 혹은 타자성과 차이성을 담보하지 못하는 매우 협소하고 독단적인 개념에 불과하다는 것이 근대성에 대한 비판 담론을 통해 폭로되고 있다. 인간주의에 토대를 두고 있는 진보의 능력 개념은 조그마한 이질성과 반대, 차이조차 흡수할 수 없다는 점에서 매우 취약한 능력이며, 매우 협소한 범위의 사상과 행동, 그리고 삶의 방식만을 허용하고 수용할 수 있다는 점에서 매우 부실한 능력이었던 셈이다. 그리하여 이러한 진보의 개념은 이제 당연한 것으로 받아들여지지 않게 되었다. 진보가 의심되기 시작하자 현대인들은 이제 도처에서 둔중한 느낌으로, 때로는 예리는 느낌으로 다가오는 불확실성에 사로잡히게 되었다. 세상은 이제 혼돈을 넘나들면서 온전히 야만성으로 회귀하는 것도 아니고, 그렇다고 확실한 미래의 지표를 간직한 채 전진하는 것도 아니고 그저 간신히 돌아가고 있다. 에드가 모랭이 적절히 지적한 것처럼, 지구라는 선박은 어두운 밤과 짙은 안개 속을 헤치며 앞을 내다볼 수 없는 항해를 지속하고 있는 것이다.

그렇지만 이러한 혼돈은 하나의 새로운 가능성이자 새로운 창조를 위한 혼돈으로 이해할 필요가 있을 것이다. 이러한 혼돈과 불확실성은 그동안 인간에 의해 독점된 모든 의미들에 대해서 반성하고 성찰할 수 있는 계기를 제공할 수도 있기 때문이다. 사실 근대적 휴머니즘과 진보론은 인간을 구습으로부터 해방시킨 것은 사실이지만, 모든 의미를 인간이 독점함으로써 의미에 대한 인간의 전횡을 초래한 것도 분명하다. 따라서 진보론에 대한 회의와 인간주의에 대한 회의는 바로 의미의 민주화, 혹은 의미의 다원화를 위한 중요한 계기를 제공하고 있는 셈이기도 하다.

하지만 의미의 자장에서 인간이 사라진다고 할 때, 그 의미는 어떠한 색채를 띨 수 있으며, 어떠한 가치를 가질 수 있을까? 이러한 질문은 휴머니즘에 너무 익숙해 있는 근대인으로서는 쉽사리 접근하기 어려운 문제임에 틀림없다. 인간이 사라진 자리에서 피어나는 한 송이 꽃과 같은 '의미'는 우리에게 너무 낯설고 생소한 것으로 다가오기 때문이다. 하지만 사물에 부여된 의미

걷어내기를 통해서 우리는 진정으로 사물 그 자체의 심연으로 돌진할 수 있을지 모른다. 그러한 돌진은 우리에게 새로운 의미의 창출이 가능한 도전과 모험이 될지도 모른다.

2. 니힐리즘, 혹은 인간성의 균열

이번에 새롭게 소개되는 김정웅과 박성현, 그리고 민구의 신작들이 담고 있는 문제의식들은 모두 휴머니즘과 인간적 의미의 문제라는 그물망으로 포착될 수 있을 듯하다. 이들 신인들의 신작들은 모두 독특한 상상력과 문제의식으로 개성적인 시세계를 펼쳐 보이고 있지만, 공통적으로 휴머니즘에 대한 안티테제로서의 반인간주의, 혹은 반문명주의적 색채를 공유하고 있는 것처럼 보인다는 것이다. 물론 이러한 독법은 징후적인 독법이기 때문에 세밀한 차이와 개성을 호도할 위험성이 있지만, 징후적 독법으로서의 조망과 전망이라는 의의를 가질 수는 있을 것이다.

김정웅의 신작시에서 가장 주목되는 점은 강렬한 패배주의와 회의주의적 경향이다. 그의 시에 등장하는 시적 화자들은 패배를 일상적인 것으로 수용하며, 그것에 익숙해진 포즈를 보인다. 그의 시에 등장하는 시적화자들은 패배란 너무나 익숙한 것이기 때문에 문제는 그후에 그것에 대응하는 자세라는 태도를 취하는 것이다. 구체적으로 김정웅의 시적 화자들은 "이룰 수 없는 혁명이나 연애를 눈앞에 두고/ 취할 수 있는 유일한 포즈는/ 눈을 감아 버리는 것"(「국가에 저항하는 사랑의 방식」)이라고 진단한다. 또한 "어려운 병풍(病風), 펜을 쥘 여력조차 없는 자의 안부란/ 병풍(屛風) 너머 누운 자신을 바라보는 일/ 그러므로 사랑했던 사람에게 미리 몇 자 적는다"(「아무 죄책감 없이」)라고 체념하듯이 토로하고 있는 것이다.

　그렇다면 김정웅의 시적 자아들은 도대체 어떤 연유로 도저한 패배주의와 상실감에 무력하게 젖어 있는 것일까? 물론 그러한 원인은 부분적으로 신작시 「치킨 게임」이란 작품에서 문제 삼고 있듯이, '치킨 게임'과 같은 생존 경쟁을 강요하는 현대사회의 구조적 메커니즘에서 기인하는 것일 수도 있을 것이다. 즉 생존을 위해서 과속을 강요하는 사회, 생존을 위해서 환각과 마취를 강요하는 사회, 그리고 이러한 모든 것을 위해서 속도전을 가속화하는 구조적 메커니즘이 패배주의와 상실감의 주요한 원인일 수 있다는 것이다.

　그런데 현대사회의 속도전과 환각의 메커니즘으로 상징되는 '치킨게임'이라는 생존 논리는 근대적 인간의 상징적 요소였던 이성을 부정하고 있다는 점에서 그 문제적 성격을 엿볼 수 있다. 누가 더 위험에 오래 노출될 수 있는지를 시험하는 현대사회의 치킨게임은 반이성주의, 혹은 이성으로부터의 도피를 시험한다는 점에서 문제적 성격을 지니고 있는 것이다. 현대사회의 치킨게임은 근대적 인간의 본질적 표상이던 이성의 부정을 의미한다는 점에서 이성의 신화가 직면한 곤혹스러운 한 국면일 수 있는 것이다. 이성에 대한 부정은 근대적 인간주의에 대한 부정으로 이어진다는 점에서 김정웅의 패배주의와 상실감은 인간주의에 대한 회의나 성찰과 맞닿아 있다고 할 수 있다. 그런데 더욱 주목되는 것은 김정웅의 시적 화자는 근대적 인간의 가장 기본적인 조건으로 상정되는 국가의 존재를 부정하려는 충동을 간직하고 있다는 점이다. 이른바 아나키즘, 혹은 무정부주의적 충동을 내면화하고 있는 것이다.

저 만국기에겐 하늘이 정부다 바람이 곧 법이다

한꺼번에 세계를 뒤흔들 수 있는 힘이 내게도 있다면

너와 강제로 연애를 하고 싶었다 집요하게

나뭇잎을 물들이는 바람, 어느덧

국경이다 독재가 심했던 계절 쪽에서

집기를 태운 연기와 아름다운 꽃잎이 날아온다

나의 공권(空拳)으로는 너의 공권(公權)을 이길 수 없다

끝내 오지 않았던 너를 기다리다가

수년의 노숙 끝에 짐이 된 잠을 짊어지고

여름으로 밀입국을 시도한다

키가 크고 힘이 센 풀숲을 지나며

마음은 문초를 당한다 단지 투기(妬忌)나

일방적인 고백만으로도 가능한 사랑이라면 사람은

죽지 않는다 이번 계절에서는 더 이상

사람이 아니고 싶다 바람은 여죄를 묻지만

타국의 광장처럼 나는 말이 없다, 결국

이룰 수 없는 혁명이나 연애를 눈앞에 두고

취할 수 있는 유일한 포즈는

눈을 감아 버리는 것

바람은 점점 거세어지고 하늘은

더욱 뚜렷하다 자진(自盡)도 망명도 모두 실패한

이적자(利敵者) 위로 만국기가 펄럭인다

여전히 위태로운 세계, 다시 한 번 마음을 무장하고

돌아간다 여전히 사랑하는 독재자에게로

나의 조국으로

　　　　　　　　　　　　　　　　　　　　　　　　—김정웅, 「국가에 저항하는 사랑의 방식」 전문

　　시적 화자는 '만국기'를 보면서 그것이 어떤 특정한 정부와 법률에 구속되지 않는 현실을 상기한다. 만국기는 세계의 다양한 국가를 상징하는 깃발이지만, 특정한 국가만을 사랑할 것을 강요하지 않는 것이다. 즉 근대적 충동으로서의 애국심이나 민족적 정체성을 강요하지 않는 것이다. 사실 근대사회에서 처음 태어난 민족국가, 혹은 민족적 정체성이라는 개념은 배제와 차별을 토대로 한 폭력적인 금 긋기이자 질투심에 뿌리를 두고 있는 강요된 사랑이라고 명명할 수 있다. 시적 화자는 이러한 강요된 사랑을 거부하며, '더 이상 사람이 아니고 싶다'고 고백한다. 사람에 대한 부정은 인간의 본질적 정체성에 대한 부정이기보다는 국가에 대한 사랑을 강요받는 근대적 민족국가의 구성원으로서의 인간에 대한 부정으로 읽을 수 있을 것이다. 따라서 이러한 시적 사유에는 무정부주의적 경향이 내포되어 있는 것이다. 그리고 이러한 무정부주의적 충동은 바로 19세기 말에 유행했던 니힐리즘의 한 범주로 파악해 볼 수 있을 것이다.

　　니힐리즘(nihilism)은 원래 아무것도 존재하지 않는다는 주장, 즉 일체가 모두 무(無)라는 주장이다. 허무주의라고도 할 수 있는 니힐리즘은 그동안 일반적으로 인정되어 온 생활상의 가치, 즉 이상이나 도덕규범 혹은 문화, 생활양식 등을 전적으로 부정하는 견해를 지칭한다. 결국 니힐리즘은 절대적인 진리나 도덕·가치와 같은 것은 존재하지 않는다고 보는 입장인데, 무정부주의 또한 모든 사회적 제도와 문명의 이기들을 무의미한 것

43 제1부 혼돈의 언어와 이미지

으로 그것들을 해소하는 것이 바람직한 목표라는 이념을 지향하기 때문에 니힐리즘의 영역에 속할 수 있는 것이다. 인용된 부분에서 시적 화자는 '이룰 수 없는 혁명이나 연애를 눈앞에 두고/ 취할 수 있는 유일한 포즈는/ 눈을 감아 버리는 것'이라고 표명하면서 일체의 가치와 의미에 대해서 부정하는 태도를 취하고 있다.

시적 맥락으로 보면 이룰 수 없는 혁명이나 연애란 민족주의 혹은 애국주의에 대한 변혁일 것이며, 그러한 변혁의 가치와 이념에 대한 열정을 지칭한다고 볼 수 있다. 이러한 대목은 시적 화자의 지향을 선명히 해주고 있지만, 시적 화자는 그러한 것들이 불가능할 것이라고 단정한다. 그리고서 여전히 사랑하는 독재자인 조국으로 돌아갈 것을 다짐하는 것이다. 그런데 조국으로의 회귀는 '다시 한 번 마음을 무장하고' 돌아가는 것으로서, 혁명이나 연애를 포기하지 않은 귀향임을 내포하고 있다.

결국 이러한 김정웅의 시적 지향은 근대적 인간 조건에 대한 부정이자 인간적 의미에 대한 부정을 함의하고 있다고 하겠다. 기존의 인간적 질서와 사회적 제도에 대한 부정으로서의 무정부주의나 니힐리즘은 근대적 패러다임이 한정해 놓은 인간적 의미에 대한 전복과 일탈을 반영하고 있다는 점에서 반인간주의, 혹은 안티-휴머니즘의 한 국면을 드러내는 장면인 셈이다.

3. 인간의 소멸, 혹은 풍경 속의 인간

반인간주의 혹은 안티-휴머니즘은 인간이 자연의 주재자이자 의미의 생성자라는 해묵은 관습을 탈피하는 사상적 모험이라고 할 수 있다. 근대인들에게 이러한 모험은 상상하기 어려운 것이었기 때문에 한편으로는 충격적이고 무모한 것으로 보일 수 있을 것이다. 그러나 인간이 사라진 자리에서는 놀라운 하나의 풍경들이 완성되고 있음을 박성현의 시작품에서 확인할 수 있다.

> 기차가 지나간다. 멀리서 강철과 강철이 맞물린다. 할머니는 쑥을 뜯다 말고 잠시 허리를 편다. 허리가 활강한다.
>
> 쑥을 뜯는 할머니 허리 위로 바람이 지나간다. 바람은 침목의 가장자리에 앉아 있고 구름이 내려와 잡초를 씹는다. 모음들이 오물오물하다. 흩어지다가
>
> 이어지고 갈라지다가도 메워진다. 레일이 파열하고 할머니 허리는 쑥 더미에 묻혀 있다. 나비가 허리 위에 멈추어 서서 수직갱도의 아래를 내려다본다.
>
> 할머니가 서 있었고 기차가 멀어졌으며 햇살은 왼쪽으로 가파르게 쏟아지고 있었다.
>
> —박성현, 「철로변」 전문

시적 구도는 하나의 풍경화를 그리는 듯이 묘사로 일관한다. 봄철 철로변을 그린 풍경화에는 기차와 레일이 등장하고 할머니, 바람, 나비, 구름, 햇살 등이 등장한다. 그런데 이러한 풍경화에는 인간의 관점에 의해서 질서화된 원근법이 존재하지 않는

다. 즉 풍경화는 인간의 시각에 의해서 질서를 갖춘 원근법의 체계를 취하지 않고 임의적인 시선에 의해서 풍경들이 점멸할 뿐인 것이다. 인간에 의해 의미가 부여되지 않은 풍경화는 존재 자체의 질서를 대변해주려는 것처럼 보인다.

풍경화에 등장하는 각각의 사물들 또한 자신들의 고유한 관점과 욕망으로 주변의 세계와 관계를 형성한다. 기차는 자신의 의지로 지나가고 강철은 강철과 맞물린다. 그리고 바람은 할머니 허리 위를 지나가기도 하고 침목의 가장자리에 앉아 있기도 하며, 구름은 자신의 필요에 의해 내려와 잡초를 씹는다. 나비 또한 할머니의 허리 근처에서 수직 갱도의 아래를 내려다보며, 햇살은 왼쪽으로 가파르게 쏟아지고 있다. 이처럼 풍경화를 이루는 모든 사물들은 각각 독립적이고 자율적인 존재로서 주체적으로 풍경화에 개입하며, 독자적인 의지에 의해서 존재를 발현하고 있다.

이러한 풍경화에 인간의 존재가 등장하지 않는 것은 아니다. 바로 할머니라는 존재다. 그런데 할머니라는 인간은 레일과 기차, 그리고 바람과 구름, 햇살과 동등한 존재 가치만을 지닐 뿐이다. 그녀는 봄이 되어 쑥을 캔다. 기차가 지나가자 쑥을 뜯다 말로 잠시 허리를 펴고 서 있기도 한다. 하지만 할머니의 존재와 행동은 하나의 풍경화 속에서 다른 존재와 등가의 가치를 지니는 것일 뿐 그녀 주변의 사물들을 지배하거나 통어(通御)하지 못한다. 그녀에 의해서 풍경이 재구성되거나 그녀를 중심으로 풍경이 수렴되거나 그녀가 풍경의 초점으로 기능하지도 않는다. 그녀는 다른 사물처럼 사물화된 존재로서 봄날 철로변을 구성하는 하나의 구성물일 뿐이다.

더욱 주목되는 점은 할머니의 존재 자체 또한 하나의 유기체적 존재로서 신비화되는 것이 아니라 분리 가능한 사물처럼 취급되고 있다는 점이다. 쑥을 뜯다 말고 할머니가 잠시 허리를 펴자, 허리가 활강한다. 할머니의 육신에서 독립되어 나온 허리처럼 허리만이 독자적으로 활강하는 운동을 하는 것처럼 묘사되고 있는 것이다. 나비 또한 할머니와 독립된 듯한 수직갱도의 허리 위에 멈추어 서서 아래를 내려다본다. 할머니의 육신은 유기적인 생명체가 아니라 각각 파편화된 존재 원리를 가진 부분들의 집적물처럼 취급되고 있는 것이다.

　　이상의 분석에서 알 수 있듯이 박성현의 「철로변」이라는 작품은 자율적인 사물들이 그려내는 하나의 풍경화를 보여주고 있다고 할 수 있다. 여기에서 인간은 하나의 사물로 전락하거나 분리될 수 있는 부품들의 집적물로 분해되어 있다. 이러한 관점과 시각으로 구성된 풍경화는 우리에게 낯선 느낌을 준다. 낯선 느낌의 가장 중요한 원인은 의미의 포착이 어렵기 때문일 것이다. 우리는 이 시를 읽으면서 그래서 어쨌다는 거야? 하는 의문을 던지고 싶은 충동을 느낄 수 있다. 이러한 충동에는 인간적 의미의 부재에 대한 불안감과 환경을 지배하지 못하는 데에서 오는 의구심이 자리 잡고 있다고 할 수 있다.

　　물론 작품을 분석하면서 시적 화자와 구별되는 시인의 존재를 끌어들일 수도 있을 것이다. 이러한 시적 구도를 계획하고 그것을 통해 특정한 의도와 의미를 산출하고자 하는 시인의 의도와 욕망을 문제 삼을 수 있다는 것이다. 잘 알려진 것처럼 풍경화란 근대에 발견된 지극히 인간적인 의미물이라고 할 수 있다. 풍경화는 특정한 시각과 시선을 매개로 해서 특정한 의미와 가치를 창출하고자 하는 지극히 인간적인 의지의 산물이라는 것이다. 그러나 그러한 풍경화라고 해도 그것의 구성과 형성 원리에 의해서 탈인간화의 모습을 취할 수도 있음을 박성현의 작품들이 대변해주고 있는 것이다. 박성현의 작품 모두가 그러한 것은 아니다. 박성현의 다른 작품인 「그늘」에서는 바람과 햇빛과 그늘 속에서 아버지의 한과 아픔이 선명히 색깔로 부조되고 있다. 인간적 정서와 고통의 의미망을 형성하기 위해서 자연물들이 기능적으로 작용하고 있는 것이다. 하지만 「채소, 밭」이라는 작품에서 다시 '여자'라는 인간은 사물화된 존재로서 채소밭에 등장하는 하나의 등장인물이 되고 만다.

인간주의의 자장에서 자유롭지 못한 사람들은 박성현이 구현하는 풍경으로서의 시작품이 지루하고 따분하다고 느껴질 수도 있을 것이다. 그러한 경향은 곧 우리가 얼마나 인간중심주의에 침윤되어 있는지를 반증하는 사례로 읽을 수 있다. 인간이 배제된 풍경으로서의 시, 혹은 인간이 사물화된 풍경으로서의 시는 물질들의 운동 원리와 존재가치를 중시한다는 점에서 유물론적 상상력에 기반을 두고 있는 작품이라고 명명할 수 있을 것이다. 박성현의 유물론적 상상력은 마르크스의 변증법적 유물론적 담론과는 달리 인간주의의 범주에서 과감히 일탈하여 새로운 서정과 인식의 차원을 개척하고 있다는 점에서 주목해 볼 가치가 충분하다고 하겠다.

4. 도저한 물활론의 세계가 가리키는 것

김정웅의 휴머니즘과 민족주의에 대한 거부, 그리고 박성현의 사물화된 인간, 혹은 풍경화된 인간은 인간 중심주의에 의해 구축된 의미의 세계를 부정한다는 점에서 충격적이며 불편한 진실을 담고 있었다. 하지만 이러한 작업들은 인간만이 의미를 독점하고 전횡을 일삼아 왔던 기존의 인식론과 존재론을 부정하고 새로운 질서와 세계를 창출하기 위한 모색의 과정이라는 점에서 의미 있는 국면이라고 평가할 수 있었다.

그런데 민구의 신작들은 반인간주의에서 한 발짝 더 나아가 물활론적 상상력의 신비로운 세계를 보여주고 있다. 물활론(物活論)이란 모든 물질들이 그 자체 속에 생명을 갖추고 있어서 생동한다고 생각하는 이론과 학설을 지칭한다. 물활론적 상상력은 물질을 물질 그대로 보지 않고 물질 속에 내재된 혹은 물질에서 보여지는 원리나 개념이 현실세계나 인간에게 영향을 주는 신비로운 영혼을 지니고 있다고 보는 사고방식이라고 할 수 있는 것이다. 물론 유물론적 경향과도 상통하는 바가 있는데, 유물론은 정신과 의식에 대한 물질의 선재성만을 강조하는 반면에, 물활론은 물질에 내재된 생명력, 혹은 원리가 있어서 그것이 현상세계에 영향을 준다고 보는 데에서 차이점을 발견할 수 있다. 민구의 신작들은 모두 이러한 물활론적 상상력에 기대고 있지만 특히 다음 작품에서 그 두드러진 성격을 확인할 수 있다.

산 아래 평상에 앉아있는데
잠에서 깬 봄이 으르렁거린다
눈 녹은 봉우리 위로 털을 세운다
가까이 있는 나를 보고 입맛 다신다
밥그릇에 포개놓은 통통한 잉어를 내가

채가진 않을까 강물에 앞발을 담근다
그래도 안절부절 못해서 커다란 산을
혼자서 뛰어다닌다 어금니를 드러내고
부르르 떨더니 바위 밑에 오줌을 갈긴다
금방이라도 나를 덮치고 싶지만 목이
단단한 줄에 묶였는지, 부아가 치밀어서
벚꽃과 개나리 이제 막 얼굴을 내민 초록을
바닥에 질질 흘린다 색색의 똥을 지린다
검은나비 흰나비 개떼처럼 몰려와서
식사를 마치고 둘러앉아 짝을 짓는다
원정도박 온 벌들이 판돈만 불려놓은 들판,
냄새를 맡은 사람들이 서둘러 달려온다
목줄에 묶인 비대한 봄은 오가지도 못하고
발이 묶인 채 주저앉는다 지난겨울 이곳
빙벽을 허물던 앞발을 들어 힘껏 휘둘러보지만
그때마다 사람들 머리 위로 선선한 바람,
겨울 외투를 벗어던지는 나무의 정령들.

　　　　　　　　　　　　　—민　구, 「으르렁거리는 봄」 전문

　이 작품에서 깊이 있는 메시지를 찾기는 어렵다. 다만 자연
의 순환질서에 의해 찾아온 계절인 봄의 모습과 정황들이 동물
로 비유되어 동화적으로 묘사되고 있는 풍경을 감상할 수 있을
뿐이다. 시적 화자는 봄이 되어 산 아래에 있는 평상에 앉아 봄
의 정경들을 감상하고 있다. 그런데 봄은 동면에서 깨어난 곰과
같은 짐승으로 비유되어 다양한 활동성을 보여준다. 봄이라는

짐승이 꿈틀대며 움직이자 꽃이 피고 새싹이 움트고 봄바람이 부는 등 봄의 계절에 빚어내는 다양한 변화들이 일어나는 것이다.

이러한 시적 구도는 그야말로 봄이라는 계절, 혹은 시간이 살아 있는 유정물로 간주되고 있다는 점에서 물활론적 세계, 혹은 물신숭배나 만유정령설로 표현되는 애니미즘(animism)적 세계 보여주고 있다고 하겠다. 고대 그리스 인들이 밤에 번개와 천둥이 치는 것은 올림푸스 산의 제우스라는 신이 노했기 때문이라고 해석하는 것처럼 이 시의 기본적인 구도는 봄이 되자 만물이 소생하고 모든 식물들이 개화하는 것은 봄이라는 짐승이 잠에서 깨어나서 으르릉거리며 발광하기 때문이라는 시적 맥락을 형성해 놓고 있는 것이다. 시적 논리에 의하면 바위에서 폭포가 떨어지는 것은 성난 봄이라는 짐승이 오줌을 갈기기 때문이며, 벚꽃과 개나리가 피고 초록 잎이 트는 것은 봄이라는 짐승이 부아가 나서 색색의 똥을 지린 때문이라고 해석할 수 있다. 그리고 사람들의 머리 위로 선선한 봄바람이 부는 것은 봄이라는 짐승이 빙벽을 허물던 앞발을 들어 휘두른 결과라는 식이다. 시적 화자는 이와 같은 애니미즘적 상상력을 좀 더 분명하게 표명하기 위해 '나무의 정령들'이라는 표현까지 사용하고 있다.

여기에 인간이 등장하지 않는 것은 아니다. 구체적으로 시적 화자가 등장하고 벌들이 잉잉대는 들판으로 서둘러 달려오는 사람들도 있다. 그러나 시적 화자와 동네 사람들은 봄이라는 짐승 앞에서는 검은나비나 흰나비, 혹은 벌떼와 등가의 가치를 지닌 사람들이다. 그런데 더욱 주목되는 점은 봄과 시적 화자인 인간과의 관계이다. 봄은 시적 화자인 나를 보고 입맛을 다시거나 잉어를 내가 채갈까 봐 안절부절 못한다. 그리고 금방이라도 덮치고 싶어 하지만 단단한 줄에 묶여 있어서 그러지 못한다. 그는 사람들이 달려 올 때도 목줄에 묶여 비대해진 몸을 들어 앞발을 휘둘러볼 뿐이다. 이러한 시적 구도는 봄이라는 짐승이 왜 나를 공격하려 하는지, 그리고 왜 목줄에 묶여 있어야 하는지에 대한 아무런 필연적 정보를 제공하지 않는다. 어린아이처럼 직관적으로 시적화자는 다만 그렇게 생각하고 그렇게 믿고 있을 뿐이다.

이러한 직관에 의해 포착된 봄은 시적 화자에게 매우 폭력적인 존재이지만 그것은 줄에 묶여 있어서 나에게 위해를 가할 수 없는 존재이다. 봄은 날것으로서의 존재이기도 하지만, 또한 문명적 요소에 의해 순화된 것이기도 하다는 것이다. 레비스트로스가 적절히 간파한 것처럼 신화적 사고나 애니미즘적 사고는 자연에 대해 원시인들이 취할 수 있는 가장 과학적인 사고방식이라고 할 수 있다. 즉 원시인들은 끊임없이 자신의 삶에 대해 위협하는 낯선 자연에 대해서 자신의 욕망을 투영하고 의인화하여 해석함으로써 그것을 장악하고 순화하려고 했던 것이다. 민구의 「으르렁거리는 봄」은 바로 이러한 원시인의 물활론적인 세계관을 현대에 재생시켜보고 있는 작품이라고 할 수 있을 것이다.

민구의 작품에서도 확인할 수 있듯이, 자연물에 영혼을 부여하고 더 나아가 그것을 숭배하고자 하는 애니미즘적 사고는 자연에 대한 과학적 사고이기는 하지만, 현대과학이 상정하듯이 그것을 통제하거나 지배하려는 의도를 지닌 것은 아니다. 자연물에 감정과 영혼을 부여하려는 물활론적인 상상력은 자연물을 인간과 동등한 가치를 지닌 존재로 존중하고 그것과 소통하려는 시도라고 할 수 있다. 물활론적 사고는 동등한 영혼을 지닌 자연물의 가치를 인정하고 그것의 의지를 확인함으로써 공존을 꾀하려는 시도의 일환이라고 할 수 있다는 것이다. 이러한 의미에서 민구의 물활론적 작품세계는 너무 늙어버린 인류의 상상력을 정화하여 유년의 뜰을 회복함으로써 인간적 의미와 의지에서 벗어나 자연의 의지에 다가가려는 시도로서 인간과 자연의 진정한 소통과 공존의 방법론을 모색하고자 하는 소박한 발걸음이라고 평가할 수 있을 것이다.

오늘날 우리 사회는 인간적 의미와 의지에 의해 과부하가 걸린 세계라고 평가할 수 있을 것이다. 지구상에 오늘날처럼 인구가 증가한 적도 없었지만, 인간의 의지와 목적에 의해 자연이 재구성되고 재생산된 적도 없을 것이다. 그러한 점에서 현대사회는 의미 과잉의 시대, 혹은 인간화된 자연의 시대라고 명명할 수 있을 듯하다. 김정웅의 반인간주의와 안티-휴머니즘, 그리고 박성현의 유물론적 상상력과 민구의 물활론적 상상력이 주목되는 이유는 바로 이러한 인간적 의미 과잉의 시대가 직면하고 있는 수많은 도전들을 헤쳐나갈 방법론의 새로운 영역들이 이러한 전복과 일탈을 통해서 열릴 수도 있을 것이라는 믿음 때문이다.

젊은 시인들의 판타지 세계

― 김제욱, 박은정, 박연숙의 새로운 시선

1. 판타지를 향한 시적 도전

판타지(Fantasy)란 원래 형식에 구애되지 않고 악상이 떠오르는 대로 자유롭게 작곡한 음악 작품으로서 환상곡이라고 번역할 수 있다. 그러나 오늘날 판타지는 구성, 주제, 배경 등의 다양한 요소에서 마법이나 초자연적인 것들로 구성된 예술을 통칭하는 개념으로 사용된다. 판타지는 다른 픽션들과 함께 허구성을 공유하지만, 그 정도가 심하여 허구성이 갖추어야 할 리얼리티를 많은 부분 포기하기에 이른 픽션이라고 할 수 있을 것이다. 하지만 이러한 시각은 전통적인 리얼리즘의 시각에서 평가한 것으로 오늘날 새롭게 규정되는 '마술적 리얼리즘', 혹은 '하이퍼리얼리즘' 등의 관점에서 보면 판타지 또한 개연성과 필연성을 지닌 당당한 예술의 한 형식이라고 평가할 수 있을 것이다.

그러나 판타지의 매력과 가치는 무엇보다 리얼리즘의 자장을 허물고 나아가는 파괴력과 일탈적 성향에서 찾을 수 있을 것이다. 판타지는 사실을 재현하거나 모방해야 한다는 강박관념에서 벗어나 자유롭게 공상적 관념의 세계를 그릴 수 있다는 점에서 그 의의를 찾을 수 있다는 것이다. 특히 시라는 장르가 절대적인 자아를 세계에 투사하는 장르라는 점을 고려해 보면, 판타지는 시적 양식에 고유한 영역이라고 정의할 수 있을 것이다. 현실적 조건에 구애되지 않고 자유롭게 관념적인 층위에서 상상의 세계를 구축할 수 있다는 점에서 판타지는 시적 세계에서 가장 자유롭게 자신의 장점을 발휘할 수 있는 기제라는 것이다.

특히 시뮬라크르가 지배하는 현대사회에서 판타지는 현대인의 유용한 표현수단이기도 하다. 더 이상 가상을 현실과 구분할 수 없고, 또 구분하는 것이 무의미해진 시대에 판타지는 현실의 중요한 한 영역을 차지하고 있다. 그것은 실질적인 영향력을 지닌 현실의 한 힘으로서 현대인의 삶과 의식을 지배하고 있는 것이다. 이러한 점에서 현대의 젊은 시인들이 이러한 판타지에 주목하는 것은 당연한 현상인지도 모른다. 판타지는 젊은 시인들에게 있어서 어쩌면 일용할 양식으로서의 위상을 차지하고 있는지도 모른다.

따라서 젊은 시인들이 펼치는 판타지의 세계를 들여다보는 작업은 오늘날 젊은 시인들의 내면세계를 들여다 볼 수 있는 가장 빠른 지름길일 수 있다. 젊은 시인들의 판타지는 그들의 내면적 풍경을 고스란히 투사해주는 작업이기 때문이다. 또한 젊은 시인들이 그려내는 판타지를 들여다보는 작업은 오늘날 젊은 시인들이 처한 결핍의 환경, 혹은 현대사회가 직면한 결여의 환경을 확인할 수 있는 작업이기도 하다. 그들이 꿈꾸고 그려내는 판타지의 세계는 지금·여기에는 없는 어떤 이상, 혹은 욕망의 내용물을 드러내주는 기표들로 채워지기 때문이다.

2. 시선과 카메라, 환상의 문 너머를 찍는

김제욱의 신작들에는 환상의 구도와 메커니즘이 명시적으로 드러나 있다. 그의 작품들에서는 자유로운 시적 상상력이 어떤 질서와 체계에 의해서 꿈속에서나 가능한 상상의 세계를 구축해 준다. 김제욱 시인은 의도적으로 자신의 창작 작업이 하나의 상상적인 '문' 너머의 세계에 대한 채색 작업, 혹은 문 너머의 풍경에 대한 가상적 사진 찍기 작업이라는 것을 의식적으로 표명한다.

그에게 있어서 상상의 문은 "백색의 원고지"와 유사한 것이며, 그 "문을 통과하던 사람들은 이제 모두 환영처럼/ 이곳에 깃들어 있지 않"지만, 그는 여전히 "그들의 뒤모습을 찍고 싶"은 "불가능한 사실"(「문나무」)을 꿈꾸는 사람이다. 김제욱에게 상상의 문은 너무나 다양해서 하늘을 올려다보면 온통 다양한 문들이 빼곡히 자리를 잡고 있다. 즉 "알 수 없는 문 지나간 문 가야할 문 버려진 문 지우고 싶은 문 두려운 문 변하지 않는 문"(「문나무」) 등의 다양한 문들이 하늘을 가득 덮고 있는 것이다. 이러한 문들은 물론 기본적으로 상상력이 열어젖히는 피안의 세계를 향하는 문이기도 하지만, 김제욱에게 있어서 이 문은 다양한 존재자들의 소통을 매개하는 문이기도 하다. 김제욱이 주목하는 "문"이란 기제는 다양한 존재자들의 내면으로 통하는 문이며, 따라서 소통과 이해의 문이기도 한 것이다.

그러나 무엇보다 김제욱에게 "문"은 "문의 구멍에 카메라 렌즈를 끼워"(「문나무」) 들여다 볼 수 있는 문이다. 원래 문이란 안과 밖을 동시에 단절시키고 연결시키는 매우 모순적인 존재이다. 문은 안과 밖을 차단하기 위한 목적과 소통하기 위한 목적을 동시에 지니고 있는 매우 모순적인 것이라는 말이다. 이러한 문은 안과 밖을 경계짓지만, 또한 그것을 순식간에 무화시키고 만다는 점에서도 역설적인 존재라고 할 수 있다. 그런데 김제욱은 이러한 문을 가지고 단절하고 소통하는 일에 집중하기보다는 들여다보는 일에 집중한다. 고장 난 문의 구멍에 육안으로, 혹은 카메라 렌즈를 통해서 그 안, 혹은 그 너머를 들여다보는 것이다.

이러한 시적 구도에서 우리는 김제욱 시인은 왜 창문으로 밖을 내다보거나 안을 들여다보지 않고 하필 고장 난 문구멍을 통해서 그 너머를 들여다보려고 하는지 궁금하지 않을 수 없다. 김제욱 시인이 고장 난 문구멍을 통해서 그 너머를 들여다보려고 하는 이유는 그 너머에 존재하는 세계의 성질에 있을 것이다. 즉 문 너머의 세계는 투명한 현실의 세계가 아니라 상상의 눈을 통해서만 볼 수 있는 환상의 세계이기 때문인 것이다. 창문처럼 투명하게 그려낼 수 없는 세계, 문을 열고 직접 그 세계로 뛰어들 수 없는 세계이기 때문에 시인은 그토록 고장 난 문에 집착한다. 따라서 김제욱 시인에게 문은 항상 "손잡이가 없는 문"(「문-노인」)이 문제 된다. 그렇다면 김제욱은 그처럼 고장 난 문의 손잡이 구멍을 통해서 무엇을 보고 있는 것일까?

나무는 늘 그대로 있고
주위 풍경은 소용돌이치며
세월을 견디고 있고
내 몸은 하나야
내 몸 안에는

나무와 부러진 의자와 노인이 있어

문 앞에 고개를 숙여

구멍에 사진기를 넣고

문 건너편을 찍고 있어

나무도 있고 부러진 의자도 있고 노인도 있는

문 너머에 무엇이든 다 넣을 수 있을 것 같았어

하지만 없는 것도 있어

고장 나지 않으면 문 너머를 들여다 볼 수 없거든

손잡이가 없을 뿐

구멍 난 손잡이를 들여다보려고

사람들이 몰려 왔어

무엇이든 투명해지는 것을 보려고

긴 줄을 서서 차례차례 들여다보았어

그들은 문 너머 그곳에서

무엇을 보았을까?

그것은 아직 내가 너무 소중해

미처 버리지 못한 내 고장 난 사유

그 덩어리들. 그것은 아직 내가

건네지 못한 편지

난 원고지에 구멍을 내는 사람

—김제욱, 「문노인」 부분

    시로 쓴 시론의 형식을 취하고 있는 이 작품에서 시인이 바
라보는 풍경은 바로 자신의 내면이라고 할 수 있다. 이러한 진술
은 자신의 시적 주제와 그 내용물에 대한 진술이라는 점에서 자
신의 시론을 드러낸 것이라고 할 수 있다. 시적 화자가 사진기를

넣고 찍고 있는 문 건너편은 문 너머의 세계라고 할 수 있는데, 그 문 너머의 세계란 곧 내 몸 안의 세계와 다르지 않다. 그곳에는 몸 안에 있는 것과 동일한 "나무와 부러진 의자와 노인" 등의 사물이 존재하고 있다. 문 너머의 세계는 곧 나의 상상력이 축조해낸 환상의 세계와 다르지 않은 것이다. 그렇기 때문에 "문 너머에는 무엇이든 다 넣을 수 있을 것 같"은 느낌이 들 수 있는 것이며, 현실이 존재하지 않기에 "없는 것도 있"을 수 있으며, "고장 나지 않으면 문 너머를 들여다 볼 수 없"는 것이다.

그렇다면 사람들은, 그리고 시인은 문 너머에서 무엇을 보고 있는 것일까? 그것은 시적 진술에 의하면 "너무 소중해/ 미쳐 버리지 못한 내 고장난 사유/그 덩어리들"과 "아직 내가 건네지 못한 편지" 등이라고 할 수 있다. 고장 난 사유 덩어리, 그리고 건네지 못한 편지들은 곧 현실 원칙에 부합하지 않는 상상적인 것, 그리고 소통이 불가능한 환경 등을 암시해준다. 시인은 이처럼 고장 난 사유와 건네지 못한 편지들을 자신의 원고지에 새김으로써 자기 스스로, 그리고 독자들이 자유롭게 들여다 볼 수 있도록 하겠다고 다짐한다. 그렇다면 이러한 작업은 도대체 무슨 의미를 지닐 수 있는 것일까? 그것은 판타지가 지니고 있는 힘, 곧 현실에 존재하지 않지만, 여전히 우리의 삶에 영향을 미치는 요소들이 지닌 힘으로서의 또 다른 삶의 가능성, 혹은 또 다른 세계의 가능성을 타진하는 힘일 것이다. 그것은 "나무"와 "의자"와 "노인" 등이 암시해주는 삶의 이면에 놓여 있는 요소, 혹은 그늘과 어둠의 메타포가 환기해주는 가치에 대한 타진과 다르지 않을 것이다.

3. 묵시록적 판타지가 향하는 곳

박은정의 시편들은 어떤 악몽이나 불면에 시달리고 있다. 그녀의 시에 등장하는 시적 화자들은 악몽을 꾸고 있거나 불면의 고통에 시달리고 있으며, 묵시록적 전망으로 어두운 그림자를 드리우고 있는 것이다. 이러한 시적 구도를 토대로 해서 그 배경으로 죽은 사람의 영혼을 위로하기 위한 음악인 레퀴엠이 잔잔히 울려 퍼지거나 섬뜩한 자장가가 낮게 깔리면서 더욱 암울한 시적 정조를 형성해낸다. 예컨대 「구두 수선공의 불면」이라는 작품만 보더라도 '불면', '죽은 자', '무덤', '죽음' 등의 시어들이 곳곳에 배수의 진을 치고서 시적 정조를 암울한 곳으로 이끌어가고 있다.

이러한 시적 정조는 박은정 시인이 꿈꾸는 판타지의 세계가 묵시록적인 세계관과 닮아 있음을 시사해준다. 시인이 드러내는 미래에 대한 전망과 세계관이 몰락과 종말의 비관적인 징후로 가득 차 있는 것이다. 박은정의 신작들에는 도저한 비관과 악몽, 그리고 불면과 자살충동과 같은 염세적인 태도가 시적 공간을 가득 채우고 있다. 그렇다면 묵시록적 미래의 모습을 담고 있는 이러한 시적 정조는 도대체 어디에서 연유하는 것인가? 그것은 다음과 같은 구절들에서 알 수 있듯이 폭력과 광기로 점철되었던 유년의 기억에 뿌리를 두고 있음을 짐작할 수 있다.

한 소녀가 사내의 손에 이끌려 사라진 오후, 꽉 움켜진 소녀의 손에서 벌거벗은 개구리의 신음이 흘러내렸지만 아무도 그날의 유년에 대해 기억하지 않는다 문을 열면 울음주머니만 낭자한 바닥, 귓가에선 기이한 인사가 맴돌고 변소에선 이름 모를 아이들이 비명을 질렀지만, 말할 수 없는 것들은 처음부터 없던 것들인 것처럼, 그렇게 우리는 침묵을 배웠다

(중략)

   너는 수많은 별자리를 외웠지만 손바닥에 짤랑거리는 동전 소리가 좋았을 뿐, 외로운 우리는 뭐라도 해야 할 것 같아, 서로를 마주앉아 조금씩 빗겨가는 골목의 세계를 보고 있었지 그날의 잊혀진 호흡 속에는 아이들이 버린 운동화가 둥둥 떠다니고 주인 없는 인형들이 수챗구멍에서 발견되기도 했지만, 우리는 서로에 대해 기억하지 않는 예의를 기억하고 있고, 그렇게 또 봄이 오고 아스파라거스는 익어가고

―박은정, 「아스파라거스로 만든 인형」 부분

   요컨대 '그날'의 풍경들, 즉 사내의 손에 이끌려 사라진 한 소녀, 울음주머니로 가득한 유년의 뜨락, 그리고 기이하고 낯선 풍경과 비명들, 이어지는 침묵 등의 요소들이 유년의 기억을 가득 채우고 있다. 이러한 추억들은 시적 화자의 트라우마가 되어 여전히 현재진행형인 상처로서 고통을 유발하는 기능을 한다. 시적 화자는 "아무도 그날의 유년에 대해 기억하지 않는다"고 진술하고 있지만, 시적 화자에게 그날의 기억은 현재의 삶과 미래의 전망을 좀먹어 들어가는 원체험으로써 작동하고 있는 것이다.

   요컨대 유년의 어느 날에 벌어진 폭력의 기억은 시적 화자의 현재적 삶을 제약하는 근원적 조건으로 작용하고 있는 셈인데, 그로 인해서 시적 화자는 침묵과 망각의 깊은 늪 속으로 침잠해 들어가고 있다. 이러한 침묵과 망각은 궁극적으로 가치 있는 것들의 파괴, 그리고 그로 인한 소멸과 부재의 상실감에서 비롯된

것이다. 즉 "아이들이 버린 운동화가 둥둥 떠다니고 주인 없는 인형들이 수챗구멍에서 발견되"는 상실감과 박탈감이 현재적 침묵과 망각의 의지를 강화시켜주고 있는 것이다. 어린아이들이 신고 열심히 뛰어다니며 미래의 꿈을 담금질했어야 할 운동화의 폐기처분, 그리고 가상적 대화 상대자로 존재하면서 어린이들에게 꿈과 자아상을 확립시켰어야 할 인형의 방기를 통해서 시적 화자는 닫힌 미래의 폐쇄성을 강조하고자 하는 의도를 드러낸다.

그와 같이 미래가 폐쇄된 상황에서 다가오는 봄과 무르익어가는 아스파라거스는 닫힌 상황의 비극을 더욱 부각시키는 요소로 작용하고 있다. 이러한 비극적 상황에 대해서 시적 화자는 어떤 태도를 취할 수 있을까? 다음 구절들에서 확인할 수 있듯이 시인은 그러한 비극적 상황에 대해서 냉소적이고 도발적인 자세로 신성모독과 같은 극단적인 정서적 반응을 표출하고 있다.

부엉이의 날개가 망자의 유언으로 붉게 물드는 밤, 제단 위를 걸어가는 소녀의 가슴에는 당신의 유연한 혀가 울안엠...울안엠... 내게 돌아온 악마의 씨앗을 몰락하는 것들에게 바쳐다오 이제 나는 촛불을 켜고 진리와 영혼의 괴물이 되었으니, 달빛 아래 잠든 내 형제들이 서로의 육체를 만지며 주린 배를 채우듯, 책장을 넘기면 차마 입 밖으로 낼 수 없는 거룩한 이름들로 일곱 가지 죄미를 범하리라

우리는 비극도 희극도 아닌 카르마의 족속들, 공수병에 걸린 아이들이 어둠 속 낮은 음조로 낄낄거리면 소녀의 따뜻한 배에도 어떤 두려움이 일고, 두 발로 기어가는 제물들의 눈물은 더 이상 빛나지 않으니, 생의 부끄러움 따위는 잊고 현기증이 이는 당신의 음문을 아이들이 열어젖히도록,

내일은 태초의 요람이 거세게 흔들리고 세 개의 가슴 위로 바람이 경련하
리니, 당신의 마지막 고해는 울음으로 울안엠.. 울안엠.. 소녀의 짧은 교
복은 활활, 잘도 타올라요

　　　　　　　　　　　　　　　　　　　　　　　—박은정, 「흑암의 미사」 부분

　작품의 중간 중간에서 반복되고 있는 '울안엠'이란 마르크스
가 지은 희곡으로 "하나님이 우리와 함께 계신다"는 의미를 지니
고 있으며, 예수 그리스도의 성경적 이름인 '임마누엘(Immanuel)'
을 거꾸로 발음한 것이라고 한다. '임마누엘'이 거꾸로 발음된
'울안엠'처럼 이 작품의 구도는 전복적이고 일탈적인 상상력으
로 가득 차 있다. 시적 화자는 망자의 영혼을 위해 촛불을 켜는
자신을 "진리와 영혼의 괴물"이라고 명명하는가 하면, 망자의 유
언이 적혀 있을 듯한 "책장을 넘기면 입 밖으로 낼 수 없는 듯한
거룩한 이름들로 일곱 가지 교미를 범하리라"고 예언하고 있다.
진리와 영혼 같은 가치 있는 것들을 전복시켜 괴물로 폄하하는
가 하면, 거룩한 이름을 교미와 결부시킴으로써 신성모독과 같
은 전복적 행위를 감행하고 있는 것이다.
　이와 같은 상황은 정상적인 코스모스의 세계라고 할 수 없을
것이다. 그런데 이러한 세계를 시적 화자는 '카르마(業)'의 탓으
로 돌리고 있다. 인과응보의 과정에 의해서 결과적으로 그러한
세계상이 구축되었다는 것이다. 결국 '공수병'이라는 시어가 적
절히 제시해주고 있듯이 광기가 세계를 지배하고 있다는 것, 이
러한 세계는 세 개의 가슴을 지닌 소녀가 지극히 정상적인 것으
로도 수용될 수 있다는 것, 그리고 이러한 세상을 구원해줄 '임
마누엘' 조차 제대로 부를 수 없으며, '울안엠'이라는 전복적 방

법을 통해서만 가능하다는 것 등을 이 시는 말해주고 있다. 하지만 이러한 시적 진술조차 냉소적이고 반항적인 어조를 통해서 표출되고 있다는 점에서 그 반어적 효과가 극대화되고 있음에 주목할 필요가 있을 것이다.

그렇다면 박은정이 그려내고 있는 미래의 판타지는 어떤 것인가? 그것은 물로 암울하고 비관적인 것이다. 닫힌 미래에 대한 기대를 포기한 상황에서 현재의 밑도 끝도 없는 절망의 나락을 추체험하기. 이러한 시적 상황이 박은정의 시를 읽는 독자들을 불편하게 하는 장치일 것이다. 하지만 이러한 내용을 넘어서는 형식에 대해 주목해볼 필요가 있을 것이다. 박은정의 신작들은 모두 음악 연주와 같은 공연이나 인형극, 혹은 미사와 같은 제의의 형식을 취하고 있다. 즉 과거의 상처를 위무하고 영혼을 달래거나 그것을 음미하며 추체험하는 형식을 취하고 있는 것이다. 이러한 형식이 박은정의 묵시록적 판타지를 구원할 수 있을지도 모른다. 공연과 연극, 혹은 연주회나 미사 등의 극적 형식은 카오스와 같은 현실에 질서를 부여해줄 수 있는 하나의 실마리가 될 수도 있기 때문이다.

4. '부풀어 오른다'는 것의 의미

김제욱의 고장 난 사유로서의 새로운 판타지의 세상, 그리고 박은정의 묵시록적 판타지와 달리 박연숙은 부풀어 오르는 세계, 혹은 팽창하는 세계의 판타지를 보여주고 있다. 박연숙의 신작들에서 가장 주목되는 점은 모든 상상력이 부풀어 오르는 현상으로 향하고 있다는 점이다. 시인에게 시적 대상은 그 부푸는 성질에 대해서만 관심의 초점이 되는 것처럼, 시에 등장하는 사물과 사건들은 대부분 팽창하는 속성을 지니고 있다.

시인이 보기에 "질문은 늘 몸 밖에서 부풀"(「검은비닐호랑이 이야기」)어 오르고 있으며, "당신의 입술은/부푸는 잠 속으로/걸어와 나의 내부를 뒤적거리"(「부드러워진다는 것」)고 있다. 또한 시인은 "이스트에 부푸는 밀가루반죽처럼, 사체가 제 기억을 견디는 임계부피 같은 거"(「쿠키를 굽는 도서관」)로서의 "팽창"에 대해서 노골적으로 관심을 환기하기도 한다.

그렇다면 시인은 도대체 무슨 연유로 이렇게 팽창에 집착하는 것인가? 아니 그 전에 팽창은 어떤 의미를 지닌 것인가? 팽창(膨脹)은 원래 물리적인 현상으로 물체의 질량은 일정하게 유지되면서 부피가 늘어나는 현상을 지칭한다. 물체가 열을 받거나 기압이 감소하면 내부의 분자 운동에너지가 증가하여 공간이 넓어지면서 물체의 부피가 늘어나는 현상을 말하는 것이다. 그런데 박연숙 시인이 주목하는 팽창은 이와 같은 물리적 현상으로서의 팽창이라고 하기는 어렵다. 시인이 주목하는 팽창은 "이스트에 의해 부푸는 밀가루반죽"이라는 표현에서 알 수 있듯이 "발효(醱酵)"의 의미에 가깝다. 발효란 미생물이 자신이 가지고 있는 효소를 이용해서 유기물을 분해시키는 과정을 지칭한다. 발효란 미생물이 자신의 효소를 이용해 유기물을 분해함으로써 우리 생활에 유용하게 사용되는 물질이 만들어지는 과정을 의미하는 것이다. 박연숙이 주목하는 '부풀어 오름', 혹은 '팽창'은 이러한 '발효'의 의미와 유사한 의미 자장을 지니고 있다. 다음과 같은 시적 구절들을 통해서 이를 좀 더 분명히 할 수 있다.

베인 목덜미에서 쏟아지는 수염, 두 개의 뾰족한 입술은 열람실에서 만나지, 심장을 의심하는 오른손과 신을 의심하는 진흙 묻은 표지, 진흙을 바르는 것은 오래된 요리의 방식일까, 요리책엔 수염 요리법이 나와 있을까. 차례마다 눈동자를 달아주고 싶어. 뜨거워진 머리들이 기울여 통증을 따르고 있는 열람실에선, 침을 뱉으면 지구 저쪽 뜨겁고도 추운 나라까지 검불 묻은 눈동자가 굴러가지. 진흙반죽이 익어가고 있어 허기진 누군가가 같은 페이지를 읽어,

주머니에서 소리가 들려, 쿠키를 만들기에 햇빛이 너무 좋다는 소식이야 우르르, 사람들이 몰려드네. 부풀어 오르기 전에 검게 타버린, 쿠키 애기야, 평창이 아니고 팽창이라니까.

— 박연숙, 「쿠키를 굽은 도서관」 부분

위의 시적 구절들에서 가장 주목되는 점은 육체의 해체, 혹은 신체의 절단과 관련된 상상력이다. 목덜미는 베어져 있고, 거기에서 수염이 쏟아져 나온다. 눈동자는 신체에서 분리되어 서적의 맨 앞에 놓인 차례에 붙을 수 있는 것으로 묘사되고 있으며, 지구 저쪽의 끝까지 굴려간다. 이처럼 신체가 분할되거나 해체되는 현상은 「검은비닐호랑이 이야기」에서도 "왼팔을 잘라 봉지 안에 넣었어/ 괜찮아 괜찮아/ 오른 팔이 있으니까/다리를 잘라 봉지 안에 넣었어"라는 표현에서도 확인할 수 있다. 신체의 분할과 절단이라는 이와 같은 상상력은 박연숙 시인에게는 자연스러운 현상처럼 받아들여지고 있는 것이다.

육체의 분할 모티프와 함께 주목되는 현상은 역시 발효의 상상력이라고 할 수 있다. 전체적인 시적 구도는 도서관에서 책을

읽는 과정을 하나의 요리에 비유하고 있다는 점인데, 이 요리의 과정이 쿠키를 굽는 과정이라는 점에서 책을 읽는 과정은 발효의 과정이라고 할 수 있다. 도서관에서 서적을 독파하는 과정이 하나의 요리를 완성하는 과정으로 묘사되고 있는데, 도서관에서의 독서행위는 지식을 탐색하고 그러한 탐색을 통해서 새로운 성숙을 기할 수 있다는 점에서 비유적 의미의 발효 과정이라고 할 수도 있을 것이다. 그러니까 도서관에서 서적을 독파하는 작업은 새로운 존재로 거듭나는 변신의 과정으로서 발효의 과정인 셈이다.

독서의 과정이 새로운 존재로 거듭나는 과정이라고 이해할 때, 우리는 박연숙 시인이 육체의 분할과 절단에 집착하는 이유를 이해할 수 있게 된다. 육체의 분할과 절단의 상상력은 곧 존재의 발효 과정, 곧 존재의 갱신에 대한 욕구를 대변해주고 있는 것이다. 육체가 분할되는 과정은 곧 육체가 요리의 재료가 되어 하나의 새로운 요리로 거듭나는 과정이라고 할 수 있다. 요리의 과정이기 때문에 요리의 재료인 신체는 절단되고 분할되어 새로운 질서에 편입되어야 한다. 그리할 때 그러한 신체들은 발효의 과정을 거쳐 전혀 새로운 존재를 구성할 수 있게 된다. 그러한 과정이 올바르게 수행되지 않을 때, "부풀어 오르기 전에 검게 타버린, 쿠키"처럼 존재의 갱신 요구는 좌절되고 만다.

이상의 분석을 종합해 볼 때, 박연숙에게 도서관이 쿠키를 요리하는 부엌과 다르지 않다는 것을 알 수 있다. 도서관은 다양한 지식의 재료들을 동원하여 새로운 지식을 만들어내는 곳이라는 점에서 다양한 재료들을 결합하여 훌륭한 요리를 완성하는 부엌과 다르지 않은 것이다. 또한 도서관은 그러한 지식들이 존

재의 갱신과 성숙의 과정을 완성한다는 점에서 신체의 발효가
완성되는 장소이기도 하다.

이러한 논의에서 우리는 박연숙 시인이 왜 그토록 팽창, 혹
은 발효에 주목하고 있는지에 대해서 짐작할 수 있게 되었다. 그
이유는 잘 숙성된 요리의 완성 욕구, 혹은 존재의 갱신 욕구에
뿌리를 두고 있었던 것이다. 하지만 박연숙의 발효의 상상력과
관련해서 더욱 주목되는 점은 「부드러워진다는 것」이라는 시에
서 징후적으로 포착할 수 있듯이, 발효의 갱신 과정이 타자에 대
한 이해와 사랑이라는 사회적 의미로 확산될 수 있다는 점이다.
시인에게 발효된다는 것, 혹은 부드러워진다는 것은 "좋아하는"
과정이며, "이해하는" 과정으로 수용되고 있는 것이다. 물론 시
인은 부드러워지는 발효의 과정이 변신의 과정이며 새로운 영역
으로 틈입하는 과정이기 때문에 "적막한 몸"이 되는 대가를 감수
해야 한다는 점을 우려하고 있다. 하지만 그것은 존재의 융합,
혹은 타자의 포용 과정이기도 하다는 점에서 사랑과 이해의 문
을 열어젖히는 과정일 수 있음을 시인은 충분히 인식하고 있다.

5. 새로운 판타지를 위하여

세 젊은 시인들이 펼치는 판타지의 세계는 몹시 현란하고 비
약과 전복이 심한 상상력의 세계를 보여주고 있었다. 그것을 독
해하는 과정은 매우 심한 요철이 나 있는 비포장도로를 걷는 것
처럼 힘들고 고된 작업이기도 하다. 하지만 그러한 도로를 완주
했을 때, 우리는 매우 신선한 세계를 경험하고 다시 현실로 돌아

온 듯한 카타르시스의 정서적 효과를 경험할 수 있을 것이다.

김제욱의 판타지는 환상의 세계를 펼쳐 보이는 마술과 같은 신비스러운 분위기를 지니고 있으며, 요지경과 같은 흥밋거리와 함께 환상의 효용성에 대한 진지한 통찰을 제공한다. 박은정의 묵시록적 판타지는 어둡고 습한 곳에서 펼치는 힘든 영혼의 싸움과 같은 괴로움을 느끼게 하지만, 또한 간절한 구원과 재생의 기원을 품도록 한다. 박연숙의 그로테스크하지만 발랄한 판타지는 때로 섬뜩한 느낌이 들기도 하지만, 촘촘히 구성된 시적 구도에 의해서 존재의 갱신 욕구가 사회적 가치와 화해할 수 있다는 가능성을 보여주기도 한다.

젊은 시인들의 특권은 꿈꿀 수 있는 권리에 있는지도 모른다. 그들이 펼쳐내는 몽상과 환각의 세계는 과도한 주관성으로 인해서 독자의 접근을 방해하기도 한다. 하지만 그것은 부분적으로 독자가 시인과 함께 꿈꾸기를 거부하는 데서 오는 현상이기도 하다. 젊은 시인들이 펼쳐 보이는 꿈은 기성의 관습과 관념에 포섭되지 않았다는 점에서 날것의 이미지를 지니고 있다. 날것은 하나의 가능성이며, 잠재력이다. 우리가 날 것의 판타지에 주목해야 이유가 여기에 있다.

욕망이 빚어내는 무늬

— 강은진, 박송이, 황혜경의 새로운 시선

1. 욕망, 사회적 심리의 지형도

욕망(慾望, desire)은 인간의 삶을 추동하는 근원적인 에너지로서 오랫동안 문학과 철학의 화두가 되어 왔다. 바라는 바가 있기 때문에 인간의 삶이 영위될 수 있었고, 거기에서 문명의 출현 또한 가능해졌을 것이라는 논의가 가능할 정도로 욕망의 문제는 인간의 삶과 관련하여 근원적인 성격을 지니고 있는 것이다. 식욕과 성욕, 명예욕과 같은 세속적인 가치들이 1차적인 욕망의 기의들로 지칭되는 현상에서도 욕망의 근본적 성격을 짐작할 수 있다.

그런데 욕망의 성격과 그 내용이 시대에 따라 달라진다는 점에서 욕망에 대한 접근은 시대적이고 사회적인 함의를 지닐 수 있다. 시대와 사회에 따라서 가치의 의미와 내용물이 달라지고, 가치의 변화에 따라서 욕망의 내용물이 달라질 수 있다는 점에서 욕망의 변천사는 시대사의 다른 이름일 수 있는 것이다. 가치의 변화는 가치를 둘러싼 다양한 관계와 위계질서의 변화를 수반한다는 점에서 욕망의 변화에서 우리는 사회적 관계와 사회적 제도의 변화까지 추론할 수 있게 된다.

하지만 욕망과 관련하여 무엇보다 문제가 되는 것은 인간의 의식 내면의 근저에 자리 잡고 있는 심리적 지형도를 읽어낼 수 있다는 점이다. 욕망은 보이지 않는 인간 내면의 형상과 강렬도 등을 드러내는 기표라는 점에서 유용한 기제라고 할 수 있다는 것이다. 왜냐하면 욕망은 내면의 지향점과 방향성 등을 함축하고 있어서 내적 심연에서 펼쳐지는 파노라마를 드러내는 기표이자 하나의 지형도라고 할 수 있기 때문이다. 따라서 욕망은 한 개인의 내밀한 충동과 원망(願望)이 고스란히 숨어 있는 상징의 그물과 같은 것이어서 그것을 엿보는 행위는 개인과 사회의 근원적 토대를 확인하는 작업이 될 수 있을 것이다.

그런데 정신분석학자 라캉이 규명한 바에 의하면, 인간은 주로 자신에게 허용되지 않은 것을 욕망한다고 한다. 인간은 금기와 금지를 욕망하는 경향을 지니고 있다는 것이다. 라캉에 의해서 포착된 욕망은 본질적으로 금지되었기 때문에 욕망일 수 있으며, 도달할 수 없기 때문에 욕망일 수 있다. 욕망이란 곧 결코 도달할 수 없는 유토피아와 같은 성질을 지니고 있다는 것이다. 더욱 심각한 것은 라캉에 의하면 인간의 욕망은 타인의 욕망을 욕망하는 경향을 지니고 있다는 점이다. 욕망은 자신의 필요와 욕구에 의해서 형성되는 것이 아니라 타인이 욕망하는 것을 자신의 욕망으로 삼는 경향을 지니고 있다는 것이다. 이때의 욕망이란 곧 가상욕망이라고 할 수 있는데, 라캉은 이러한 가상 욕망을 욕망의 실체라고 규정한다.

라캉에 의해 표명되는 욕망의 실체는 자못 심각하고 곤혹스러운 것임에 틀림없다. 욕망이 금지된 것을 욕망하고, 타인의 욕망을 욕망한다고 할 때의 욕망은 어떤 문제적 성격을 지니고 있는 것인가? 그것은 곧 욕망이 매개되었다는 점일 것이다. 욕망이란 사회적 금기에 의해 촉발되고 타인에 의해서 생성되는 것이라는 점에서 욕망은 매개된 성질을 지닌다. 매개된 욕망은 곧 욕망이란 사회적 관계에 의해서 형성되는 사회적인 것이라는 의미를 지닌다.

이상의 관찰에서 알 수 있듯이 욕망이 문제가 되는 것은 욕망이 사회적 질서와 가치를 함의하고 있는 기표일 뿐 아니라 내면의 심리적 국면을 드러낼 수 있는 기제이기 때문이라고 할 수 있다. 이 글에서 욕망을 통해서 신인들의 새로운 시선(視線)에 접근하려고 하는 이유도 여기에 있다. 신인들이 표명하고 있는 새로운 욕망의 무늬들은 곧 지금, 여기의 현장에서 작동하는 사회적 관계의 모습, 그리고 그와 관련된 동시대인의 심리적 방향성의 모습을 가장 예각적으로 보여주는 지형도가 될 것이기 때문이다.

2. 욕망하는 기계

2011년 문화일보 신춘문예를 통해서 등단한 강은지의 신작에는 욕망에 집착하는 현대인의 강박관념, 혹은 욕망에 의해 조종되는 현대인이 마치 욕망의 기계와 같은 모습을 띠고 있는 국면들이 포착되고 있다. 인간이 욕망을 욕망하는 것이 아니라, 욕망이 인간을 통해서 자신의 욕망을 실현하는 아이러니한 상황과 극단적이고 전복적인 전위적인 상상력이 시적 공간을 가득 메우고 있는 것이다. 예컨대 다음 작품을 일별해 보아도 쉽게 이를 확인할 수 있다.

먹어도 먹어도 배가 고픈 병에 걸렸어요
결코 잠들지 않는 위장을 가졌죠
빨갛게 독이 오른 딸기 같은 혀는 감각을 잃었고
손에선 나쁜 냄새가 났어요

나는 언제나 진행 중이에요
습관적으로 손을 씻고 입안 가득 레몬을 물고 있어요
흠뻑 젖은 질문들과 역류하는 대답들
모든 물질은 비극을 거쳐 순환합니다
외로움은 허기를 몰고 오고
허기는 통증을 통증은 기억을 기억은 다시 외로움을…
나는 쉬지 않고 소화해요

(중략)

나는 잘 작동되고 있답니다
조금 손상되었지만 그럭저럭 침이 잘 돌아요

좀 가벼워질 수 있을까요?
먹어도 먹어도 자꾸 배가 고파요
닥치는 대로 집어 삼켜도 나는 아주 원활합니다
울어도 울어도 끝나지 않는 밤에는요, 그런 밤에는요
구역질을 하며 손을 씻고 또 씻어요
평온하게 잠들 수 있을 것처럼

다시 달이 뜰 것처럼

드디어.

—강은진, 「중독자」 부분

시적 화자는 "먹어도 먹어도 배가 고픈 병에 걸"려 있다. 그
래서 시적 화자는 "습관적으로 손을 씻고 입안 가득 레몬을 물고
있"다. 이러한 행동을 주목해볼 때, 시적 화자는 위생에 대해 병
적으로 집착하는 중독증을 가지고 있으며, 음식에 대한 집착과
몰입의 상태를 경험하고 있음을 추측할 수 있다. 시적 공간에서
자주 반복되는 시적 화자의 손을 씻는 행위는 바로 현대인들의
질병에 대한 두려움과 위생에 대한 강박관념을 표명해주고 있
다. 그리고 더욱 중요한 강박관념으로서 '입안 가득 물고 있는
레몬'은 곧 현대인들의 식욕에 대한 과도한 집착을 드러내주고
있는 것이다.

그런데 시적 화자는 왜 이러한 과도한 식욕에 집착하게 된
것일까? 시적 논리에 의하면 외로움 때문이다. "외로움은 허기
를 몰고 오고", 허기는 통증과 기억을 거쳐 다시 외로움을 파생
시키는 연쇄 고리를 형성한다. 그리하여 다시 시적 화자는 외로
움에 사로잡히고, 외로움은 다시 무한한 식욕을 자극하는 허기
와 연결된다. 이러한 시적 논리를 추적하다 보면, 결국 이 시에
서 식욕으로 대변되는 인간의 욕망은 타인과의 관계를 통해 외
로움을 해소하고자 하는 욕망과 다르지 않다는 것을 발견할 수
있다. 현대인들이 식욕에 탐닉하는 것은 곧 단독자로서 자신의
삶을 감내해야 하는 데서 유래하는 고독으로부터 탈출하고자 하
는 욕구와 결부되어 있음을 발견할 수 있는 것이다.

그런데 문제는 그러한 식욕으로 타인과의 관계가 회복되기를 바라는 욕망이 실현되기 어렵다는 점이다. 시적 공간에서 자주 반복되는 "먹어도 먹어도 배가 고픈 병"이라는 시적 구절이 이러한 사정을 설명해주고 있다. 식욕은 물질적 결핍을 충족시켜줄 기제는 될 수 있지만, 외로움과 같은 정서적 상흔을 치료해줄 역능을 지니고 있지 않기 때문이다. 시적 화자가 처한 외로움의 허기는 「이상한 자각」이라는 작품에서 자아에 대한 새로운 각성을 통해서 충족된다. 즉 이 작품에서 시적 화자는 "지독하게 외로운 수술 전야"에 자신을 둘러싼 모든 환경과 존재들이 바로 자신을 구성하는 일부임을 자각하면서 "지독한 외로움"을 극복할 수 있는 틈을 발견하고 있는 것이다.

하지만 「중독자」에서는 식욕이라는 욕망을 통해 그러한 시도를 감행하는데, 그러한 시도는 실패할 수밖에 없는 것이다. 그런데 더욱 문제가 되는 것은 그런 실패로 인해서 시적 화자는 자신을 욕망의 기계처럼 인식하게 된다는 것이다. 시적 화자는 자신이 "잘 작동되고 있"다고 진술하는가 하면, "조금 손상되었지만 그럭저럭 침이 잘" 돈다고 묘사한다. 그리고 "닥치는 대로 집어 삼켜도 나는 아주 원활합니다"라고 주장하기도 한다. 이러한 진술들은 곧 욕망에 중독된 시적 화자가 자신의 의지에 의해 통제되기보다는 욕망이라는 기제에 의해 지배되는 기계와 같은 존재로 전락해 있음을 드러내준다.

이와 같은 시적 전략은 곧 욕망의 노예로 전락해 있는 현대인의 상황에 대한 알레고리라고 할 수 있다. 인간이 욕망을 통제하는 것이 아니라 욕망에 의해 통제되는 현대사회의 전도된 상황을 드러내주기 위한 일종의 알레고리적 장치라고 할 수 있는 것이다. 결국 강은진이 그려내는 욕망이란 현대인의 의지를 자신의 의지에 종속시켜 통제하는 힘으로서의 욕망, 혹은 인간을 기계와 같이 작동하도록 하는 작동 원리와 같은 기제라고 할 수 있다. 현대인들은 그러한 욕망의 통제에 순응하면서 불가능한 평온의 꿈을 꾸고 있다.

3. 지금 · 여기로부터의 탈출을 향한 욕망

박송이의 신작 시편들에서는 지금, 여기의 삶의 현장으로부터 탈출을 감행하려는 욕망이 들끓고 있다. 그녀의 시편에 등장하는 시적 화자들은 때로는 "먼 데 이민 갈 수 있"(「옥탑에 널다2」)기를 꿈꾸거나 "어떻게 이곳을 벗어날 지"(「시티투어」)에 대해서 깊은 사색에 빠지곤 한다. 또한 실제로 "막차에 올라 너는 손을 흔들고"(「셔터스피드」) 떠나가는 모습을 상상하기도 한다. 박송이의 시편들은 온통 지금, 여기의 실존 공간에서 벗어나 전혀 다른 곳에서 새로운 삶을 일구어나가고 싶은 욕망에 들끓고 있는 것이다.

이처럼 박송이 시인의 신작의 시적 화자들이 새로운 시간과 공간을 꿈꾸는 것은 지금, 여기의 현재적 삶에 결핍이 있기 때문일 것이다. 시인의 시적 화자들은 주로 옥탑에 거주하고 있다. 따라서 시적 화자는 옥탑에 대해서 어떤 결핍을 경험하고 있다고 할 수 있으며, 시적 화자의 탈출 욕망은 옥탑으로부터의 해방 욕망이라고 할 수 있을 것이다. 그런데 옥탑으로부터의 탈출 시도는 "왼다리 오른다리/ 짚고 짚어 허공이래도/갈 데 없이 우지를 마라"(「옥탑에 널다2」)라는 구절에서 알 수 있듯이 실패할 수밖에 없다. 옥탑에서 탈출이란 곧 허공으로 이어진 길을 향한 탈출이라고 할 수 있으며, 그러한 탈출은 중력의 법칙과 현실 원칙에 의해서 실패할 수밖에 없기 때문이다. 그런데 박송이의 시적 화자들은 어떤 이유로 옥탑으로부터의 해방을 꿈꾸는 것일까?

옥탑에 오르고 버스에 오른다
옥탑에 오르고 버스에 올라 눈을 감는다
어떻게 이곳을 벗어날 지 아무도 모른다

아무도 옥탑을 말하지 않고
버스는 도처에 널려 있다

입이 없어서 없는 입으로
공중을 떠돌고 떠도는
전깃줄에 감전이 되어도

찍 X
카드를 다시 대 주세요

잠바를 단단하게 잠그고
겨울을 부들부들 걸어야 한다

탑골공원을 트럭에 실고
여기저기
왔다 갔다 한다

운전면허증을 다시 따야 한다
우선 가불을 받아야 한다

찍 O
하차입니다

옥탑에 내리고 버스에 내린다
옥탑에 내리고 버스에 내려 눈을 뜬다
나는 나에게 점점 말을 건다

—박송이, 「시티투어」 전문

시적 화자는 옥탑에 올라서, 그리고 버스에 올라서 "어떻게 이곳을 벗어날" 수 있을지에 대해서 깊은 사색에 잠긴다. 옥탑에 오르고 버스에 오른다고 했는데, 사실 시적 화자가 오른 곳은 시티투어를 하는 버스일 것이다. 시적 화자는 시티투어를 하는 높은 버스에 올라 그곳을 자신이 살고 있는 옥탑이라고 상정하고 있을 수 있다. 혹은 반대로 옥탑에 올라서 그곳을 시티투어를 하는 버스 안이라고 생각해도 무방하다. 그곳은 사색과 상상의 공간이기 때문이다. 사색과 상상의 공간이기 때문에 시적 화자는 탈출을 꿈꿀 수 있는 것이다.

그런데 어찌하여 시적 화자는 옥탑으로부터의 해방을 꿈꾸는 것일까? "잠바를 단단하게 잠그고/겨울을 부들부들 걸어야 한다"라는 시적 구절이나, "우선 가불을 받아야 한다"라는 시적 구절에서 알 수 있듯이, 옥탑은 경제적 빈곤에 대한 메타포라고 할 수 있을 것이다. 따라서 옥탑으로부터의 탈출이란 결국 경제적 빈곤으로부터의 해방에 대한 욕망을 함의하고 있다고 추론할 수 있다. 옥탑으로부터의 해방이란 '지옥(지하와 옥탑방의 합성어)살이', 즉 전세난 등으로 집을 구하기 어려워지자 다른 층들에 비해 가격이 저렴한 지하층과 옥탑에 수요자들이 몰리며 생겨난 신조어인 '지옥살이'에서 짐작할 수 있듯이 경제적 빈곤으로부터의 탈출 욕구라고 할 수 있다.

그러나 옥탑에서의 탈출은 앞서 지적한 대로 허공으로의 탈출로서 결코 현실화 될 수 없다. 버스에서의 탈출 또한 불가능한 것이다. 시적 화자가 탑승한 버스는 '시티투어'용 버스로서, 도시를 순환하고 제자리로 돌아오는 버스이기 때문이다. 물론 이러한 논리는 모든 시내버스에도 통용된다. 그것은 직장과 거주지를 왕복하는 순환버스이기 때문이다.

그런데 우리는 시적 화자가 구사하는 시적 논리에 대해 의문을 품지 않을 수 없다. 옥탑으로부터의 해방은 허공으로의 탈출뿐인가? 옥탑으로부터의 해방은 계단을 통한 외부로의 탈출도 있을 수 있는 것 아닌가 하는 의문을 제기할 수 있는 것이다. 시적 화자가 이러한 의문에 답변하기를 거부한 채 "어떻게 이곳을 벗어날 지 아무도 모른다"고 진술하는 것은 결국 시적 화자가 자폐적 의식을 드러내고 있다고 해석할 수 있다. 실제로 이 시는 폐쇄적인 구조를 취하고 있다. 즉 첫 연에서 시적 화자는 옥탑과 버스에 오른다. 그리고 마지막 연에서 옥탑과 버스에 내린다. 그런데 옥탑과 버스에 오르는 행동과 옥탑과 버스에 내리는 행위는 사실은 동일한 행위의 반복일 뿐이다. 즉 옥탑과 버스에 오르거나 내리는 행동은 결국 동일한 행동일 뿐이다. 어느 경우에나 옥탑과 버스에 갇혀 있는 것이다.

    결국 박송이 시인이 신작을 통해서 그려내는 욕망의 세계란 경제적 궁핍과 딜레마로부터의 해방이라고 할 수 있는데, 이러한 욕망은 짙은 허무주의의 색채로 물들어 있다. 그런데 건물의 가장 높은 옥탑을 가난의 상징으로 설정한 것은 욕망의 강렬도를 보여준다는 점에서 주목된다. 건물의 가장 높은 곳인 옥탑은 지상에서 쫓겨난 가난한 사람들이 거주하는 곳으로서 지상에 거처를 마련하지 못한 사람들의 거처이다. 그곳은 매우 위험한 곳이며 거처의 극단이라는 점에서 거기로부터의 탈출 욕구 또한 극단적 강렬도를 지닐 수밖에 없을 것이기 때문이다.

4. 완결된 형상을 위하여

    황혜경의 신작들에는 원환의 고리, 혹은 원환의 범위를 향한 열망이 담겨 있다. 대상을 하나의 범위 안으로 포괄하고, 묶고, 감싸고 싶은 욕망이 표출되고 있는 것이다. 이러한 포괄의 욕망은 곧 어떠한 완결된 형식을 향한 욕망이라고 할 수 있다. 처음과 끝을 서로 맞물리게 하여 하나의 원환을 형성하고자 하는 욕망은 다양한 사물이나 대상, 혹은 사건이나 관계에 대해서 하나의 완결된 형상을 부여하고자 하는 욕망과 다르지 않다는 것이다. 이러한 완결을 향한 욕망은 다음과 같은 구절만 살펴보더라도 쉽게 포착할 수 있다.

    목의 방향도 바꿀 수 있죠 보고 싶지 않을 때는 돌려요 반대일 때는 주목하고 안목은 반대쪽 상대의 몫이었으므로 나는 선택당하고 이쪽의 시작은 저쪽의 결과가 되는 걸까 거기서 떨어뜨린 촛농이 여기서 뜨거운 것

처럼 이 결과는 또 저 시작에 닿을까 혀를 동그랗게 말아 탈탈 털어 오늘
먹은 것을 다 버리는 자세로 샤워를 할 때 그래도 숨겨둔 쌈지처럼 별들
과 머리카락은 하수구에 흘리지 않고 간수하기로 한다
　　　　　　　　　　　　　　　—황혜경, 「꽃의 뒤편 샤워의 자세」 부분

　인용된 구절은 다소 난해한 묘사로 점철되어 있지만, 대체로
둥근 원환에 대한 강박적 관심을 드러내고 있다. 시작과 결과의
연결고리, 그리고 동그랗게 만 혀, 또는 담배, 돈, 부시 따위를
싸서 가지고 다니는 작은 주머니인 '쌈지'라는 시어들이 그와 같
은 원환의 이미지를 강화하고 있다. 시적 화자는 의식적으로 처
음과 끝, 그리고 원인과 결과 등을 서로 연결시켜 둥근 폐쇄적
원환을 형성하고 있으며, 혀와 쌈지의 이미지를 통해서 고리의
형상을 향한 충동을 드러내고 있는 것이다. 그런데 시인은 도대
체 어떤 연유로 이러한 원환에 대한 욕망을 드러내고 있는 것일까?

　당신도 나도 아니다 이렇게 끈이 쉽게 풀릴 말들은 절대로

　먼 훗날 만나게 될 나와 당신 아직 만난 적 없는 당신과 나
　마주 서 있을 때 살짝 겹쳐지는 교집합으로 포개지다가
　같은 성질로 완전하게 포함하는 합집합으로
　하나의 카테고리로 우리 안에 당신과 나
　곧 만나게 될 나와 당신

　짐작하기 시작할 때 내 몸의 모든 곳은 발성기관이 되어 소리로 당신에
게 향하고 대부분 그건 울려고 하는 게 아니라 반짝이는 겁니다

우주적으로 거역할 수 없는 순환의 카테고리로 연결된 우리
고리처럼 구부러져 상대의 뒷덜미에 걸리고 있다

이제 당신과 같이 있는 게 집에 있는 것 같아요

생각만으로도 하루가 훳, 쉬이 간다는 것도 알게 되었고
그것은 하루라는 밤과 낮의 카테고리
바닥의 밑까지 더 깊어지기 위하여 고민이 상대일 때
아침에서 밤으로 내내 바라볼 때
얼마만큼 동질(同質)이 이중적이지 않을 수 있는가
우리의 범주는 공통의 그것을 묻고 있다 집요하게

— 황혜경, 「카테고리」 부분

이 시에서 하나의 동일한 성질을 가진 범위, 혹은 동일한 성
질의 범주인 카테고리는 '나'와 '당신'을 감싸고 있는 형상이다.
아니 오히려 동일한 성질의 범주인 카테고리는 '나'와 '당신'이
형성하는 것이다. 좀 더 정확히 말하면 원환적 추상을 지닌 카테
고리는 '우리'라는 의미를 지니고 있는데, 그것은 '나'와 '당신'이
형성한 것이며, '나'와 '당신'이 포괄되는 것이다. 그것은 쉽게 풀
리지 않은 '끈'을 질료로 해서 형성된 형상이다. 그 형상은 처음
에 낱낱의 공통점을 지닌 '나'와 '당신'의 결합이었지만, 종국엔
동일한 성질로 변모된 둘이 결합하여 하나의 꼴을 이룬 형식이다.

결국 시적 화자가 원환에 대한 욕망을 집착하고 있는 것은
타자와 자아의 완전한 결합에 대한 욕망 때문이라고 할 수 있다.
둥근 고리를 향한 욕망은 곧 사랑하는 사람과 시적 화자의 한 치

틈도 없는 완벽한 결합에 대한 꿈이 형상화된 것이라고 해석할 수 있는 것이다. 시적 화자는 사랑하는 사람과의 완벽한 결합으로 형성되는 카테고리에 의해서 "집"이라는 원초적 고향에 도달할 수 있을 것이라고 상정한다. 완벽한 결합에 의해 형성된 원환의 고리는 시적 화자를 존재의 고향과 같은 정서적 상황으로 고양시킬 수 있으리라 기대하는 것이다.

이와 같은 효용을 지닌 완벽한 고리에 대한 욕망, 즉 사랑하는 사람과의 완벽한 결합에 대하여 시적 화자가 지닌 강렬한 욕망은 우주적 차원으로 확대된다. 즉 시적 화자는 사랑하는 사람과 사이에서 형성된 관계가 "우주적으로 거역할 수 없는 순환의 카테고리"라고 명명하고 있는 것이다. 또한 시적 화자는 사랑하는 사람과 형성된 카테고리의 고리를 "하루라는 밤과 낮의 카테고리"로 비유하고 있는데, 이러한 비유는 곧 사랑하는 사람과 자신과의 관계가 인간의 유한한 관계가 아니라 세계의 형상과 질서의 원리로 승화되기를 바라는 내밀한 욕망을 표명해주고 있다.

그러나 이러한 욕망은 실현 불가능한 욕망이라고 할 수 있다. 시적 화자는 "얼마만큼 동질(同質)이 이중적이지 않을 수 있는가"에 대해서 고민하고 있지만, 밤과 낮으로 이루어진 하루가 이질적인 원리에 의해서 구축된 조화의 세계이듯 하나의 남성적 원리와 여성적 원리가 결합된 세계는 결국 이중적인 성격을 띨 수밖에 없는 것이다. 시적 화자는 완벽한 카테고리를 이룰 '나'와 '당신'이 '곧 만나게 될' 것이라고 예언하고 있지만, 그것은 시적 화자의 일방적인 욕망을 선언된 것에 불과하다.

5. 욕망은 절망을 낳고

결국 욕망은 서두에 언급한 것처럼 불가능을 욕망하는 것이다. 그것이 욕망일 수 있는 것은 불가능하기 때문일 것이다. 황혜경 시인의 신작 시편들이 원환에 대해 꿈꾸는 것은 완벽한 관계를 향한 시인의 불가능한 욕망을 대변해준다고 할 수 있다. 하지만 불가능하기 때문에 인간은 꿈꾸고, 추상하고, 상징한다. 황혜경의 불가능한 욕망에 대한 추구에서 우리가 원형 상징의 새로운 경지가 개척될 수 있을 것이라고 기대하는 이유가 바로 여기에 있다.

옥탑으로부터 탈출하고자 하는 박송이의 욕망은 사회적 상상력에 물들어 있다고 할 수 있는데, 욕망의 불가능한 조건과 전제들, 그리고 그것을 극복할 구체적 계기가 부족하다는 점에서 초월적 도피의 위험성이 있다고 판단된다. 욕망이란 불가능한 것을 추구하는 것이며, 금기와 금지에 대해서 맞서는 것이다. 금지와 불가능을 강요하는 현실에 대해 좀 더 천착할 필요가 있을 것이다. 불가능에 대한 천착은 절망을 낳고, 그러한 절망은 그것을 돌파할 에너지와 기교를 형성해줄 수도 있을 것이다.

강은진은 왜곡된 욕망의 기계로 전락하고 있는 현대인의 전도된 모습에 주목한다. 과도한 식욕을 통해 정서적 허기를 달래려고 하는 현대인, 무모한 욕망에 몰두하고 있는 현대인의 왜곡된 초상에 대해서 묘사해주고 있는 것이다. 그런데 더욱 주목되는 점은 전도된 욕망과 인간의 관계에 대한 통찰이라고 할 수 있다. 강은진이 묘사하는 욕망의 모습은 주체에 예속된 속성이 아니라 주체를 종속시키는 또 다른 주체로서의 모습을 띠고 있다. 욕망이 명령하고, 욕망이 삶의 동인을 제공하고 있는 모습을 보여주고 있는 것이다. 이러한 상황과 구도를 통해서 우리는 시적 알레고리의 새로운 모습을 기대할 수 있다.

제2부

의미의 해체와 관계들의 풍경

의미의 해체, 혹은 관계들의 풍경

— 송승언, 박찬세, 황인찬의 새로운 시선

1. 주체와 의미는 산산이 부서지고

탈근대 사회의 다양한 특징 가운데 두드러진 것은 근대사회가 그토록 확고부동하다고 간주했던 주체의 해체라고 할 수 있을 것이다. 근대사회에서 주체는 사고의 주체로서, 그리고 윤리적 판단과 감정의 주체로서 모든 근대성의 지평에서 중심축이 되는 존재였다. 그것은 이성적 능력에 의해서 확립되었으며, 계몽의 주체이자 객체로서 진보의 중심축이기도 했다.

그런데 주체는 자신을 주체로서 정립하도록 하는 타자의 존재를 필요로 했다. 즉 주체는 타자를 전제로 해서만 자기 동일성과 정체성을 유지할 수 있었던 것이다. 그리하여 주체는 타자를 자신의 주체 정립의 조건이나 수단으로 간주함으로써 타자를 지배하고 통제하려고 하는 위계질서를 확립한다. 이때 타자란 반드시 타인을 지칭하는 것은 아니며, 자연과 사물 등의 주체를 둘러싼 환경을 지칭하기도 한다. 이러한 주체 정립의 메커니즘에 토대를 두고 있는 근대사회란 따라서 지극히 인간중심적인 사회라고 할 수 있다.

그런데 탈근대사회에 들어와 이러한 주체라는 존재가 파괴되고 해체되고 있는 것이다. 물론 이러한 결과가 빚어지기까지는 다양한 원인들이 작용했을 것이지만, 무엇보다 주체 정립의 원동력인 이성에 대한 회의와 그 폭력성에 대한 재고가 결정적인 역할을 했다고 할 수 있다. 이성은 자기 동일성의 확보를 목표로 타자를 희생시키는 폭력적 기제라는 인식이 전복의 중심축을 이루고 있는 것이다. 거기에다 의식의 명료성이 해체되는 무의식의 발견, 그리고 주체의 형성과 재구성에 관여하는 사회적 관계와 상징적 질서의 메커니즘 등의 발견이 주요한 요소로 작용했을 것이다. 그리하여 이제 주체는 선험적으로 주어진 완결된 완성체가 아니라 구성적인 것이며, 억압과 기표화라는 상징적 질서에 의해 겨우 구축되는, 그럼에도 불구하고 무수한 틈새와 균열을 지니고 있는 사후적 존재로 전락하고 말았다.

주체의 죽음, 혹은 주체의 해체라는 명제는 이미 진부한 사실이 되고 있다. 주체는 그 자체로 자명한 것이 아니라 관계 의해 규정되는 상대적인 것이며, 외부적 요소에 의해 구성되며 변화되는 가변적인 것이라는 시각이 만연해 있다. 그런데 이러한 주체의 해체는 의미의 해체를 수반한다는 점에서 문제의 심각성이 있다. 의미란 주체의 지향과 가치관에 의해 정립된 것이라는 점에서 인간중심적인 범주에서 생성되는 개념이라고 할 수 있다. 의미와 가치의 세계는 물론 해석학적 과정을 거치는 것인데, 이러한 과정에서 주체는 의미의 지평을 창출하고 그것을 통해 의미와 가치를 규정하는 것이다. 따라서 주체의 붕괴는 곧 의미의 붕괴로 이어질 수 있는 것이다. 의미를 창출할 지평의 건설과 맥락의 설정 등을 주도할 주체의 상실은 곧 의미의 상실로 이어질 수 있기 때문이다.

문학과 예술 양식은 다양한 재료를 통해서 특정한 가치와 의미를 생성하는 장르라고 할 수 있다. 시라는 양식 또한 시인의 사상과 감정을 세계에 투사함으로써 독특한 의미와 가치를 창출하는 양식이라고 할 수 있다. 시인이 작품을 통해서 독특한 가치와 의미를 창출한다는 것은 곧 시적 작품의 자료로 사용되는 다양한 요소, 즉 시적 정서와 사상, 그리고 언어와 형식, 사건과 이미지 등의 다양한 요소들을 지배하고 통제하여 어떠한 질서를 창출한다는 것이다. 즉 시적 의미의 창출이라는 창작과정은 특정과 관점과 맥락에서 재료들을 배열하고 결합시키는 일관된 시각과 안목이라는 주도적이고 지배적인 주체의 존재를 전제하고 있는 것이다. 그런데 그러한 주체가 풍문에 불과하다는 것이 저간의 사정이 된 것이다.

송승언, 박찬세, 황인찬 등의 신인들의 신작들은 이와 같은 맥락에서 주체와 의미가 붕괴된 지반에서 과연 시는 어떠한 모습으로 존재할 수 있는지를 타진하는 작품들로 보인다. 이들 신인들은 기존의 인간중심적인 사고에서 벗어나 물질적 상상력, 혹은 객체 중심적인 사고라고 명명할 수 있을 듯한 독특한 상상력과 창작 방법론을 시도하는 것으로 판단된다. 어떤 일관성과 방향성이 상실된 지반 위에 존재하게 된 시적 대상과 정서들은 과연 어떻게 어울리며 어떠한 관계를 형성할 수 있는지를 탐색하는 과정으로 보이기도 하다는 것이다. 조금 당황스럽기도 하지만 낯선 그들의 시세계로 들어가 보도록 하자.

2. 풍경으로서의 사물 존재

송승언의 신작들은 불편하고 낯선 시적 정서들을 보여준다. 그것은 인간 주체들이 추구하는 분명한 의지와 가치의 세계를 배제한 기괴한 풍경의 구축에서 야기된다. 즉 인간의 관심과 행위의 방향성과 일관성 등이 배제됨으로써 정서적 무정부주의와 같은 독특한 색채를 띠게 되는 것이다. 이러한 현상은 다양한 시적 장치들이 어떤 시적 정서와 주제를 향해 응집되는 것이 아니라 확산되어 해체되어 버리는 독특한 구도에서 야기된다. 인간의 의미 작용이 무화되어버리는 기괴한 구도에서 한 편의 시가 완성되는 것이다. 작품을 통해 이러한 현상을 확인해 보자.

그 의자는 이제 숲 속에 있다 숲 속에는 생활을 잃은 노인도 숨어든다

아침이면 의자에 앉아 숲의 저편을 본다 저기 보이는 참나무 참나무 그리고 참나무

그 의자는 등받이와 팔걸이도 없어서 노인은 저녁으로 등을 구부린다

비가 오면 숲이 두터워진다 노인은 오두막으로 숨어들고
의자는 그 자리에서 천천히 해체된다

가끔은 숲 속에 톱질 소리가 들린다 노인이 신경질을 부리는 것이다
숲 속에는 노인이 죽어도 무덤도 없고 의자는 흔들리지 않는다
　　　　　　　　　　　　　　　　　　—송승언, 「숲속의 의자」 전문

송승언의 신작 가운데 한 편이다. 시적 구도는 비교적 단순

해서 '숲'과 '노인', 그리고 '의자'라는 세 가지 시적 대상들이 서로 얽히고설키며 관계를 형성하는 진술들로 짜여 있다. 이러한 시적 구도가 부분적이고 파편적인 의미를 형성하지 않는 것은 아니다. 그러나 전체적인 메시지와 시적 주제의식은 인간적인 의미 지평에서 확연히 부각되지 않는다.

시적 논리에 의하면 의자와 노인은 이제 숲속으로 들어오게 된다. 노인이 "생활을 잃"어서 숲속으로 오게 된 것처럼 의자 또한 쓸모라는 효용성을 상실하여 숲속으로 들어왔다고 추론할 수 있다. 노인은 "등받이와 팔걸이도 없"는 의자에 앉아 숲의 저편에 있는 참나무를 바라보며 소일한다. 비가 오면 "노인은 오두막으로 숨어들고", 의자는 비를 맞으며 낡아간다. 노인이 때때로 신경질이 나면 숲 속에서 톱질을 한다. 드디어 노인이 죽지만, 노인의 무덤은 숲의 어디에서도 발견할 수 없고, 의자에는 어떤 변화도 오지 않는다.

이와 같은 시적 구도를 지닌 이 시는 설화시의 양식에 속하는 작품으로 규정할 수도 있을 것이다. 한 편의 서사를 구축하고 있는 설화시의 장르로 포섭할 수 있다는 것이다. 하지만 문제는 그러한 서사가 어떠한 의미와 메시지를 형성하고 있지 못하다는 점이다. 생활의 능력을 잃은 노인이나 실용적 효용성을 잃은 의자는 숲속으로 들어오게 된다. 그래서 두 존재는 서로 관계를 형성한다. 그러나 그러한 관계라는 것이 지극히 파편적이며, 일방적인 것이어서 어떤 의미를 형성하거나 특정한 가치를 향해서 수렴되지 못하고 물 위를 떠다니는 부유물처럼 해체되고 만다. 노인은 의자에 앉아 숲의 참나무를 바라보는 등 의자와 각별한 관계를 형성하지만 의자에 대한 애착이나 가치를 발견하지 못한

다. 비가 오면 노인은 의자를 방치하고 오두막으로 숨어버리면
그만이다. 의자 또한 그 자리에 있을 뿐 노인과 각별한 관계를
형성하거나 변화를 보이지도 않는다. 노인이 죽어도 "의자는 흔
들리지 않는다."

　　노인과 숲의 관계, 혹은 의자와 숲의 관계 또한 마찬가지다.
노인은 생활을 잃어 숲으로 숨어들었지만, 숲과의 관계에서 어
떤 가치나 의미의 자장을 형성하지 않는다. 아침이면 노인은 숲
저편의 참나무를 바라볼 뿐이며, 가끔씩 신경질이 나면 숲에서
톱질을 할 뿐이다. 노인에게 숲은 의지처가 되거나 원시적 생명
력의 원천이거나 생명적 고리의 원형과 같은 다양한 의미로 다
가오지 못한다. 그것은 단지 숨어들 거처일 뿐으로 노인에게 낯
선 타자이자 자연일 뿐이다. 의자와 숲의 관계 또한 마찬가지다.
의자는 어떤 알 수 없는 과정을 통해 "이제 숲 속에 있다." 인간
적 의미의 자장에서 보면, 숲은 의자에게 하나의 고향이자 모태
라고 할 수 있으며, 자신의 근원에 해당되는 곳이라고 할 수 있
을 것이다. 하지만 의자에게 있어서 숲은 자신이 놓여 있는 위치
에 불과하다. 의자는 숲과 의미 있고 각별한 관계를 형성하지 못
하는 것이다. 그것은 단순히 숲 속에 놓여 있으며, 비가 오면 비
를 맞으며 낡아갈 뿐이다.

　　결국 이 시는 존재론이 배제된 존재자들의 세계, 혹은 의미
가 공백으로 혹은 괄호 안으로 소멸된 존재의 세계를 그리고 있
다고 할 수 있다. 그것은 인간적 주체의 통제적이고 지배적인 의
지적 기제와 의미론적 지평을 배제한 지반에서 생성되는 존재자
들이 엮어내는 질서의 세계라고 할 수 있다. 인간적 의미와 의지
적 차원에서 보면, 그러한 세계는 무미건조한 세계, 맹물과 같은

세계처럼 보일 수 있다. 하지만 인간의 상징적 기제에 의해 왜곡되지 않는 진실한 세계는 이와 같은 모습을 띠고 있을 것이다. 언어와 의미의 요소로 채색된 상징계 형성 이전의 실제계의 모습을 이 시는 보여주고 있다.

3. 관계의 그물망 사이로 점멸하는 의미

박찬세의 신작들은 송승언과는 달리 시적 대상들이 엮어내는 관계의 망을 중시하고 있는 것처럼 보인다. 하지만 박찬세가 중시하는 그러한 관계망들이 송승언의 신작들과 마찬가지로 인간적 의미와 가치의 세계를 공백으로 소멸시키는 유사한 메커니즘으로 작동한다는 점에서 문제적이다. 박찬세의 신작들은 관계를 통해서 의미가 생성되는 비밀을 알고 있지만, 그것을 애써 해체하려고 한다는 점에서 독특한 문제의식을 보여주고 있다는 것이다. 예컨대 다음과 같은 작품은 박찬세가 추구하는 시작(詩作)의 방법론을 선명히 보여준다.

당신이 자궁에 두고 온 두 눈이라 이르면 나는 자궁에 두고 온 혀라 하겠습니다 캄캄하고 고요한 이력들이 뒤척이는 시트 위, 체취를 어루만지는 일을 자정이라 이르면 체취 사이에서 헝클어지던 고요를 정오라 하겠습니다 하여 당신이 차를 이르면 나는 초를 켜 두겠습니다 이해는 체취를 잊고 문장을 잃는다 이르면 오해는 문장을 구해 체취를 기록한다 하겠습니다 당신이 바람을 아버지라 이르면 내가 꽃을 어머니라 부르겠습니까 아니, 파도라 하겠습니다 우리가 머문 시트 위에 써두겠습니다 -닿을 수 없는 곳에서 파도는 떠밀려 오고 파도를 거스르며 지느러미는 자란다

하여 내내 거기서 흔들리겠습니다

—박찬세, 「채취의 시점」 전문

　사랑하는 사람과 침대 위 시트에서 벌이는 육체적 사랑의 행위를 시화하고 있는 작품이다. 시적 구도는 사랑하는 사람과 성애(性愛)를 벌이는 과정에서 상대방의 '체취'에 대한 상념을 중심으로 사랑 행위의 이미지를 구축하는 과정으로 짜여져 있다. 그런데 시적 구조는 철저히 대비적 이미지의 충돌과 대립에 의존하고 있다. 시적 논리에 의하면 당신이 '눈'이라면 나는 '혀'이며, 체취를 어루만지는 행위가 '자정'이라며 "체취 사이에서 헝클어지"는 고요는 "정오"라고 할 수 있다. 이처럼 이 시는 '눈'과 '혀', '자정'과 '정오'를 비롯하여 '차'와 '초', '이해'와 '오해', '아버지'와 '어머니' 등의 대립적 의미들의 충돌과 대립으로 체취의 애무 행위가 지닌 다양한 의미들을 파생시키고 있다.

　그런데 사실 이러한 대립적인 자질들의 언어들은 모순되는 이미지를 내포하는 것은 아니며, 따라서 대립적인 의미를 지니고 있는 것도 아니다. 물론 '이해'와 '오해'처럼 서로 대립되는 의미를 지니고 있는 것도 있지만, 서로 대비되는 언어와 이미지들에서 주도적인 것은 차이라고 할 수 있다. 즉 서로 대비되는 언어와 이미지들은 상호 관계를 형성하는 상대적인 것이며, 그로 인해서 변별력이 형성된다는 점이 중요하다는 것이다. 사실 '당신'과 '나'가 시트에서 체취를 나누는 성애, 혹은 애무의 행위는 상대방의 존재로 인해서 의미를 지닐 수 있다. 즉 나와 이질적인 상대방의 의미로 인해서 의미가 형성될 수 있는 것이다. 이 시는 기본적으로 "~라 이르면 ~다"라는 구조를 띠고 있는데, 이러한 가설적인 상황이란 곧 가변적인 의미의 성격을 분명히 해주는 것이다. 사랑하는 사람과 나누는 사랑의 의미는 사실 상대방에 의해서 좌우되는 것이기 때문에 어떤 고정되거나 불변적인 의미로 고착되기 어렵다. 이 시의 '파도'의 이미지나 '흔들림'의 이미지는 바로 이와 같이 관계에 의해서 형성되는 상대적인 의미의 세계를 대변해주고 있다. 그런데 다음과 같은 작품에서는 그 관계망의 무화로 인해서 의미의 해체가 이루어지는 과정을 보여준다.

애인이 자기야! 소리쳤다 눈을 크게 뜨고

누가 풀어 놓은 것일까 나는 가벼워졌다

새떼를 쫓아 개들이 골목을 달렸다 컹 컹 짖으면서

어떻게 된 일인지 골목 보다 침대는 힘이 세다

바닥에서 뻐끔거리며 꿈틀대는 뱀장어를 보았다

귀를 기울이고 있다 가위 소리를 찾아서 골목에서 침대까지

엄마는 대문 앞에서 주운 지갑을 던지고 또 나를 때린다

우는 일은 억울해서 모든 것이 궁금했다

한동안 밖에 나가기 싫었다

식당 메뉴판 아래서 밥을 먹었다

공중화장실 두 번째 칸 앞에서 기다렸다 사람이 나올 때까지

놀이터에서 아이들이 자석을 쇠못에 문지르고 있었다

멀리 애인이 보이는데 달려가고 있었다

내가

　　　　　　　　　　　　—박찬세, 「……나를 당기고 있었다」 전문

　　한 편의 시가 완결된 의미 구체체로서 정립되기 위해서는 시
적 공간에 자리 잡고 있는 시어들과 이미지, 그리고 어법과 어조
등의 요소들의 유기적으로 결합하여 하나의 구조물로 거듭나야
한다. 선택된 시어들과 문장들, 그리고 비유와 리듬, 이미지와
상징 등의 다양한 요소들의 조화로운 결합을 통해서 특정한 방
향성의 의미를 구축해야 한다는 것이다. 따라서 이러한 요소들
이 특정한 의도와 코드에 의해서 작위적으로 결합되지 않을 때,
하나의 작품이 의미의 완결체로 거듭나는 탈피의 과정은 실패할
수밖에 없다.

　　이 시는 기본적으로 애인의 호명과 그에 따른 시적 주체의
끌림 현상을 시화하고 있다. 시적 구조는 애인의 호명으로부터
시작하여 애인에게 달려가는 시적 주체의 행동으로 귀결되고 있
다. 그리고 그 사이에 무수한 사건과 이미지들이 배열되고 있는
데, 문제는 이러한 사건들과 이미지들이 애인의 호명과 끌림이

라는 시적 주제의 관계망에서 벗어나 있다는 점이다. 물론 애인의 호명과 시적 화자의 끌림이라는 시적 주제와 유사한 이미지가 없는 것은 아니다. 애인의 호명과 이끌림이라는 이미지와 유사한 이미지로 새떼를 쫓아 골목을 달리는 개의 이미지가 등장하고, 쇠못을 끌어당기는 자석의 이미지가 병치되기도 한다.

하지만 그 이외의 이미지는 애인의 호명과 끌림이라는 시적 구도의 자장 안에 포섭되기를 거부하며, 그 범주 밖으로 탈주하려는 의도를 노골화한다. 예컨대 골목보다 힘이 센 침대의 이미지, 대문 앞에서 주운 지갑을 던지며 나를 또 때리는 어머니의 이미지, 그리고 우는 일이 억울해서 모든 것을 궁금하게 생각하는 시적 화자의 호기심과 같은 요소들은 애인의 호명과 끌림이라는 시적 구도에서 낯선 이물질과 같은 것들이다. 특히 "식당 메뉴판 아래서 밥을 먹었다"는 시적 진술이나 "공중화장실 두 번째 칸 앞에서" "사람이 나올 때까지" "기다렸다"는 진술은 시의 전체적 구도를 구체화하는 데 어떠한 기여도 하지 못하는 것으로 보인다. 이러한 시적 진술들은 보다 근본적인 차원에서 왜 꼭 식당 메뉴판 아래에서 밥을 먹어야 하는지, 그리고 왜 꼭 공중화장실의 두 번 째 칸 앞에서 기다려야 하는지에 대한 아무런 정보를 제공해주지 않는다. 즉 필연성을 상실한 시적 진술이라고 할 수 있는 것이다.

'잘 빚은 항아리'라는 개념에 의존하는 뉴크리티시즘의 관점에서 보면 이러한 현상은 형상화의 실패라고 규정할 수 있을 것이다. 시적 자질들이 전체적 구조를 향해 유기적으로 기능하지 못하기 때문이다. 또한 수용미학적 측면에서 볼 때도 이러한 시작 행위는 독자의 참여를 너무 과도하게 개방하기 때문에 하나의 완결된 구조로 생성되고 독해되는 것을 방해할 것이라고 평가할 수 있다. 독자에게 과도하게 의미 형성의 책임을 부과함으로써 과부하가 걸릴 수 있다는 것이다. 하지만 문제는 시인이 의도적으로 그러한 실패를 추구하고 있다는 점이다. 지나치게 비약적인 이미지나 사건들의 병치는 시적 의미망의 구축을 어렵게 한다. 그럼에도 시인은 이러한 모험과 비약을 의도적으로 감행하고 있다는 점이다. 그렇다면 이러한 시작 방법론을 추구하는 시인의 목적은 어디에 있는 것일까? 그것은 물론 상징적 질서에 대한 도전과 갱신의 의도에서 찾을 수 있을 것이다. 과도한 비약과 돌발적 충돌의 시법을 구사하는 시인의 의도에는 언어와 관습에 의해서 구축된 상징계의 질서를 해체하고 새로운 장을 창출하려는 욕구가 은밀히 꿈틀거리고 있는 것이다. 이러한 점에서 박찬세의 비약과 파괴의 시학은 송승언의 의도와 마찬가지로 상징계 이전의 실제계에 대한 욕망과 결부되어 있다고 평가할 수 있다.

4. 콜라주, 혹은 의미 맥락의 상실

황인찬의 신작 또한 송승언과 박찬세의 신작과 마찬가지로 의미의 해체 현상을 뚜렷이 보여주는 작품들이라 할 수 있다. 황인찬의 신작에서도 두드러진 요소는 박찬세의 시편들에서처럼 비약적이고 파편적인 이미지의 조합이라고 할 수 있다. 서로 긴밀성이 떨어지는 파편적인 이미지들의 병치에 의해 한 편의 시 작품이 구성되고 있는 것이다. 이러한 점에서 황인찬의 신작시들이 의존하는 시작의 방법도 회화의 한 기법인 콜라주의 방법이라고 할 수 있다. 콜라주란 근대 미술의 특수한 기법으로, 화면에 종이·머리털·나뭇잎 등의 이질적인 재료들을 오려 붙여서 감상자에게 이미지의 연쇄 반응을 일으키게 하는 미술의 기법을 지칭한다. 콜라주 기법은 대체로 이질적이고 돌발적인 사물과 색체를 병치함으로써 부조리하고 충격적인 이미지의 연쇄 반응을 창출하고자 하는 것이다. 송승언의 작품 또한 여기에서 벗어나는 것은 아니지만, 박찬세와 황인찬의 창작 방법은 이와 같은 기법에 의존하는 바가 매우 크다.

> 냉장고에 붙여놓은 자석이 힘없이 떨어졌다 눈을 껌뻑이는 거북이가 수조 밖에 나와 있었다 그것을 보고
>
> 돌이킬 수 없는 일이 일어나버렸어
> 그렇게 생각했다
>
> 비가 오지 않았는데도 베란다의 바닥이 젖어 있었다 상관하지 않고 옷도 벗지 않고 소파에 누웠다 누가 앉았다 간 것처럼 따뜻했는데
>
> 구독하지 않는 석간신문이 테이블 위에 있었고
> 이건 정말 돌이킬 수 없는 일이야 돌이킬 수 없다는 건 돌아갈 수 없다는 뜻이야
>
> 집에 돌아왔는데, 여기서는 아무도 비참하지 않았다
> 침실에 들어서자 잎이 무성한 선인장이 있었다
> ─황인찬, 「면역」 전문

이 시는 면역이라는 제목을 가지고 있다. 하지만 시적 구성이나 전개 과정에서 면역의 의미를 발견하기는 쉽지 않다. 원래 면역(免疫)이란 몸속에 들어온 병원(病原) 미생물에 대항하는 항체를 생산하여 독소를 중화하거나 병원 미생물을 죽여서 다음에는 그 병에 걸리지 않도록 된 상태, 또는 그런 작용을 말한다. 면역이란 개념을 좀 더 확대해 보면 한 차례 겪은 사건으로 인해서 반복되는 사건의 파급효과가 중화되거나 소멸되는 현상까지 포괄할 수 있을 것이다. 하지만 그렇더라도 이러한 의미의 완결성을 작품의 서사나 이미지의 연쇄 구도, 혹은 시적 전개 과정을 통해서 추출하기는 쉽지 않다.

작품의 구도는 다양한 이미지와 사건들의 돌발적인 결합과 병치의 방법에 의해서 구축되고 있다. 그리고 그러한 사건과 이미지에 대한 시적 화자의 논평이 결합된다. 하지만 이미지와 사건의 결합은 전체적인 시적 구도에서 볼 때, 확연한 필연성을 찾기 어렵고 사건과 이미지에 대한 논평 또한 논리적 연관성을 발견하기 어렵다. 예컨대 "냉장고에 붙어 있던 자석이" 갑자기 떨어지거나 "눈을 껌벅이는 거북이가 수조 밖"으로 나오는 사건들이 어떠한 매개도 없이 결합된다. 그리고 이러한 사건에 "돌이킬 수 없는 일이 일어나버렸"다는 논평이 결합된다. 물론 냉장고에서 떨어진 자석과 수조 밖으로 탈출한 거북이에서 비정상적이고 일탈적 사건의 성격이라는 점에서 공통적인 의미 연관을 찾을 수 없는 것은 아니지만, 어떠한 내적 필연성을 발견하기는 쉽지 않다. 그리고 그러한 사건에 대해서 돌이킬 수 없는 일이 일어났다는 논평 또한 긴밀한 유대관계를 포착하기 어렵다. 물론 냉장고에서 자석이 떨어진 현상은 자석의 자력을 다시 회복하기 어렵다는 점에서 논평의 진술과 어떤 의미연관을 발견할 수도 있지만, 거북이의 탈출은 쉽게 원상회복시킬 수 있는 사건에 불과한 것이다. 결국 이 시에서 사건과 이미지의 결합이나 논평의 결합은 우연성에 의한 결합, 혹은 이질적인 것들의 인위적이고 강제적인 결합의 성격을 지니고 있다고 할 수 있다.

또한 이 시의 시적 공간에는 까닭 없이 젖어 있는 베란다의 바닥과 "누가 앉았다 간 것처럼 따뜻"한 소파의 바닥이 등장한다. 거기에 테이블 위에 놓여 있는 구독하지 않는 석간신문이 중첩된다. 그리고 이러한 사건과 이미지들은 역시 "돌이킬 수 없는 일"로 해석된다. 시적 화자에게 "비도 오지 않았는데도" 젖어 있는 "베란다 바닥"은 아무런 의미를 지니지 못하고 관심의 대상도 되지 못한다. 그럼에도 불구하고 이러한 이미지가 시적 장치의 하나로 시적 공간으로 틈입해 온다. 그리고 그 이미지들은 돌이킬 수 없는 일로 해석되는 것이다. 결국 이러한 장면에서 우리는 이 시의 시적 사건과 이미지의 결합, 그리고 그러한 사건과 이미지에 대한 논평 사이에는 건널 수 없는 심연이 놓여 있다고 해석할 수 있다. 사건과 이미지의 결합이나 그것에 대한 논평의 결합은 임의적이며 우연적이어서 어떠한 의미지평을 형성하지 못하는 것이다.

이 시의 사건과 이미지의 배치, 그리고 논평의 결합이 어떠한 의미지평도 형성하지 못하는 원인은 많은 부분 이미지의 비약과 이질적인 사건의 병치에 의존하는 콜라주의 기법에 있다. 콜라주 기법이 의미지평을 형성하기 어려운 것은 궁극적으로 맥락의 부재에서 찾을 수 있다. 시적 의미란 특정한 지반과 배경을 전제로 하며, 그러한 지반과 배경을 중심으로 전체적 사건과 이미지, 논평적 해석 등을 통어하는 주도적 의도나 힘의 방향성인 벡터에 의해서 형성된다고 할 수 있다. 이러한 요소들이 시적 맥락이라고 말할 수 있다면, 이 시는 바로 이러한 맥락의 부재를 드러내고 있는 것이다. 다양한 사건과 이미지의 돌발적인 출현과 결합도 그러하지만, 시의 마지막 연의 "집에 돌아왔는데, 여기서는 아무도 비참하지 않았다"는 시적 진술이나 "침실에 들어서자 잎이 무성한 선인장이 있었다"는 시적 진술은 그야말로 돌발적이고 생경한 진술이어서 어떠한 의미 맥락도 찾아내기 어렵다. 특히 마지막 시적 구절인 "잎이 무성한 선인장"은 현실에 존재하지 않는 이미지라는 점에서 그 충격과 당황스러움은 배가된다. 선인장은 원래 가시와 줄기, 그리고 꽃으로 이루어진 식물이라는 점에서 "잎이 무성한 선인장"이란 표현은 비현실적인 부조리한 국면을 여지없이 드러내고 있는 것이다.

의미론적 효과에 주목하는 전통적인 시의 관점에서 볼 때, 이와 같은 이미지와 사건의 돌발적인 결합이나 파편적인 이미지의 병치, 그리고 부조리한 언술들로 이루어진 언어의 구조물을 한 편의 시 작품이라고 할 수 있을지 의문이 제기될 수도 있을 듯하다. 하지만 이 시는 질서 정연한 시적 의미연관을 보여주거나 주도적인 메시지를 명시적으로 표명하고 있지는 않지만 어떤 불길함, 당황스러움, 자포자기, 회오, 안타까움 등의 다양한 정서적 효과를 산출하고 있는 것은 사실이다. 물론 이러한 정서들도 유기적으로 연관되지 않고 파편적으로 솟았다가 침잠하고 말지만, 불쑥 불쑥 이러한 정서적 효과들이 산출되고 있는 것은 부정하기 어렵다. 물론 이러한 정서가 산출되는 이유는 파편적인 이미지와 사건이 충격적으로 결합되기 때문이다. 이질적이고 돌발적인 사건과 이미지가 병치됨으로써 부조리하고 충격적인 이미지의 연쇄 반응이 창출되고 있는 것이다. 하지만 이와 같은 효과는 환경을 지배하는 인간적 주체와 의미지평을 상실한 바탕 위에서 솟아난 것이라고 할 수 있다.

5. 실제계의 사막에서 다시 시작하기

존재론과 의미론의 해체를 지향하는 송승언의 시학, 관계망의 해체에 의한 의미구조의 해체를 지향하는 박찬세의 시작 방법론, 그리고 돌발적이고 파편적인 사건과 이미지의 병치를 통한 의미 맥락의 소멸을 통해 이미지 연쇄의 효과를 극대화하려는 황인찬의 시작 방법은 전통적인 시의 문법으로 접근하기 어려운 새로운 시도라고 할 수 있다. 그들의 비인간, 혹은 반인간적인 시적 작업은 근대적 인간에게는 매우 생소하고 낯선 것이기 때문에 당황스러운 것이기도 하다. 그들의 시적 탐사는 비유컨대 인간의 발이 디뎌본 적이 없는 미지의 새로운 대륙, 혹은 달과 같은 행성에 대한 탐사와 유사한 성격을 지니고 있다.

신인들의 새로운 시적 탐사는 인간적 의미와 색채를 벗겨내고 존재하는 세계의 모습을 있는 그대로 보려는 시도, 곧 여여(如如)의 상황을 실현하려는 어찌 보면 무모하고도 모험적인 시도라고 평가할 수 있다. 따라서 그것은 인간의 상징적 질서와 기표에 의해 왜곡되지 않는 실제계의 현실로 육박하려는 시도라고 할 수 있다. 인간적 의미와 가치가 소거된 실제계의 세계란 사실 문명의 모든 요소들이 소멸된 사막처럼 황량한 세계일 수 있다.

그곳은 무의미가 지배하는 지루하고 혼란스러운 지평일 수 있다. 하지만 그러한 실제계의 지평은 상징계에 의해 왜곡된 진부한 의미지평을 분쇄하고, 새로운 가능성과 잠재성으로 우리에게 다가올 수 있다. 코드화와 탈코드화, 탈코드화와 코드화가 끊임없이 반복되는 것이 현실 세계라면, 실제계는 탈코드화에 의해서 펼쳐진 무한한 가능성의 세계를 우리 눈앞에 펼쳐줄 수 있을지도 모른다.

새로운 생의 형식, 새로운 삶의 조건
— 안미옥, 권민경, 임승유의 새로운 시선

1. 생의 형식 혹은 삶의 존재 방식

시인들의 존재는 두말 할 것 없이 새로움이라고 할 수 있다. 이 때 새로움은 대상과 현상에 대한 새로운 태도이기도 하고, 그 것을 수용하는 감수성의 새로움이라고 할 수도 있다. 시적 새로 움은 시적 대상에 대한 관점과 접근 방식의 새로움이기도 하면 서 그것을 받아들이는 수용력의 변별력이기도 하다는 것이다. 그러나 자아를 세계화하는 시적 양식의 특성상 시의 새로움은 자기 감정과 정서의 표출방식의 새로움이 더욱 중요할 수 있다. 대상에 의해서 촉발되는 감수성에 의존하는 것이 아니라 자신의 상상과 몽상에 어떻게 적절한 옷을 입힐 수 있는지의 여부가 시 적 새로움을 좌우하는 요인이 될 수 있다는 것이다.

자아의 정서와 상상을 구상화하는 형식이 새로운 시인의 존 재 의의라고 한다면 그 구상화의 방식은 어떠해야 하는가? 이러 한 질문에 답변하는 것이 신인들이 구축하는 상상력의 독창성이 며, 변별력이라고 할 수 있다. 신인들은 기존의 시적 문법과 다 른 독자적이고 독창적인 시의 문법을 창출함으로써 새로운 형식에 도전해야 한다는 것이다. 새로운 시의 형식을 완성한다는 것은 바로 새로운 삶의 형식을 갖는다는 것과 다르지 않다. 자신의 내면적 풍경에 옷을 입혀 그것을 객관적인 존재로 구상화하기 때문에 새로운 시의 형식은 바로 새로운 생의 형식과 통할 수 있는 것이다.

이번에 새롭게 조명하는 안미옥, 권미경, 임승유의 신작들은 모두 고유한 시적 형식을 도모하고 있다는 점에서 신인으로서의 존재 가치와 그 의의를 증명하고 있다고 할 만하다. 세 신인들은 각각 고유한 상상력과 정서적 특성을 담지하고 있을 뿐만 아니라 그것을 고유한 방식으로 구상화하려는 야심찬 도전들을 보여주고 있다. 각각의 신인들은 모두 고유한 개성을 지닌 상상력과 정서적 세계를 개척하려고 시도하고 있으며, 그것에 알맞은 독자적인 시의 문법과 형식을 부여하려는 도전을 감행하고 있는 것이다. 비록 지나치게 주관적인 세계에 몰두함으로써 독자와 소통하는 것에 어려움을 겪을 수도 있지만, 자신의 고유한 목소리에 형식을 부여하고자 하는 시도는 신인으로서 바람직한 시적 자세라고 할 수 있을 것이다. 조금 생경하지만 나름의 독자적 형식을 위해서 노력하는 신인들의 시 세계로 들어가 보자.

2. 집의 안팎, 건축학적 상상력

2012년 동아일보 신춘문예에 「나의 고아원」 등이 당선되어 문단에 나온 안미옥은 등단작에서부터 집에 대한 집중적인 관심을 보여준다. 굳이 이름을 붙이자면 '건축학적 상상력'이라고 할 수 있을 정도로 집에 대한 애착을 드러내고 있는 것이다. 이러한 경향은 집 자체에 대한 관심도 관심이지만, 방, 벽, 문, 창문 등의 집을 이루는 구성물에 대한 관심에서도 나타난다. 이번 신작에서도 "사다리가 짧아지고/옆얼굴이/부서진 문조차 가지지 못하는 시간" 등의 시적 표현이나 "정면에서 어제를 겪고 있다/뜨거운 손가락이/창문 밖으로"(「아침」) 등의 시적 표현에서 어떤 정서적 상태를 표현하기 위해서 집의 다양한 구성물들이 동원되고 있음을 확인할 수 있다.

이처럼 집과 그것을 구성하고 있는 구성 요소에 대한 관심은 시인의 어떤 시적 성향이나 의도와 관련되어 있겠지만, 집에 대한 집착은 또한 "안과 밖"의 상황에 대한 관심으로 이어지고 있다는 점도 주목된다. "저녁은 매일 바뀌지만/밖에 둘 수 없어서/안 쪽 문을 열어 두었다"(「매일의 양파」)는 시적 표현이나 "안과 밖을 바꾸고 있다. 안과 밖을 바꾸는 힘으로 이동하고 있다"(「소문」)는 표현에서 알 수 있듯이, "안과 밖"의 구도에 대해서 매우 민감하게 반응하고 있음을 알 수 있다. 물론 "안과 밖"에 대한 관심이 군이 집에 대한 관심에서 야기된 것이라고 단정할 수 없지만, 어떤 구조물의 안과 밖에 대해서 주목하고 있다는 점에서 집에 대한 관심과 전혀 관계가 없다고 하기도 어려울 것이다.

집에 대한 관심과 "안과 밖"의 상황에 대한 관심은 대체로 안미옥 시인이 견지하고 있는 어떤 정서나 감성의 형상화 노력과 연결되어 있는 것처럼 보인다. 집이라는 대상, 그리고 "안과 밖"의 상황에 관심을 보인다고 하더라도 그것은 집 자체나 "안과 밖"의 상황 그 자체에 대한 관심이라기보다는 어떤 구상적 상태를 위한 하나의 유추적 상상력이 작동하고 있다고 보는 것이 더 적절할 것이다. 그러나 어쨌든 특정한 정서적 상태나 감성을 집과 '안과 밖'의 대비적 구도를 통해서 구축하고자 하는 시도는 나름대로 시인의 독자적인 노력이라고 할 수 있으며, 어떤 시의 문법을 형성하고자 하는 노력이라는 점에서 의미가 있다고 평가할 만하다. 다음 작품을 통해서 이를 좀 더 분명히 알 수 있을 것이다.

이곳엔 나를 아는 사람들이 많이 있다. 빛이 나는 얼굴을 가진 사람들. 나의 얼굴도 환하게 만들 것처럼.

버려진 장롱이 방 안에 있어. 사람들이 모두 모여 들었다. 불편한 바지를 하나씩 나누어 가졌다.

앞장서고 싶어? 대답이 필요 없는 질문을 받았다. 어깨를 접은 채로 내내 서 있는 커튼이 있다.

나의 빛이 아닌데. 손이 너무 빛나서 감춰지지 않았다.

부서진 지퍼를 고쳐 다는 일이 시작 되었고. 사람들이 한쪽으로 열려 있었다.

여기는 누구의 집일까. 닮은 얼굴을 하고 앉아 있는데.

소금이 달콤하게 입 안으로 들어온다. 나도 너처럼, 너도 우리처럼, 우리가 우리처럼, 이제 더 밝아질 수 있을 거야.

우리 앞엔 단 하나의 장롱이 있다. 나도 이제 우리가 되었나.

장롱을 열고 발을 내딛으면, 통로가 되는 것이 보였다. 보기만 했다.

—안미옥, 「이층」 전문

　'이층'이라는 시의 제목이 있지만, 사실 어떤 시적 상황이나 정서적 상황, 혹은 시적 의미나 메시지를 전달하고자 했는지 뚜렷한 형상을 잡기는 어렵다. 다만 우리는 "빛과 소금"의 시적 모티프를 통해서 이 "이층"이 교회의 이층일 수도 있고 "여기는 누구의 집일까. 닮은 얼굴을 하고 앉아 있는데."라는 시적 구절에서 동일한 형태를 하고 있는 전원주택의 '이층'을 상정해 볼 수도 있을 것이다. 하지만 "이층"이 시적 탐구의 대상이나 어떤 메시지를 담기 위한 대상으로 기능하지는 않는다.

　대체적인 시적 구도는 다음과 같다. "누구의 집"에 있는 "방 안"에는 "버려진 장롱"이 있다. 사람들이 모여들어 장롱에서 "불편한 바지"를 하나씩 나누어 가진다. 그 바지는 지퍼가 고장 나 있는데 사람들은 그것을 고쳐 달려고 한다. 그런데 "장롱을 열고 발을 내딛으면, 통로가 되는 것이 보였다"는 구절에서 알 수 있듯이, 사람들은 사실은 장롱 속에 들어가 있었던 것이다. 그런데 그 장롱은 "누구의 집"인가의 "방 안"에 있다. 그러니까 시적 화자는 집 안의 방 안에 있는 장롱 안에 들어가 있었던 것이다.

　그런데 다시 생각해 보면, 처음에 사람들이 장롱이 있는 방 안에 모여들었을 때는 방 '안'에 있었다고 할 수 있는데, 장롱 안에 들어가 있는 시적 화자의 입장에서 보면 그들은 장롱 '밖'에 있었다고 할 수 있다. 이런 식으로 집과 방과 장롱 등의 공간들은 벽을 경계로 안이 되기도 하고 동시에 밖이 되기도 한다. 따라서 시적 화자는 장롱 밖인 방, 그리고 방의 밖인 집에 들어가 있었다고 할 수도 있을 것이다.

이와 같이 안과 밖이 중첩되는 공간에서 시적 화자의 관심사는 두 가지라고 할 수 있다. 즉 "밝아지는 것"과 "우리가 되는 것"이다. 이 시는 처음부터 "빛이 나는 사람들의 얼굴"에서부터 빛이 강조되고 있으며, "나의 빛", 빛나는 손, 그리고 "이제 더 밝아질 수 있을 거야"라는 구절을 통해서 빛의 존재에 천착하고 있다. 그리고 "나도 너처럼, 너도 우리처럼, 우리가 우리처럼" 등의 표현이나 "나도 이제 우리가 되었다."라는 진술에서 알 수 있듯이, 우리라는 어떤 동질감이나 공동체 의식에 대한 경사를 드러내고 있다. 분명한 연관관계를 찾기는 어렵지만 이와 같은 관심사와 "불편한 바지"를 나누어 가지는 일, 그리고 "부서진 지퍼"를 고치는 일이 관여하고 있을 것이라는 사실을 상정해 볼 수 있다.

물론 이러한 분석으로 이 시가 추구하는 어떤 가치나 의미, 혹은 정서적 효과를 정연한 시적 논리로 해명할 수는 없을 것이다. 빛과 소금의 폭력적인 결합이나 시적 논리의 비약 등이 이러한 작업을 방해하고 있다. 하지만 어떤 정서적 효과를 위해서 집이나 안과 밖의 공간이 중요한 토대로 작동하고 있을 것이라는 사실은 추측해 볼 수 있을 것이다. 우리는 시인의 집에 대한 경사와 공간에 대한 관심이 결국 자신의 삶의 형식을 찾는 노력이자 시의 형식을 찾고자 하는 과정으로 이해하고자 한다. 이러한 연관성에 대한 이해를 위해서 우리는 다음과 같은 한 위대한 평론가의 견해를 제시하는 것으로 만족하고자 한다.

아파트에서는 부엌이나 안방이나 화장실이나 거실이 다 같은 높이의 평면 위에 있다. 그것보다 밑에 또는 위에 있는 것은 다른 사람의 아파트이다. 좀 심한 표현을 쓴다면 아파트에서는 모든 것이 평면적이다. 깊이가 없는 것이다. 사물은 아파트에서 그 부피를 잃고 평면 위에 선으로 존재하는 그림과 같이 되어 버린다. 모든 것은 한 평면 위에 나열되어 있다. 그래서 한 눈에 들어오게 되어 있다. 아파트에는 사람이나 물건이나 다 같이 자신을 숨길 데가 없다.(…) 땅집에서는 사정이 전혀 딴판이다. 땅집에서는 모든 것이 자기 나름의 두께와 깊이를 가지고 있다. 같은 물건이라도 그것이 다락방에 있을 때와 안방에 있을 때와 부엌에 있을 때는 거의 다르다. 아니, 집 자체가 인간과 마찬가지로 두께와 깊이를 가지고 있다. 내가 좋아한 한 철학자는 집이 아름다운 것은 그것이 인간을 닮았기 때문이라고 말했다. 다락방은 의식이며, 지하실은 무의식이다.(김현, 『두꺼운 삶과 얇은 삶』에서)

3. 주술(呪術), 초감각적 삶의 형식

2011년 동아일보 신춘문예를 통해서 등단한 권민경은 당선작 「오늘의 운세」에서부터 주술적인 상상력이라고 할 만한 독특한 색채를 보여주었다. 권민경이 발표한 지금까지의 시편들에는 대부분 어떤 기미나 운명, 혹은 어떤 예지나 예감 등으로 들끓고 있다. 이러한 특징은 그녀의 시에 묘한 매력을 부여할 뿐만 아니라 어떤 정서의 특정한 방향성이나 그것을 담아내는 형식을 형상화하는 데에 기여하는 것처럼 보인다. 예컨대 과거 원시인들이 가지고 있었지만, 이제는 쓸모없어졌기 때문에 퇴화되어 버린 어떤 초월적인 감각이나 능력과 같은 것을 연상하도록 한다. 그리하여 그녀의 시들은 마녀들이 들끓던 중세의 어느 숲속이나 샤먼이 점을 치고 굿을 하는 전근대적인 어느 마을의 삶의 현장에 들어선 듯한, 그로테스크하고 신비스러운 정서적 효과를 경험하도록 한다. 예컨대 이번에 발표되는 신작의 다음과 같은 구절만 보더라도 이러한 특성을 쉽게 짐작할 수 있다.

> 나는 새벽녘까지 맨발로 맨발로 탬버린을 치고 쏘다녀요 초식동물들의 호위 속에 머리를 풀고 멀리멀리 노루를 타고 고라니 타고 부러질 듯 끊어질 듯한 길을 건너서 듣기 위해 닿기 위해 나를 취하게 하는 목소리를 얻기 위해 망가진 채로 헤매다녀요 갈 데 없는 우리는 갈대가 우거진 강까지 돌산양들이 물을 마시는 곳까지 강가에선 물을 뒤집어쓰고 다시 제멋대로 길을 만들며 발을 구르며 헤매다녀요 이빨을 드러내며 위협하는 사랑을 만날 때까지
>
> —권민경, 「육식의 짝사랑」 부분

인용된 부분은 그리스에서 행해졌다고 전해지는 디오니소스의 축제에서 여신도들이 광기와 도취에 사로잡혀 산과 들을 쏘다니던 광경을 재현해 놓은 듯한 시적 구도를 보이고 있다. 맨발로 탬버리는 치면서 새벽녘까지 숲속과 강가를 헤매는 시적 화자의 모습은 바로 디오니소스의 축제에서 머리를 풀어헤치며 광기에 사로잡혀 들판을 헤매 다니던 여신도들의 모습을 연상하도록 하고 있는 것이다. "초식동물의 호위"를 받으며, "노루를 타고 고라니 타고" 헤매는 이러한 시적 장면에서 우리는 인간과 짐승의 경계도 사라져버린 태곳적 모습을 상상할 수 있다.

어떤 문명적 요소나 인간의 이성적 모습도 찾아볼 수 없는 시적 장면을 지배하는 것은 도저한 카니발리즘, 혹은 잔혹한 파괴주의라고 할 수 있다. 시적 화자는 "취하게 하는 목소리를 얻

기 위해 망가진 채로 헤매다"니고 있으며, "이빨을 드러내며 위협하는 사랑을 만날 때까지" 방황하고 있는 것이다. 정제되거나 순화되지 않은 날것 그대로의 사랑과 관계에 대한 시인의 경사가 드러나고 있는데, 이를 위해서 시인은 동물적인 감각으로서의 삶의 형식을 구축하고 있다.

이와 같은 동물적 감각에 대한 경사, 혹은 본능적 감각에 대한 편향은 초감각적인 세계에 대한 관심으로 이어진다. 이성과 괴리된 원시적 감각, 혹은 본능적 감각의 삶의 형식은 곧 자신의 삶을 어두운 곳에서 지배하는 운명이나 초월적 힘에 대한 육감과 예지, 혹은 점술과 주술에 의해 구성되는 세계의 구축으로 이어지는 것이다. 다음 작품이 이러한 경향을 대변해 주고 있다.

발에 쥐가 날 때마다 불길한 일들이 생긴다. 뒤로 두 발. 앞으로 세 발. 우리의 방향은 동동남. 더러운 구두의 끈을 풀고 축축한 양말을 벗어 던진다. 구두의 앞코는 광택을 잃었다. 낡은 윗도리를 벗고 누런 내복을 입고 침대에 몸을 누인다. 삐걱거리는 소리와 녹슨 냄새가 난다. 부스러지는 스프링과 단단한 빵조각. 한참 꿈을 꾸고 일어나도 어두웠다.

멀미가 심해지면 몸을 둥글게 말고 방향을 되뇐다. 서북북 남서, 확신을 잃어버린 동남. 불과 나무의 나라에서 지문을 분실했다. 나의 정체가 자꾸 극지로 흘러간다. 장래희망은 물이 가득하고 얼음이 어는 곳. 우리의 목적지인 크레바스로 향하는 내내 구토한다. 컴컴한 선실. 튤립은 오그라든 채 자라난다. 유년은 멸종했다. 무서운 꽃잎 점. 얼어붙은 아킬레스건.

올이 풀린 양말은 실패에 감는다. 실패에서 도로 풀려나가는 시간. 봄철 혹은 가을의 별자리가 외롭고, 너는 어디로 되감기고 싶은가. 뱃사람들이 빈 하늘에 손가락질한다. 비는 내리고. 나는 해초가 가득한 바다에 도착할 예정이다. 아무것도 되지 않을 예정이다. 뱃머리의 조각상에서 아는 얼굴을 발견한다. 어쩐지 몸이 계속 자랄 것 같다. 꼿꼿이 곱은 발가락을 보며 불길한 일을 예감한다.

—권민경, 「소년은 점을 치는 항해사였다」 전문

이 시는 "발에 쥐가 날 때마다 불길한 일들이 생긴다"는 예지에서 시작하여 "꼿꼿이 곱은 발가락을 보며 불길한 일을 예감한다"는 예감으로 끝나고 있다. 이와 같은 예지와 예감 사이에서 이루어지는 삶의 모습은 어찌 보면 매우 평범한 듯하지만 어떤 징후나 기미로 들끓고 있다. 1연에서는 방향에 대한 강박관념이 주술적인 삶의 모습을 보여준다. 현대인들에게는 별로 특별한 의미를 지닐 수 없는 "동동남"이라는 방향이 커다란 울림으로 다가오는 것이다. 특정한 방위가 어떤 사람의 삶과 인생에 매우 중요한 영향을 행사할 수도 있다는 것, 이러한 미신과 같은 사고방식은 과학적인 논리로 증명할 수 없는 초월적인 생의 감각이라고 할 수 있다. 물론 이 시의 제목이 큰 몫을 담당하고 있는 것이 사실이지만, 이러한 주술적인 사고방식이 작용하여 "구두의 끈을 풀고 축축한 양말을 벗어 던지"고 "낡은 윗도리를 벗고 누런 내복을 입고 침대에 몸을 누"이는 단순한 행동이나 "삐걱거리는 소리와 녹슨 냄새" 등의 감각이 단순한 현상에 그치지 않고 특정한 삶의 기미나 어떤 사건을 예고하는 징후를 보여주는 알레고리나 상징은 아닌지 하는 의심과 의혹에 빠지게 하는 것이다.

2연 또한 "서북북 남서", "동남" 등의 방위가 어떤 불길한 삶을 예감하게 한다. 그리고 그러한 삶에 대응하는 "무서운 꽃잎 점"이나 "얼어붙은 아킬레스건" 등의 주술적이고 신화적인 현상과 사물 등이 등장하여 기괴하고 공포스러운 분위기를 조장한다. 3연에서는 "올이 풀린 양말"과 "실패에서 도로 풀려나가는 시간" 등의 이미지들이 결합하여 어떤 운명의 불가피함이나 운명의 엇갈림 등의 메타포를 형성하고 있으며, "가을의 별자리" 등의 주술적 이미지가 인간 위의 어떤 초월적 질서나 존재를 암시하고 있다. 그리하여 이러한 불가사의하고 초감각적인 이미지들이 작동하여 불길한 일을 예감하도록 한다.

이상의 분석에서 알 수 있듯이, 이 시 작품은 온통 어떤 징후와 기미, 예감과 예지, 운명, 점술, 방위, 징크스 등의 초월적이고 초감각적인 본능과 직관으로 가득 채워져 꿈틀거리고 있다고 할 수 있다. 물론 이 시가 어떤 구체적인 삶의 모습이나 삶의 의미, 그리고 메시지를 구상적으로 드러내는 것은 아니다. 하지만 이와 같은 징후적인 요소들이 결합하여 하나의 정서적 방향성이나 세계관 등을 형성해주고 있는 것은 사실이다. 이러한 경향을 우리는 주술적 삶의 형식이라는 명명할 수 있을 것이다. 감각과 논리로 설명되지 않으면서 언제나 우리의 의식과 삶의 일상을 지배하는 어떤 그늘이나 그림자 같은 것, 혹은 의식의 곁에서 항상 붙어다니면서 의식을 교란하거나 방해하는 것, 하지만 의식과 더불어 우리의 삶에 음영을 제공해주는 무의식적인 것에 의해 형성되는 삶의 질서, 혹은 삶의 형식을 보여주고 있는 것이다. 권민경의 이와 같은 시적 문법은 그녀의 고유한 생의 형식이라고 할 만하다. 본능과 직관, 혹은 더 정확히 말하면 육감에 의해 포착되는 삶의 질서와 논리가 그녀의 시와 삶의 형식을 구성하고 있는 것이다.

4. 아이러니, 절망을 건너가는 형식

임승유는 2011년 ≪문학과 사회≫ 여름호에 「계속 웃어라」 등의 작품이 당선되어 문단에 등장했다. 그녀는 당선작에서부터 삶의 신산함과 짙은 페이소스를 경쾌하고 발랄한 어조를 통해 표현함으로써 독자적인 개성의 가능성을 보여준 바 있다. 이번 신작에서도 그녀가 추구하는 시의 색채가 고스란히 드러나고 있는데, 결국 고통과 절망에 대한 대응력이 문제라고 할 수 있다. 대체로 그녀의 시 작품에서 그려지는 삶은 망가져 있거나 고통스럽고 거기에서 야기되는 정서는 비애에 가득 차 있다. 이와 같은 시적 대상들이 경쾌하고 발랄한 어조와 리듬에 의해서 표현되면서 묘한 부조화나 길항작용 같은 것을 느끼게 한다.

하지만 이러한 시적 특성이야말로 그녀가 추구하는 의식적인 시의 형식이라고 할 수 있을 것이다. 즉 신산하고 비극적인 삶의 내용을 전혀 비극적이지 않은 희극으로 표현하기, 혹은 비극적인 사태와 현상에 대해서 희극적인 형식 부여하기 등의 전략이야말로 그녀가 추구하는 시적 문법이자 삶의 형식이라고 할 수 있다는 것이다. 이러한 시적 전략을 통해서 임승유는 고통과 슬픔을 길들이고 순화시킴으로써 그것으로 채워진 절망의 늪을 건너가는 효과를 달성하고자 하는지도 모른다. 고통과 슬픔의 삶의 내용을 경쾌한 어조로 표현하기 위해서는 삶의 내용으로부터 거리감을 확보하는 것이 필요하다. 그러한 거리감이야말로 삶의 고통과 슬픔을 객관화하고 순화하는 계기를 제공한다고 할 수 있다. 따라서 고통의 유희화, 혹은 슬픔의 희화화와 같은 이러한 전략은 곧 그녀가 추구하는 새로운 시의 문법이자 삶의 형식이라고 할 수 있을 것이다.

임승유의 이와 같은 시적 문법과 삶의 형식을 굳이 명명하자면 '아이러니'라고 할 수 있을 것이다. 아이러니란 겉으로 드러난 것과 실제 사실 사이의 괴리를 지칭하는 표현이나 현상 등을 말한다. 즉 실제로 표현된 표층적 의미와 실제로 존재하는 심층적 현실 사이에서 괴리가 발생하는 현상을 아이러니라고 할 수 있는 것이다. 드러난 것과 실제의 괴리로서의 아이러니는 부조리한 현실을 전제하고 있다. 즉 현실적 차원에서 존재하는 현상과 그것이 전제하고 있는 어떤 이상과 원칙이 왜곡되거나 굴절되어 있는 현상에서 아이러니는 빚어지고 있는 것이다. 그러나 아이러니는 표현적 차원에서 이와 같은 부조리한 현실에 대한 대응력을 뜻하기도 한다. 즉 그와 같은 부조리한 현실을 긍정하는 듯하면서 실제로는 비판할 경우, 혹은 표현적 층위에서의 아이러니가 성립하는 것이다.

따라서 아이러니는 부조리한 현실에 대한 인식에서 생겨나며, 그것에 대한 부조리한 대응 방식을 의미할 수 있다. 즉 아이러니는 개인과 사회가 더 이상 화해로운 관계를 유지할 수 없고 불화의 관계로 이해될 때 생겨날 수 있으며, 개인과 세계 사이에 뛰어넘을 수 없는 심연과 간극이 존재한다는 절망감에 기초를 두고 있는 것이다. 그리고 이러한 절망적 인식을 극복하기 위한 방안으로 아이러니는 기능하고 작동하는 것이다. 예컨대 절망을 기교를 낳고, 그 기교가 절망을 건너가게 하는 계기로 작동하는 셈이다. 임승유의 시편들이 아이러니를 주된 문법으로 삼고 있다는 사실은 다음의 구절만 보아도 쉽게 짐작할 수 있다.

다시 시작하기 위해 뜨개질을 할까요 후추나무는 이제 건드리기만 하면 된다는 식으로 서 있고 바람은 결심을 할까요 구름은 실족할까요 의자가 주춤 손가락이 주춤 이러다 탭댄스라도 추겠어요 주춤주춤 사물들의 키를 넘어선 오후 세 시가 두 귀로 쏟아지고 있는데

—임승유, 「오래사귀었으니까요」 부분

단절과 비약이 심하기는 하지만, 이별의 상황에 대처하는 자세가 드러나 있다. 오래 사귄 사람이 갑자기 사라졌을 때, 흘러나오는 시적 화자의 넋두리와 같은 것이 인용된 구절인데, 여기 시적 화자는 헤어진 사람과 다시 시작할 것을 욕망하면서 그것이 매우 쉽고 가벼운 일이라는 것을 발랄한 음성의 경쾌한 어조를 통해서 강조하고 있다. 하지만 그러한 언술을 발화하는 시적 화자의 마음속의 풍경은 '결심'이 필요하고, 혹시 '실족'할지도 모르는 우여곡절에 대한 우려가 있을 수 있으며, '주춤주춤'하는 망설임과 혼란이 있을 수 있음을 은밀히 드러내고 있다. 이처럼 속에 숨어 있는 내면적 풍경과 그것을 겉으로 드러내는 표현 사이에는 서로 상충하고 길항하는 대립적인 요소들이 충돌함으로써 묘한 아이러니적 상황이 조성되고 있는 것이다. 이와 같은 구도가 다음 작품에서는 보다 은밀히 숨어 있다.

옥상에서 손톱을 깎으며 그늘을 생각해요 자라나는 것들은 그늘을 거

느리죠 눈 밑에 손톱 밑에 지구의 허기 밑에
　달은 베어 먹기에 좋고 당신 뒤에는 내가 있어요

　거기 식물처럼 길어지는 마음을 가진 아가씨 당신이 무슨 마음을 먹었
는지 알아요 당신이 마음에 깊숙이 간직하고 있는 일들은 그대로 이루어
질 테니

　초콜릿케이크를 먹을 때마다 후회 했어요 나는 왜 치즈케이크를 먹지
않은 거지 물이 없었다면

　바다가 없었다면 염소가 없었다면 공장장이 없었다면 아버지나 디제이
가 없었다면

　당신에 대해 뒤에서 말할 때 양팔이 생겨나요 숲에서 바람이 불어올 때
는 숲 전체가 이동하는 중이죠 식물들의 발바닥이 찍히고 있는 중이죠 당
신은 저만큼 가고 있고 케이크를 떠먹을 때마다 달콤한 일들은 밀려오고
밀려가고

　그러니 아가씨여
　그러니 아가씨여

　마음에 품고 있는 걸 말하지 말아요 그대로 다 이루어질 테니
　　　　　　　　　　　　　　　　　　　　　　 ―임승유, 「윤달」 전문

　윤달이란 음력에서 평년의 12개월보다 1개월 더 보태진 달
을 말하는데, 여벌달, 공달 또는 덤달이라는 명칭에서도 알 수

있듯이, 윤달은 태양력과 차이나는 태음력의 부족한 일수를 보충하기 위해서 인위적으로 설정한 달이다. 윤달은 어찌 보면 육체에 혹처럼 붙어 있는 불필요한 달이라고 할 수 있는 것이다. 그래서 보통달과는 달리 걸릴 것이 없는 달이고, 탈도 없는 달이라고 한다. 윤달은 하늘과 땅의 신(神)이 사람들에 대한 감시를 쉬는 기간으로 그때는 불경스러운 행동도 신의 벌을 피할 수 있다고 널리 알려져 있다. 윤달을 기다려 이장을 하거나 수의(繡衣)를 마련하는 일을 하는 이유가 바로 여기에 있다.

이 시에서 윤달은 "자라나는 것" 혹은 "식물처럼 길어지는 마음" 등의 이미지를 통해서 형상화되고 있다. 그런데 이와 같은 윤달은 '그늘'을 가진 것으로 묘사되고 있으며, 어떤 욕망의 마음과 관련되어 있다. 시인은 이러한 사실을 "자라나는 것들은 그늘을 거느리죠"라는 표현과 "마음에 깊숙이 간직하고 있는 일"이라는 표현을 통해서 드러내고 있다. 어찌 보면 그늘과 욕망은 자웅동체와 같이 항상 서로 붙어 다니는 것인지도 모른다. 이 시에서 자라나는 것은 눈썹과 "손톱", 그리고 "지구의 허기"라고 할 수 있는데, 이들이 자라나는 것은 욕망 때문인지 모른다. 특히 "지구의 허기"라는 표현만 살펴보면 지구의 허기가 자라는 것은 비유적 의미에서 지구의 욕망이 그만큼 증가했기 때문이다. "지구의 허기"는 어떤 결핍을 의미한다고 할 때, 욕망은 결핍을 산출하는 동인이자 계기라고 할 수 있다. 그런데 거꾸로 생각해 보면, 결핍을 산출하는 욕망은 잉여적인 것이며, 과잉적인 것이라고 할 수 있다. 우리에게 필요한 욕구만을 바란다면 우리는 결핍을 느끼지 않을 수 있을 것이다. 하지만 충족될 수 없는 것을 과도하게 욕망하기 때문에 결핍과 허기가 생겨날 수 있는 것이다.

따라서 과잉, 혹은 잉여가 결핍이며, 결핍이 곧 과잉이라고 할 수 있을 것이다. 이러한 발상 자체가 아이러니적 형식에 토대를 두고 있는 것이다.

그런데 이 시에서는 "식물처럼 길어지는 마음"이나 "마음 속에 깊숙이 간직하고 있는 일"로서 욕망이 "그대로 다 이루어질" 것이라고 진술하고 있다. 그런데 물론 명증하게 드러나는 것은 아니지만 이러한 욕망의 실현은 부재로 말미암아 가능해지는 것이다. 즉 시의 전체적 문맥에서 보았을 때, 욕망의 실현은 "바다가 없었다면 염소가 없었다면 공장장이 없었다면 아버지나 디제이가 없었다면" 실현될 수 있는 것이거나 "마음에 품고 있는 걸 말하지" 않았기 때문에 실현되는 것이라고 추론할 수 있다. 사람들에 대한 하늘과 땅의 신들의 감시가 부재하기 때문에 사람들이 자유롭게 자신의 욕망을 실현하는 윤달의 논리를 전제해 볼 때 이와 같은 추론이 성립할 수 있다는 것이다.

이상의 독법을 통해서 알 수 있듯이 임승유의 시적 발상은 아이러니의 문법에 크게 의존하고 있다고 할 수 있다. 시인이 현실적으로 욕망하는 것은 곧 실제적 결핍을 조장한다고 암시하거나 부재하는 현실이 곧 충족된 실재를 의미한다고 암시할 때 이와 같은 아이러니의 문법이 시적 발상 속에 은밀히 자리 잡고 있는 것이다. 임승유의 아이러니한 발상의 이면에는 현실과 이상이 더 이상 화해할 수 없다는 절박한 인식이 자리 잡고 있으며, 그럼에도 불구하고 그러한 절망을 일용할 양식으로 삼을 수밖에 없는 현대인의 곤궁한 생존 논리가 숨어 있다고 할 수 있다.

5. 정신이 거처할 집, 시의 형식

안미옥의 집의 구조를 통한 내면의 형상화, 권민경의 주술적 형식을 통한 초감각적 삶의 구상화, 그리고 임승유의 아이러니를 통한 절망적 현실의 체현 등의 시적 작업은 모두 신인으로서의 시인들이 자기만의 독자적이고 고유한 시적 문법을 성립하고자 하는 열망의 표현이자, 고유한 삶의 조건과 형식을 마련하려는 고투라고 해석할 수 있다. 이들의 작업은 매우 생경하여서 미완성의 형태를 취하고 있지만 신인으로서의 패기와 도전 정신만큼은 높이 평가할 만하다.

상상력의 진폭에 대한 강박관념, 그리고 과도한 주관적 정서의 절대화 등에 대한 경사 등이 독자와 소통하는 데에 어려움을 겪게 할 것이지만, 이러한 문제는 비단 이들 신인들에게만 해당되는 문제는 아닐 것이다. 중요한 것은 이들 신인들은 각각 고유한 목소리를 지니고 있으며, 그러한 목소리를 구상화할 표현을 지니고 있다는 점이다. 그리고 이들 세 신인은 그러한 목소리의 표현을 통해서 정신이 거처할 고유한 시의 형식과 삶의 형식을 개척해 가고 있다는 점에서 그들의 시적 행보는 주목할 가치가 있다.

위악의 포즈, 혹은 묵시록적 상상력
― 김도언, 류성훈, 여성민의 새로운 시선

1. 역사 진보론의 붕괴가 의미하는 것

오늘날 우리 사회의 중요한 특징 가운데 하나는 역사적 진보에 대한 다양한 의견이 개진되고 있다는 점이다. 과연 진보는 지식과 기술의 축적으로 해석될 수 있을 것인지에 대한 의문에 뿌리를 두고 있는 이러한 의문과 문제제기는 진보란 지식의 축적과 기술의 상승이 아니라 다양성의 증대나 포용력의 역능이 증대하는 것이라는 의견을 내놓기도 한다. 역사적 진보란 타인을 지배할 수 있는 힘의 증대를 의미하는 것이 아니라, 타인과 더불어 잘 살아갈 수 있는 관용과 관계 형성 능력의 증대라는 시각이 제기되고 있는 것이다.

하지만 무엇보다 주목되는 점은 더 이상 진보가 당연한 것으로 간주되고 있지 않다는 것이다. 역사란 과거보다는 현재가, 현재보다는 미래가 더 나아질 것이라는 진보에 대한 근대적 믿음에 균열이 생겨 더 이상 근대적 사유의 낙관론을 뒷받침하지 못하게 되었다는 것이다. 역사적으로 볼 때, 역사학자 슈펭글러의 비관적 시각이나 프리드리히 니체의 진보적 역사관에 대한 냉소적인 시각들이 이와 같은 회의적 시각의 시발점이 되고 있다. 그들은 더 이상 역사가 선조적으로 나아지며 상승한다는 진보론을 폐기처분하며 퇴보론이나 순환론과 같은 전근대적이고 중세적인 역사에 대한 시각을 복원하려고 시도한 바 있다.

　이와 같은 진보적 역사관의 붕괴는 우리 사회의 성장과 발전 지향주의를 반성하게 하고 삶의 질을 실질적으로 개선할 수 있는 진정한 발전의 개념을 모색하게 했다는 점에서 긍정적인 면을 지니고 있는 것은 사실이다. 하지만 미래의 낙관적 희망을 토대로 구축해 왔던 문명과 계몽의 기획은 강력한 비판과 회의에 직면하게 된 것도 필연적인 결과이다. 그리하여 탈근대인들은 하나의 목표나 지향점을 상실하고 하루하루 정치 없이 난파한 선박처럼 떠돌게 되었던 것이다.

　역사 퇴보론과 역사 순환론은 우리 사회에 페시미스트가 확산되는 한 계기가 되었지만, 그로 인해서 탈근대인들의 전반적인 사고방식과 생활 방식에도 커다란 변화를 가져온 것이 사실이다. 무엇보다 위선적인 태도가 사라지고 위악적인 태도가 자리잡게 되었으며, 묵시록적 전망과 상상력이 기승을 부리게 되었다는 점에 주목해볼 수 있다. 사회가 점점 더 타락하고 퇴보하고 있다는 생각은 우리 사회에 대한 비판적이고 냉소적인 시각을 확산하게 된다. 그리하여 탈근대인들은 사회의 그늘과 어두운 면으로 애써 눈을 돌리고 그것을 과장함으로써 비관주의를 확대 재생산하게 된다. 결국 위악적인 포즈와 묵시록적 전망은 바로 이러한 비관론적인 역사의식에 뿌리를 두고서 현대인들의 의식과 태도를 지배하게 된 것이다.

　이번에 새롭게 조명하게 된 김도언, 류성훈, 여성민의 신작들에는 이와 같이 비관론에서 유래하는 위악적인 포즈와 묵시록적 상상력이 주된 경향으로 자리 잡고 있는 것처럼 보인다. 사회적 현상 가운데 애써 어두운 그늘에 카메라의 렌즈를 들이대고 있을 뿐만 아니라 그것을 줌인(zoom in)하여 더욱 확대하고 과장하는 경향을 보여주고 있기 때문이다. 이와 같이 개인적 실존과 사회의 그늘이나 어둠에 주목하는 경향은 비단 이들 신인들에 국한된 문제는 아닐 것이다. 대체로 현대인들은 미래에 대한 찬란한 기대와 함께 그에 비례하는 의구심과 회의를 품고 있으며, 고통에 민감한 시인들이 특히 이러한 측면에 주목하는 것은 자연스러운 일이기 때문에 새삼스러울 것이 없기도 하다. 하지만 의식적이고 자각적인 차원에서 하나의 뚜렷한 특성으로 부각되고 있는 위악적인 태도의 문제에 대해 주목해보는 작업은 신인들의 새로운 시적 발상과 태도를 이해하기 위한 의미 있는 접근방법이 될 수 있을 것이다.

2. 폭력의 일상화와 고립의 추억

2012년 ≪시인세계≫의 신인상에 「당신」, 「K의 장애」 등의 작품이 당선되어 시단에 나온 김도언은 당선작에서부터 독특한 시적 발상과 형식을 보여주었는데, 심사위원들은 대체로 서사적 형식의 시형식에 주목한 바 있다. 다양한 서사적 고리가 하나의 시적 질서로 응축된 형식을 보여주고 있다는 것이다. 이번에 새롭게 발표되는 신작에서도 이러한 경향은 김도언만의 뚜렷한 색채로 부각되고 있는데, 서사적 구도를 지닌 시적 형식은 비록 서사를 시에 수용하고 있기는 하지만 그것은 이면에 숨어 있고 전면에 부각되어 있는 것은 거기에서 야기되는 정서적 효과라고 할 수 있다. 김도언의 신작들은 어떤 서사적 틀을 빌어 사건의 정서적 효과를 전면화하는 방식을 택하고 있는 것이다.

하지만 서사적 발상이 우세하다는 점은 가볍게 넘기기 어렵다. 한편의 시가 서사적 발상에 의존하고 있다는 것은 곧 은유가 아니라 환유의 정신에 토대를 두고 있다는 것이다. 은유란 동일성에 기반을 두고 있는 정신이자 창작 방법이라고 할 수 있는데, 시적 은유는 어떤 영원불변한 본질을 포착하여 그것을 이미지로 고착하려는 경향을 지니고 있다. 그러나 인접성에 기반을 두고 있는 환유는 오랜 시간을 두고 형성된 관습이나 구체적인 역사적 사건을 시적 문맥으로 끌고 와서 삶의 실감을 강화하려는 경향을 지니고 있다. 따라서 인접성에 토대를 두고 있는 환유의 방법은 곧 서사의 방법과 상통하고 있다고 할 수 있는데, 환유나 서사의 시적 방법은 역사적 현실의 구체화라는 시적 목적과 맥락을 형성하게 되는 것이다. 시적 환유와 서사의 구도를 시적 형식으로 수용하려는 경향은 김도언의 신작시에 국한되지 않고 류성훈이나 여성민의 시적 발상에도 침투되어 있는데, 그렇기 때문에 이들의 시적 관심이 공통적으로 구체적 현실에 대해 발언하고자 하는 충동을 공유하고 있다고 할 수 있다.

그런데 이들의 신작들은 모두 위악적인 포즈로 그러한 서사의 방식을 수용하고 있다는 점에서 더욱 주목된다. 세계에 대한 이해와 접근 방식에 대한 그들의 내면적인 정향에 대해서 파악할 수 있기 때문이다. 김도언의 신작들이 위악적인 태도로 비관적인 전망을 보이는 것은 현대사회에 만연한 폭력에 주목하기 때문인 것처럼 보인다. 즉 폭력을 하나의 구조적 특성으로 간직하고 있는 현대사회에 대한 통찰에서 위악적인 포즈와 비관적인 태도가 자연스럽게 추출되는 경향을 보이고 있다는 것이다. 다음 작품에서 이를 확인할 수 있다.

내가 죽으면 장례식장에 오겠다고 먼저 말한 건 당신이다. 당신을 토막 내서 냉장고에 집어넣는 건 일도 아니다. 당신과 나는 10년 전 겨울, 도르트문트에서 이별했다. 당신은 베이글과 홍차를 아주 좋아했다. 나는 속으로 당신의 취향을 경멸했다. 당신은 북아프리카의 따뜻한 나라에 가서 살고 싶다고 말했다. 눈 위를 바람이 쓸며 지나간다. 바람이 모은 건, 마지막 체온의 기억. 북아프리카에서는 연일 부정축재자를 축출하기 위한 시위가 열렸다. 유인물이 뿌려지고 확성기가 울려 퍼졌다. 군인들의 휴가가 연기되었다. 내가 죽으면 장례식장에 오겠다고 말한 당신의 환상을 증명하라. 잎이 넓은 활엽수들은 잎이 뾰족한 나무들에 대해 자부심을 갖는다. 학살의 경험 때문이다. 눈이 쌓였던 나뭇가지에서 움이 터올 때 얼음을 먹은 아이가 쑥쑥 자라나 첫 번째 연애편지를 쓴다. 그는 백화점이 쏟아내는 허다한 고독과 가난의 구매자가 될 것이다. 북아프리카의 정부군이 총을 쏘자 나뭇가지에 쌓인 눈이 떨어진다. 나는 당신의 위대하고 더러운 애인이다. 나는 부끄러운 유물일 가능성이 있다. 택시가 새벽기도를 다녀오던 노파를 치고 달아난다. 노파의 깨진 안구에 둥그렇게 피가 고인다. 치매에 걸린 또 다른 노파는 양파 두 개와 배추 한 포기를 세탁기에 넣는다. 유인물과 당신과 확성기의 겨울. 그 훌륭한 겨울을 다시 가질 수 없을 것이다.

　　　　　　　　　　　　　　　　　—김도언, 「그해 겨울은 훌륭했네」 전문

박완서 원작의 『그해 겨울은 따뜻했네』라는 작품을 패러디하고 있는 듯한 이 작품은 훌륭할 것 하나 없는 시적 내용과 제목의 부조화에서 오는 아이러니를 느끼게 한다. 아이러니가 본래 심층 구조와 표층 구조의 균열과 대립을 전제하는 것처럼 이 시는 '그해 겨울은 훌륭했네'라는 표층적 진술과 달리 실제로는 가혹하고 비참한 겨울의 모습을 묘사하고 있다. 즉 당신은 따뜻한 북아프리카에서 살고 싶다고 말하지만, 북아프리카에는 부정축재자가 만연하고, 그들을 축출하기 위한 시위는 학살로 이어진다. 또한 우리나라에서는 새벽기도를 다녀오던 노파를 택시가 치고 달아난다. 그리고 깨어진 노파의 안구에서는 둥그렇게 피가 고인다.

이처럼 삭막하고 파괴적인 폭력이 일상적으로 발생하고, 그래서 그러한 폭력은 심각한 윤리적 각성이나 반성의 자극제로 작동하지 못한다. 그렇기 때문에 시적 주관은 "당신을 토막 내서 냉장고에 집어넣는 건 일도 아니다"라고 태연히 고백하는가 하면, "얼음을 먹고" 쑥쑥 자라난 아이는 "백화점이 쏟아내는 허다한 고독과 가난의 구매자가 될 것이다"라고 비관적 전망하고 있다. 이 시에 주된 시어로 등장하는 죽음, 장례식장, 이별, 경멸, 학살 등에서 야기되는 시적 메타포는 결국 세상에 만연한 폭력과 불신, 그리고 냉소적 세계관과 시적 태도를 구체화한다. 그러나 가장 포괄적인 시적 태도는 결국 이처럼 폭력과 불신이 만연한 세태를 '그해 겨울은 훌륭했네'라는 제목으로 집약해주고 있다고 할 수 있을 것이다.

이와 같은 사정은 다른 작품들에서 달라지지 않는다. 「K, 돌아오다」라는 작품에서는 "세상은 무너지기 직전이 가장 아름다울 것"이라는 잠언과 같은 구절이 등장하고, "사랑하다 죽어버린 것들이 반듯한 나무가 된다"는 말을 듣고, "그 말을 믿기로 한 순간 참을 수 없이 울고 싶은 기분이 되었다"는 감상적인 정서가 표출되기도 한다. 지옥의 순례라는 시적 모티프에 의해 지탱되는 이와 같은 묵시록적 잠언과 감상적인 정서들은 만연한 폭력적 세계에 대응하기 위한 시적 주관의 의식적인 전략이라고 할 수 있을 것이다.

한편, 「고립의 체위」라는 작품에서는 시적 주체가 결코 다른 사물과 사람으로 구성되는 타자와 관계를 형성하지 못하고 자폐적인 세계로 유폐되는 고독한 체험을 과장해서 표출하고 있다. 시적 주체는 자신이 자신을 둘러싼 유형무형의 사물이나 사람들과 진정성을 지닌 관계를 형성하지 못했음을 고백하며 "내가 가졌던 것들의 최후는/이제 기억에서 없어졌고/나는 이제 나를 감싸고 물들이는/모든 상상 속에서만 존재하고 소유하는/불쌍한 우주의 주인이 되었어요/주인처럼 고립되었어요"라고 토로하고 있다. 자신과 관계 맺고 있던 모든 것들이 소멸되고 자신은 이제 홀로 남아 고독하게 상상속에서만 우주를 소유하게 되었다고 고백하고 있는 것이다. 타자와의 관계망을 상실하고 혼자서 소유하는 우주란 고독하고 쓸쓸한 것일 수밖에 없을 것이다. 그것은 자폐적이고 폐쇄적이라는 점에서 내면의 고립감을 대변해주면 타인과의 어떠한 관계도 소멸하고 말았다는 점에서 황폐함을 내포하고 있다.

지금까지 살펴본 것처럼 김도언의 신작들은 일상적 폭력과 현대인의 고립감을 부각시키면서 위악적인 포즈를 보여주고 있다. 그러한 포즈에서 나오는 전망은 매우 비관적이고 묵시록적이다. 그런데 대부분의 시에서 아이러니의 정신을 발견할 수 있다는 점에서 이러한 포즈와 전망은 현대사회에 대한 의식적인 대응전략의 성격을 띠고 있음을 확인할 수 있다.

3. 낡아가기, 혹은 죽어가기

류성훈은 2012년 한국일보 신춘문예에 「월면체굴기」가 당선되어 문단에 나온 이래 활발한 창작활동을 전개하고 있다. 「월면체굴기」에서는 아버지의 뇌종양이라는 병과 삶의 이야기를 아버지 몸속의 돌과 두개골, 그리고 달 뒤편의 돌의 이미지를 연결해서 입체적인 이미지로 구축한 바 있다. 이번 신작들에서도 이질적인 이미지들이 한데 모여 중층적이고 입체적인 이미지를 구축하고 있는데, 그 이미지들의 이질성으로 인해서 이미지들의 결합은 돌발적이고 충격적인 형태를 띠고 있다. 콜라주 방법에 의해 전혀 동질성을 찾기 어려운 이미지들이 폭력적으로 결합됨으로써 놀람과 충격의 시적 효과를 산출하고 있는 것이다.

하지만 류성훈의 신작들 또한 김도언의 그것들과 마찬가지로 위악적인 포즈와 묵시록적 전망으로 들끓고 있다. 대체로 류성훈의 신작들에서 주도적인 이미지나 상상력은 조락하거나 말라가거나 죽어가는 상황에 집중되어 있다. 가령 「못질」에서 "집이 드러누웠다, 담장 뒤로/새들의 가난한 그림자가 행복하게 지워지고/허물기 전의 벽에서 오래된 심장이 뛰었다"라고 하거나 "우기(雨期)가 지나고, 잎이 가지들을 가릴 즈음/누런 수의를 입은 구름이/통 통 못질소리 따라 묻혀갔다"라고 할 때, 이러한 시적 발상과 전개 속에는 특별한 필연성이 없이도 낡아 허물어지거나 죽어 관속에 묻히는 등의 사건들이 관심의 초점으로 부상하고 있다. 세상의 그늘과 어둠에 대한 시인의 자의식적 집착을 확인할 수 있는 것이다. 이와 같은 현상은 「서른의 방학」에서도 달라지지 않는다.

> 젊은 구름들에게도 미소한 끝들이 있어
> 식은 그릇 같은 저녁이 골목 어귀에 놓이고
> 두꺼워짐에 서투른, 제 나이테 어디쯤
> 넋을 딛고 있는지 모르는 나무들이
> 깨끗한 발을 멈춘다 한낮의 잘린 목젖 속에서
> 너와 네 헛된 옷깃을 부검하며, 아직
> 사인(死因)을 몰라 더 눈부신 목소릴 듣는다
>
> —류성훈, 「서른의 방학」 부분

청춘의 종말, 그리고 세월의 흐름에 대한 시적 화자의 강박관념이 나무를 비유로 한 표현을 중심으로 드러나고 있거니와 '끝', '식은 그릇', '잘린 목젖', '부검', '사인(死因)' 등의 시어들이 조락과 상실이라는 시적 화자의 정서를 대변해주고 있다. 「못질」과 마찬가지로 「서른의 방학」 또한 시간의 흘러감을 낡아감과 죽어감의 의미를 파악하면서 그러한 낡아가고 죽어가는 것에 대한 강박관념을 돌발적인 이미지들의 병치를 통해서 드러내고 있는 것이다. 이와 같이 조락과 상실의 현상에만 유독 주목하기 때문에 류성훈에게 세계는 항상 쉼 없이 낡아가며 죽음으로 다가가는 묵시록적인 전망으로 점철될 수밖에 없는 것이다. 다음 작품을 통해서 이러한 상상력의 구도가 좀 더 확연히 드러난다.

드문 것은 늘 너일 수 있었다. 넘길수록 부서지는 헌 오후, 네 목덜미가 야윈 이유를, 늘 되묻기만 하던 날의 색인을 뒤적였다. 결국 외롭게 죽은 성운(星雲)이 내 배면에 묻은 숨결을 맛보였을 때, 나는 네가 남긴 소리들의 비중을 달았다. 오일탱크 속으로 실족한 배추벌레의 연둣빛을 검게 찧어내던 바람이 젖은 외출들을 가리곤 했다. 하늘은 어딘가 분명히 잘못되었고, 반드시 찾게 될 고장난 지점에서

  부끄러운 내 별들을
  보듬는다
  발길마다 조금씩 풀어지는

꽃잎들은, 바라보던 꿈의 색깔만큼 무겁다. 밤의 해바라기는 늘 너무 많은 씨앗을 쥔 채 흉측해져간다. 너무 크고 무거운 것은 볼 수 없는 눈은 죽은 대궁에게, 내가 죽을 때까지 서 있는 모습에게, 점점 더 늘어가는 너에게 분노했었다. 벌레의 걸음마보다 끈적한 밤들을 차마 다 씻지 못한, 너는 왜 그곳에 누워있었고 어려운 글처럼 쉽게 넘어가야 했는지

  네가 알던 것보다 내가 모를 것들이
  무거워진 고개를 돌리면서

태어나지 않는 밤에 너를 누이고, 나는 마른 꽃대처럼 제 자리를 찾는다. 나사 빠진 시간의 구석에서, 나는 더 여물지 않겠다. 비 갠 후의 불빛이 먼지를 태우며, 어느 천체보다 굵고 단단해진 밤 속에 너는, 가 맞닿으려 한다.

오랜만에, 나는 셀 수 없었다

별을 믿는다. 그것은

헌 것이기에, 신비롭게 넘길 수 있었다.

—류성훈,「오래된 설명서」전문

'오래된 설명서'라는 제목으로 우주적 상상력이 펼쳐지고 있다. 오래된 설명서를 통해서 별들의 운행과 우주의 법칙, 혹은 세상의 이법과 우리 삶의 행로에 대해서 사유하는 비약적인 상상력을 보여주고 있는 것이다. 그런데 문제는 우주의 운행 법칙이나 세상의 이법이 파행이나 고장으로 점철되어 있는 것으로 인식하고 있다는 점이다. 따라서 오래된 설명서는 고장 난 제품을 고치기 위한 설명서라고 할 수 있는데, 시인의 상상력에서는 잘못된 우주의 운행 법칙을 고칠 수 있도록 하는 어떤 법칙과 규범이 담긴 책이라고 할 수 있을 것이다.

이 시에서도 시인의 상상력에 포착되는 것은 죽음과 조락, 상실의 이미지라고 할 수 있다. 시적 주관은 유독 "외롭게 죽은 성운(星雲)이 내 배면에 묻은 숨결"에 주목하거나 "오일탱크 속으로 실족한 배추벌레"에 주목한다. 그리고 이와 같은 현상을 종합해서 "하늘은 어딘가 분명히 잘못되었고, 반드시 찾게 될 고장 난 지점에서// 부끄러운 내 별들을/ 보듬는다"고 진단한다. 분명한 의미를 포착하기는 어렵지만, '오래된 설명서'에 의지해야 할 만큼 자연 법칙은 일그러지게 되었고, 고장나게 되었지만, 그처럼 일그러지고 고장 난 것에 대해 시적 주체는 애착을 느끼고 있다는 정황을 포착할 수는 있다.

또한 시적 주체는 "너무 크고 무거운 것은 볼 수 없는 눈은 죽은 대궁에게, 내가 죽을 때까지 서 있는 모습에게, 점점 더 늘어가는 너에게 분노했었다"고 진단하면서 "나사 빠진 시간의 구석에서, 나는 더 여물지 않겠다"고 단정하고 있다. 이러한 시적 구절들에서 우리는 욕망과 죽음에 대한 강박관념을 읽어낼 수 있는데, 잘못된 운행 법칙에 의해 운영되고 있는 세상에서의 성숙과 결실에 대한 시적 주체의 강한 거부반응 또한 인상적으로 포착할 수 있다. 결국 잘못되고 고장 난 세상 속에서의 삶에 대한 회의와 거부의 정신이 문제가 되는 것이다.

그런데 이 작품에도 역시 낡아가는 것에 대한 관심이 편재한다. "넘길수록 부서지는 헌 오후"라는 시적 구절이나 "별은 믿는다, 그것은/ 헌 것이기에, 신비롭게 넘길 수 있었다"라는 구절 등을 통해서 낡아가는 것에 대한 관심과 집착을 읽어낼 수 있다. 주목할 점은 시적 주체가 주목하는 헌 것이란 시간의 흐름에 의해서 낡아진 것, 혹은 시간의 작용으로 인해 고장 난 것이라는 점이다. 시인은 그러한 헌 것이기에 믿을 수 있고, 쉽게 넘길 수 있었다고 고백하고 있다. 이러한 시적 진술은 물론 다면적인 해석의 층위를 거느릴 수 있지만, 낡아지고 부패하고 죽어가는 것이야말로 일반적인 세상의 이치임을 인정하는 진술로도 이해할 수 있을 듯하다. 그렇다면 시인은 '오래된 설명서'를 통해 낡아가면서 소멸로 향해가는 어떤 보편적인 법칙에 대해 주목하고 있다고 평가할 수 있을 것이다.

결국 류성훈의 신작들에 주도적인 이미지와 상상력은 낡아가거나 죽어가는 것들에 대한 묵시록적 전망이라고 할 수 있다. 시간의 흐름에 의해 허물어져가는 것이 모든 존재의 보편적인 존재양상이라는 것, 그리고 그러한 존재양상에서 존재들은 병들고, 고장 나고, 죽어가야 한다는 것 등을 읽어내고 있다고 하겠다. 이러한 시각적 성향은 확실히 조락과 상실의 현상에 대한 편향을 지니고 있다고 할 수 있다. 그러나 그러한 조락과 상실을 대하는 시인의 태도는 묵직하고 우울하기보다는 오히려 경쾌하고 발랄한 어조에 의해 뒷받침되고 있다. 이러한 주제와 태도의 부조화 내지 상충에서 우리는 위악적인 포즈를 확인할 수 있을 것이다.

4. 죽음이 오는 방식

여성민은 2012년 서울신문 신춘문예에서 「저무는, 집」이 당선되어 시단에 나온 이래 「오렌지」, 「연애의 국경」, 「슬픔이 오는 쪽」 등의 작품을 발표하는 등 활발한 활동을 하고 있다. 그는 「저무는, 집」이라는 작품에서 '저물다'라는 동일한 시어의 반복을 통해서 어떤 주술적인 느낌과 효과를 달성하고 있는데, 이와 같은 반복의 미학이 이번 신작에서도 그대로 반복되고 있다. 또한 「저무는, 집」이라는 제목에서 알 수 있듯이, 여성민은 처음부터 소멸하고 퇴락하는 이미지에 대한 집착을 보이고 있었는데, 이번 신작에서도 그러한 경향이 반복되고 있음을 확인할 수 있다. 여성민의 시적 특이성은 소멸과 퇴락의 이미지를 나타내는 시어에 대한 반복적인 사용을 통해서 시어 자체가 하나의 사건이나 사물처럼 고착되어 버리는 물질성을 획득하는 경지까지 치닫게 된다는 점인데, 이번 신작에서도 이러한 경향은 고스란히 반복됨으로써 시적 경향의 일관성을 보여주고 있는 것이다.

이번에 발표된 신작 「모호한 스티븐2」에서는 스티븐이라는 가상의 인물의 평범한 일상을 시화하고 있는데, '하얀 밀밭'의 이미지와 총알의 이미지가 서로 결합되어 반복되면서 독특한 시적 분위기를 조성하고 있다. 특히 총알의 이미지는 "시속 3559킬로미터"의 속도로, 그리고 "녹슨 새"로 변모되었다가 "운동장을 가로질러 시장을 가로질러 거리를 날아가고 있는 새"로 귀결된다. 그리고 이와 같이 질주하는 총알의 이미지가 "소리 없이 불타는 저녁의 밀밭" 이미지와 결합되어 어떤 파괴와 파국의 결말을 연상하도록 한다.

한편, 「방과 후」라는 작품에서는 "깨진 유리 같은 것이 계속 반짝였어"라는 반복적인 구문을 통해서 어떤 존재의 파괴와 그 파장을 맑고 투명하며, 차가운 이미지로 구현해내고 있다. 그런데 이 깨진 유리의 파편이라는 이미지는 "번지점프"라는 시어와 결합됨으로써 돌발적인 추락과 그에 따른 현기증 등의 시적 효과를 유발하고 있다. 그리하여 이러한 이미지와 그 효과들이 '방과 후'라는 제목과 결합하여 학교에 적응하지 못하는 학생들의 아노미적인 자살과 같은 사회적 사건을 떠올리게 한다. 결국 여성민의 신작들은 질주하는 총알과 타오르는 밀밭의 이미지, 혹은 깨진 유리 파편의 반짝이는 이미지 등을 통해서 폭력적이고 파괴적인 현대사회의 어두운 정황을 포착해주고 있다고 할 수 있다.

하지만 여성민의 개성적인 작풍을 보여주는 작품은 오히려 「무엇이 오는 방식」과 같은 작품이라고 할 수 있다. 앞서 언급한 것처럼 여성민은 「저무는, 집」이나 「오렌지」 등의 작품을 통해서 충동적인 시어의 반복을 통해서 어떤 주술적인 효과를 달성하고 있었는데, 「무엇이 오는 방식」 또한 독특한 시어의 반복과 이미지의 중복을 통해서 독특한 시적 분위기와 시적 효과를 창출하고 있다.

가령 이런 식, 비가 내리거나 시럽을 듬뿍 넣은 카페라떼를 마시거나 비가 내리거나 외롭지 않기 위해 동물원에 가거나 비가 내리거나 흔들리며 흔들리며 비가 내리거나 가령 이런 식, 가까운 숲에서 먼 숲으로 길이 사라지는 지하에서 옥상으로 계단이 사라지는 508동에서 511동 뒤편으로 손전등 불빛이 사라지는 지상에 먼저 도착하기 위해 아이가 신발을 벗는 그러니까 가령 이런 식, 국경선의 한 무리 양떼 옆에 딱딱한 빵을 뜯다가 세 개의 강에서 올라오는 푸른빛을 보며 무릎을 만지는 경계병 소년 옆에 에이케이 소총 옆에 소년은 모두 손가락이 길다 케네디는 아직 비행기를 타지 못했다 쓰레기를 뒤지는 개 축구공이 터진 공터 깨진 유리창으로 햇살이 스며드는 스타벅스 매장 옆에 콘크리트 철근에 매달린 트랜지스터 라디오 옆에 예스터데이 음 음 음 음 예스터데이 옆에 오줌을 누다가 길의 끝을 바라보는 어린 소녀의 눈동자 옆에, 죽은 눈, 죽은 눈, 그러니까 길의 끝에서 아무 것도 오지 않는

—여성민, 「무엇이 오는 방식」 전문

밑도 끝도 없이 펼쳐지는 사설 속에는 시적 화자의 머리속에서 전개되는 상상력의 운동과 그 전개 과정이 파노라마처럼 펼쳐져 있다. 끊어질 듯 이어지며 시적 상상력이 전개되는 과정에서 어떤 질서라는 것이 느껴지는데, 그러한 질서는 반복되는 시어와 거기에서 파생되는 이미지로 인한 것이다. 즉 이 시는 "가령 이런 식"이라는 시적 구절이 반복되면서 상상력의 자질과 형

식을 보여주면서 그 내용을 단락으로 완성하고 있으며, "비가 내리거나", "사라지는", "옆에" 등의 시어들이 자잘하고 다양한 상상력의 내용물들을 통어하여 하나의 단락과 질서를 형성하고 있는 것이다.

상상력의 내용을 살펴보면, 역시 조락과 상실, 소멸과 파괴의 이미지들이 상상력의 내용을 가득 채우고 있다. 즉 다양한 행동들 사이로 비가 내리거나 길, 계단, 불빛 등이 사라지는 등의 하강과 소멸의 이미지들이 상상력의 주된 경향을 대변해주고 있는 것이다. 또한 "경계병 소년"의 "옆"에서 존재할 수 있는 사건과 사물의 인접성을 중심으로 전개되는 상상적 과정에서도 "에이케이 소총", "쓰레기를 뒤지는 개", "축구공이 터진 공터", "깨진 유리창", "철근 콘크리트" 등의 상상적 내용들은 결국 삭막하고 건조한 현대사회의 삶의 조건들을 환기하고 있다. 특히 "오줌을 누다가 길의 끝을 바라보는 어린 소녀의 눈동자 옆에" 이어지는 "죽은 눈, 죽은 눈"의 이미지는 그로테스크한 정조를 조장하면서 불길한 느낌마저 들게 한다.

그런데 시의 제목이 '무엇이 오는 방식'이라는 점에 착안해보면 이와 같은 방식으로 어떤 사건이 발생하는 것이라고 할 수 있다. 즉 비가 내리듯이, 길과 계단, 그리고 불빛이 사라지는 방식으로, 또는 사물과 사물들의 옆에 어떤 인접한 사물과 사건들이 배치되는 방식으로 어떤 것이 온다는 것이다. 그런데 비가 내리거나 어떤 것이 사라지거나, 혹은 파괴적이고 폭력적인 어떤 것이 배열되는 방식으로 오는 것은 조락과 소멸, 혹은 죽음과 같은 부정적인 것이라고 할 수밖에 없다. 특히 비가 내리거나 사라지거나 하는 소멸의 방식이나 인접성의 사물들의 마지막에 오는

"죽은 눈"의 이미지에 천착해 볼 때, 오는 것은 바로 죽음이라는 것을 추론할 수 있다. 그렇기 때문에 우리는 '무엇이 오는 방식'이라는 제목의 산문시가 "그러니까 길의 끝에 아무 것도 오지 않는"으로 끝나는 이유를 이해할 수 있다. 즉 죽음은 결코 아무 것도 오지 않는 방식으로 다가오는 것이다.

결국 여성민의 신작시들은 파괴와 소멸, 혹은 죽음의 편재 현상과 그것의 작동 방식에 대한 시적 관심을 표명하고 있다고 할 수 있다. 그런데 이와 같은 무겁고 우울한 주제가 다른 신인들처럼 여성민의 작품에서도 경쾌하고 발랄한 어조를 기반으로 전개되고 있는 점에서 그 위악적인 포즈를 발견할 수 있다. 예컨대 「방과 후」에서 "내일은 번지점프를 하면 반짝일 거야"라는 진술을 통해서 깨진 유리 파편이 지닌 반짝이는 속성을 강조하는 대목에서 우리는 소멸과 파괴에 대한 심미적인 의식과 태도를 발견할 수 있는 것이다.

5. 위악의 포즈, 통각(痛覺)의 가치

지금까지 우리는 새롭게 자신의 개성을 펼쳐가고 있는 김도언, 류성훈, 여성민 신인들의 독특한 상상력과 시적 어법에 대해 살펴봄 셈이다. 김도언은 현대사회에 일상화된 폭력의 사건을 강조하면서 고립감의 체험을 주된 정서로 부각시키고 있었는데, 그것을 아이러니의 방법으로 접근함으로써 위악적 포즈를 보여 준 바 있다. 류성훈은 시간의 파괴적 힘에 의해 낡아가거나 헐어가는 것, 그리고 죽어가는 현상에 주목하면서 그것의 비극성을 부각시키고 있었는데, 발랄하고 경쾌한 어조를 통해 그러한 작업을 하고 있다는 점에서 위악적인 포즈를 확인할 수 있었다. 마지막으로 여성민 또한 파괴와 죽음 등에 대한 묵시록적 주제를 주문(呪文)과 같은 반복의 어법을 통해 구현하고 있었는데, 심미적 태도 등을 통해서 그러한 작업에 접근하고 있다는 점에서 그 위악적 포즈를 발견할 수 있다.

이처럼 이번에 주목하는 세 시인들은 모두 위악적인 포즈로 실존적 차원이나 사회적 차원에 존재하는 어두운 현상에 주목하고 있었는데, 이러한 주목은 신인들의 의식적인 선택이라는 점에서 관점의 편향을 대변해준다. 즉 신인들은 모두 사회의 그늘과 어둠이라는 국면만을 유독 관심의 대상으로 설정하고 있으며, 시적 상상력을 동원해 그것을 해부하고 있는 것이다. 신인들의 작업이 실존적 고통에 함몰되어 주관적 서정의 표출에 그치지 않고 그것을 서사의 정신으로 분석하고 탐구하고 있다는 것은 그러한 주제에 대한 시인들의 거리감에서 알 수 있는데, 포즈는 시적 거리감을 대변해주고 있는 것이다.

분석적 정신에 의한 신인들의 시적 탐구는 따라서 그 탐구의 효과와 의미에 의해서 평가되어야 할 것이다. 서두에서 언급한 것처럼 우리 사회는 진보적 역사관을 상실하고 퇴보론이나 순환론적 사관을 옹호하고 있으며, 그로 인해서 좌표를 상실하고 정치없이 방황하고 있다고 진단한 바 있다. 이러한 사회는 바람직한 가치와 윤리적 좌표를 상실했다는 점에서 위악적인 포즈를 취할 수밖에 없다. 신봉할 믿음이나 추구할 가치를 상실했기에 현실에 대한 고발과 비판을 일용할 양식으로 삼을 수밖에 없는 것이다. 결국 신인들이 시적 탐구는 이와 같은 점에서 의미를 찾을 수 있을 것이다. 우리는 폭력과 파괴의 환경에 둘러싸여 거우

숨을 붙이고 있다는 것, 그래서 이러한 환경을 개선하지 않는다면 현대인들은 더 이상 행복할 수 없을 것이라는 메시지를 우회적으로 드러내주고 있는 것이다.

이와 관련하여 우리는 무통각 환자의 사례에 주목해볼 필요가 있다. 어느 임상심리학의 보고서에 의하면 아픔을 느끼지 못하는 어린이는 결코 어른으로 성숙하지 못하고 어린 나이에 요절하게 된다고 한다. 무통각 어린이는 그 아이를 둘러싼 온갖 위험에 대해 부모와 의사가 아무리 열심히 설명을 하더라도 그것을 체험할 수 없기 때문에 그 위험성을 자각하지 못한다는 것이다. 그리하여 만화나 텔레비전에 나오는 슈퍼맨이나 원더우먼의 흉내를 내어 2층에서 뛰어내리기도 하고 촛불 따위를 만져보는 등의 위험한 행동을 태연하게 자행하게 된다고 한다. 통증이 없다면 몸에 생긴 이상을 알아차리기가 대단히 어려울 것이다. 설사 병이 생긴 것을 다른 증상을 통해 알았다고 하더라도 통증이라는 급박한 신호가 없었다면 신속한 대응을 하지 않았을지도 모른다. 그리하여 어린이는 성숙한 어른으로 자리기 전에 요절하고 마는 것이다.

무통각 환자의 사례에서 알 수 있듯이 고통과 위험을 자각하는 감수성은 생명을 보존하는 중요한 수단이 된다. 이와 같은 경우는 사회에도 그대로 적용될 수 있을 것이다. 흔히 잠수함 속의 토끼처럼 시인은 위험과 고통을 예민하게 자각하는 존재라고 한다. 이번에 조망한 신인들은 바로 이와 같은 시인으로서의 역할을 작품을 통해 입증해주고 있다고 평가할 수 있겠다.

현대의 최첨단, 중세의 복원

— 성동혁, 이범근, 최호빈의 새로운 시적 발상

1. 별점, 주술, 징후—마술적 상상력

기호학자이자 중세에 대한 권위 있는 연구자인 움베르코 에코는 『포스트모던인가, 새로운 중세인가』라는 책에서 최첨단의 현대 문명이 중세의 그것과 놀라울 정도도 닮아 있다는 사실을 지적한 바 있다. 특히 에코는 현대사회를 "극사실주의"의 시대라고 명명하면서 진짜보다 더 진짜 같은 가짜들에 둘러싸여 살아가는 현대인의 모습을 진단하고 있다. 하지만 더욱 주목을 끄는 것은 오늘날은 중세와 마찬가지로 불확실과 불안감에 사로잡혀 있는 시대이며, 이로 인해서 불안으로 가득 찬 광대한 영역으로 추방되고 배제된 사람들, 즉 신비주의자들과 모험주의자의 무리들이 떠돌아다니는 시대라고 명명하고 있는 부분이다.

극단은 통한다고 하지만, 근대의 다양한 사고체계와 생활방식을 거부하고 새로운 대안을 모색하는 탈근대의 징후들은 근대가 부정하고자 했던 중세의 그것들을 일정부분 끌어들여 변형시킴으로써 새로운 방향성을 형성하려는 경향이 존재함을 부정하기는 어려울 듯하다. 현대사회의 일각에서 유행하는 타로점이나 별점, 그리고 사주, 궁합과 같은 문화적 유행들은 이러한 경향을 대변해준다. 물론 질 들뢰즈의 영향이 절대적이라고 할 수 있지만, 정착민적인 상상력을 거부하는 '유목'이라는 개념의 유행도 이와 같은 경향의 흐름과 무관하지 않을 것이다.

이처럼 현대사회에서 유행하는 중세적 풍조 가운데 주술적 사고방식의 부활과 같은 요소가 가장 주목을 끈다. 막스 베버의 지적처럼 근대화를 한 마디로 정의하자면 "탈주술화", "탈마술화"라고 규정할 수 있기 때문이다. 주술적이고 미신적이며, 신화적인 사고에서 벗어나 합리적이고 과학적으로 사유한다는 것이야말로 근대의 계몽주의가 추구하는 본질적인 것이라고 할 수 있다. 이러한 가치규범은 자신의 인생을 운명이나 우연에 맡기지 않고 스스로의 합리적인 예측과 계획에 의해 의지적으로 이끌어가기 위한 하나의 전략이었다. 그런데 오늘날 현대사회는 그러한 발상과 꿈이 실현된 거대한 과학문명을 목격하고 있으며, 그것이 실현하는 성과 또한 몸으로 실감하고 있으면서도 그러면 그럴수록 인간의 삶과 세계를 주체적 힘으로 이끌어가는 것에 대한 어려움과 불가능성을 실감하고 있다.

새로운 신인들의 신작들을 조감하면서 디지털 세대의 아이들이자 최첨단의 현대 문명의 수혜자들인 젊은 세대의 사고방식에서 운명과 관련된 행성들의 운행에 대한 천문학적 상상력이나 별자리에 얽힌 별점의 취향 등을 발견하는 것은 역설적이기는 하지만 이해하지 못할 현상도 아니라고 하겠다. 인간의 기술과 지식이 정밀하면 정밀할수록 미지의 세계 또한 더욱 정밀해지는 것은 당연한 현상이겠기 때문이다. 문학적 차원에서 볼 때, 주술적 세계나 징후, 예감의 세계에 집착하는 모습은 이성적 전략으로 해결하기 어려운 삶의 어려운 국면을 파헤치고자 하는 의지로 해석할 수 있으며, 불가해한 삶의 국면을 그대로 이해하고자 하는 진실한 문학적 반응이라고 평가할 수 있을 것이다. 하지만 그와 같은 마술적 상상력이 빚어내는 시적 비약과 도전은 아름답고 황홀한 장면들을 선사하기도 한다. 이번에 살펴볼 신인들의 시들이 매혹적이라면 그것은 많은 부분 이와 같은 마술적 상상력에 빚지고 있다고 할 수 있을 것이다.

2. 천문학적 상상력이 의미하는 것

성동혁의 신작들에는 "등"에 대한 집착이 두드러진다. 얼굴이 보이는 전면이 아니라 그것의 반대편인 "등"에 대한 집착은 우리의 인생을 조정하는 배후의 세력, 혹은 어떤 운명적 힘에 대한 관심으로 보인다. 시인이 집착하는 등이란 달의 뒤편처럼 우리가 다른 도구의 힘에 의지하지 않고서는 확인할 수 없는 것이며, 우리의 뒤편에 엄연히 우리 존재의 일부분으로 존재하고 있다는 점에서 무시할 수도 없는 것이다. "등"은 의식과 맞물려 있는 무의식이나 가시적 세계와 연결되어 있는 불가시적 세계의 어떤 것처럼 우리의 일부분을 형성하고 있는 것이다.

따라서 그것에 대한 관심은 달의 뒤편처럼 항상 완벽하게 파악되지 않지만 우리의 삶에 일정한 영향력을 행사하고 있다는 점에서 우리 삶의 한 요소라고 할 수 있다. 더구나 한 번도 완벽하게 파악되지 않기 때문에 더욱더 그것의 실체와 영향에 대해서 인간은 관심을 끊을 수 없을 것이다. 하지만 목욕탕에서 자신의 등을 혼자의 힘으로 밀기 어려운 것처럼 그것은 자신의 능력으로 완벽하게 장악할 수 없는 우리 존재의 그늘이자 늪이라고 해도 되겠다.

하나의 몸통에 여러 다리들이 붙는다, 지네처럼 여러 다리들이 슬픔을 만든다, 나는 스스로를 푸른 지네라 불렀다, 발자국만 남고, 표정은 남지 않는 이상한 채도의 등을 나는 푸른 지네라고 부를 수밖에 없었다 다리를 쓸 수 없었던, 적이 있었다 오랫동안 누워 누나의 환청과 정강이를 깎아내는 아이들의 흰 소리를 대신 들었다 그것이, 환청인가 환각인가 그러니 푸른 빛이 나는 등에, 날개를 달아 준다면 허공에 수없이 허둥대는 다리들을 올려다 본다면, 우린 그것을 비라고, 볼 수도 있을 것이며 궁창을 향해 날아가다 빈 언덕으로 쏟아지는 화살 같은 것이라고, 볼 수도 있을 것이다 너는, 양발을 잃었다 나는, 너를 잃었다 나는, 양발을 잃은 너를 잃었다 하지만 내겐 양발이, 있었다 어디까지고 기어들어갈 수 있을 듯, 내 하나의 떠오른, 내 하나의 떠오른 몸통에, 여러 다리들이 달라붙었다

—성동혁, 「매립지」 전문

매립지를 하나의 지네나 벌레에 비유하여 시화하고 있는데, 그것을 무수한 다리들이 매달린 "등"으로 비유하고 있다는 점이 눈에 띤다. 즉 지네와 같은 벌레 형상을 하고 있는 매립지에 대해서 시인은 "발자국만 남고, 표정은 남지 않는 이상한 채도의 등을 나는 푸른 지네라고 부를 수밖에 없었다"라고 진술해 놓고 있는 것이다. 우리의 등은 항상 존재하고 있기에 우리와 함께 삶을 영위하고 있다고 추측할 수는 있을 것이다. 하지만 그것의 표정을 읽어내는 것은 쉽지 않다. 인식적 능력이 미치지 않는 우리

존재의 뒤편에 속하는 것이기 때문이다.

그런데 시인은 그러한 등을 떠받치는 무수한 "다리들이 슬픔을 만든다"고 진술한다. 그리고 등을 떠받치며 날아가는 벌레들의 다리를 "비"나 "화살"에 비유하기도 한다. 시인에게 "등"만큼 관심이 대상이 되고 있는 "발"은 등을 오롯이 떠받치는 역할을 한다는 점에서 중요한 의미가 있는 듯한데, 그것을 잃은 등은 어떤 움직임도 이룰 수 없다는 점에서 무의미한 존재에 불과할 수도 있다. 그런데 여전히 그러한 등을 떠받들고 있는 "발"이 슬픔을 만든다는 진술은 이해하기 어렵다.

신발은 어두운 곳에 가 사춘기를 보낸다
현관에선 어른처럼 선다

별자리를 알면 선분이 보이지만 이어지지 않는 것들은 더 슬퍼져

천문대에 갔었다

귀를 만지면 불어나는 은하수처럼
케이블카를 타고 광해를 걷고 망원경으로
먼 신발들이 모이는 둥그런 현관으로

등은 더 창피하고 얼굴보다 상쾌하지 않다
신의 등엔 내 별자리가 미리 가 있겠지만
천문대에서 내려오면 환한 벌레들이 등 뒤로도 뭉치지만

새벽이 되면 오늘과 내일을 착각한다

망원경에 내려앉은 벌레들의 맥박처럼 신발은 흔들린다

—성동혁, 「발라드」 전문

　"등"에 대한 관심과 신발로 변형된 "발"에 대한 관심이 여전히 이어지고 있다. 그런데 더욱 주목되는 것은 그러한 시적 요소들이 별자리나 천문학적 상상력과 연결되고 있다는 점이다. 시적 주체는 별자리들이 "이어지지 않은 것들이 더 슬퍼져 천문대에" 간다. 그곳에서 그는 별자리를 보면서 그것이 현관의 신발과 다르지 않다고 느낀다. 현관은 은하수들이 펼쳐진 우주이며 현관의 신발은 그러한 은하수에 새겨져 있는 별자리로 파악하고 있는 것이다. 현관의 신발들은 그 신발 주인들의 삶과 행로를 저장하고 있다는 점에서 그 신발 주인의 운명이라고 할 수 있을 것이다.

　그런데 시인은 그러한 운명의 행로를 천문대에서 확인한다는 점에서 별자리는 신발과 같은 운명의 행로를 점지해주는 존재라고 할 수 있다. "신의 등엔 내 별자리가 미리 가 있겠지만"이라는 시적 구절을 우리는 이와 같은 맥락에서 이해할 수 있을 듯하다. 신발과 별자리는 인간의 운명의 행로를 간직하고 있는 DNA와 같은 존재인 셈이다. 그런데 우리는 "신의 등"이라는 표현에 주목해볼 필요가 있다. 신발이 우리 인생의 행로를 의미한다고 한다면 신발의 등은 곧 그러한 행로의 불가사의한 신비를 대변해주고 있기 때문이다. 시인은 천문대에서 내려오며 "환한 벌레들이 등 뒤로" 뭉친다고 진단한다. 앞의 시에서 등을 떠받들고 있던 무수한 다리를 지닌 벌레의 존재가 다시 등장한다. 그리고 그러한 "벌레들의 맥박"에 따라 "신발은 흔들린다."

등과, 다리, 별과 벌레들이 펼치는 성동혁의 신작들은 그 상상력의 부조화와 조화로움의 어울림이 경탄스럽고 신비롭다. 미시적인 벌레의 세계에서 거시적인 우주에 이르는 그 상상력의 진폭도 현란하다. 무엇보다 합리적 이성의 뒤편에서 우리의 삶을 조종하는 보이지 않는 끈에 대한 관심과 상상력이 앞으로의 시를 더욱 기대하게 한다.

3. 에로티즘, 관계의 미학

이범근의 신작들에는 에로티즘의 열정들이 돋보인다. 조르주 바타이유는 에로티즘이란 금기와 위반을 전제로 하는 폭력에 가까운 것이라고 설파하고 있지만, 근본적으로 에로티즘은 사물들 사이의 인력이나 친화성을 전제하고 있다. 성애(性愛)로 번역할 수 있는 에로티즘은 성적인 매력과 끌림에 의해 형성되는 친밀한 관계의 형성을 전제하고 있는 것이다. 그리하여 역설적으로 에로티즘은 죽음에 대한 지향을 욕망하면서도 극단적 차원에서 생명에 대한 갈망을 포괄하는 원리이기도 하다. 에로티즘은 기본적으로 친밀한 관계의 형성을 통한 생명력의 고양을 향하기도 하면서 모든 감각의 극단으로서의 죽음을 지향하기도 하는 역설적인 심리적 기제인 셈이다.

혜는 자주 체위를 바꾼다
숨이, 신음으로 번지는 수심에선
사탕처럼 맑은 목젖이 보인다

음모도 없이 흔들리는 풀들이

순풍을 발가벗길 때

혜는 입술을 벌리지 않고도

순한 혀를 섞는다

달이 박힌 잇몸을 핥으며

깨물어도 자국이 안 남는 몸을 통과한다

여울에 실린 맥박이 옮아온다

이끼에 덮인 심장을 씻는다

피가 맑어지고

물가엔 소금이 하얗게 잡힌다

한 줌의 나체

밤새도록 뒹구는

물병자리처럼

—이범근, 「본류(本流)」 전문

　　시적 사건의 주체가 되는 혜는 신발로서의 혜(鞋)일 수도 있
으며, 조잡하게 짠 작은 관을 의미하는 혜(槥)나 계곡을 뜻하는
혜(蹊)일 수도 있다, 혹은 하늘을 운행하는 혜성으로서의 혜(彗)
일수도 있지만, 향기로운 풀인 혜초를 지칭하는 혜(蕙)로 해석할
수도 있다. 그러나 시적 문맥에서 보았을 때, 물속에서 너울거리
는 바닷속의 풀잎인 해초(海草)나 꼬리별인 혜성의 의미에 가장
가까운 것으로 생각된다. 시적 맥락이 물의 흐름과 관계되어 있
으며, 거기에 비친 하늘의 별이나 달의 이미지가 중심적인 역할
을 차지하고 있기 때문이다.

　　시적 분위기는 '체위', '신음소리', '음모', '혀를 섞다', '잇몸을

핥다', '몸을 통과하다', '나체', '뒹굴다' 등등의 성애의 활동을 지칭하는 자극적이고 도발적이지만 지극히 아름다운 어휘들이 성적 고양의 상황을 암시한다. 물론 전체적인 시적 구도는 물의 흐름과 그 흐름에 녹아드는 다양한 사물들의 조화로운 관계들을 묘사하는 데에 주안점을 두고 있다. 하지만 "달이 박힌 잇몸"이나 "밤새도록 뒹구는 물병자리" 등을 통해서 이 시가 바다와 인접한 강물의 흐름 자체만을 시적 대상으로 삼고 있지는 않다는 것을 알 수 있다. 이 시는 물속에서 어우러지고 있는 천상과 지상의 어울림에 대해서도 중요한 관계를 구축해놓고 있는 것이다. 그래서 이 시의 '혜'는 해초라기보다는 오히려 물에 비치는 떠돌이별인 혜성으로 해석하고 싶은 욕망을 자극하는 것이다. '혜'가 하늘의 혜성이라면 이 시는 그야말로 하늘과 바다의 교감과 친화력을 읽어내는 우주적 상상력이 빛을 발하고 있다고 하겠다.

저 여자가 나를 스치기 전에
한 쪽 폐를 텅 비운다
바닥에 떨어진 그을음을 쪼아 먹는 비둘기들
내 젖꼭지가 다시 연록(軟綠)으로 물들면
건너편에서 흔들리는
원피스 자락을 들을 수 있다
신호등 속 남자는 아직 핏덩이라
그녀가 그를 사랑할 리 없다
숨을 오래 참은 우주가
무릎에 박힌 살구 씨앗을 끌어당긴다

나와 불과 생면부지로 좁혀진 그녀의 뒤편

먼 행성으로부터 도래한 얼음 조각과

멸종된 소문들

내일쯤 도착할 중력의 향기가 매달려 있다

목이 날아가 버린 눈사람의 걸음처럼

아직 얼어붙은 흰 눈알을 휘휘 굴리며

그녀와 스치는 외계(外界)에 다다른다

자전(自轉)을 멈춘 심장

엉킨 갈빗대 사이로 연무(煙霧)가 흐르고

나는 그녀의 땀구멍에 여러 번 드나든다

나의 과즙은 목젖에 고인다

—이범근, 「횡단의 몰골」 전문

　횡단보도의 모티프를 활용해서 사물들과 사물들, 혹은 인간과 사물들 사이의 상호 교감과 접속의 다양한 상황들을 시화하고 있다. 시인이 그리는 횡단보도에는 가로수와 신호등의 교감이 있고, 거기에 깃들어 사는 비둘기와 나무들의 교감이 있다. 그리고 거기를 오가는 다양한 인간 군상들의 스침과 교감이 있는데, 시인은 이러한 교감과 스침을 에로티즘의 상황을 통해 그려내고 있다. 즉 그녀와 스치는 순간을 "엉킨 갈빗대 사이로 연무(煙霧)가 흐르고/나는 그녀의 땀구멍에 여러 번 드나든다"라는 표현 등을 통해서 성적 행위로서의 육체적 교감의 이미지를 강조하고 있는 것이다.

　하지만 이 시에서 더욱 주목되는 점은 "먼 행성", "중력의 향기", "외계(外界)", "자전(自轉)"과 같은 어휘들에서 촉발되는 우주적 상상력이다. 단순히 사람의 행렬과 차의 행렬이 서로 교차하는 횡단보도의 풍경에 그치지 않고 수많은 행성들이 교차하고 서로 영향을 미치는 외계의 행성들의 교감과 친화력을 "자전"과 "중력" 등의 어휘들을 통해서 강조하고 있는 것이다. 특히 이러한 우주적 교감은 나를 스치는 그녀와의 사이에서 생성된다는 점에서 한 인간관계의 의미에 대한 시인의 강조점을 확인할 수 있다.

이상의 분석에서 알 수 있듯이 이범근 시인의 상상력 또한 성동혁 시인의 상상력처럼 우주의 운행이라는 천문학적 상상력에 크게 빚지고 있음을 알 수 있다. 하지만 성동혁의 그것이 인간의 불가해한 운명에 대한 강조를 목표로 삼고 있다면, 이범근의 그것은 인간과 인간, 사물과 인간의 관계망에 대한 탐구의 욕망에 추동되고 있다. 그렇기 때문에 이범근의 상상력은 에로티즘에 깊이 침윤될 수 있는 것이다. 그러나 어쨌든 이범근의 우주적 상상력 또한 인간관계의 어떤 신비스러운 점을 시사해주고 있다는 점에서 주술적 사고의 맹아적 형태를 읽어낼 수 있을 것이다.

4. 불안한 징후들의 세계

최호빈의 신작들에는 어떤 불길한 예감으로 들끓고 있다. 실현되지 않았지만 무엇인가 일어날 것 같고, 어떤 악몽이 실현될 것 같은 징후들로 소용돌이 치고 있는 것이다. 그의 시에 자주 등장하는 까마귀나 고양이와 같은 동물들도 이러한 분위기와 접목되어 묘한 뉘앙스의 정서를 환기한다. 또한 최호빈의 시편들에는 시적 화자의 망설임, 혹은 더듬거림 같은 현상들이 빈출하는데, 이러한 시적 어법들은 그의 시가 노리고 있는 불확실한 상황에서 야기되는 불안감과 흥분, 혹은 초조와 안타까움과 같은 정서적 효과를 극대화하는 데에 기여한다. 이를테면 다음과 같은 식이다.

> 베인 손가락에서 떨어진 핏방울이 바닥에 스민다
> 무슨 일이든 일어날 것처럼 망설이며
> 내리치는 빗발에 나는 하나씩 젖고 있다
> 길을 따라 걷다가
> 발밑에서 어떤 목소리가 울리면 멈춰 선다
>
> *
>
> 햇빛을 반사하고 있는 곤충들의 날갯짓
>
> 백지로 만든 안경알을 끼고 나는 겁을 끄집어내고 있다 바닥에 등을 대고 누우면 심장은 벽과 천정 그리고 커튼 틈으로 나를 흘려보낸다 백치인 척했던 망상이 유리창에 바싹 눌려있다 찌푸린 채 늘 무슨 말을 해주길 바라는 예전의 얼굴, 매순간 생긴 대로 살아왔던 핏기 없는 얼굴들 눈을 돌리면 진심에서 멀리 떨어져 있는, 벽에 박힌 못이 빛난다 그들과 닮은 데가 조금도 없지만 끼어들기 좋아하는 지금의 얼굴이 잠시 머문다 아무도 없는, 잠든 직후와 잠깨기 직전의 몽롱함 금방이라도 굴러 떨어질 것처럼 몸속에서 두 발이 비틀거린다
>
> *
>
> 석양이 들썩이자 까마귀가 날아오른다
> 어수선한 발자국들

그들에겐 복사뼈가 없다고 속삭이며 소리 없는 손뼉을 친다 바닥이 두 근거린다

—최호빈, 「도둑맞은 편지」 전문

베인 손가락에서 떨어진 핏방울은 어떤 불길한 사건을 불러 올 듯한 불안한 징후로 해석되고 있으며, "석양이 들썩이자" 날 아오르는 까마귀는 어떤 불길한 사건의 예고와 같은 분위기를 형성한다. 거기에 발밑에서 울려오는 "어떤 목소리"나 "금방이 라도 굴러 떨러질 것처럼 몸속에서 두 발이 비틀거리"는 "잠든 직후와 잠깨기 직전의 몽롱함", "어수선한 발자국" 등의 정황과 사태들이 시적 공간을 불길하고 불안한 공간으로 탈바꿈시키고 있다. 어떤 형체를 알 수 없는 이미지들과 그 의미와 의도를 이 해하기 어려운 사건들의 병치가 시적 공간을 불길하고 불안한 공간으로 변화시키고 있는 것이다. 그렇다고 딱히 의미를 지닌 경험들이 제시되는 것도 아니다. 그렇기 때문에 불안과 공포는 더욱 증폭된다. 불확실한 정황과 불투명한 사건들은 그러한 정 서적 효과를 극대화하기 때문이다. 다음과 같은 시도 마찬가지 이지만, 그 불안과 동요의 근원과 시초에 대한 어렴풋한 정보를 제공하기도 한다.

겨우내 나무가 지르는 소리의 숲에는 그늘이 없다

큰 발자국에 걸려 넘어지고 목적지를 덮어둔 날
모든 일을 마무리 짓고 바람이 몸에서 빠져나간다
팔을 붙들고 눈을 뜰 수 없는 곳으로 끌고 간다

가로등은 석양보다 긴 손가락을 밤의 바닥에 늘어놓는다
텅 비어있어 밝은 전구
돌봐주는 사람이 없어 소리들이 들끓고 있는 침묵에 대해 혼잣말하고
있다
바다의 손가락을 주머니에 주워 담으면
그림자는 아무것도 모르는 온몸으로 한쪽 방향을 가리킨다

모퉁이를 돌 때마다
회벽 뒤에 숨어 있던 붉은 뺨을 가진 이가 어린 시절처럼 불쑥 튀어나온다
그는 목소리가 들어가지 않는 좁은 곳으로 자주 도망쳤고
그를 다시 잡아오는 밤의 속셈을 나는 알 수 없다

높은 곳에 올라
탐내듯이 마른 가지의 냄새를 맡아야 했던 것은 우울한 일
주저앉은 한때의 나뭇잎처럼
혼자 집을 지키는 병에 걸린 것 같았다

거의 모든 곳에서 손을 놓치고 말았다

—최호빈, 「미끼」 전문

겨울밤의 춥고 을씨년스러운 시적 배경에다 "눈을 뜰 수 없
는 곳", "혼잣말" "혼자 집을 지키는 병" 등의 진술들이 어떤 불길
하고 고독한 정황을 강화하고 있다. 시적 화자는 시적 공간에서
"큰 발자국에 걸려 넘어지고", 팔을 붙들려 "눈을 뜰 수 없는 곳
으로" 끌려간다. 그곳에서는 "텅 비어있는 밝은 전구"가 "돌봐주
는 사람이 없어 소리들이 들끓고 있는 침묵에 대해 혼잣말하고

있다." 이러한 공간에서 시적 화자는 "혼자 집을 지키는 병에 걸린 것 같았다"고 고백하기도 하고, "거의 모든 곳에서 손을 놓치고 말았다"고 탄식하기도 한다. 어느 낯선 곳으로 끌려가고, 절연되고, 모든 존재로부터 단절되고 홀로 남게 된 경험을 토로하고 있는 것이다.

그러나 이와 같은 고독과 소외의 상황으로 전락한 배경과 맥락에 대해서는 선명한 모습을 포착하기 어렵다. 다만 시적 배면에 깔린 "그늘"이나 "그림자", 그리고 "밤의 바다"와 같은 이미지나 "모퉁이를 돌 때마다/회벽 뒤에 숨어 있는 붉은 뺨을 가진 이가 어린시절처럼 불쑥 튀어나온다"는 시적 진술 등을 통해 볼 때, 그러한 고독과 절연의 체험이 유년시절의 그늘과 관련되어 있을 것이라는 사실을 추론할 수 있게 한다. 깜깜한 밤이 "목소리가 들어가지 않는 좁은 곳으로 자주 도망"치는 유년시절처럼 붉은 뺨을 가진 이를 굳이 잡아오는 속셈을 알 수 없다는 시적 진술에서 그러한 맥락을 추론할 수 있을 뿐만 아니라, 그러한 회상의 경험이 매우 불안하고 불가사의한 것임을 암시받을 수 있다.

물론 최호빈의 시적 모호성은 그러한 불안과 초조, 안타까움과 소외의 시적 정서가 어떤 방향성을 지니는 것을 허락하지 않는다. 최호빈의 불안은 유년의 개인적 체험에서 기인하는 것일 수도 있으며, 어떤 형이상학적이고 원초적인 시원적 상황에서 야기된 것일 수도 있다. 아니면 모든 존재가 지니는 숙명과도 같은 그늘과 어둠에서 야기되는 실존적인 것일 수도 있다. 그러나 그의 불안과 혼돈은 어떤 징후적이고 예감적인 요소에 의해 채색되고 있는 것은 분명하다. 그렇기 때문에 그의 시가 불안을 주제로 삼고 있으면서도 어떤 직관으로 반짝일 수 있는 것이다.

5. 마술적 상상력의 의미

성동혁의 "등"과 "별자리"에 대한 이미지를 통한 운명의 불가사의함에 대한 탐구, 그리고 이범근의 우주적 에로티즘을 통한 관계의 신비함에 대한 탐구, 마지막으로 최호빈의 불길한 예감과 직관의 촉수를 통해 포착되는 징후들의 세계 등은 각각 개성을 지니면서도 불확실성의 시대에 불안감을 안고 살아가는 현대인의 정서를 대변해주고 있다는 점에서 그 보편성을 확인할 수 있다. 특히 성동혁과 이범근은 시적 상상력을 우주적 차원으로 넓혀 별자리와 행성의 운행 등을 통해 인간과 사물의 관계와 그 운명을 탐색한다는 점에서 중세의 천문학자를 연상케 한다. 그들의 상상력이 매혹적이고 신비스러운 이유이다. 그리고 징후와 예감으로 가득 찬 최호빈의 작품들은 어떤 불투명성을 통해 독자들을 불편하게 하면서도 관심과 호기심을 야기한다.

포스트모더니즘이든 새로운 중세이든 이와 같은 상상력이 명증한 수학적 논리와 이성의 빛에 의해 포착되지 않는 존재의 신비한 음영을 드러낼 줄 수 있다는 점에서 그 의미를 평가할 수 있을 것이다. 어쩌면 별점이나 주술, 그리고 징후들에 몰두하는 이와 같은 마술적 상상력의 시학은 불투명한 불안의 시대를 살아가는 현대인들의 자화상을 선명히 보여주는 한 장면으로서 시대에 대한 문학의 응전을 보여주는 시적 도전과 모험으로서 그 가능성을 평가할 수도 있을 것이다.

부정의 정신과 낭만적 열망

― 손미, 최라라, 윤성아의 새로운 시선

1. 부정정신, 신인들의 존재이유

시를 쓰는 신인들은 자신의 목소리를 찾는 것이 무엇보다 급선무이다. 문학사적 관점에서 볼 때, 세상에 존재하지 않는 자신의 목소리를 생성해서 문학사의 긴 담장에 벽돌 하나를 얹어 그것을 확장하고 심화하는 일, 그것이야말로 신인들의 궁극적 사명이자 목표가 될 것이다. 즉, 기존에 없던 발상과 시각을 단단한 별과 같은 존재로 승화시켜 찬란한 밤하늘의 성좌에 별 하나의 존재를 덧보태는 것이야말로 신인들이 문학사적 장에서 궁극적으로 꿈꾸어야 할 목표가 될 수 있다는 것이다. 따라서 무엇보다 신인들은 독특하고 개성적이며 이질적인 목소리를 가다듬어 자신만의 세계를 완성하는 것이 필요하다.

기존에 없던 자신만의 목소리를 갖는다는 것은 기존의 질서와 관점, 세계관에 대해서 문제를 제기하는 작업으로부터 시작된다. 현실의 관습과 통념에 대해서 문제를 제기하고, 지극히 당연하다고 인정되어 왔던 사물에 대한 태도나 관점에 대해서 삐딱하게 보는 시선을 확보하는 것이 신인들의 존재이유가 될 수있는 것이다. 새로운 자신만의 목소리란 세상과 사물을 바라보는 시선을 변경하고 비틀어서 새로운 각도와 틀로 바라볼 때 형성될 수 있기 때문이다. 이러한 문제제기는 삶의 빈부와 타성의 습관을 돌파할 수 있는 강력한 무기로 작동한다.

그러나 세상과 사물에 대해서 부정적인 시선을 갖는다는 것은 기존의 관점과 시각에 대해서 판단을 유보하며 불투명한 상황을 견디는 것도 포함한다. 새로운 시각에 대한 부정이 반드시 새로운 대안의 제시를 수반할 필요는 없다는 것이다. 신인들에게 필요한 자세는 오히려 기존의 문법에 대해서 문제를 제기하고 새로운 문법을 제시하는 것보다는 기존의 문법을 흐트러뜨려 놓고서 새로운 문법이 없는 그 무정형의 상태를 견디는 것이 필요할지도 모른다. 그것이 섣부른 대안의 제시가 가져올 생경한 고정화의 과정을 피하게 해줄 수 있기 때문이다.

이번에 새롭게 조망하는 손미, 최라라, 윤성아 등의 신인들은 각각 독창적인 시의 문법과 상상력을 보여주고 있다. 그들의 상상력은 뉴질랜드의 마오리족의 전통에서 말레이시아의 노동자의 삶의 현장까지 뻗어 나가고 있으며, 유폐된 기억과 어둠에 대한 통찰, 그리고 일상적 삶의 소소한 경험들에 이르기까지 다양한 스펙트럼을 보여주고 있다. 하지만 신인으로서 그들은 모두 시에 대한 자의식을 어느 정도 공유하고 있으며, 부정적인 삶에 대한 대항의식으로 들끓고 있다. 고유한 시선과 이질적인 목소리를 내기 위해서 그들은 시적 언어 자체의 성질을 탐색하기도 하고, 일상인이 당연시했던 관습과 태도에 대해서 문제를 제기하며 그것들이 초래할 삶의 황폐와 부조리에 대해서 주목하고 있는 것이다.

이와 같은 부정의식은 신인들의 신작들에서 '밤'과 '꿈' 대한 관심과 '집'에 대한 집착으로 표명되고 있다. '밤'에 대한 관심은 밤이 꿈과 몽상의 기제가 된다는 점에서도 주목되지만, 기존의 것을 무화하고 새로운 탄생의 계기를 제공한다는 점에서도 유의할 필요가 있다. 또한 '집'에 대한 관심은 존재의 근거이자 존재의 형태를 제공하는 매개체라는 점에서 신인들의 자기 목소리 형성에 대한 강박관념을 대변해줄 수 있을 것이다. 하지만 무엇보다 주목되는 것은 언어에 대한 자의식, 혹은 문학적 토대로서 종이에 대한 성찰에 주목할 수 있다. 시가 무엇인지, 언어란 어떤 존재인지에 대한 질문은 시를 쓰는 시인들이 평생을 안고 가야 할 문제이지만, 시의 집을 지으려고 하는 신인들에게 이러한 질문은 가장 절박하고 강렬한 의문일 것이다. 이와 같이 다양한 관심과 모색으로 들끓고 있는 신인들의 시세계로 들어가 보자.

2. 유폐된 기억에서 벗어나기

손미의 신작들은 유폐와 감금의 자의식을 강하게 표출하고 있으며, 그러한 상황에서 벗어날 수 없다는 무기력감이 시적 정조를 지배하고 있다. 어딘가에 갇혀 있는 의식, 그리고 폐쇄된 공간으로부터 벗어나고자 하지만 그러한 해방과 탈출이 불가능하다는 절망 의식은 기존의 삶에 대한 강한 거부와 저항 의식을 수반한다. 이러한 해방의 욕구와 좌절의 절망감 중심에는 기억과 밤의 세계가 펼쳐져 있다.

기본적으로 손미의 신작들은 깜깜한 밤을 시간적 배경으로 하고 있는데, 밤은 단지 시간적 계기로만 작용하는 것은 아니다. 밤은 시인이 처한 객관적 정황과 그 상황에 대한 정서적 반응,

그리고 비전 등의 다양한 시적 장치를 매개하는 중핵으로 자리 잡고 있다. '밤'은 시적 진술이 이루어지는 직접적 배경이기도 하지만, 시인이 인식하는 세계에 대한 기본적인 형태와 성격을 지칭하는 것이기도 한 것이다. 또한 밤은 방이나 꽉 막힌 어두운 공간과 연결되어 있으며, 이러한 공간들은 시인에게 유폐와 감금의 자폐적 자의식을 심화시키는 기능을 담당하고 있다.

시인이 인식하는 이러한 비관론적 전망의 배경에는 어두운 밤의 기억이 자리 잡고 있다. 기억의 내용은 구체적으로 표명되지 않지만 어쨌든 그것은 '밤'에 대한 기억이라고 할 만하다. 그 기억은 현재의 삶에 개입하고 있으며, 시인은 그 기억으로부터 벗어나고자 하지만 그것은 용이한 일이 아니다. 과거의 기억에 대한 강박의식에서 벗어날 수 없는 시인은 어두운 공간에 갇힌 듯한 압박감에서 벗어날 수 없는 고통을 느낀다. 예컨대 이런 식이다.

그 방에 도착하면 이불 속으로 들어갔다. 못 보던 날개가 돋아서, 벽지 속에 사는 부엉이가 속삭인다.

여기서 나가게 해줘. 애인을 열고 뛰어내린 창문처럼. 차가운 장례식장, 육개장에 있던 살코기는 너의 살 같았지. 숟가락을 휘저으면서.

몸을 흔들면 떨어져? 살에 박힌 기억이?
네가 모아놓은 부엉이가 모두 날아올라서 벽지에는 창문 같은 무늬가 배어나왔다.

이불 속에서 날개를 뜯는다. 너는 날아갈 수 없어. 날아, 갈, 수 없어.

모서리로 뚝뚝 흐르며 조용조용히 죽는 창문이 속삭인다. 뛰어내려도 뛰어내려도 육개장 같은 방 속이잖아. 우리의 살코기는 여전히 엉켜 있잖아.

—손미, 「디스코」 전문

'방 속', '이불 속', '벽지 속', '살 속', '육개장 속' 등의 다양한 내부와 내면에 대한 진술들이 빈출하고 있다. 이러한 어떤 사물들의 '속'에 대한 관심이 시인의 유폐의식을 대변해준다. 예컨대 시적 화자는 "그 방에 도착하면 이불 속으로 들어"간다. 그리고 비상을 꿈꾸는 부엉이는 "벽지 속"에서 살고 있다. 비상을 꿈꾸는 새가 '부엉이'라는 점에서 시인의 어둠과 밤에 대한 강박관념을 확인할 수 있다.

하지만 가장 강력한 유폐는 기억에 있다. 즉 "살에 박힌 기억"이 문제인 것이다. 시적 화자가 날개를 뜯으며, "너는 날아갈 수 없어, 날아, 갈, 수 없어."라고 외치거나 "우리의 살코기는 여전히 엉켜 있잖아"라고 절망하는 것은 육체에 각인된 기억에서 자유로울 수 없다는 인식 때문이다. 기억에 대한 자장은 항상 어둠과 연결되어 있다. 「시사회」에서 기억의 모습은 "깜깜한 데서 왔다는 걸 생각해봐/ 참 희극적이지/ 극장은 공사를 시작했지만 / 어떤 이들은 혀로 기억을 밀면서 들어왔지/ 불이 꺼진다 불이 꺼져서/ 남자와 여자가 누웠다"(밑줄은 인용자)와 같이 묘사되고 있다.

손미 시인이 강박관념에 붙들려 있는 기억이 구체적으로 어떤 것인지를 추론하기는 쉽지 않다. 기억에 대한 구체적 형상화를 발견하기 어렵기 때문이다. 하지만 시적 맥락이나 정황을 토대로 추리해 볼 때, 그것은 가까운 사람의 죽음에 대한 기억, 혹은 불행한 탄생이나 허위와 거짓으로 충만한 세상에 대한 상처의 기억일 가능성이 높다. 신작 「디스코」와 「시사회」의 시적 맥락과 정황이 그러한 암울한 경험과 체험을 암시해주고 있기 때문이다. 따라서 손미 시인에게 시쓰기는 이러한 과거의 기억을 치유하고 새로운 갱신을 이룰 수 있는 방법으로 작용할 수 있을지도 모른다. 하지만 기억의 감옥에서 벗어나기 어려운 것처럼 시적 언어 또한 무력하기만 하다.

> 시소 저 편에 앉은 것은 내 말들의 조소(嘲笑)
> 돈 좀 꿔 주세요
> 말(言)을 팔아 갚겠어요 사람들은 말(言)을 좋아하죠
> 세상의 말(言)은 오래 전부터 병을 배설하고 있지만
> 아직 사람들은 말(言)을 좋아해요 검고 빛날수록 열광하죠
> 아름다운 가발을 쓴 별에 거처를 마련했지만
> 나약한 말(言)을 타고는 갈 수 없어요
> 그러니 제발 옆구리에서 샘솟는 쓸모없는
> 이 말(言)들을 가져가고
> 돈 좀 꿔 주세요
>
> 물소 같이 생긴 내 말들이 일제히 나를 바라보는
> 밤
>
> —손미, 「바라보는 밤」 부분

시에 등장하는 물소는 "한 번도 비가 내리지 않은 곳에서/물소 같은 것으로 태어난 물소"이며, "정말이지, 아무것으로도 태어나고 싶지 않았던 물소"이다. 그러니까 작품에 등장하는 물소는 존재 근거를 가지지 못한 존재이며, 존재의 필연성을 지니지 못한 잉여 존재와 같은 것이다. 그것은 불필요한 존재이며, 결여와 무의미로 충만한 존재라고 할 수 있다. 시인은 자신이 구사하는 언어가 바로 이러한 "물소 같이 생긴 내 말들"이라고 규정한다. 그래서 시인은 직접적으로 자신이 구사하는 언어가 "병을 배설하"는 말이며, "나약한 말(言)"이고, "쓸모없는" 말이라고 규정한다. 그렇기 때문에 이러한 말을 가지고 "아름다운 가발을 쓴 별"이라는 새로운 "거처"로 비상할 수는 없을 것이다.

결국 시인 손미가 그려내는 시적 공간에는 꽉 막힌 밀폐된 공간에 갇힌 자아, 그 곳을 벗어날 방법이라곤 시인에게 말 밖에 없는데, 그 말조차 오염되어 있는 상황이 있다. 이러한 상황에서 시인은 어떻게 벗어날 것인가? 결국 부정의 방법이 필요할 것이다. 기존의 언어를 부정하고 갱신하는 것, 기성의 체험을 거부하고 새로운 경험을 찾아나서는 것, 그리고 불투명한 상황, 그 불투명한 부정적 상황을 애써 호도하지 않고 버티기 등이 새로운 시적 도전으로서 그녀 앞에 펼쳐져 있다.

3. 합일과 순결에 대한 불가능한 갈망

최라라의 신작들은 어떤 합일이나 청결 결벽증 같은 것에 붙들려 있다. 존재와 존재의 완전한 합일, 혹은 순결한 상태로의 회복에 대한 갈망을 내면화하고 있는 것이다. 하지만 이러한 갈망은 불완전하고 결핍된 현실에서는 불가능한 희망에 지나지 않는다. 따라서 이와 같은 불가능한 꿈을 간직한 시인은 현실을 부정할 수밖에 없으며, 꿈과 몽상의 세계로 피난 갈 수밖에 없다. 합일에 대한 갈망과 좌절의 드라마는 예컨대 다음과 같이 펼쳐진다.

> 오늘 내가 왜 행복한가 생각해 봤더니
> 어젯밤의 악몽 때문이었다
> 반만 잠든 내가
> 반만 깨어있는 네게로 건너가고 있었다
> 피 한 방울 흐르지 않았는데
> 누군가 자꾸 내 몸을 닦으며 울고 있었다
> 너는 차갑고 나는 뜨거웠는데
> 너도 같이 뜨거워져 길길이 날뛰는 순간이 좋았다
> 방 구석구석 헤매며 목 터져라 울부짖는 순간이
> 좋았다
> 네가 반쪽의 내 심장을 차갑게 쓸어내렸을 때
> 나는 꿈이라는 걸 알았다
> 조금씩 네가 되어 싸늘해져가는 손바닥이 간지러웠다
>
> —최라라, 「독감」 전문

인플루엔자 바이러스의 침입으로 온 몸에 열꽃이 피고 근육통이 발생하는 독감에 감염된 경험을 시화하고 있다. 그런데 바

이러스의 침입으로 발열 현상이 발생하고 고통이 극에 달한 상태가 하나의 축제나 열광의 현장처럼 묘사되고 있다. 시인은 이러한 경험을 '행복한 악몽'이라고 역설적으로 규정하고 있다. 시인이 독감 현상을 행복한 악몽으로 규정할 수 있는 것은 차가운 '너'와 뜨거운 '나'가 하나의 뜨거움으로 결합할 수 있게 되었기 때문이다. 차가운 너와 뜨거운 나가 결합하는 순간은 "방 구석구석 헤매며 목 터져라 울부짖는 순간"으로 묘사되고 있는데, 이러한 장면은 독감으로 인한 극도의 고통 상태를 표상해주기도 하지만, 남녀의 성적인 결합이 극한에 이른 순간을 환기하기도 한다. 하지만 그러한 극적 결합의 순간은 말 그대로 순간적인 현상일 뿐이며, 절정의 순간이 지나면 존재들은 분열되고 분리되게 된다. 시인이 굳이 그러한 순간을 "꿈"이라고 표현한 것은 그러한 순간이 현실에서는 일어나기 어렵다는 사실을 반증해준다.

한편, 최라라의 신작 「처음에게」와 「오해」에서는 어떤 세속적 경험으로 인해 때 묻고 진부해진 상황에 대한 회복의 열망을 담고 있다. 하지만 이러한 열망도 또한 실존적 조건에서 불가능한 것이라는 점을 생각해 보면, 시인의 지향이 낭만적인 것에 있음을 짐작할 수 있다. 때 묻지 않은 순수한 '처음'에 대한 열망은 다음과 같은 형태로 표출된다.

가지런히 벗어놓은 구두를 보는 순간
변하지 않는 처음도 있겠다는
믿음이 솟아나는 것도
구두와 무관한 일이겠지만
구두에라도 기대 불러보고 싶은 처음이여

아무리 광내고 굽을 갈아도

처음은 될 수 없지만

구두를 닦아 햇볕 아래 놓으면

잠깐 처음 같은 착각이 들기도 하는 것은

얼마나 다행한 일인가

현관을 나서다 말고 구두 한 번 닦아보는 일은

착각을 불러보는 일

신은 구두를 한참 들여다보는 날이 있다

—최라라, 「처음에게」 부분

　　"가지런히 벗어놓은 구두를 보는 순간" 떠올리는 "처음"이란 모든 첫 경험을 지칭한다. 구두를 처음 샀을 때의 신선함, 그리고 그 구두를 처음 신고 외출을 했을 때의 산뜻함, 그 구두를 신고 했던 모든 첫 경험들의 설렘이 구두가 환기하는 '처음'에 녹아 들어 있다. 하지만 이미 낡아버린 구두를 가지고 그러한 경험을 다시 할 수는 없다. 그리하여 그러한 경험은 몽상 속에서나 가능한 "착각"의 영역에 속하는 것이 되고 만다. 하지만 시인은 굳이 그러한 "착각을 불러보는 일"에 몰두하고자 한다. 속악하고 타락한 현실을 인정하지 않으려는 낭만주의자의 염결성이 시인의 내면에 배어 있기 때문이리라. 그렇기 때문에 진부하고 타락한 현실을 수용해야 한다는 것은 시인에게 지난한 고통이 된다.

　　당신은 의사고

　　나는 당신의 환자가 아니에요

다만 언젠가 당신이 있었고 당신을 닮은 종이가 있었고
종이에 속한 내가 있었지요

미처 다 마르지 못한 꿈속에서
당신이 연필로 나를 꾹꾹 눌러 쓰더라도
사랑이 끝나는 순간
당신을 사랑하기 시작했다는 말은 할 수 없어요

당신은 의사였지만
나는 종이도 아니예요
종이예요

—최라라,「오해」부분

    의사인 당신과 종이인 나의 관계가 묘사되고 있다. 당신은 의사인데, 나인 종이는 "당신을 닮은 종이"이다. 그러니까 종이는 의사와 같은 존재인 셈인데, "당신이 연필로 나를 꾹꾹 눌러 쓰"자 "사랑이 끝나"고 나는 "당신을 사랑하기 시작했다는 말을 할 수 없"게 된다. 그리하여 이제 "나는 종이도 아니"게 되고, "종"이 되고 만다.

    이와 같은 변화는 어떤 원인과 과정에서 발현되는 것일까? 「처음에게」라는 작품과 비교해서 상호텍스트적으로 분석해 보면, 이 시에서 "종이"는 아무 것도 쓰여 있지 않은 "백지"에 해당될 것이다. 그 백지는 아무 것도 쓰여 있지 않다는 점에서 순결한 상태이고, 병에 걸린 사람을 치유해서 애초의 상태로 환원해 주는 존재인 의사와 연결되어 있다. 하지만 의사인 당신이 연필로 종이를 더럽히는 순간 그것은 종이이기를 포기하고 하나의 문서나 텍스트가 될 것이다. 문서나 텍스트는 세속의 의미와 가치에 종속되어 있으며, 종속적인 존재라는 점에서 '종'의 신분으로 전락한 것이라 해석할 수 있다.

이와 같은 시적 해석은 물론 매우 모험적인 것이며, 위험한 작업일 수 있다. 다른 텍스트의 힘을 빌어 한 텍스트의 의미를 고정하려는 불완전한 시도이기 때문이다. 하지만 최라라의 신작에서 염결성과 순수성에 대한 열망이 잠재되어 있다는 것은 간과할 수 없는 사실이며, 그러한 결벽성이 속악한 세상에 대한 부정의 힘으로 작동하고 있다는 사실도 확인할 수 있다. 그러나 그것은 낭만주의자의 자기 내면에서 확인할 수 있는 순수에의 채찍질일 뿐이다. 백석은 "세상이란 더러워 버리는 것"이라고 했지만, 세상은 우리를 둘러싸고 끈질지게 들러붙어 떨어지지 않는다. 최라라가 세상과 어떻게 싸우면서 그 순결성을 회복할 것인지가 그녀 앞에 시적 과제로 놓여 있다.

4. 어두운 집에 붙들린 영혼

윤성아의 신작들에서 우선 눈에 띄는 것은 상상력의 폭이 매우 광범위하다는 점이다. 시인이 다룬 "토이모코"는 원래 뉴질랜드 마오리족이 죽은 사람의 머리를 잘라 문신을 한 미라를 지칭한다. 죽은 사람의 머리를 잘라 문신을 하고 그것을 보관하는 원시적 관습을 시적 대상으로 올려놓고 있는 것이다. 또한 「싸푸안」에서는 말레이시아 쿠알라룸푸르 출신의 인물을 시적 대상으로 설정하고 있다. 하지만 이와 같은 다양한 대상들을 관통하는 줄기는 '어둠'과 '집'이라고 할 수 있다. 어둠과 집은 다음과 같이 그녀의 시에서 결합한다.

너는 내게 밤을 쑤셔 넣었다
낮에만 죽는 세포들이 있다

새 애인을 생각하니
내가 집이란 사실을 잊었다

밝을 때만 더워서 그게 더운 줄도 모르고
새 애인에게 담요를 선물했다

나의 집은 어두워서
손님들의 신발이 닳았다

새 애인은 담요를 불태우고
담요는 오래도록 더웠다

—윤성아,「深夜遺棄」부분

시적 진술을 있는 그대로 수용하자면, 나는 '집'인데, '너'는 나에게 "밤을 쑤셔 넣었다." 그래서 나는 '어두운 집'이 된다. 시적 화자가 "나의 집은 어두워서/손님들의 신발이 닳았다"고 서술하는 것으로 보아 어두운 집은 결코 바람직한 가치를 담보하고 있다고 보기 어렵다. "너는 네게 밤을 쑤셔 넣었다"라는 구절에서도 밤에 대한 부정적 판단을 읽어낼 수 있다. 따라서 이러한 속성을 간직한 '집' 또한 바람직한 존재일 수 없는 것은 당연하다. 어두운 집인 나는 새 애인에게 담요를 선물하지만, 새 애인은 그것을 불태운다. 어두운 밤으로서 나는 오해와 마모의 소모적이고 불협화음의 양상만을 연출하는 불길한 존재로 전락해 있는 것이다.

「싸푸안」에서도 집은 부정적인 것으로 채색된다. 시인은 이 시에서 "아빠에 대해 이야기하자면, 극성스러운 낭만주의자였다. 바닥이 없는 집이었다. 천장에 줄을 연결해 만든 공중 의자가 전부였다"고 진술하고 있는데, 여기서 "바닥이 없는 집" 또한 매우 빈약하고 허술한 존재를 지칭하고 있음은 분명하다. 집이란 우리의 일상적 삶에 안정감을 부여하고, 존재의 근거를 제공해주는 대상이다. 그것은 우리 존재의 거죽과 같은 것으로서 삶의 연속성과 존재의 일관성을 보증해주기도 하는 것이다. 그런데 거기에 가득찬 것이 어둠이고 또한 그 성질이 바닥이 없는 것이라고 한다면 그것은 이와 같은 기능을 전혀 감당할 수 없는 불모의 대상임을 알 수 있다.

그런데 윤성아의 신작에서 집은 사실 자아의 거죽이나 외피를 의미하는 것이었다. 즉 집은 한 존재에 대한 비유로서 자아의 외적 형상이었던 것이다. 따라서 위의 시적 진술들은 자아가 어둠으로 가득 차 있으며, 또한 바닥이 없는 심연에 불과하다는 진술로 이해할 수 있을 것이다. 세 번째 작품인 「토이모코」는 사실 문신한 머리 미라를 다루고 있지만, 실질적인 주제는 '밤'과 '어둠'으로 가득 찬 존재의 결핍과 부조리라고 할 수 있다.

무엇의 죽음입니까

부화된 음각들이 밤을 만든다

죽음은 보존됩니까

우리 얼굴에 모자를 덮는다

불시착 된 기억은 누가 만지고 있습니까

손들이 깜빡깜빡 점멸한다

밤이 아닙니다 밤이 아니었습니다

밤이 아닐 때 우리의 동공은 흔들렸습니까

피사체를 모아 다른 표정을 만든다

터진다

우리는 없던 것처럼 얼굴을 돌려줬다

—윤성아, 「토이모코」 부분

죽은 조상의 머리를 잘라 문신을 한 미라인 '토이모코'는 마오리족에게 조상들의 산 역사를 후손들에게 전달하는 메신저 역할을 하는 것이었다. 토이모코는 죽은 존재이면서 시간의 압력을 버티고 있는 이상한 존재이며 독특한 색감과 기학학적 패턴으로 예술적 아름다움을 간직하고 있는 그로테스크한 존재이기도 하다. 하지만 그것은 허공만을 담고 있다는 점에서 어두운 존재의 집인 셈이다. 그래서 시인은 토이모코를 보면서 "부화된 음각들이 밤을 만든다"라고 진술하고 있다. 죽어서 새롭게 문신을 한 미라로 태어난 토이모코는 어둠으로 가득찬 존재라고 할 수 있는 것이다. 온전한 존재가 분열되어 얼굴 하나로 남았다는 점에서 그것은 존재의 분열을 상징하지만, 내용물이 없는 거죽에 불과하다는 점에서도 그것은 공허한 존재로서 결핍을 함축하고 있는 것이다.

비록 시인은 토이모코에서 "불시착한 기억"을 발견하거나 "다른 표정" 등을 읽어내지만, 그것들은 모두 가상적인 것으로서 사후에 재구성된 텅빈 기표에 불과한 것이다. 시인이 "밤이 아닙니다 밤이 아니었습니다"라고 강변하지만, 결국 토이모코가 표상하고 있는 것은 죽음이며 가공된 표정에 불과한 것이다. 그것은 본래 소멸한 존재의 표상이며, 그래서 시인은 "우리는 없던 것처럼 얼굴을 돌려줬다"고 진술하고 있다. 토이모코는 어둠과 심연으로 가득 차 있는 현대인의 자아상을 대변해주는 상징적 표상인 셈이다.

5. 혼돈은 창조를 낳고

지금까지 살펴본 신인들의 시선은 매우 독특하면서도 또한 젊은 에너지로 들끓고 있었다. 부정적인 기억의 유폐 의식으로 가득 차 있는 손미의 시선은 암울하고 무기력하지만, 심연을 응시하며 성찰하는 진지한 자세가 돋보인다. 타자와의 완전한 합일을 꿈꾸거나 순백의 시원을 향한 동경으로 들끓고 있는 최라라의 시선은 낭만주의의 그것처럼 공허하고 위태로워 보이지만, 염결성을 향한 결벽증에 가까운 열정이 믿음직스럽다. 어둠과 심연으로 가득 차 있는 존재에 대한 집요한 질문과 탐구 열망으로 들끓고 있는 윤성아의 시적 천착은 사유의 깊이라는 미덕을 지니고 있다.

하지만 이들의 시적 행마는 불완전하고 비약이 심해서 일탈에 가깝고, 생경한 언어와 사유의 집적이 돌출하기도 한다. 그래서 최라는 조금 거리가 있는 듯이 보이지만, 손미와 윤성아가 주목하는 어둠과 밤의 세계에 대한 천착은 여러 모로 상징적이다. 어찌 보면 신인이란 여명의 가능성을 지니고 혼돈의 세계를 통과하고 있는 과도기적 존재일 수 있기 때문이다.

제3부

풍경의 발견과 그림자의 세계

풍경의 발굴과 그림자의 세계
— 김민철과 김해준의 새로운 시선

1. 새로운 세계에 대한 열망

첨단적 언어 예술의 양식으로서 시의 창작은 항상 하나의 새로운 세계를 구축하는 모험이라고 할 수 있을지 모른다. 물론 모든 언어 예술이 독특한 수단과 매개물을 통해 새로운 세계를 구축하고자 하는 것이겠지만, 시는 시인의 상상력이 극단적으로 발현될 수 있으며, 주관적 열정을 기존의 세계에 덧씌움으로써 그것에 일정한 변형과 뒤틀림을 가할 수 있다는 점에서 새로운 세계의 창출이라는 예술적 의미에 가장 가까이 다가서 있는 것인지도 모른다. 시인들이 구축해내는 새로운 세계는 그 시인의 존재 의의를 대변해준다. 기존에 없던 새로운 세계를 창출하는 시인들은 창조자로서 지위를 확보한다.

기존에 없는 새로운 세계를 창출하는 작업은 매우 다양한 작시술이 활용될 수 있을 것이지만, 무엇보다 대상에 대한 변형과 왜곡, 선택과 배제, 조합과 병치 등의 다양한 전략 등에 의해 그 내용과 성격이 달라질 수 있을 것이다. 새로운 세계에 대한 창출에는 다양한 질료가 사용될 것인데, 그 질료에 대한 시인의 태도와 관점은 매우 다양할 수 있으며, 그로 인해서 새로운 세계의 모습과 성질이 달라질 수 있는 것이다. 질료에는 시인의 다양한 감각적 경험과 체험, 그리고 기억 등이 해당될 터인데, 이때 가장 문제가 되는 것이 범박하게 말해서 자연이라고 할 수 있다. 자연에 대한 태도가 어떻게 달라지는가에 따라서 새로운 세계의 성격과 형태가 달라질 수 있는 것이다.

오늘날 시인들 중에서 유기적인 자연에 주목하는 경우는 매우 드물다. 그만큼 자연은 조화로운 자연이라는 성격을 상실하고 인간화된 자연이 되고 있는 것이다. 하지만 인간화된 자연이라고 해서 인간에게 풍요로운 의미의 자양분을 제공하던 자연의 지위를 유지하고 있는 것도 아니다. 자연에 대한 인간의 경험은 매우 파편적이고 우연적인 것에 그치기 쉽고, 그렇기 때문에 자연은 타자라는 지위를 지닌 채 인간이 자신의 정체성을 형성하는 기제로 활용할 수 있는 위치를 상실하고 있기 때문이다. 반휴머니즘의 경향은 자연에 대한 일방적 의미 부여의 과정을 하나의 폭력으로 간주하기도 하는데, 그로 인해서 자연과 인간의 관계는 새롭게 정립되는 계기를 맞이하고 있기도 하다.

결국 새로운 세계를 구축하는 방법과 질료가 문제가 되고 있는데, 자연과 사물에 대한 시인의 태도와 관점에는 다양한 스펙트럼이 존재할 수 있겠다. 인간적 욕망과 의지의 무화를 통해 자연과의 동화와 합일을 추구하는 경향이 하나의 극단이라면, 자연적 질서에 대해 극단적으로 거부하면서 자연의 인간화를 통해 새로운 세계를 창출하려는 시도가 그 극단을 차지하게 될 것이다. 또한 이 중간쯤에는 인간화에 대한 어떠한 기도도 거부하면서 반휴머니즘적인 태도로 자연과 사물의 독자적 가치에 주목하며 그들이 이루는 자족적 세계에 주목하고자 하는 태도가 있을 수 있으며, 이와는 조금 다르지만 자연과 사물의 습성에 주목하면서 거기에 하나의 존재로 참여하고자 하는 태도 등도 있을 수 있다.

이번에 새롭게 조명하고자 하는 신인 김민철과 김해준이 구축하고자 하는 새로운 세계를 이해하기 위해서는 자연적 사물과 경험이라는 질료에 대한 그들의 태도와 관점에 대한 이해가 필요할 듯하다. 김민철이 구축하고자 하는 세계는 자연과 대상이 자족적으로 엮어내는 세계에 주목하고 있다면, 김해준은 자연적 질서와 가치들이 균열을 일으키며 해체되어 인간적 관심에 의해 재구축되는 인공적인 세계를 지향하고 있기 때문이다. 그렇다고 해서 김민철의 시적 세계에 인간이 개입하지 않는 것은 아니며, 김해준의 시적 세계에 자연의 자족적 성질이 개입하지 않는 것은 아니다. 하지만 김민철의 시에서 인간은 자연의 한 사물과 등가의 가치를 지닌 개별자로서 그 세계에 동참할 뿐이다. 그리고 김해준의 시에서 자연적 대상이나 감각적 사물들은 시인의 철저한 계획과 의도에 따라서 인공적으로 재배치된 구조의 요소로서 작용하고 있다. 이러한 점에서 김민철의 새로운 시적 공간이 자연적 세계에 속한다면, 김해준의 그것은 철저히 인공적 세계에 속한다고 할 수 있겠다.

2. 사물의 질서, 혹은 친화력

김민철의 근작시와 신작시를 살펴보면 시적 대상으로 등장하는 사물들이 객관적인 사물이나 자연물임을 알 수 있다. '나

무', '길', '통나무', '닭장차 속의 닭', '철모' 등이 시적 관심의 대상
으로 부각되어 있다. 더욱 중요한 것은 이러한 사물들에 대한 시
인의 관심이라고 할 수 있는데, 김민철의 시선은 그들이 주변의
사물들과 어떤 관계를 맺고 있는지에 대한 관심으로 집약된다.
나무와 길, 그리고 통나무와 닭, 철모 등이 그들 주변의 시공간
에 자리 잡고 있는 사물들과 어떤 관계를 형성하고 있는지에 대
한 관심이 김민철의 주된 시적 관심인 셈이다.

　시적 대상이 주변의 사물과 어떤 관계를 지니고 있는지를 규
명하다 보면 자연스럽게 사물의 내밀한 꿈과 욕망이 드러난다.
따라서 김민철의 궁극적인 관심이 우리 주변에서 우리와 함께
존재하고 있는 사물들이 어떤 내밀한 욕망에 의해 추동되고 있
는지에 있다고 추론할 수 있겠다. 김민철의 시적 관심은 우리의
주변에서 존재하는 사물들이 어떤 동인과 작용에 의해서 지배되
고 있는지, 그래서 결과적으로 어떤 세계를 구축하고 있는지 등
을 상상력을 통해서 재구성하는 작업이라고 할 수 있다. 그로 인
해서 김민철은 인간과 상대적인 독립성을 유지하는 자족적인 세
계를 창출하게 된다. 이러한 시적 경향을 다음 작품이 대변해주
고 있다.

　　내가 스키니 진을 입은 나무라서 이상한가요?
　　이별했거든요, 딱따구리를 불러 배꼽에 피어싱 하고
　　옹이무늬 배꼽티를 입고 다닐래요
　　저녁노을을 삼킨 습기 찬 공기에게
　　밤새도록 아침이슬로 무지갯빛 염색을 받고
　　메일매일 색 다른 나뭇잎 가발을 쓸 거랍니다

나는 쇼윈도의 마네킹보다

햇살로 화장을 아주 진하게 할 거라구요

잘록한 쇄골에는 꽃송이 향수까지 뿌리려구요

이 향기에 한눈 판 새들은 텃새가 되어버리고

매미 울음에 반한 산짐승들이 내 허리에 몸을 비비다

한 움큼 털이 뽑혀 가슴을 하얗게 드러낸 한여름,

나는 겉옷을 더 피어내어 푸르른 척할 거예요

한때는 흙이 바람에 펄럭이는 치마였는데

이제는 속살을 내비치는 일은 없을 테죠

나는 뿌리라는 천 개의 다리를 가졌지만,

떠날 구름에게는 다리 하나도 내놓지 않을래요

풀벌레 소리가 우듬지에서 말라 버석거려도

몸을 옮겨 심지 않고 빗줄기가 나를 찾아오게 할래요

뿌리를 깊숙이 뻗으면 뻗을수록

흙이 스키니 진이 된다는 사실을 깨달았거든요

오늘따라 허벅지가 꽉 조이는군요

　　　　　　　　　　　　—김민철, 「나무도 스키니진을 입는다」 전문

먼저 대상과 주체의 동일화를 꾀하는 투사의 기법이 사용되고 있다는 점을 지적할 수 있다. 내가 나무 속으로 들어가 나무가 되어 나무의 내밀한 욕망을 이해하고 그것을 대변해주고 있다. 특이한 점은 나무가 결코 '스스로 그러한' 자연물의 성격을 띠고 있지 않다는 점이다. 나무를 지배하는 것은 철저한 가식과 수식의 욕망이다. 나무는 "배꼽에 피어싱 하고", "배꼽티"를 입고 인위적으로 한껏 성장(盛裝)을 한 존재이다. 또한 그것은 '염색을 받기도 하고, "가발"도 쓰고 있으며, "화장을 아주 진하게" 하고 "향수"까지 뿌리고 싶은 나무이기도 하다. 자연물인 나무가 인위적인 가식과 수식을 추구한다는 점에서 이 시의 아이러니가 발생한다.

그런데 나무가 이처럼 자신을 수식하고 꾸미려고 하는 목적은 무엇인가? 시적 진술에 의하면 "이별"했기 때문이라고 할 수 있는데, 좀 더 풀어서 설명해 보면 그런 이별을 반복하고 싶지 않기 때문이다. 즉 자신의 주변에 있는 사물들이 자신에게서 떠나는 것을 원치 않기 때문이다. 그러니까 나무가 꽃을 피우고 나뭇잎으로 성장하는 등 다양한 장식을 하는 행위는 주변의 사물들을 자신에게 끌어들이기 위한 전략인 셈이다. 즉 자신의 "향기에 한눈 판 새들이 텃새"가 되게 하기 위한 의도이며, 자신의 나뭇잎에서 우는 "매미 울음에 반한 산짐승"들이 자신의 주위로 꾀도록 하기 위한 전략인 셈이다.

이러한 전략이 더욱 분명히 드러나는 대목은 자신을 떠나려는 존재에게 대하는 차가운 태도이다. "뿌리라는 천 개의 다리를 가졌지만/떠날 구름에게는 다리 하나도 내놓지 않을래요"라고 하면서 나무는 자신의 자장에서 벗어나려는 존재에게 배타적 태도를 취한다. 그리고 자신은 결코 자신의 자리를 떠나지 않으며 "빗줄기"도 자신을 찾아오게 할 것이라고 강변한다. 주변의 존재와 형성하는 친밀한 관계에 대한 욕망은 "흙"이라는 "스키니진"을 입겠다는 의지로 표명된다. 스키니진에 대한 욕망은 그것과 자신의 "허벅지"가 한 치의 틈도 없이 밀착되어 있다는 점 때문이다.

결국 나무가 추구하는 세계란 자신과 세계가 한 치의 틈도 없이 밀착된 세계, 곧 주체와 객체가 동일화를 이룬 세계라고 할 수 있다. 앞서 시인이 나무의 내밀한 욕망을 대변해준다고 했지만, 자아와 세계의 동일화를 추구하기 때문에 나무의 욕망은 시인의 욕망이기도 하다. 곧 시인이 추구하는 새로운 세계는 온갖 사물과 대상이 서로 친화력을 지니고 공존하는 세계, 척력(斥力)이 아닌 인력(引力)에 의해 운행되는 세계인 셈이다. 동화, 친화력, 인력 등이 세계 원리로 작동하는 세계에 대한 꿈은 다양하게 변주된다. 인력의 세계는 「근육이 뭉친 자국」에서는 통나무와 전기톱, 그리고 통나무와 목수의 긴밀한 관계를 통해서도 확인된다. 목수가 전기톱으로 통나무를 자르는 상황은 매우 대립적이고 투쟁적인 상황이라고 할 수 있는데, 시인은 이러한 상황에서도 "종아리에서 근육이 뭉친 옹이 자국이 보인다"고 표현하면서 목수와 통나무의 동일화를 표명하고 있는 것이다. 또한 「맛있는 길」에서는 "맛있는 길"을 중심으로 "달빛과 별빛", 그리고 "베테랑 택시기사"들이 뀈 뿐 아니라 "길짐승들도 꼬리를 곤두세우고 줄나래비"를 서고 있다. 시적 대상을 중심으로 꾀고, 몰리고, 둘러싸며 밀착하는 관계망이 형성되고 있는 셈이다. 다음 작품의 경향 역시 이와 같은 시인의 관심의 자장 안에 있으면서도 미묘한 변주를 감행하고 있다.

> 서마리에 솟은 추령봉이 벗어놓은 철모,
> 누구의 탄환에 맞았을까 턱끈은 보이지 않는다
> 새소리가 장전된 내장산과 휴전 중일까
> 철모 속에 갇힌 땀냄새가 풀잎에 맺힌다
> 총을 잘 다루지 못했던 노인은 아침부터

뒤란을 살핀 후, 대나무들의 가지를 풀어
봉우리가 움직이지 못하도록 묶어놓는데
지리산에서 관광온 반달곰이 철모를 써 본다
밭을 밀고 올라오는 경운기 진동이
철모에 맞아 튕겨나가고, 폭탄이 터졌나?
뒷간에 쌓인 두엄더미가 뿜어내는 아지랑이가
털가죽을 쭈뼛하게 만들고 사라질 때
자기 몸의 반달을 칼처럼 뽑아든 반달곰
잔가지를 베며 고지로 행군하며 사라진다
지금은 전쟁이 게시판에 포스터로 붙여지는 시간
구덩이에는 포로 대신 낙엽들이 채워져 있다
낙엽도 햇살의 총질을 받고 숨이 머졌을까
바람이 흰 천이 되어 차갑게 덮어진다
흙매화는 흙을 뚫고 나와 숨소리가 들리는
곳으로 꽃대를 세워 철모를 두드린다
그속에서 땅벌레들이 총성과 비명을 비벼
맛있게 갉아먹고 긴 낮잠을 자고 있었다

―김민철, 「철모」 전문

전쟁의 추억을 간직하고 있는 철모가 서마리의 추령봉에 놓여 있다. 철모는 탄환을 맞은 흔적이 있으며 턱 끈이 끊어져 있다. 그런데 그 철모에 대해 다양한 사물과 자연물들이 개입하여 사건들을 만들어낸다. 먼저 지리산의 반달곰이 철모에 접근해 그것을 써본다. 그리고 경운기의 진동이 철모에 부딪쳤다 튕겨나가고, 흙매화가 꽃대를 세워 그것을 두드리기도 한다. 그리고 마지막으로 "그 속에서 땅벌레들이" "긴 낮잠을 자고 있다."

철모와 직접적으로 연관은 없지만, 그것의 주변에서 다른 존재들이 어떤 사건을 형성하기도 한다. 노인은 철모가 있는 봉우리를 움직이지 못하도록 대나무 가지들로 묶어 놓고, 반달곰은 고지로 사라진다. 구덩이에 쌓인 낙엽은 햇살의 총질을 받고, 바람은 흰 천이 되어 그 위에 차갑게 쌓인다. 이처럼 전쟁의 역사를 함의하고 있는 "철모"를 중심으로 다양한 사물과 자연물들이 서로 관계망을 형성하면서 자족적인 세계를 형성하고 있다.

이러한 자족적 세계에서 인간으로 등장하는 "노인"이 특별한 역할을 담당하고 있는 것은 아니다. 그는 반달곰이나 경운기, 흙매화 등과 마찬가지로 한정적인 역할만을 담당하며 철모를 중심으로 제한적인 영향력을 행사한다. 자족적 세계의 중심적 사물인 철모 또한 특별한 역할을 하는 것은 아니다. 그것은 반달곰이나 흙매화에게 호기심을 자극하기도 하고, 땅벌레들에게 낮잠의 공간을 제공하기도 하지만, 그것으로 그만이다. 살육과 파괴의 과거를 함의하고 있는 철모가 이처럼 제한적인 역할에 머물러 있다는 것은 자연의 항상성, 혹은 자연의 치유성 등의 시적 메시지를 형성하는 데 기여하지만, 시적 의도가 그 쪽을 향해서 응집되어 있지도 않다. 문제는 노인과 반달곰, 그리고 경운기, 흙매화, 땅벌레 등이 철모를 중심으로 일정한 관계망을 형성하고 하나의 풍경이라는 세계를 형성한다는 점이다. 그 세계는 자족적이며 유기적인 세계이다. 인간도 그 세계의 구성원으로 자신의 역할과 기능을 담당하지만 주도하지는 않는다. 시인이 그리는 새로운 세계가 반인간주의나 인간주의 등의 문제의식과 거리를 지니고 있다는 점, 그리고 친화력과 동화의 세계라는 것이 중요하며, 그 세계를 형성하는 원리가 인력(引力)이라는 사실이 중요할 뿐이다.

3. 이미지의 구조화, 혹은 축적된 시간

김해준이 추구하고자 하는 새로운 세계는 시인의 의식에서 새로운 의미로 부각되는 이미지들이 구축하는 가공의 세계이다. 시인의 의식에서 새로운 의미를 형성하는 이미지들이 스스로 형성하는 세계이기 때문에 자연 그대로의 세계라고 할 수 없으며, 인간의 의지에 따라 사물들의 이미지들이 서로 일정한 관계를 형성하면서 하나의 세계를 구축하기 때문에 구조의 세계라고 할 만하다. 이미지들이 구축하는 세계이기 때문에 김해준의 시적 공간이 구축하는 세계는 인간적 의미의 세계에 속한다.

이번 근작시에서 특히 주목되는 점은 "그림자"의 이미지에 대한 시인의 과도한 집착이다. "그림자"의 이미지는 여러 가지 점에서 문제적인 성격을 지니고 있는데, '그림자'라는 사물의 속성이 이미 어떤 특정한 대상을 대리하는 대리물로서의 이미지, 혹은 영상의 속성을 지니고 있기 때문이다. 이미지는 어떤 대상을 반영해주는 영상으로서 실제가 아니라 하나의 환영, 혹은 허깨비라는 의미에서 그림자와 유사하다. 그림자 또한 특정 대상을 표상해주는 대리물로서 인위적인 것이지만, 구상적인 실체를 지니지 않는다는 점에서 하나의 환영이라고 할 수 있는 것이다. 따라서 김해준이 환각으로서의 '그림자'에 집착하는 현상은 이미지들이 구축하는 환영으로서의 세계 구축에 대한 열망으로 해석할 수 있는 것이다.

그런데 김해준이 주목하고 있는 '그림자'라는 이미지는 시간과 결부되어 있다는 점에서 독특한 의미를 산출한다. 시간과 결부된 그림자란 결국 이미지의 축적, 혹은 시간의 흔적인 역사와 만나기 때문이다. 역사의 흔적으로서의 그림자는 실존적 의미에서는 개인적 체험의 기억과 그러한 기억의 기록을 의미한다. 그리하여 김해준의 시가 창출해낸 새로운 세계는 이미지와 시간의 궤적이 결합하여 첩첩 쌓인 지층과 같은 독특한 세계를 형성해낸다. 다음 작품이 이와 같은 경향을 가장 잘 대변해준다.

코끼리 발톱을 생각하면 입술이 달다 벌판을 퍼먹는 발자국을 따라갔다 난청우림의 중심까지 귀들이 돋았다 몸에 귀 기울이자 지평선에서부터 미풍이 불어왔다 코끼리는 소리에 통각을 느끼며 쓰러졌다 죽어서 이정표가 되었다 어떤 문자보다 슬픈 얼굴이 긴 코를 가지고 잠들었다 태양이 구름을 필름삼아 코끼리의 등에 바람을 영사했다 은막에 담배자국이 박히며 몸의 형상이 땅에 쌓였다 이제 그의 보법은 어떤 코끼리보다도 반 발자국 늦었다 뒷모습을 내어주고 풍경에서 한 치 물러났다 마른 풀잎을 피부로 삼고 타인의 꼬리를 찾아 그림자행렬에 동참했다 살아있는 생물들이 몸을 스쳐 찰나의 잔상까지 기록했다 해질녘이면 검고 차가운 피가 돌아 코는 다시 길어졌다 잠시 어둠속에 파묻혔다가 달빛에 얼굴을 들이밀기도 했다 몸이 베이면 피 대신 자취를 흘렸다 자손들이 행적을 읽고 몸을 찾아오기도 했지만 풍화된 뼛조각만 그들을 맞았다 늑골이 하늘을 향해 뻗쳐있었고 코와 귀는 흔적도 없었다 단지 시간이 기울면 죽음을 향해 자라는 긴 코의 언어를 남겨놓았다 주름을 더해가며 유연해지는 코, 세상의 모든 그림자가 되어버린 코는 발자국의 향을 맡으며 어떤 몸이든

뒤따랐다

―김해준, 「그림자」 전문

    일상적 질서와 언어의 차원에서 설명되지 않은 이미지의 중첩과 연쇄, 그리고 대치 등이 독특한 하나의 세계를 형성해 놓고 있다. 다양한 이미지들의 연쇄와 그들이 맺고 있는 관계가 하나의 구조를 형성하고 있는 바, 그 핵심적 요소들을 지적해 보면 발자국-이정표-자국-자취-행적-기록-흔적 등의 이미지들이 중심적 신화소를 형성하고 있다. 그리고 그것들을 감싸고 문자-영사-은막-형상-잔상-언어-향기 등의 이미지들이 달라붙어 있다. 그리고 이러한 이미지군을 그림자라는 이미지가 매개체로서 작용하면서 결합시키고 있다. 그리하여 이 시는 그림자라는 이미지가 시간과 역사, 그리고 언어와 기록이라는 의미를 지니게 되면서 독특한 메시지를 형성하고 있는 것이다.

    한편, 중심적 이미지인 '그림자'를 대변해주는 사물은 코끼리의 코인데, 코는 코끼리가 죽어서 부각되는 대상이다. 그 이전에 코끼리를 대변해주는 것은 귀인데, 그 코끼리는 "소리에 통각을 느끼며 쓰러져" 죽는다. 소리의 감각이 없어지자 그림자의 이미지가 코끼리를 지배한다. 즉 코끼리의 죽음 이후 영상과 형상, 자국, 자취, 행적, 등의 그림자와 연관된 이미지들이 시적 공간을 가득 채우게 되는 것이다. 특히 그림자를 대변해주는 코끼리의 코는 "다시 길어지"기도 하고, "죽음을 향해 자라"기도 한다. 그리하여 죽어서 "세상의 모든 그림자"가 된 코끼리의 코는 "발자국 향을 맡으며 어떤 몸이든 뒤따"르게 된다.

    결국 이 시가 구축하고자 하는 세계는 그림자에 의해 구축되는 세계, 모든 사물들이 잔상처럼 남기는 과거의 기록과 흔적으로서의 세계라고 할 수 있다. 시인에게 그것은 과거에 대한 기억에 해당될 것이며, 객체로서의 사물들에게 그것은 존재의 화석과도 같은 흔적의 세계이다. 기억으로서의 세계이든 흔적으로서의 세계이든 그것들은 결국 실체의 표상이자 심상이라는 점에서 환영의 세계에 속한다. 환영은 대상의 그림자 혹은 허깨비라는 점에서 죽음의 세계라고 할 수 있는데, 죽음의 영역인 그림자의 세계는 고정되어 있지 않고 꿈틀거리며 움직이기도 하고 증식되거나 중첩되면서 변화한다.

그런데 그러한 환영의 세계는 "어떤 몸이든 뒤따"르듯이 현상적 실체에 부속된다. 즉 과거의 기억이든 역사의 기록이든 허상이자 가상인 그림자의 세계는 실제로 삶을 영위하는 실존적 존재에게 필연적인 부속물처럼 귀속되는 것이다. 반대 방향에서 말하면 살아가는 존재들은 그림자를 자양분으로 삼고 있는 것이다. 역사라든지 기억, 혹은 그것의 확장으로서 문명이나 지식 등의 인간 삶을 구성하는 다양한 요소들은 실체들의 표상이라는 점에서 하나의 그림자라고 할 수 있는데, 그것을 토대로 현대인들을 삶을 구축한다. 그리고 그러한 요소들을 확대 재생산하거나 증식시키면서 삶의 영역을 확장하기도 한다. 그런데 그림자의 영역에서 보면 그것은 독자적인 하나의 세계를 구축하고 있는 것으로 해석할 수 있다. 이 시는 복잡한 이미지의 배치를 통해서 그림자의 세계가 독자적으로 형성되고 변화하며 관계 맺는 다양한 양상을 형상화하고 있다고 할 수 있다.

다른 시편들에서 '그림자'의 이미지는 빈출한다. 「사적인 거리」에서도 "혈흔"과 "발자국" 등의 흔적의 이미지가 반복되고 있으며, "그림자가 쌓여 곰팡이가 되고 벽마다 얼굴을 닮은 무늬가 잠들어있다"라고 하면서 그림자와 시간의 이미지를 중첩시키고 있다. 「신문」에서는 신문의 활자에 주목하면서 그것을 "냉염한 문신"으로 비유하거나 "혀를 알로 배고 산란을 위해 상류로 나아가"는 "열목어"에 비유하면서 언어의 그림자적 성격에 주목한다. 언어나 그림자는 시인에게 모두 환영과 같은 이미지라고 할 수 있는데, 그것들이 시간의 계기적 질서와 연결되면서 증식하거나 변화하는 현상에 주목하고 있는 것이다. 다음 작품에서도 그림자의 이미지가 변주되면서 새로운 이미지의 세계가 구축되고 있다.

열 갈래로 찢어진 부레와
도마뱀 피부를 갖고 여물 것
허공에 낚인 한 과(果) 공간을 벗으며
침묵으로 가지를 문다
형상을 받은 흙 한줌 자신을 지우려 흔들린다

어디서나 뼈를 갖고 다시 자라는 그림자
까진 팔꿈치를 핥아주는 햇볕
끊어놓은 잎들이 꿈틀거리는 오후

꼬리를 물고 탈피를 거듭하는 몸은
다리 하나 내놓지 못하고 여러 눈을 뜬다
허방마다 짚을 수 없는 바람 가득하고

불 들어오지 않는 전구로 제 속만 밝히고 있다

—김해준, 「오렌지」 전문

신동집의 「오렌지」라는 시를 떠올리게 한다. 존재의 본질에 대해 접근하고자 하지만 그것이 매우 위험한 것이며 존재론적 한계를 자각하게 하는 것이라는 시적 관심 등의 관념적인 관심사가 서로 닮아 있다. 하지만 시적 발상과 문제의식은 매우 이질적이어서 김해준의 이 시는 존재의 가상에 대해 주목하고 있다고 할 수 있다.

"열 갈래로 찢어진 부레"라든지 "도마뱀의 피부"와 같은 이미지는 오렌지의 외형이나 열매의 형태를 표상하는 이미지로 받아들일 수 있다. 하지만 이 시는 이러한 구상적인 이미지가 아니라 그림자와 같은 허상의 이미지가 중심적인 역할을 담당한다. 추상적 이미지에 대한 시인의 집착은 매우 강렬한 것이어서 '과실(果實)'이나 '열매'라고 표현해도 될 것은 굳이 '과(果)'라고 표현하고 있는 대목에서 확인할 수 있다. 그것은 어떤 인연에 의한 결과라는 추상적인 의미를 강화한다.

"과(果)"와 함께 "형상", "그림자" 등의 이미지가 시적 공간에서 결절점 역할을 담당하고 있다. 그리고 그러한 이미지를 둘러싸고 "허공", "침묵", "허방"과 같은 허상의 이미지들이 배치된다. 시인에게 현실로 존재하는 하나의 오렌지는 실물이기보다는 "형상을 받은 흙 한줌"으로 수용되고 "뼈를 갖고 다시 자라는 그림자"로 인식된다. 그리고 최종적으로 그것은 "불 들어오지 않는 전구"로 규정된다. 불이 들어오지 않는 전구란 본래적 전구가 아니며, 따라서 제 기능을 담당할 수 없다. 전구는 본래 외부의 어둠을 물리치고 존재들에게 빛을 부여하는 것인데, 불이 들어오지 않기 때문에 외부를 비출 수 없다. 따라서 "제 속만 밝히고 있"을 수밖에 없는데, 그런 점에서 그것은 자족적이며 자폐적인 존재인 셈이다.

그런데 시인은 왜 실제로 존재하는 과일인 오렌지를 그림자나 형상, 혹은 "불 들어오지 않은 전구"로 인식하는 것일까? 그것은 변화 때문일 것이다. 허공과 허방 등의 허상들이 지배하고 있는 시적 공간에서 또 하나 주목되는 이미지는 변화이다. 오렌지는 허공에 낚인 결과인데, 그것은 "자신을 지우려 흔들린다." 그리고 그림자는 "자라고" 있으며, "몸"은 "탈피를 거듭하"고 있다. 따라서 오렌지 또한 변화의 한 계기일 뿐 최종적이고 궁극적인 현존이라 하기 어렵다. 오렌지는 단지 "허공에 낚인 한 과(果)"에 불과한 것으로서 그것은 다른 존재로 이행하기 위한 하나의 과정일 뿐이다. 즉 오렌지는 모든 변화 과정의 한 계기라는 점에서 다른 계기의 가능성이자 잠재태인 셈이다. 그렇기 때문에 오렌지는 하나의 가상이며 그림자일 수 있으며, 그러한 의미에서 모든 존재는 그림자라고 할 수 있다. 그래서 오렌지와 모든 존재들은 최종적으로 불을 일으켜 자신을 외부로 발현하는 "전구"가 아니라 자신의 잠재성과 가능성만 담지하고 있는 가상적 존재에 불과한 것이다.

4. 새로운 세계의 다양성과 가능성

김민철이 추구하는 자연의 재구성이든 김해준이 추구하는 이미지로 구축되는 가상적 세계이든 그것은 새로운 신인들이 거처하고자 하는 새로운 세상의 모습을 담고 있다. 김민철은 세상의 모든 자연물이나 대상들이 주변의 사물과 교섭하면서 엮어내는 새로운 풍경으로서의 세계에 주목한다. 그리고 그것들이 엮어내는 자족적이고 풍요로운 세계에 자신도 동참하고자 한다. 그곳에 거처하는 대상들은 인력과 친화력을 기반으로 한 동화와 세계를 이룬다. 서로의 욕망과 의지에 서로 침투하며 닮아간다. 이러한 점에서 김민철이 추구하는 세계는 유기적인 세계라고 할 만하다.

김해준이 구축하는 세계는 이미지에 의해서 새롭게 구성되는 인공적 세계이다. 그 세계를 지배하는 것은 그림자가 표상하는 허상이라고 할 수 있는데, 그러한 허상은 삶의 상징계에 틈입하여 영향을 행사하기도 한다. 하지만 시인이 주목하고자 하는 것은 허상으로서의 그림자들이 서로 연쇄되거나 중첩되고, 증식되면서 변화하는 자족적이고 독자적인 세계라고 할 수 있다. 즉 현존이 아니라 표상(representative)들이 엮어내는 세계, 이미지들이 결합하고 해체되고 증식하는 가상의 세계, 항상 가능성과 잠재성으로만 존재하는 흔적과 자취의 그림자 세계에 거처를 마련하고자 하는 것이다.

김민철과 김해준이 구축하고자 하는 새로운 시적 세계들은 서로 이질적이면서도 공통점들을 지니고 있다. 그것들은 모두 휴머니즘적 편견에서 벗어나 있지만 반인간적 태도를 취하지는 않는다. 그것은 모두 시적 의미나 메시지에 집착하지 않지만, 그것을 애써 거부하지도 않는다. 하지만 결국 그들이 추구하는 세계는 구성원들이 구축하는 관계망으로서 구조적 세계라고 할 수 있다.

시간, 몽상, 감각의 극한
— 금은돌, 김영미, 안미린의 새로운 시선

1. 아름다운 극단의 세계

새로운 시적 세계를 개척하기 위해서 모험은 불가피한 선택이다. 미약한 언어의 힘으로 새로운 세계를 탐색하고 새로운 세계를 열어젖히는 것은 지난한 일이다. 그렇기 때문에 신인들은 자신만의 육성을 가지고 과도하게 미지의 세계에 몸을 던지기도 하고, 무모하다 싶을 만큼 새로운 실험에 몰두하기도 한다. 하지만 그러한 시도는 알을 깨고 나와 세상에 자신의 존재 가치를 알리기 위한 통과 의례와 같은 것으로 이해할 필요가 있다.

세상에 자신의 존재 가치를 알리기 위한 방법은 자신만의 목소리와 상상력을 펼쳐 보이는 것이다. 자신만의 목소리는 물론 자신의 독특한 체험과 사고방식에서 나오는 것이겠지만, 자신의 체험과 사고방식을 기존의 것과 차별화하기 위해서는 선택과 집중이 필요할 것이다. 일관성 있는 경험의 극대화, 일정한 관심과 방향성의 초점화, 유사한 시적 대상에 대한 관심과 그것에 대한 시적 태도의 편향성 등의 다양한 전략들이 자신만의 목소리를 형성하기 위해 활용될 수 있다.

결국 이러한 노력들은 극단적인 시의 세계를 빚어내는 것으로 귀결된다. 극단적인 모험과 실험, 그리고 극단적인 선택과 태도 등은 극단적인 시적 세계를 형성할 수밖에 없기 때문이다. 물론 신인들이 빚어내는 극단적인 시의 세계는 어딘가 불완전하고 기형적인 모습처럼 보일 수 있다. 대상에 대한 종합적 관점이 결여되어 있고, 시적 태도나 상상력 등이 편향성을 띨 수밖에 없기 때문이다. 신인들에게 정제된 세계관을 요구하고, 다양한 시적 요소들에 대한 균형 감각을 요구하는 것은 과도한 것일 수 있다.

극단의 세계는 그로테스크한 아름다움을 내포하고 있고, 숭고한 감정을 자아낼 수 있다. 극단의 세계는 항상 인간의 경험 영역을 뛰어넘어 가능성을 확장하려고 하고, 그런 한에서 극단의 세계는 독자를 한계 상황으로 안내할 것이기 때문이다. 무엇보다 극단의 세계는 피상적 경험의 영역을 벗어나 새로운 세계를 눈앞에 펼쳐 보일 수 있다. 육안의 경계를 벗어나는 현미경은 우리들에게 극소 크기의 미생물들이 존재하는 미시적 세계를 우리에게 안내한다. 또한 육안의 한계를 벗어난 망원경은 극대 크기의 광활한 우주의 세계를 우리들 눈앞에 펼쳐 보인다. 시인이 그려내는 극단의 세계는 현미경과 망원경이 우리들에게 새로운 세계를 소개하는 것과 같은 역할을 담당한다. 그러한 세계로 들어가 보자.

2. 시간의 미분, 혹은 심상의 미분

2012년 ≪현대시학≫을 통해 문단에 나온 금은돌의 신작들은 시간의 흐름이 만들어내는 미묘한 이미지의 변화, 혹은 시간의 흐름에 따른 순간적인 감정의 미세한 떨림 등을 언어로 포착하고자 하는 욕망에 추동되고 있다. 1초를 반으로 줄이고, 그 줄인 1초를 다시 반의 반으로 줄여서 그 짧은 순간을 극한으로 밀고가면서 그 찰나에 발생하는 사물의 움직임과 변화를 포착하여 시화하려는 전략을 지니고 있는 것이다. 이러한 전략은 수학에서 어떤 지점에서의 극한값을 구하려고 하는 미분(微分)의 발상과 유사하다.

잘 알려져 있듯이 미분이란 어떤 지점에서의 순간적인 변화율을 말한다. 즉 특정한 지점에서의 시간의 변화를 극단적으로 좁혔을 때, 그때 발생하는 순간의 변화를 구하는 것이 미분 방정식이라고 할 수 있다. 그러니까 미분은 시간을 미세하게 작은 수로 줄이거나 쪼개서 0에 가까워지도록 하고, 그리하여 더 이상 나누어질 수 없을 때의 변화값을 구함으로써 모든 종류의 운동의 변화율을 구하는 방법인 것이다. 예컨대 속도가 변하는 운동에서 속도의 변화율인 가속도 등의 값을 구하기 위한 목적을 지니고 고안된 개념으로서 순간 속도의 양을 계산하는 방식이다. 그리하여 미분은 우리가 막연하게 느끼고는 있었지만 명증하게 실제화 할 수 없었던 변화의 미세한 순간을 포착해 줄 수 있는 것이다.

미분은 인간의 감각이 포착할 수 없는 새로운 세계를 우리에게 알려준다. 시간의 흐름을 잘게 나누어 그것을 극한으로 밀고 나가면서 그 순간순간의 변화를 포착하려는 금은돌의 시적 전략은 물론 새로운 시적 세계를 개척하려는 욕망에 추동되고 있다. 시간에 대한 극한의 세분화, 그리고 그 세분화된 시간에 대응하는 사태의 변화와 감정의 변화를 포착하면 우리가 평소 경험할 없었던 새로운 세계를 그려낼 수 있다. 이는 우리가 평소 무심코 지나쳤던 미시적인 세계를 현미경이라는 기계가 포착하여 우리 의 눈앞에 극소의 존재들과 그들의 운동을 펼쳐 놓는 것과 유사 하다. 시간에 대한 극한적인 세분화를 통해 사태와 운동의 변화 를 포착하려는 금은돌의 시적 전략은 그동안 은폐되고 무시되었 던 새로운 세계와 새로운 경험을 폭로한다. 그러한 미시적인 세 계는 다음과 같은 모습을 띠고 있다.

그가 그녀를 생각하며 사과를 돌릴 때

그녀가 가방을 떨어뜨린다 그가 그녀를 걱정하는
순간, 그녀는 고딕체로 변하고 그는 그녀 입술을 터치
한다, 그와 그녀는 1센티미터, 씩 방수 되지 않는다
인도 삼류 공항에서 그녀를 호명해야 할
까, 부러뜨려야 할까, 망설망설, 하는, 하는, 사이
어디라도 들어가 커피 한 잔이라도 할까요? 라고, 말해 볼,
걸, 말해, 볼 것을, 가볍게 툭, 내뱉었던 돌멩이를 되줍는
다, 혼잣말로 닳, 고 닳았던 자갈이 먼지로 흩날린다
                                          ─금은돌, 「교정」 부분

시적 전개 과정을 살펴보아도 "교정"이라는 시의 제목이 지 닌 의미를 추론하는 것도 쉽지 않다. 그러나 순간순간 변하는 시 적 주체의 진술과 심리, 그리고 전개되는 사태들로 볼 때 "교정" 은 변화의 다른 기표로 해석해도 될 듯하다. 이 시는 시간의 흐

름에 따라 "그"라는 시적 인물의 판단과 갈등이 변화하게 되고, 그러한 변화로 인해 발생하는 결과의 변화를 포착하고 있다는 점에서 "순간 변화"가 시적 주제인 셈이다.

시적 전개는 "그"가 "그녀"를 어떻게 대해야 할 것인지를 고민하면서 망설이고 방황하는 정황으로 채워져 있다. 따라서 이 시는 "그"라는 시적 인물의 내면의 흐름을 그리고 있는 셈인데, 내면의 흐름은 갈등과 주저로 인해 불연속적으로 이어진다. 즉 의식의 흐름이 단속적으로 연결되고 있는데, 그러한 끊김과 이어짐이 의식의 미세한 변화를 포착해 주고 있는 것이다. 이를테면, "까, 부러뜨려야 할까, 망설망설, 하는, 하는, 사이"라는 시적 구절이 금은돌 시인의 시적 전략과 태도를 선명히 보여주고 있는데, 물결치는 듯한 시인의 심적 혼란과 주저하는 듯한 심적 갈등이 끊어지고 이어지는 내면 심리의 전개를 통해 섬세한 무늬처럼 드러나고 있는 것이다. 시간의 흐름에 따라 미묘하게 변화하는 시적 인물의 심적 변화를 드러내기 위해 시인은 잦은 쉼표와 행걸침 등의 기법를 활용하고 있는데, 이러한 시적 기교는 시간의 흐름을 단절시키거나 연속시키는 역할을 담당한다. 시간에 대한 자의식은 다음 작품에 더욱 선명히 드러나 있다.

사실, 내 짧은 생에서
강력한
'사치'를 피우고 있다

(0.5 인간이 된 듯
유체이탈이 된 듯

나머지 0.5와 그 밖의 인간이 반 걸음씩, 반의 반
걸음씩
뒤늦게 엇갈린다

나는 땅바닥에 어질러져 있는
나머지 인간들에게

　　　물어본다

앞서 나가려는 0.5(그런가?)가 조금씩
뭉쳤다가 옆구리 부근에서
부서지려, 한다

　　　　　앞서 나가지 못한
0.3 0.4 1.9 0.7 0.2 0.1 0.003 들이
멀리서 몇 개의 다리를 뒤늦게
끌어오고 있다

다리인지 꼬리인지 구분이 가지 않는
수십 개의 고집들이 왼 발과 오른 발이 벌려 놓은
감옥에서)

사치를 부린다
꼬리에 꼬리를 물고,

　　　　　　　　　　　　　　　―금은돌, 「증류」 전문

어떤 용질이 녹아 있는 용액을 가열하여 얻고자 하는 액체의 끓는점에 도달하면 기체 상태의 물질이 생기고, 이를 다시 냉각시켜 액체 상태로 만들고 이를 모으면 순수한 액체를 얻어낼 수 있는데, 이러한 과정을 증류라 한다. 시적 주체는 자신의 짧은 생애에서 사치를 부리고 있다고 진술하고 괄호 안의 시적 내용의 전개를 통해서 그러한 사치의 구체적 모습을 형상화 하고 있다. 그러니까 사치의 내용을 보여주고 있는 괄호 안의 내용이 시인의 인생을 추상한 것이며, 자신의 인생을 증류한 내용물이라고 할 수 있을 것이다.

괄호 안의 시적 진술들은 시간의 흐름에 따라서 사람들의 다리들이 엇갈리는 모습을 보여줄 뿐이다. 즉 "반 걸음씩, 반의 반/걸음씩" 서로 엇갈리는 행보를 보여주고 있는 것이다. 그런데 그처럼 엇갈리는 다리들은 "앞서 나가려는" 욕망을 지니고 있는데, 이를 시인은 "고집"이라고 명명하고 있다. 어떤 관성과 같은 성질을 지니고 다리들은 앞서가려고 서로 경쟁하고 있는 셈이다. 그런데 그러한 경주를 하고 있는 다리들은 결국 "왼 발과 오른발이 벌려 놓은 감옥에" 갇혀 있다. 왼발과 오른발이 생성해 놓은 그 짧은 공간에서 다리들은 서로 앞서려고 경쟁하고 있는 셈인데, 왼발과 오른발 사이의 공간이 끊임없이 좁아지고 넓어진다는 점에서 그것을 왼발과 오른발이 교차하는 시간으로 번역해도 크게 어긋나지 않을 것이다.

결국 시적 주체가 부리고 있는 사치란 왼발과 오른발이 서로 교차하는 무수한 움직임을 시간의 미세한 구분을 통해 분절하고 절단하여 독립된 존재처럼 의미를 부여하는 것이라고 할 수 있다. 시적 주체는 그처럼 분절된 다리의 움직임을 인격화하여 독립된 인간처럼 명명하고 있으며, 왼발과 오른발의 움직임 사이에서 운동하면서 순간적인 변화를 보이고 있는 운동의 주체를 "0.3 0.4 1.9 0.7 0.2 0.1 0.003 들"이라고 추상화하고 있다. 이러한 수치들은 결국 왼발과 오른발 사이에서 서로 교차하거나 변화하는 다리의 움직임을 지칭하고 있는 것인데, 시적 주체는 그것을 독립적 인격체처럼 명명하고 있는 것이다. 운동의 주체를 추상화하고 있는 수치들은 움직임의 어떤 순간을 명명한 것인데, 그것을 독립적인 주체로 규정함으로써 시인은 시간의 공간화를 실현하고 있는 셈이다. 즉 텔레비전에서 어떤 움직임을 슬로모션으로 표현하듯이, 움직이는 장면에서 시간성을 제거하거나 상쇄함으로써 시간의 공간화를 이루고 있는 것이다.

시간의 공간화는 시간의 극단적 세밀화와 다르지 않다. 그것은 시간의 흐름이 0에 가까워진다고 가정하고 그 당시의 순간변화율을 구하려고 하는 미분의 가설과 유사한 사고방식을 지니고 있다. 시인은 이와 같은 시간의 극단적인 세밀화를 통해 현실에서는 경험하기 어려운 새로운 세계를 창출하고 있다.

3. 몽상이 개방하는 낯선 실제계

『현대문학』 신인상을 수상하면서 문단에 등장한 김영미는 관념과 몽상이 기묘하게 결합된 시도를 통해서 새로운 시적 세계를 창출하고 있다. 그녀의 시적 작업은 추상화의 그것처럼 현실에서 발견하기 어려운 이미지들의 조합을 기도하고, 대립적인 관념들을 충돌시킴으로써 환상적이고 몽환적인 분위기를 연출한다. 또한 다양한 의미로 해석될 수 있는 기표를 나열함으로써 의도적으로 의미의 혼란을 유도하며, 그러한 혼란을 통해서 애매하고 모호한 분위기를 조성한다. 이러한 애매성으로 인해서 시작품은 자욱한 안개가 뒤덮고 있는 사물 모양으로 몽롱하면서도 신비스러운 분위기를 조성하기도 한다.

밤새 비가 내렸다

어두워질 무렵부터 새벽까지
빌려 본 적 없는 당신의 무릎은 둥글고 둥글었다

몽유병 환자와 어색하게 인사를 나누었다
잠옷을 입지 않고 자는 사람은 왠지 외로워 보였다

온갖 딱딱한 것들에 부드러운 금이 생겼다
나의 눈동자에선 머리카락이 자라났다 잠깐의 꿈이었다

베란다 유리창이 모두 깨져 있는 꿈이었다
세계가 내 앞에서 어떤 거리도 없이 열려 있었다

—김영미, 「파고」 전문

"몽유병 환자", "잠옷", "꿈" 등의 어휘들이 시적 공간이 현실이 아니라 몽상의 영역임을 알려주고 있다. 몽상으로 점철된 시적 공간은 "딱딱한" 이미지와 "부드러운" 이미지가 서로 대립하고 충돌하면서 시적 긴장감을 조성한다. "나의 눈동자에선 머리카락이 자라났다"라는 구절이 부드러운 이미지와 딱딱한 이미지의 충돌을 대변해주고 있는데, 그러한 이미지가 결합됨으로써 기괴하고 충격적인 효과를 산출하고 있다. 대립적인 이미지의 결합은 균열을 노정하고 있는데 시인은 이를 명시적으로 표현해서 "온갖 딱딱한 것들에 부드러운 금이 생겼다"고 진술하고 있다. 딱딱한 것과 부드러운 것은 균열로만 결합될 수 있는 것이다.

그래서 "부드러운 금"이라는 표현에 주목할 필요가 있을 것이다. 사물을 균열시키고, 사태를 절단하는 "금"은 결코 부드러운 속성을 지니기 어렵다. 그것은 단절과 비약, 돌발과 분열 등의 의미를 내포하고 있는 것이며, 그렇기 때문에 그것은 매우 딱딱한 이미지와 결합될 수밖에 없다. 그런데 시인은 군이 "부드러운 금"이라고 명명하면서 사태를 왜곡하고 있는데, 이러한 전도와 역설은 이 시가 기본적으로 몽상에 의존하고 있음을 암시해준다. 몽상은 합리적·과학적 사고에서 벗어나 직관, 또는 직접적 체험으로 되돌아감으로써 비로소 파악할 수 있는 것에 대해 사유하는 의식 작용이다. 몽상은 논리나 의식과 같은 매개항을 거치지 않고 사물과 대상에 대해 직접적인 체험과 직관적 인식을 토대로 해서 접근하는 사유 방식인 것이다. 따라서 몽상은 비합리적 성격을 지니고 있으며, 무의식적 충동과 불안에 주목하는 경향을 지닌다.

이러한 몽상으로 인해서 우리는 "부드러운 금"이 깨진 유리창의 이미지와 연결되고, 깨진 유리창의 이미지가 수반하는 직관적 세계를 이해할 수 있다. "세계가 내 앞에서 어떤 거리도 없이 열려 있었다"라는 고백은 결국 직관적 접근이 열어젖힌 세계와 주체의 무매개적 관계를 알려주고 있다. 세계는 어떠한 간접적 고안물이나 인식틀의 간섭 없이 직접적으로 주체 앞에 나타난다. 그것은 날 것 그대로의 현실이며, 상징적 작용의 방해 없이 주체에게 다가온다는 점에서 실제계의 도래라고 할 만하다. 몽상은 직관적 인식 작용을 개방하고, 직관은 시인에게 실제계의 모습 그대로를 현현시킨다. 이러한 세계는 우리에게 두렵고 낯선 세계일 수 있지만, 상징의 덮개가 탈각되어 있다는 점에서 새롭고 참신한 세계임은 부정할 수 없다.

　　사람들에겐 경희궁이었고 우리에겐 현대공원이었다 모임이 끝나면 잔디밭에 둘러앉아 끊긴 다리와 무너진 백화점을 이야기했다 터만 남은 고등학교 자리에서 모래 바람이 불어왔다 학교도 사라지는구나, 통학버스가 통째로 강에 빠진 사건은 두고두고 서늘한 괴담을 만들어냈다 어제 조각 피자를 사먹었던 건물이 오늘 없어져 연기를 피워올렸다 없는 건 원래 없는 것 지나가는 것은 그냥 지나가는 것 결코 다시 볼 수 없는 속도로 사라지는 것들을 우리는 이해하지 못했다 비를 맞지 않고 사라지는 방법은 연기나 아는 것

　　아주 오랜 후 현대공원 앞을 지나면서 나는 공원 안으로 들어가지 못했다 사라진 것들이 어디에 모여 사는지 그런 건 연기만 아는 연기의 기술

　　정말 있었다면, 우리가 거기에
　　　　　　　　　　　　　　　　　　　　—김영미, 「연기의 기술」 전문

이 시는 '소멸'을 다루고 있다. 시적 공간에 등장하는 "경희

궁"이나 "현대공원", 그리고 "고등학교" 등은 모두 소멸을 내포하고 있는 대상들이다. 특히 "끊긴 다리"나 "무너진 백화점", "통째로 강에 빠진" "통학버스" 등은 성수대교 붕괴와 같은 우리 사회의 아픈 과거를 떠올리게 하는데, 역시 소멸을 함축하고 있다. 제목인 "연기의 기술"에서 "연기" 자체가 시나브로 사라지는 속성을 지닌 것으로서 소멸의 메타포를 내포하고 있다. 또한 시인은 명시적으로 "없는 것", "지나가는 것", "사라지는 것"이라고 명시하면서 소멸하는 것들에 대한 관심을 표명하고 있다. 결국 이시는 소멸을 함축하는 대상이나 소멸을 지칭하는 기표들로 넘쳐나고 있는 것이다.

그런데 시인은 이처럼 소멸하는 대상과 기표들을 나열해 놓고 갑자기 "사라진 것들이" "모여 사는" 곳에 대해서 환기한다. 사라지는 것은 궁극적으로 소멸하는 것이 아니라 사라질 뿐이며, 다른 공간으로 이동할 뿐이라는 사실을 암시해 놓고 있는 것이다. 이러한 시적 구도는 독자들로 하여금 사리지는 것들에 대한 관심을 환기할 뿐만 아니라 사라진 것들이 모여 사는 공간에 대한 호기심을 자극하여 몽상의 나래를 펼치도록 한다. 사라진 것들이 모여 사는 곳은 현실적으로 발견하기 어렵다. 굳이 따져본다면 그것들은 우리들의 기억 속에 자리 잡고 있을 것이다. 그래서 시인은 마지막 구절에서 "정말 있었다면, 우리가 거기에"라고 강조하고 있다. 우리가 경험했다면 그것들은 소멸하지 않고 우리의 기억 속에 저장되어 있을 수 있기 때문이다. 그렇다면 우리가 사라진 것들을 발견하기 위해서는 우리의 기억을 더듬기만 하면 될 것이다.

하지만 시인은 사라진 것들을 만나는 작업이 단지 기억의 재생에 국한되지 않음을 강조하기 위해서 "연기"를 끌어들인다. 시인은 "비를 맞지 않고 사라지는 방법은 연기만 아는 것"이라고 하거나 "사리진 것들이 어디에 모여 사는지 그런 건 연기만 아는 기술"이라고 언급하면서 사라지는 것들과 그들의 재생에 대해서 신비한 작용을 암시하고 있다. 시나브로 사라지는 연기만이 사라지는 방법과 사라진 것들이 모여 사는 곳을 알고 있다는 것인데, 이러한 진술은 몽롱하고 신비한 분위기를 조성함으로써 몽환적인 상황을 창출한다. 사라진 것들이 모여 사는 곳은 기억 속이지만, 기억이라는 것이 항상 재구성된 것이며 조작된 것이라는 것을 상기해 보면 우리는 기억의 몽상적 성격을 이해할 수 있다. 연기는 이처럼 기억의 몽상적 성격을 강조하게 위해 도입된 기제라고 할 수 있을 것이다. 결국 "연기의 기술"이란 없는 것, 사라진 것, 지나간 것을 현현시키는 몽상의 작용을 언급한 것이라고 할 수 있으며, 연기의 기술에 의해 구성된 세계는 "없음의 있음"이라는 세계로서 새롭게 창조된 세계라고 할 수 있을 것이다.

4. 감각의 빚어내는 풍경

≪세계의 문학≫ 신인상을 수상하며 문단에 등장한 안미린은 감각에 몰두하는 모습을 보여준다. 안미린은 사물과 대상들에 대한 감각의 예민한 느낌을 표현하는 데에 모든 언어들을 집중시킨다. 이로 인해 그녀의 시적 공간은 섬세한 감각이 난무하는 감각의 향연이 되고 만다. 세밀하고 정밀한 감각에 대한 시적 집중은 현미경이 우리들에게 감각 너머의 새로운 세계를 보여주듯이, 감각 기관으로 포착하기 어려운 감각까지 포착해 내는 극

한의 모습을 펼쳐 보인다. 예컨대 그 모습은 다음과 같은 형태를 띠고 있다.

맨 어깨가 차가워질 때
필요한 건 내 살색의 담요
빛바랜 건 내 담요의 살색
빛나는 건 내 살색의 살빛*

연이어 태어난 새끼들이 덩어리지고
맨 밑의 동물부터 눈을 뜨는 것 같은
흑인 여자애 같은
색깔들은 너무 긴 설명이 이름인 것들

완전한 정의들이 완벽해질 때
살색의 살구들이 살굿빛일 때

무너진 건 내 살색의 살색
감싸온 건 내 살빛의
살결

—안미린, 「살색의 살구」 부분

이 시는 "살색"과 "살빛", "색깔"과 "빛깔" 등의 어휘가 지니고 있는 미묘한 뉘앙스의 차이, 혹은 감각의 차이를 드러내는 것을 목적으로 삼고 있다. 특별히 어떤 주제나 메시지를 찾아보기는 어렵다. 미묘한 차이를 지닌 색에 대한 감각, 그러한 감각의 차이에서 오는 느낌 등을 규명하는 것밖에는 특별한 의도를 지니고 있지 않은 것이다. 이를 위해서 시인은 의도적으로 살구색을 뜻하는 살색과 살색을 따고 있는 살빛의 미묘한 차이를 강조하기도 하고, "살색의 살색"과 "살빛의 살결"이 지닌 차이에 주목하기도 한다. 결국 살색과 살빛의 차이, 곧 색깔과 빛깔의 차이가 문제가 되는 셈인데, 색깔이란 색을 강조하고 있다면, 빛깔은 빛을 강조하고 있다는 점에서 차이를 지니고 있다.

엄밀한 정의에 의하며 색깔이란 빛의 스펙트럼의 조성차에 의해서 성질의 차가 인정되는 시감각의 특성을 지칭한다면, 빛깔이란 물체가 빛을 받을 때 빛의 파장에 따라 그 거죽에 나타나는 특유한 빛을 의미한다. 그러니까 색깔이란 우리의 시감각에 지각되는 색채를 의미한다면, 빛깔이란 물체가 빛을 받아 띠게 되는 특유한 색깔을 의미한다고 볼 수 있다. 색깔이나 빛깔은 사실 큰 의미의 차이는 없지만, 색깔이 지각되는 색채를 중시한다면 빛깔은 대상이 빛을 받아 지니게 되는 특유의 색채 쪽에 무게 중심을 두고 있다는 점에서 차이를 발견할 수 있다.

시인의 문제의식은 이러한 색깔과 빛깔의 차이를 감각하는 것이다. 시인은 "색깔들은 너무 긴 설명이 이름인 것들"이라고 하거나 "완전한 정의들이 완벽해 질 때"라고 하면서 색깔들이 지닌 개념과 그것의 완벽성에 대해서 강조한다. 그러나 그러한 개념과 완벽성을 강조할 때, "무너진 건 내 살색의 살색/감싸온 건 내 살빛의/ 살결"이라고 하면서 색깔의 개념이라는 것이 결국 실감적인 감각을 채워줄 수 없는 관념적인 것임을 비판한다. 즉 중요한 것은 살구빛의 색채라는 관념이 아니라 색채의 감각을 실감할 수 있도록 간직하고 있는 "살결"인 것이며, 그러한 살결

만이 감각의 원천으로 남게 되는 것이다. 다음 시는 감각의 깊이
가 어디까지 도달할 수 있는지를 시험한다.

마른 입술이 붙은 순간
충충

아랫입술을 깨물고 싶어
나는 나를 깨물고 싶어
너와 내가 입 맞춘다면
너와 나의 입 모양
얇, 이 되고
엷, 이 되어
적신다는 것,
내 눈알과
네 눈알의 감촉이라면
물속에서 눈을 뜨고 물을 본다면
왼손이 둘이 된다면
글씨체를 흘리는 연습을 하고
코뿔소를 흉내 내려고 장미 가시를 코에 붙이는
가벼운 골격,
엉덩이와 궁둥이를 구분하면서
윗입술을 입술로 잡아당기며
나는 말랑함.

우리는 피를 나누지 않고
입술로 이루는 부드러운 건축,

온몸으로 눈을 감을 때

온몸으로 문을 닫을 때

신의 모든 이미지들은

뼈의 깨끗함.

—안미린, 「층층」 전문

　　타인과 자아의 접문(接吻)의 경험과 그것이 이루어내는 다
양한 감각을 형상화하고 있다. 물론 이 시에 메시지가 없는 것은
아니지만 그러한 것은 부수적인 관심에 속하고, 주된 초점은 접
문의 경험과 그것이 자아내는 감각을 형상화하는 데에 있다고
하겠다. 접문의 경험을 형상화하는 데에는 시각과 촉각 등의 감
각들이 활용되고 있지만, 그러한 감각을 넘어서기도 한다. "층
층"이나 "앏", "엷" 등의 형태적 모습에서 시각적 감각을 확인할
수 있고, "깨물다", "적신다", "말랑함" 등의 시어에서 촉각의 감
각을 확인할 수 있다. 그런데 이 시에서 감각들은 단독으로 존재
하지 않고 혼재되거나 결합하는 양상을 보여주기도 한다. "내 눈
알과/네 눈알의 감촉"이라는 표현은 시각적인 감각을 촉각화하
고 있다면 "입술로 이루는 부드러운 건축"이라는 표현은 촉각을
시각화하고 있다고 할 수 있다.

　　감각의 접합도 중요하지만 감각의 미세한 차이를 생성해내
는 시인의 전략도 주목할 만하다. 접문하는 두 입술의 모습을
"앏"과 "엷"으로 묘사하고 있는 대목에서 미세한 감각의 차이를
언어의 미세한 차이를 통해서 형상화하고 있는 것을 발견할 수
있는데, "엉덩이와 궁둥이를 구분하면서"라는 표현에서는 언어
자체가 지닌 미묘한 감각의 차이를 환기한다. 결국 이러한 모든

감각의 향연은 "신의 모든 이미지들은/뼈의 깨끗함"이라는 심상으로 응축된다. 접문의 경험은 "온몸으로 눈을 감"게 하고, "온몸으로 문을 닫"게 하는데, 그때 "신의 모든 이미지들은/뼈의 깨끗함"으로 나타나게 된다는 것이다. 접문의 경험을 통해서 신의 이미지에까지 도달하는 그 상상력의 비약도 도발적이지만, 신의 이미지를 "뼈의 깨끗함"이라는 심상으로 응축해내는 발상 또한 기발하다. 이전에 "말랑함"이나 "부드러운 건축" 등의 표현을 통해서 부드러운 감촉을 지닌 심상을 강조했던 터라 돌출하는 "뼈"의 심상은 충격적이다. 결국 접문의 감각을 통해 "신"의 관념에 도달하고, 그것을 "뼈의 깨끗함"이라는 이미지로 응축하고 있는데, 이러한 관념과 이미지는 오로지 접문의 감각에만 몰입한 결과라고 할 수 있다.

5. 궁극의 세계, 세계의 궁극

시간의 미세한 변화를 극단까지 분할해서 그 순간순간의 운동과 변화를 추적하고 그것을 이미지화하는 금은돌의 시적 모험, 직관과 몽상의 극한을 추구하면서 비현실적이고 비구상적인 추상의 세계를 구축하고 있는 김영미의 시적 도전, 그리고 오로지 감각의 세계에만 몰입하여 미세한 감각과 감각의 극한이 보여주는 이미지들을 포착함으로써 감각 너머의 감각을 추구하는 안미린의 시적 투시 등은 모두 시라는 장르가 추구할 수 있는 극단적인 세계를 창출하고 있다.

금은돌의 시적 추구는 우리가 알지 못했던 미시적인 순간순간의 세계와 그 변화의 찰나가 지닌 이미지를 포착해서 보여준다. 김영미의 직관과 몽상은 우리가 마련한 우리와 세계 사이에 매개물들을 벗김으로써 본래의 모습인 실제계를 드러내는데, 그러한 세계는 상징계에 익숙한 우리들에게 낯설고 새로운 세계로 다가온다. 안미린의 개척하고 있는 감각의 극단은 초감각의 세계로 우리를 인도한다. 이들이 추구하는 세계는 극단적이라는 점에서 궁극의 세계라고 할 수 있는데, 그렇기 때문에 그러한 세계들은 편향적이고 일탈적이며, 기형적인 모습을 취할 수도 있다. 하지만 그러한 극단적 세계의 추구야말로 우리들이 살아가는 세계의 궁극을 탐색하는 작업이며, 우리가 살아가는 세계의 영역을 넓히는 작업이기도 할 것이다.

말의 음영과 관계의 양상
— 김재현, 신두호의 새로운 시선

1. 언어에 대한 자의식, 해석에 대한 자의식

새로운 세계 인식은 물론 새로운 관점을 가지고 세계에 접근하여 그 세계와의 접촉을 새로운 감수성으로 수용하고 해석하는 작업에서 발생할 수 있을 것이다. 기존의 고정된 관념에서 탈피하여 새로운 세계를 만드는 작업 또한 이러한 인식의 갱신에서 가능할 수 있다는 점에서 세계에 대해서 새롭게 접근하고, 새롭게 해석하는 작업은 새로운 세계 창출의 전제가 되는 셈이다. 따라서 신인들이 기성의 시인들과 다른 시적 세계를 창출하기 위해서는 사물과 경험에 대해서 새로운 관점으로 접근해서 새로운 의미를 발굴하는 작업이 필요한 조건으로 요구된다. 그런 의미에서 새로운 관점과 감각이 없다면 기성의 질서와 다른 새로운 시적 세계를 창출할 수 있는 신인의 자격을 갖추지 못했다고 평가할 수 있을 것이다.

새로운 시적 세계의 창출을 위해서는 감각과 경험, 그리고 해석의 갱신뿐만 아니라 언어의 갱신도 요구된다. 낡고 진부한 언어, 더 이상 신선하고 놀라운 경험을 촉발하지 않는 언어는 새로운 세계를 창출하지 못한다. 기존의 낡은 규범과 문법에 의해서 지탱되는 시적 언어가 독자를 새로운 경험의 세계로 데려갈 수 없는 것은 당연한 일이다. 진부한 언어는 세계를 개혁하거나 낯설게 할 수 없기 때문에 그것을 대하는 독자로 하여금 비상한 관심을 야기하거나 기존의 가치관에 혼란을 야기할 수 없기 때문이다. 그리하여 언어의 갱신은 신인에게 부여된 가장 주요한 과제 가운데 하나로 부각된다.

이번에 새롭게 조명하는 김재현과 신두호의 신작들은 신인으로서의 패기와 열정을 보여줄 뿐만 아니라 언어의 갱신과 경험의 갱신을 보여줌으로써 독자들에게 새로운 인식과 경험의 세계로 안내하고 있다는 점에서 신인으로서의 자격을 갖추고 있다고 평가할 수 있다. 물론 그들의 새로운 시도가 기존의 언어와 문법을 벗어나 새로운 언어를 추구하기 때문에 독자들이 친숙해지는 데에 시간이 걸릴 수 있고, 새로운 경험의 자장을 열어젖히고 있기에 그것을 추체험하는 데에 어려움을 겪을 수 있다. 하지만 난해성의 시비는 새로운 세계를 창출하기 위한 신인들의 모험과 갱신이라는 가치에 의해서 상쇄될 수 있을 것이다.

2. 언어의 자의식, 자의식의 언어

김재현의 신작들은 어떤 형태로든지 언어에 대한 자의식으로 가득 차 있다. 시인이 문제 삼고 있는 언어란 물론 시적 언어를 말하지만, 반드시 시적 언어에만 국한되지는 않는다. 김재현의 신작들에는 일상생활 속의 사소한 언어, 혹은 특정한 환경에서 발견할 수 있는 언어가 지닌 함의와 효과, 혹은 그것의 속성과 의도까지 언어가 지닐 수 있는 다양한 측면에 대해 접근하여 그 내부를 해부하려고 하는 욕망을 지니고 있다. 다양한 층위에서 펼쳐지는 언어의 향연을 포착하여 그것을 분석하고 해부함으로써 그것의 속성과 실체를 가시화하려는 시적 욕망을 지니고 있는 것이다. 언어에 대한 다양한 관심 속으로 들어가 보자.

"바다에 불을 지른 당신의 방화가 그곳의 수평선을 흔들었습니다"

밑줄 그은 문장을 오래도록 읽는다 가령, 하나의 밑줄이 문장에 그림자를 주는 일이었다면
문장의 정수리에서는 틀림없이 환한 빛이 쏟아지고 있을 테지만
내가 서른번쯤 소리내어 그 문장을 읽는 동안 보는 것은
밑줄로부터 짐작되는 심해,
흐린 등(燈)을 들고 폐궁을 도는
몰락한 왕국의 신하가 되는 일

한 번도 보지 못한 낚싯줄이 내려오면
빛을 거두는 발광어,
갈고리는
아가미를 꿰뚫으며 신앙이 된다

"염전은 마르면서 하얗게 질린 소름을 남겼고
늙은 어머니는 내 혀가 결코 벗어날 수 없을
더운 찌개 레시피를 유언으로 남겼어요"

시간이 모두 증발한 후에야

결정을 거두어 만들어질 문장이 있다

눈을 감으면

발 아래쪽까지 캄캄하게 내려앉게 되는

이마라는 수면 아래로

키를 넘는 깊이를 가진 짐승이 인간이라 했다

문장은 늘 그 캄캄한 언저리의

처량한 질감이었다

                                    ―김재현, 「문장목록」 전문

　　이 시는 특이하게도 두 개의 문장이 사례로 제시되면서 문장
이 지닌 특성을 분석하는 형식을 취하고 있다. 물론 사례로 제시
된 이 두 문장은 시적 언어의 특징을 집약하고 있는데, 대체로
염전에서 소금이 생성되는 과정을 그 중심 모티프로 삼고 있다.
하지만 이 문장이 지닌 다양한 효과를 분석하는 구절들은 바다
밑의 심연으로 연결되면서 그것이 지닌 다양한 속성과 가능성을
환기한다. 이러한 복잡한 상황 설정과 비유의 중층성이 이 시를
난해한 국면으로 몰고 가지만, 시적 언어에 대한 시인의 자의식
이 비교적 선명하게 제시되고 있다고 하겠다.

　　시인이 생각하는 시적 언어란 바다에 햇살이 내리쬐어 수분
이 증발하고 남게 되는 소금과 같은 속성을 지니고 있다. 즉 시
인이 생각하는 시적 언어란 수많은 양의 바닷물이 응축되어, 선
택된 결정체가 바로 시적 언어라고 할 수 있는데, 이러한 생각은
기발한 발상을 지니고 있지만 그리 생소한 것은 아니다. 바닷물
과 같은 언어의 바다에서 불순물들을 모두 제거하고 순수한 결

정체로서의 소금과 같은 언어만을 응축해 놓은 것이 시적 언어라는 발상은 충분히 납득할 수 있는 생각이기 때문이다. 더구나 "빛과 소금"의 비유에서 알 수 있듯이, 세상에 반드시 필요한 요소로서 세상을 정화하고 지탱하는 요소가 시적 언어라는 생각까지 유추할 수 있다는 점에서 그러한 발상은 시적 언어에 대한 적절한 비유라고 할 수 있다.

하지만 그처럼 바닷물이 증발하고 남은 결정체로서의 시적 언어, 혹은 "문장"이 어두운 바다의 심연을 담고 있다는 점에서 의미의 심각성이 발생한다. 시적 주체는 바닷물이 응결된 시적 언어에서 "심해"를 보게 되고, 그 심해를 통해서 몰락한 한 왕조의 과거의 시간을 상상한다. 즉 시인이 생각하는 시적 언어는 바다 밑에 가라앉아 있는 과거의 시간을 담고 있는 것이다. 시인은 이러한 정황을 "시간이 모두 증발한 후에야/결정을 거두어 만들어진 문장"이라고 표현하고 있다. 시간의 계기적 흐름이 모두 증발한 후에 남은 결정으로 만들어진 문장은 곧 화석과 같은 문장이라고 할 수 있으며, 그러한 문장은 시간의 압력을 견디어낸 문장이며, 시간의 흐름을 초월하여 그것으로부터 자유로운 문장이라고 할 수 있다. 즉 그것은 인간과 생명의 보편적이고 항구적이며 절대적인 어떤 정보를 담고 있는 문장이라고 할 만하다.

그리하여 그러한 문장, 혹은 언어들은 생명의 원초적 기록이 새겨져 있는 "심해"를 담고 있는 문장이 되며, 인간의 모든 기억이 축적되어 있는 문장이 된다. 시인이 "이마라는 수면 아래로/키를 넘는 깊이", "그 캄캄한 언저리의/처량한 질감"을 가진 것이 문장이라고 했을 때, 이러한 진술은 바로 인간의 의식으로 포착하기 어려운 인간과 생명의 흔적과 광활한 역사의 흔적 등을 담게 되는 시적 언어의 특징을 기술한 셈이다. 즉 시인은 시적 언어가 지닌 무의식적 성격, 의식의 노력으로 접근하기 어려운 미지의 불가해한 성격 등을 강조하고 있는 것이다.

이 시는 시적 언어에 대한 시인의 자의식을 담고 있는 작품이라고 할 수 있는데, 인간의 의식 너머의 미지의 세계로 우리를 밀고 가는 시적 언어의 신비와 불가해한 성격을 부각하고 있다고 하겠다. 결국 문제는 시간의 압박과 파괴 작용을 견디는 것이 관건이 되는데, 빙산처럼 수면 아래에 잠겨 있는 거대한 무의식의 영역으로 접근해 감으로서 시적 언어는 시간의 부패하고 낡게 하는 진부화의 압력을 견딜 수 있다는 생각이 피력되어 있다. 하지만 시적 언어는 좀 더 모험적이고 신비스러운 것이기도 하다.

그러나 어떤 말들이 출발선을 이해할 수 있을까 출발선은 오로지 총소리의 것이다 말은 멈춰있을 때보다 달릴 때 말, 이라고 불릴 만하다 계속되면서 이름이 존재를 정지하는 역전

말들은 원래 간이 콩알만한 짐승이지요 그렇게 말하는 기수가 말에게 눈가리개를 달아준다 눈가리개를 하는 게 공포의 극복일까 혹은 말의 눈가리개를 기수의 욕망이라 부른다면? 나는 말들이 초원을 그리워한다는 말을 믿지 않는다 도박사들은 마권(馬券)을 주머니 속에 감추며 세계의 역전을 기대하는 사람들

도박사들 사이에도 리스펙은 존재한다 승률(勝率)보다 우연을 믿는 그런 이에게 그러나
경주가 시작하고 나서는 마권을 뽑을 수 없습니다 마장에는 그런 경고

문이 많다 그 앞에 서면 나는 사춘기처럼 많은 걸 어기고 싶어진다

　경주가 없는 말들에게도 걸 수 있을까요 나는 마권을 파는 여직원에게
묻는다 경주가 시작하고 나서는 마권을 뽑을 수 없습니다 팻말 앞에 서있
게 되는 까닭이 궁금하다 그 앞에서 생겨나는 충동들로부터 나는 잠깐이
나마 계속, 계속되게 되면서

　채찍을 태운 말이 채찍을 피해 달리면서 말에게 근접해가는 걸 본다
　경주가 시작하고 나서는 마권을 뽑을 수 없습니다
　그 문구가 문득 격려문처럼 들린다

　　　　　　　　　　　　　　　　　　　　—김재현, 「말에게 도박을」 전문

　이 시는 말(馬)과 말(言語)의 동음이의어를 활용한 언어의
자의식을 피력하고 있는 작품이다. '말'은 본래 뛰는 것을 생리
로 하는 동물이라는 점에서 "멈춰있을 때보다 달릴 때 말, 이라
고 불릴만하다.", '말'이라는 이름이 말로 하여금 뛰어야 하는 존
재로 강제하는 것이다. 그렇기 때문에 말(이름)이 존재를 규정
하는 역설이 발생한다. 존재가 있고 언어가 거기에 부착되는 것
이 아니라 이름이 존재에게 어떤 속성을 강요하는 것이다. 말이
라고 해서 항상 뛰는 것은 아니다. 그러나 말이라는 이름이 붙는
순간, 말은 뛰어야만 자신의 이름이 내포하는 본질을 실현하는
것 같은 착각을 불러일으키는 것이다.
　한편, 둘째 연에서 말(馬)을 말(言語)의 의미를 지닌 중의적
기표로 이해했을 때, 기수는 곧 말을 부리는 사람으로서 시인을
지칭하는 것으로 해석할 수 있다. 그리고 이러한 유추를 좀 더

밀고 가보면 말에게 달아주는 "눈가리개"란 언어의 의미를 모호하게 하는 비유와 은유 등으로 해석할 수 있는데, 그렇게 될 때, "기수의 욕망"이란 곧 시인이 욕망, 혹은 표현의 욕망에 대한 알레고리로 해석할 수 있다. 이러한 유추는 곧 말은 자연이 아니라 인공의 세계에 속하는 것이며, 감추고, 가리고, 역전을 꾀하는 다양한 기술에 의해 지배되는 것으로 규정될 수 있는데, 이러한 기술은 곧 다양한 욕망의 분출에 의해서 귀결되는 것으로 인식할 수 있다.

이러한 말의 성격과 그 속성을 염두에 둘 때 시인이 "경주가 시작하고 나서는 마권을 뽑을 수 없습니다"라는 문장에 대해서 일으키는 거부와 저항의 심리적 기제를 이해할 수 있게 된다. 시적 화자는 "경주가 시작하고 나서는 마권을 뽑을 수 없습니다"라는 문구 앞에서 "사춘기처럼 많은 걸 어기고 싶어진다"고 고백하기도 하고, "경주가 없는 말들에게도 걸 수 있을까요"라고 우기기도 하면서 그 문구 앞에서 어떤 "충동"에 휩싸인다. "경주가 시작하고 나서는 마권을 뽑을 수 없습니다"라는 구절은 어떤 금기와 억압을 내포하고 있는데, 실제로 그 내용은 말에 운명을 거는 것은 전적으로 우연에 의지해야 한다는 원칙을 표명하고 있다. 시적 화자는 그러한 금기와 억압이 담겨 있기에 그러한 문구를 "경고문"으로 해석하지만, 말의 우연적 속성에 대한 인식을 토대로 해서 그것을 다시 "격려문"으로 재해석한다.

이와 같은 역설적이고 아이러니한 말에 대한 인식은 결국 언어, 특히 시적 언어란 억압과 금기를 넘어서서 자신의 본질을 실현해야 한다는 생각, 하지만 그러한 언어의 작업은 충동과 욕망의 길을 따라 달려야 하며, 우연에 의존하는 모험의 성격을 지녀야 한다는 복잡한 생각들이 내포되어 있다. "채찍을 태운 말이 채찍을 피해 달리면서 말에게 근접해" 간다는 표현은 바로 이러한 시적 언어의 속성을 말해준다. 말은 타율적인 의지에 의해 의미를 구축하는 것이 아니라 스스로 자신의 본질을 향해 나아가는 것, 그리고 그러한 행위는 매우 어려운 것이기에 도박과 같은 것이라는 인식은 바로 존재의 언어로서 시적 언어가 지닌 자율적이고 모험적인 성격을 잘 드러내 준다. 한편 시인은 시적 언어가 지닌 한계에 대한 자각에 대해서도 손을 뻗친다.

> 아버지는 이웃에게 친절한 사람
> 우리에겐 멍청한 사람
> 전화 너머로 잘 먹고,
> 잘 살아달라는 부탁이 잦은 사람
>
> 오, 그래요 아버지 당신과는 다르게 나는 그래야지요
> 하지만 나는 본 적이 있는 것이다 꿀벌들의 싸움을
> 꿀벌들이 말벌에게 저항하는 유일한 방법을
> 치사량(致死量)까지 자신의 체온을 높여
> 한 마리, 단 한 마리를 죽이기 위해 몇 백마리가 스러지는
> 꿀벌들의 분신을
>
> 그런 장면을 볼 때마다
> 빠져나가지 못한 날숨이
> 안구의 뒤편까지 벅차올랐다
> 말을 가졌으니 부디

혀를 뺏긴 이들의 편이 되어주렴
등단한 날
아버지의 조금 쓸쓸했던 부탁이

예견했을까, 삶이란 걸 버텨가면서
"나는 당신이 생각하는 것처럼 잘난 아들이 아니에요
시 같은 걸 써서 미안해요"
나의 희곡에도 읽어선 안 될 대사들이 늘어가면서
코끼리의 발걸음처럼
느리지만 육중한 이해를 마주하게 된다는 것을(중략)

수많은 이해들은 결국,
단 하나의 패배감에 도착하게 된다
아버지와 나의 유전은 도시로부터 온다
연약한 어깨를 이고 간다

—김재현, 「도시의 양봉」 부분

등단한 시인에게 아버지는 "말을 가졌으니 부디/혀를 뺏긴
이들의 편이 되어"주라고 부탁하는데, 하지만 아들은 도시의 문
명 속에서 살아가면서 자신이 가진 시적 언어들이 얼마나 무력
한 것인지를 절감한다. 이러한 무력감은 꿀벌의 비유를 통해서
드러나고 있는데, "단 한 마리의" 말벌을 죽이기 위해 "몇 백 마
리의" 꿀벌이 분신을 해야 하는 상황을 통해서 연약하고 섬세한
시적 언어가 아무리 노력해도 "혀를 뺏긴 이들"의 권리를 옹호할
수 없는 현실을 고백하고 있는 것이다.

이와 같은 비극적 현실 인식은 "나는 당신이 생각하는 것처럼 잘난 아들이 아니에요/시 같은 걸 써서 미안해요"라고 고백하면서 자조적인 심정을 토로하는 대목에서 분명히 드러난다. 이러한 자조적인 심정은 "삶이란 걸 버텨가면서" "코끼리의 발걸음처럼/느리지만 육중한 이해를 마주하게 되"고, 그리고 그러한 이해가 궁극적으로 "결국, 단 하나의 패배감에 도착하게 된다"는 것을 깨달은 데에서 야기된 것이다. 결국 삶이란 하나의 말벌에 대항하기 위하여 수백의 꿀벌들이 분신하듯이 소모적이며 파괴적인 과정이라는 것, 그리고 그러한 과정을 겪으면서 세속적 삶의 규범과 법칙을 이해하게 될 때, 시적 언어는 무기력해지게 된다는 것을 담담하게 고백하고 있는 것이다.

시의 언어가 지닌 신비하고 무의식적인 성격에 대한 탐구나 시어가 지닌 모험적이고 도전적이며, 자율적인 가능성에 대한 타진은 매우 날카롭게 음향과 깊이를 지니고 있다. 시적 언어가 지닌 한계와 무력감에 대한 시인의 자의식은 시적 언어가 지닌 취약성을 확인하고 시적 언어의 연약함을 부각시키고 있는데, 이러한 시각 또한 시적 언어에 대한 시인의 입체적인 성찰을 반영해준다. 새로운 세계를 열어젖히기 위해 언어의 갱신이 필요하다고 할 때, 김재현의 언어에 대한 자의식적 성찰은 매우 중요하고도 필요한 작업이라고 하겠다.

3. 만남의 양상, 혹은 관계의 변화

2013년 ≪문예중앙≫ 신인상을 수상하며 문단에 나온 신두호는 철학적 사상과 관념들이 시적 주제로서 적합하게 다루어질 수 있음을 증명해오고 있는 신인이다. 존재와 존재자들의 세계, 혹은 실체와 속성, 혹은 실존과 본질의 문제 등의 철학사에서 중요하게 작용했던 개념들이나 관념들을 시적 공간으로 끌어들이면서도 그것에 심상과 정서를 부여함으로써 새롭게 관념시의 영역을 개척하고 있는 신인이라고 할 수 있다.

이번 신작에서도 이와 같은 경향은 그대로 유지되고 있다. 시인이 경험하게 되는 대상과 사물과의 만남, 혹은 현상과 사건과의 만남이 지니는 다양한 양상과 그것의 의미, 그리고 그러한 만남이 형성하는 관계의 양상과 변화 등의 자못 심각하고 관념적인 세계를 시적 주제로 끌어들여 고민하고 있다. 그렇기 때문에 그의 시는 필연적으로 난해성이라는 시비에 휘말릴 수밖에 없다고 보인다. 하지만 시인이 사물과 사건을 대면하여 그것들과 형성하는 만남과 관계의 양상을 새로운 눈으로 관찰하고 그것의 미세한 변화를 관찰하여 시적 공간에 포착하려는 노력은 충분히 의미 있고 가치 있는 작업으로 보인다. 새로운 만남과 관계의 형성에 의해서 새로운 세계가 인식되고 창출될 수 있기 때문이다. 그의 관념 세계로 들어가 보자.

우리 앞에는 늘 우리가 놓인다 이곳의 풍경은 개별적으로 휩쓸리는 나뭇가지와 번성하는 무가지의 세계 난시의 네가 저편에서 희뿌옇게 번지는 지점

깃발은 출렁거리네 해일이 밀려오는 바다를 바라보는 사람의 머리칼로 부유하는 세력들과의 연합을 꿈꾸며 사그라지기를 기다리는 심정이 되어

더없이 무력해지려 우리 앞에 우리가 쌓이고 화원이 문을 닫고 온실의 먼지 낀 유리 너머 너는 입김을 퍼뜨리며 선언하네 새벽이 막 도래했노라고

왕복하는 차량들 틈에서 정교하게 엇갈린 선은 차츰 희미해지고 나무를 건너뛰는 새들을 직접 보기 전까지 너의 두 눈은 바닥에서 명백해져

우리는 서서히 서로에게 선명해진다 부딪힐 듯 상대방을 건너편에 쥐어주면서 같은 방향으로 각자의 걸음을 멈출 때도

엇갈리지 않으며 배후를 전달하는 것 네가 통과해온 깃발로 새들을 발견 하는 일 서서히 소리가 잦아드는 세계에서 일어서는 단면 밀려오는 해일을 맞이하며

—신두호, 「횡단하는 단면」 전문

횡단보도 앞에 서 있는 사람은 도로를 건너려는 목적을 지닌 사람들로서 익명의 존재들이라는 공통점을 지니고 있다. 횡단보도 앞에 서 있는 시적 화자에게 맞은편에 서 있는 사람들은 동일한 목적을 지닌 동료로서 하나의 무리를 형성한다. 그들 사이로 차량들은 서로 교차하면서 지나가며 그들의 간격을 확인하고 조장한다.

하지만 신호가 바뀌면 보행자들은 서로 자신의 목적지를 향해서 길을 가로질러 건너게 되는데, 이때 분명한 변화가 발생한다. 즉 동일한 방향을 바라보던 사람들은 하나의 일행이 되어 무리를 형성하지만, 반대편에 있던 사람과는 반대의 방향을 향해

서 서로 대립하면서 엇갈리는 관계를 형성한다. 두 무리는 서로 자신의 목적지를 향해서 질주하는데, 이때 도로 한복판에서 서로 마주치며 교차하게 되고, 이후 서로의 배후를 보여주면서 등을 돌리게 된다.

도로의 신호가 바뀌는 그 짧은 순간에 도시의 군중들은 이와 같은 다양한 양상의 만남을 경험하게 되고, 그 만남의 변화를 체험하게 되는 것이다. 즉 처음에는 횡단보도 앞에 서 있는 사람들은 모두 동일한 목표를 지향하는 하나의 군중으로 만나게 되고, 서로 다른 방향으로 향해 나아갈 때는 동일한 방향의 무리와 반대 방향의 무리로 서로 통합되면서 분리되는 경험을 하게 되며, 다시 횡단보도를 다 건넜을 때는 파편화된 개인으로 다시 뿔뿔이 흩어지게 되는 것이다.

이와 같은 만남의 변화, 관계 양상의 변화를 미시적인 관점에서 포착하여 보여주고 있는 이 시는 도시 속에서 무리를 이루어 사는 사람들의 만남과 관계의 양상에 대한 시인의 관심과 강박관념을 보여주고 있다고 하겠다. 익명의 군중으로서 살아가는 도시인들이지만, 그들은 수시로 유형무형의 관계를 형성하면서 변화무쌍한 만남의 양상을 보여주고 있는 것이다. 이처럼 사람들 사이에서 형성되는 만남, 혹은 관계의 양상과 변화가 신두호 시인의 주된 관심사라고 할 수 있는데, 다음 작품 또한 예외가 아니다.

베개와 머리 사이의 간극으로 출렁대는 꿈
수중에 잠겨 흔들리는 다발
우리는 단지 얼굴로 교환되길 바랐지만

해가 질 때마다
표정들은 눈을 가뒀다

슬퍼하는 사람이 오래도록 잠에 빠졌다
오래 잠드는 일이 슬펐기 때문에
푸른 목이 창백해질 때까지
꽃들은 화병 밖으로 각자의 고개를 떨어뜨렸다
화단이라는 무덤을 예감하면서
강이 마르는 소리를 보고 있었다

네가 보낸 밤들이 우리에게 늘 고비였다
강물 소리가 잠에 흘러들 때마다
우리는 백일하에 서로를 드러내곤 했다
나의 잠이 너에게 양도되는 순간 속에서

표정은 조화로 시들었다
시드는 일이 조화에게
오래 잠든 표정이 되었다
너의 상체가 서서히 일어나

느리게 돌아가던 얼굴이 정지하는 밤
머리 잃은 베개가 출렁거렸다
낯선 얼굴이 수면 위로 떠올랐다

　　　　　　　　　　　　—신두호, 「시든 조화를」 부분

상황에 대한 추상화가 과도하게 진행되어 있기에 시적 화자와 시적 인물인 "너"가 어떠한 관계를 형성하고 있는지 추론하기가 쉽지 않다. 하지만 이 시는 너라고 지칭되는 시적 인물과 시적 화자가 맺고 있는 관계와 그 관계의 변화를 보여주고자 하는 의도만큼은 분명하다. 추상적인 상황이나마 파편적인 흔적들을 통해 그들의 관계를 재구성해보면 다음과 같다.

시적 화자와 시적 인물은 "단지 얼굴로 교환되"는 관계를 원한다. 하지만 그들은 단지 얼굴로 교환되는 관계에 머물지 못하고 "표정"을 교환하는 관계로 빠져들고 만다. 여기서 얼굴은 표정과 대비되는 기표라는 점에 착안해 보면, 무표정한 것으로서 감정의 변화를 내포하고 있는 표정이 제거된 상태, 곧 표면적이고 형식적이며 무감동한 관계를 대변하고 있다. 반면에 표정은 그러한 얼굴과 대비되는 기표이며 희로애락의 감정이 각인되는 표상으로서 사적이며 정감적인 관계를 대변해준다. 따라서 얼굴로 교환되기를 바라는 시적 화자의 욕망은 현대인의 위악적인 모습으로서 정감적 관계를 회피하려는 심리적 기제를 표상해 준다.

하지만 얼굴로서 교환되기를 바라는 현대인의 욕망은 인간의 사회적 본성과 어긋나는 것이기 때문에 실현되기 어려운 것이다. 그래서 시적 인물들은 표정을 드러내고 그것들을 교환하게 된다. 하지만 진부해진 감정들의 교류는 그 생생했던 표정들을 "시든 조화"처럼 만든다. 이와 같은 관계의 변화를 "강"과 "잠"의 모티프가 대변해준다. 시적 전개에서 등장하는 "강"은 항상 마르고 있거나 잠 속으로 그 소리가 흘러들어 오고 있다. 그리고 "잠"은 슬픈 감정에서 촉발되는 사건인데, 그 사건은 "표정"을 "조화"로 시들게 만든다. 강이나 잠은 모두 생동감 있는 감정의 교류를 낡고 상투적인 것으로 만드는 요소라고 할 수 있는데, 그러한 요소들의 작용 결과 시적 인물들은 다시 "낯선 얼굴"이 되어 대면하는 관계로 변화하게 된다. 표정이 아니라 얼굴로 교환되기를 바랐던 처음의 욕망은 실패와 좌절의 과정을 거치면서 결국 실현되는 결과에 도달한 것이다. 이러한 관계의 변화는 현대인의 비극적인 인간관계의 한 양상을 보여주는데, 다음 작품은 그러한 비극을 더욱 노골화하고 있다.

만남 속에서 너와 나는 입장의 차이를 확인 한다
다른 만남에서 그것은 재확인되곤 했지
결국 남은 건 차이와의 결별이라는 생각이 들었다

네가 나에게 맞지 않는다는 걸 알려줘서 고마워
우리가 같은 생각을 하고 있었다는 것도
그것은 나의 노력 때문이었지
어쩌면 너의 노력일 수도 있겠지만

노력이란 끝없이 빗나가는 화살과도 같아서
우리가 각자의 방식으로 깨달은 걸지도
모르지 너의 입장은 아직 정리 되지 않았고
한 번도 명확한 관점을 지닌 적은 없었어
빗나간 화살이 과녁을 가지지 못한 것처럼
덜 익은 과일을 맛보는 일처럼

무슨 생각을 그렇게 하지

고민 하는 법은 당신에게서 배웠는데

흐려지고 텅 빈 순간으로 영원히 남는거지

앞으로는 절대 객관적일 수 없을

날아가던 화살이 허공에서 멈출

너무나도 많은 과녁이 네 주변에 세워질 것이다

누구의 노력도 아닌 화살들이 과녁에 명중 할 것이고

너는 지난 관점을 번복하거나 폐기할 것이다

내가 고민해 준 당신의 입장을

네가 부러뜨리고 간 화살들의 시간을

—신두호, 「객관적인 감정」 전문

이 시는 불확실한 감정적 태도로 인해 엇갈리기만 하는 만남에 대해서 이야기하고 있는데, "객관적인 감정"이라는 형용모순적인 제목이 암시하는 것처럼 객관적인 감정이 존재하기 어렵다는 점에서 조화로운 만남과 관계 형성의 불가능성에 대해 천착하고 있는 작품이라고 하겠다. 시적 화자가 보기에 모든 만남은 서로 완전한 합일에 도달한 만남을 이루기 어렵다. 나와 너는 항상 "입장의 차이"를 지니고 있기 때문이다. 상대방의 입장을 확인하려는 노력이 입장의 일치를 가져오지는 않는다. 상대방의 입장을 확인하려는 노력은 결국 차이만을 확인할 수 있기 때문이다.

시적 논리에 의하면 입장의 차이는 한 존재자가 완전히 정리된 입장을 가지기 어렵다는 점과 "명확한 관점"을 취하기 어렵기 때문에 발생한다. 시인은 이를 "빗나간 화살"의 비유를 들어 설명하는데, 상대방의 입장을 이해하려는 노력은 상대방의 입장이 항상 유동적이고 가변적이기 때문에 실패하기 마련이다. 그렇기 때문에 상대방의 입장을 이해하려는 노력은 빗나간 화살로서 결코 과녁에 도달할 수 없는 운명을 지니고 있다. 그리하여 두 존재자들의 만남은 항상 "흐려지고 텅 빈 순간으로 영원히 남"을 수밖에 없는 것이다. 그들이 흐려지고 텅 빈 순간으로 남을 수밖에 없는 이유는 "절대 객관적일 수 없"는 감정, 즉 주체의 순간적인 변화에 영향을 받을 수밖에 없는 감정 때문이리라. 그러한 감정은 관점과 입장의 변화를 초래하게 되는데, 그리하여 인간관계는 결코 합일에 이를 수 없게 되는 것이다.

4. 언어와 경험의 갱신을 위하여

김재현의 시적 언어에 대한 자의식, 그리고 신두호의 사람과 사물에 대한 만남의 경험에 대한 자의식은 매우 비극적인 내용으로 채워지고 있지만 충분히 참신하고 새롭다. 김재현이 시적 언어가 지닌 무의식적 성격이나 모험적이고 자율적인 성격에 대해서 주목하는 대목은 시적 언어에 대한 새로운 관점과 시각을 보여주기에 충분하다. 또한 시적 언어가 지닌 진부화의 압력에 대한 경계와 강박은 신인으로서 패기를 보여주기에 충분하다.

신두호의 만남과 관계라는 추상적이고 관념적인 주제에 대한 천착은 관념시의 새로운 장을 열어젖힐 수 있는 패기를 간직하고 있다. 순간의 미묘한 변화와 그 변화의 미세한 원인들을 추구하는 시적 몰입과 탄력적인 상상력이 경험의 새로운 국면을 펼쳐보이고 있다. 그러한 노력은 복잡하고 다원적인 가치관과 관심사에 몰두해 있는 현대인들의 파편적인 삶의 양식이 지닌 타인과의 만남과 관계가 기형적인 것일 수밖에 없음을 깊이 있게 파헤치고 있기도 하다.

하지만 이들이 형성하고 있는 시적 구도와 시적 전개는 매우 추상적이고 주관적인 것이어서 독자와 소통하는 데에 어려움을 겪을 것으로 예상된다. 김재현의 시적 구도에서 언어의 문제는 지나치게 비약적이고 요설적인 요소가 개입하여 그 문제의식을 명료하게 포착하기 어렵게 한다. 신두호의 관념에 대한 탐사는 시적 상황과 맥락에 대한 지나친 생략과 추상화가 시적 구도에 접근하는 것을 어렵게 한다. 이번에 새롭게 조망해본 두 젊은 신인들은 자신의 관심사와 문제의식을 어떻게 보편화할 것인지에 대해서 좀 더 고민할 필요가 있을 것이다.

새로운 세계의 가능성

— 배수연, 이재연, 이지호의 새로운 시선

1. 상상력이 펼치는 새로운 세상

항상 신인의 등장은 눈부시다. 그들의 등장이 눈부신 것은 그들이 새로운 언어를 통해서 미지의 새로운 세계를 열어젖히기 때문이다. 새로운 시인의 등장은 언어를 통한 새로운 세계의 탄생에 비견될 만큼 충격적이고 경탄스러운 현상인 셈이다. 이러한 맥락에서 신인의 존재 의의는 새로운 세계의 창출이라고 할 것이다.

새로운 세계를 창출하는 것이 쉬운 일은 아니다. 그래서 한 명의 신인이 탄생하기 위해서는 그토록 수많은 파지가 쌓이고 절망과 좌절의 시간이 필요한지 모른다. 독자적인 하나의 세상을 기존의 세계에 내놓기가 쉽지 않다는 것은 잉태의 불안과 출산의 고통에 대해 생각해 보면 쉽게 이해할 수 있다. 착상을 위한 입덧의 시간, 분만을 위한 고통의 시간을 생각해 보면 새로운 것의 탄생이 수많은 불면과 고통으로 시간으로 점철되어 있다는 것을 짐작할 수 있는 것이다.

언어를 통한 새로운 세상의 창출은 언어의 갱신을 전제한다.

관습적이고 규범적인 언어에 틈과 균열을 만들어 기존의 질서를 흩트리는 것, 그래서 새삼스럽게 형성된 혼란을 수습하면서 새로운 질서를 창출하는 과정이 필요하다. 기존의 질서를 의문에 붙이고 애써 혼란을 창출하기에 시인들의 방법적인 노력이 필요하다. 공고하게 보이는 기존의 질서에 균열을 내고 해체하여 새로운 질서를 구축하기 위해서는 전략적이고 방법적인 접근을 해야 한다는 것이다.

기존의 세계에 대한 방법적이고 전략적인 접근이란 관점의 변경을 뜻한다. 기존에 없었던 새로운 관점의 형성을 통해 기존의 질서를 일그러뜨리고 새로운 질서를 형성하는 것이 필요한 것이다. 언어를 통한 관점의 갱신이라 다양한 층위의 시도가 가능할 것이지만, 무엇보다 새로운 세계관과 상상력을 통해서 세계를 포착하는 것이 핵심이 될 것이다. 새로운 언어란 그러한 세계관과 상상력의 갱신을 통해서 탄생할 것이며, 이때 새로운 언어란 세계를 새롭게 포착하는 그물망에 비유할 수 있을 것이다.

독일의 언어학자 훔볼트는 '에네르게이아(Energeia)라는 개념을 가지고 낭만주의적 언어학의 새로운 개념을 설명한 바 있다. 언어란 죽어 있는 작품, 혹은 에르곤(Ergon)이 아니라 의미를 생산하는 역동적인 활동성으로, 그리고 언어란 내적 정신활동을 통해서 세계를 사상의 표현으로 바꾸어 놓는 변형 능력으로 정의하고 있는 것이다. 이 때 모든 언어는 각각의 고유한 세계관을 가지고 있으며, 따라서 언어가 서로 다르다는 것은 단순하게 두 언어의 소리나 기호가 다른 것이 아니라 세계관 그 자체의 다른 것을 의미한다. 훔볼트에 의지할 때, 언어의 갱신은 세계관의 갱신을 의미하며, 세계관의 갱신이란 세계에 대한 해석의 갱신을 동반하는 정신활동을 의미하는 것이다. 세계관과 언어의 갱신을 위해 투신하고 있는 신인들의 모험적 세계로 들어가 보자.

2. 감각이 열어젖힌 과거, 혹은 환상

「북해」 등의 작품을 발표하며 2013년 ≪시인수첩≫을 통해 등단한 이래 활발한 활동을 해오고 있는 배수연은 무엇보다 감각을 통해 새로운 세계를 창출하고 있다는 점이 인상적이다. 기존의 질서에 균열을 내고 새로운 세계를 창출하기 위한 방법적 시도가 배수연에게는 감각인 셈이다. 감각 중에서도 특히 미각과 촉각 등의 직접적 접촉에 의한 강렬한 자극을 지닌 감각들이 그녀가 사용하는 새로운 세계의 재료들이다. 감각에 의해 재구성된 배수연의 세계는 실제로 경험했던 유년 시절이더라도 환상이나 꿈의 세계와 같은 독특한 색채를 지니게 되는데, 감각이라는 특정한 기제에 의해 재구성된 것이기에 그것은 불완전하지만 특이한 세계를 보여줄 수밖에 없는 것이다. 예를 들면 이런 식이다.

겨울이 되면
이유 없이 몸에 멍이 드는 이유가 뭘까

나는 입가에 묻은 과자 부스러기를 따르르 핥았어
부스러기는 짜고 날카로워 그럴 때마다 언 뺨에 따가운 홈을 냈지
나는 눈을 감고 피자 맛 스프를 음미했어
국은 먹어도 찌개는 짜서 먹지 않는다던 미녀 스타와

뉴스에서 보았던 할아버지가 생각나
할아버지의 방은 벽마다 실금이 져서 바깥 온도보다 더 낮았고
리포터는 흥분한 목소리로 측정기를 카메라에 갖다 댔지
그 후로 나는 냉장고 문을 열 때마다
냉장실 칸막이를 치운 채 쭈그리고 앉은 할아버지를 봐야 했어

—배수연, 「찬비」 부분

　　시인이 찬비에 의해 몸에 멍이 들었다고 할 때, 독자들은 찬비가 몸에 멍이 생기게 하는 과정에서 발생시키는 선득한 감각을 생생하게 떠올린다. 또한 이 시에는 "짜고 날카로운" 과자 부스러기의 맛, 언 뺨에 홈이 날 때의 "따가운" 감촉, 스프의 "피자 맛", 찌개의 짠 맛 등의 다양한 미각과 촉각의 감각들이 시적 공간을 가득 채우고 있다. 대체로 이러한 감각들은 짜고 날카로운 감각으로 수렴되고 있는데, 그러한 감각들은 다시 차가운 감각과 결합하여 '찬비'와 '냉장고', 그리고 냉장실과 같은 차가운 방에서 생활하는 할아버지의 이미지와 계기적으로 연결되고 있다. 감각들의 연쇄에 의해 시적 공간이 이미지들로 채워지고 있는 셈인데, 주로 촉각적이고 미각적인 감각의 연쇄가 시적 공간에 어떤 질서를 부여하고 있는 셈이다. 감각의 질서는 유년의 기억의 공간을 재구성하기도 한다.

　　나는 우리 반 회장이고 정육점 집 딸이다
　　학기 첫날 담임선생님이 자기가 채식주의자라고 소개했을 때 내 오소리 같은 심장이 두근거렸다 학부모 총회에 못 나오는 엄마는 갈색 소스가 흐르는 싸구려 햄버거를 배달시켜 아이들 입에 넣어주었다 창가에는 남

자 회장이 가져온 베고니아의 똥꼬에 수술이 저 혼자 길게 자라났다 틈만 나면 손을 씻고 크림을 바르는 담임선생님의 손등에서 풍기는 아, 저 오렌지 냄새…… 엄마가 잘라주는 오렌지에는 고기 자르는 쇠칼 냄새가 났다 나는 오렌지 냄새가 너무 좋아서 두꺼운 오렌지 껍질을 온몸에 문질렀다 벗겨져 바닥에 마구 흐트러진 오렌지 조각들과 눈이 마주쳤을 때의 저릿한 슬픔, 토도독 내 홍채의 알갱이들이 터지며 눈물이 흐르는 것을 혀로 맛보았다 엄마가 쓰는 쇠칼의 씁쓸하고 비린 쇠 맛이 나는

어머니 표 오렌지를 생각만 해도 오렌지 살처럼 부푸는 내 가슴과 하얀 속껍질처럼 갑갑한 속옷 아래로 빽빽해지는 음모들, 담임선생님은 턱밑까지 스타킹을 올려 신고 가짜 속눈썹 아래로 일쑤로 미소를 흘린다 뻘건 닭국물을 퍼주며 찌푸리던 선생님의 표정과 나보다 키가 작은 남자아이들이 머저리처럼 그것을 핥아 먹는 점심시간, 서로의 다리 사이를 후비며 바짓가랑이 아래로 흐르는 베고니아 똥꼬의 유혹에 실내화가 물든다 나는 커서 엄마가 될지 담임이 될지 알려주지 않는 창문 밖으로 내리는 황사 섞인 단비를 내다본다 세상은 온통 탁한 오렌지, 오렌지빛 줄무늬 교복을 입고 있었다

— 배수연, 「오렌지빛 줄무의 교복」 전문

다양한 감각의 세계가 유쾌하지 않았던 유년의 세계를 복원해내고 있다. 이 시에는 담임 선생님의 손등에서 풍기던 크림 냄새, 혹은 오렌지 냄새를 비롯하여 엄마가 사준 갈색 소스의 햄버거 맛, 그리고 "빨간 닭국물" 맛 등으로 감각의 향연이 펼쳐지고 있는데, 이러한 감각들은 정육점을 하는 어머니가 고기 자르는 쇠칼로 썰어준 오렌지에 배어 있던 "씁쓸하고 비린 쇠 맛"을 부각시키는 역할을 한다. 엄마가 정육점에서 고기 장사를 하는 딸

의 입장에서 재구성된 유년의 삶은 그 오렌지에 배어 있는 쇠칼 냄새에 집약되어 있다.

달콤하고 새콤한 오렌지의 맛에 배어 있는 비리고 씁쓸한 쇠칼의 맛은 어딘지 조화를 이루지 못하고 겉도는 듯한 인상을 준다. 달콤하고 새콤한 맛에 대한 기대를 배반하는 듯한 돼지고기의 비릿한 맛과 쇠의 씁쓸한 맛은 꿈 많고 순수하고, 낭만적이어야 할 유년 시절이 낯선 감각들의 침입으로 인해서 더럽혀지고 훼손된 세계의 이미지를 구축하고 있는 것이다. 그리하여 시적 화자의 유년은 "황사 섞인 단비"와 같이 칙칙하고 오염된, 혹은 "온통 탁한 오렌지"와 같이 퇴색한 시절로 재구성되는 것이다.

물론 이러한 세계가 아름답거나 환상적이지는 않다. 그러나 미각과 후각에 의해 구축된 이러한 세계는 구체적인 실감을 가지고 독자들에게 육박해 온다. 이처럼 감각에 의해 재구성된 배수연의 유년 세계는 연대기적 서술이 이룰 수 없는 실감으로서의 세계를 구축해주고 있는 것이다. 시인은 「서 있는 잠」에서 몽환적인 꿈속의 세계를 그리고 있는데, 이처럼 감각으로 구축된 세계가 꿈속까지 침입할 수 있다면, 구상적인 환상의 세계가 구축될 수 있을 것이다.

3. 알레고리, 혹은 고립된 도시의 세계

2005년 전남일보 신춘문예에 당선되어 문단에 나온 이재연은 2012년 '오장환 문학상 신인상'을 수상하는 등 그 가능성과 역량을 인정받고 있는 시인이다. 기본적으로 그녀의 시적 발상을 추동하는 것은 고립된 도시 혹은 폐쇄된 성채 속에서 단절된 채 메마른 삶을 영위하고 있는 도시인들의 삭막한 정서이다. 외부와 단절된 고립된 도시는 하나의 소우주를 형성하는데, 그 소우주는 퇴락하고 있으며 점점 생명력을 고갈당해 몰락하고 있지만, 어디에서도 구원의 가능성은 발견할 수 없다. 진퇴양난의 딜레마에 빠져서 말라죽는 생명체처럼 하루하루 쇠약해져 가고 있는 세계가 이재연에 의해 새롭게 구축된 도시라는 세계이다.

그런데 이재연이 신작을 통해서 구축한 도시라는 폐쇄적 공간에는 성(城)으로 둘러싸여 있으며, 왕과 나팔이 등장하는 등 중세적인 장원의 구조를 떠올리게 한다. 즉 영주와 농노로 구성되어 있던 자족적이고 폐쇄적인 하나의 공동체였던 중세적 삶의 공간을 환기하고 있는 것이다. 그렇기 때문에 이재연의 신작들은 중세의 성을 중심으로 한 공동체적 삶에 빗대어 현대사회의 불모성을 비판하고자 하는 하나의 알레고리로 읽을 수 있다. 알레고리라는 방법론적 기교를 통해서 이재연은 오늘날 우리가 도시에서 사는 모습을 현대인들에게 명증하게 보여주기 위해 새로운 가공의 세계를 구축하고 있는 셈이다. 그 세계의 모습은 다음과 같다.

성城을
천천히 덮어 나가던 회색은
완전히 다른 회색이 되었다
바삐 달려가는 회색도 있다
바쁘게 걷는 일 자체가 일인 사람도 있다
나의 걸음이 넘어질 뻔했다

회색은 불편하다 불편한 이름을 가지고

예전으로 돌아갈 수는 없겠다 돌아갈 수 없는

이름에 갇힌 이야기는 어두워지겠다 먼지가 되어 가라앉겠다

지금 혼자라면 두렵고 떨리는 밤이다

잡히지 않는 이 기운을 무한히 쫓아

하늘과 나무와 사람사이에서

어제도 한 것이 없다

오늘도 특별하게 한 것이 없다

그럼에도 식욕은 왕성하여 누군가 나를 잡아갈까 두렵다

이곳의 공기, 이곳의 가난, 조금만 기다려 본다

기다리는 자들의 방식에는

스스로를 바꿀 수 없는 피로가 모여 있다

모여서 아무것도 아닌 것은 없지만

이 뻔한 단자들 실패들, 다시 시작해야 하는

집에는 이미 아무도 없다

끝없이 공중을 향해 기어오르는

딱딱한 언어와 언어들이 쌓아올린 침묵 속에서

누군가 멈추지 않고 매달려 얻은 사색과 의지로

입을 벌리고 크게 소리친들

문을 닫고 사사로움에 안겨 있는 자들을 불러 낼 수 있겠는가

단단한 층위에 붙들려 있는 생각을 흔들 수 있겠는가

속내를 드러내지 않는 얼굴을

견딜 수 있겠는가

하지만 아무도 봐주지 않는

나의 방식은 나를 버리지 못하는 방식이다

심장이 빨리 혹은 천천히 뛰길 바란다

다만 공정하게 뛰길 바란다

　사라지지 않는 모순, 낮잠, 무어라 말을 해야 할지 모르겠다 당신은 왜 늦은 저녁에 혼자 있는 것이요 할 일이 없어서 혼자 있는 것입니다 밤늦게 귀가하는 학생들은 언제 꿈을 꾸는가 의자에 앉아 졸다가 꿈을 꾼다고 한다 그동안 높은 성과 왕의 입을 뚫어지게 바라보았다 가끔 발코니에 나타나는 왕의 옷자락은 너무 오래 되었다 기대를 버린 지가 오래되었다

　나팔은 눈을 감은 지가 오래되었다

—이재연, 「눈 감은 나팔」 부분

　좀 장황하게 인용해 보았지만, 이재연 시인이 구축한 성곽의 도시를 이해하는 데에는 많은 도움이 된다. 성으로 둘러싸인 도시는 회색빛으로 물들어 있다. 안개가 자욱이 덮인 듯한 께느른한 도시의 삶의 풍경과 탈출구 하나 없이 꽉 막힌 데서 야기되는 우울하고 답답한 시적 정서가 사소한 에피소드와 이미지들을 통해서 묘사되고 있다.

　도시를 가득 채우고 있는 회색빛 자체가 무미건조한 도시적 일상을 대변해주고 있다. 그곳에서의 삶은 "어제도 한 것이 없"고, "오늘도 특별하게 한 것이 없"는 지루하고 단조로운 일상의 연속일 뿐이다. 그리하여 도시에서의 삶은 항상 "가난"하고, "실패"가 다반사이며, "피로"가 누적되기 마련이다. 그러한 삶의 형식이 자리잡게 된 계기가 무엇이고, 원인이 무엇인지는 모르기 때문에 "예전으로 돌아가"고 싶어도 그럴 수 없다. 도시에서의 삶의 모습은 "먼지가 되어 가라앉"는 침몰과 몰락의 과정일 뿐이다.

　모래알과 같은 무기력한 구성원들의 모임이기에 집단적 노력을 통한 개선의 여지도 차단되어 있다. 성에서 개인들은 모두

"단자들"에 불과하며, 그들이 개인적으로 "사색과 의지"를 통해 어떤 깨달음을 얻었다고 하더라도 "문을 닫고 사사로움에 안겨 있는 자들을 불러 낼 수"는 없다. 그들 개개인은 모두 개인적인 욕망과 편견에 사로잡혀 있기 때문에 공공의 문제에 대해서 서로 지혜를 모을 수 없는 것이다. 그들에게 진정한 꿈이 있는지도 의문이지만, 그들의 꿈을 실현시켜 줄 왕은 너무 늙어 무기력하기만 하다. 왕이 성의 모든 문제를 해결해 줄 것이라는 믿음 또한 오랜 좌절과 절망으로 인해서 희미해지고 있다. 그리하여 성의 권태롭고 무기력한 삶을 역동적인 삶으로 전화시켜줄 도시의 "나팔"은 "눈 감은 지가 오래되었다"는 결론에 도달하게 되는 것이다.

이 밑도 끝도 없는 도저한 허무와 무기력증이 어디에서 연유하는지를 모르기 때문에 독자들은 더욱 답답하다. 하지만 시인은 그 뿌리를 보여주지 않고 의식에 포착된 권태로운 일상의 모습만을 펼쳐 보일 뿐이다. 알레고리라는 기법이 원래 작가의 임의적이고 우연적인 비유적 구도에 의존하고 있다는 점을 생각해 보면, 시인의 의도를 짐작해 볼 수 있다. 현대사회의 도시적 삶이란 너무 광활하기 때문에 그 곳에 사는 사람들의 인식망에 포착될 수 없다는 것, 그리고 어떤 사태와 사건의 원인과 동기를 분명히 구분할 수 없다는 것, 그렇기 때문에 그 속에서 삶의 행로를 찾는 것은 미로에서 길 찾기와 유사한 성향을 지닌다는 것 등의 다양한 의미를 탑처럼 쌓아 놓고 있는 것이다. 하지만 뿌리에 대한 천착이 전혀 없는 것은 아니다.

누가 움켜잡고 있는 이 운명의 뿌리를 파헤칠 수 있다는 것인가

갑자기

다리를 쭉 뻗은 당신은

죽은 부왕을 골똘히 생각한다

죽은 부왕을 떠나 본적이 없다

혼자서 주문을 외운 후, 땅을 허물고 아침을 기다린다

가난한 자들은 돼지껍데기를 태우며

허물어진 밤의 추위를 견딘다

다른 성격, 다른 슬픔, 몇 개의 계단을 밟으며 비틀거리다

돌아서면 완벽하게 흩어진다

오직 그것뿐이다

당신은

파묘를 하고

부왕을 만난 후

손을 씻지 않고 잠든 날 밤의 아침에 어디도 가지 못할 것이다

거기에 붙잡혀 있을 것이다

굴혈 속에 잠드는 여우가 손등을 긁으며

슬피 우는 밤에

산 자도 죽은 자도

얼굴을 맞대고 서로

공허해질 것이다

　　　　　　　　　　　　　　　　—이재연, 「파묘의 아침」 부분

"주문", "부왕" 등의 언어들이 중세적 현실을 대변해주고 있

다. 역시 알레고리의 방식으로 시적 전개가 이루어지기 때문에 파묘를 하는 동기나 목적 등에 대해서 명료히 추론하기는 어렵다. 하지만 맥락상으로 그것은 자신을 "움켜잡고 있는 이 운명의 뿌리를 파헤치"기 위한 목적에서 추동되고 있음을 짐작할 수 있다. 과거의 시간으로 거슬러 올라가 현재의 운명의 뿌리를 파헤쳐보고자 하는 동기가 작용하고 있는 것이다.

하지만 시적 공간의 곳곳에 편재해 있는 비관적 전망처럼 그것은 쉽사리 이루어질 목표가 아니다. 이 도시에서 살아가는 가난한 사람들은 어둠과 추위를 견디고 아침이 되면 서로 "다른 슬픔"을 안고서 뿔뿔이 흩어질 뿐이기 때문이다. 애초부터 그들에게 공통의 목적과 공통의 선이란 존재하지 않았는지 모른다. "부왕"의 존재에서 탈출구를 모색하는 시적 등장인물인 "당신" 또한 어떤 실마리를 발견하기는 어렵다. 그는 항상 부왕에게 붙잡혀 있지만, 그것은 과거에 대한 집착과 강박관념만을 보여줄 뿐 현실적 문제해결의 실마리를 마련하지 못한다. 모든 것이 주문과 신비에 휩싸여 있는 상황에서 삶의 부조리를 파헤칠 건전한 시민적 이성이 설 자리를 마련하지 못하고 있는 것이다. 인용된 시의 마지막 부분에서 "산 자도 죽은 자도/얼굴을 맞대고 서로/공허해질 것이다"라는 구절은 과거와 현재의 단절을 뼈아프게 지적하고 있으며, 전통과 현대가 매개항을 발견하지 못하고 모래알처럼 분열되어 있는 모습을 통해서 도시적 삶의 불모성을 강조하고 있는 것이다.

이재연의 페시미즘, 혹은 니힐리즘은 탈출구 없는 삶의 공간에서 현대인이 직면하게 되는 무기력증과 폐쇄적 감각에서 야기된 것으로 보인다. 이재연이 보기에 현대인은 모래알과 같은 파편화된 존재로서 살아가고 있으며, 그들을 연결해줄 어떤 매개항들은 발견되지 않는다. 과거와 현재의 관계 또한 그와 같이 단절과 분절의 양상을 보이고 있는 바, 그것의 원인은 과거와 현재의 연속성을 담보해 줄 계기와 매개의 부재라고 할 수 있다. 이재연은 알레고리의 방법적 전략을 통해서 이와 같이 분열되고 폐쇄되어 있는 현대인의 삶의 조건과 거기에서 야기되는 현대인의 삶의 감각을 통해 암울한 묵시록적 세계를 창출하고 있다.

4. 결핍과 부재, 혹은 직관적 인공의 세계

2011년 창비신인상을 통해 문단에 나온 이지호 시인은 기본적으로 현실에 대한 탄탄한 인식을 바탕으로 기발한 상상력의 발산을 통해 독특한 세계를 구성해내고 있다. 그녀는 현실의 결핍과 왜곡에 대해서 예민한 촉수를 가지고 있으며, 그래서 현실의 이지러진 부분에 대해 날카로운 감각으로 포착하여 그것을 형상화하는 재주를 지니고 있다. 또한 이지호 시인은 현실에 대한 직관적 인식이 뛰어나서 현실의 실체에 대해서 매개 없이 육박해 들어가 그 본질을 끄집어내는 통찰력을 지니고 있다. 그리하여 그녀의 시는 직관의 날카로운 인식과 비판적 정신이 서로 맞물려 현실의 부조리를 산출한 근원을 끄집어내어 보여주며 인공적인 세계의 재구성을 통해 그러한 문제의 의미와 파장에 대해서 생각하게 한다.

이러한 작업을 할 때, 시인이 의지하는 방법적 전략은 부재와 결핍을 환기하는 것이다. 시인은 현실을 냉철하게 판단하고 그것의 잘못된 상황과 왜곡된 질서를 비판하고자 하는데, 그럴 때 가장 중요하게 등장하는 기제가 결핍과 부재에 대한 직관이라고 할 수 있다. 현실에 있어야 할 것이 없는 상황, 어떤 요소의 부재로 인해서 야기된 현실의 혼란과 무질서 등을 표나게 내세우면서 시인은 일그러진 현실에 대한 독자의 관심을 환기한다.

일본, 후쿠시마

2020년 올림픽이 열린대요
안 먹는 고등어를 외국 선수들이 와서 먹는대요
엄마는 아침마다 내 얼굴을 살피고
동네 형은 밖에 나오지 않아요

동화의 촌수로 우리는 친구래요
친구의 살갗 포옹을 기억해요
즐거울 때 먹으면 매운맛도 뒤끝이 달다고
맛없음은 밥상의 무게래요

엄마와 자주 가던 어시장이 텅 비었어요
어제의 북적임은 동화속으로 들어갔어요
후쿠시마와 어울리지 않는 노래는 부르지 않을래요

시장에서 수산물을 찾을 수 없어요
　　　　　　　　　　　　—이지호, 「다국적 밥상」 부분

일본의 후쿠시마 원전 사고가 몰고 온 파장이 우리나라를 비롯해 전세계에 미치고 있음을 고발하고 있는 시의 일부분이다. 시적 상황 전개를 쫓아가 보면, 후쿠시마 원전 사고 이후 우리 사회는 부재와 결핍으로 인해서 전혀 다른 사회로 돌변해 있다. 바닷물에서 나는 고등어를 먹지 않게 되고, "엄마는 아침마다 내 얼굴을 살피"며 내 안부에 대해서 전전긍긍하게 된다. 어찌된 일인지 알 수 없지만, "동네 형은 밖으로 나오지 않"고, "친구의 살갖 포옹"은 이제 기억 속의 일이 될 정도로 그 유대감이 희미해져 있다. 밥상은 무거운 침묵으로 일관하고 있으며, 맛없는 밥상이 일상화되고 있다.

이처럼 부재와 결핍, 혹은 불안과 초조가 시적 공간을 지배하게 된 것은 물론 후쿠시마 원전 사고의 영향 탓이다. 그로 인해서 "어시장이 텅 비"게 되고, "시장에서"는 더 이상 "수산물을 찾을 수 없"게 된 것이 결핍과 불안이 만연하게 된 메커니즘인 셈이다. 시인은 이와 같은 결핍과 불안을 극대화하고자 "동화"의 모티프를 활용한다. 더 이상 찾아볼 수 없는 시장의 "북적임", 혹은 밥상의 활기를 시인은 "동화속"의 일처럼 말함으로써 후쿠시마 사건 이전 평범했던 일상이 얼마나 가치 있고 소중한 것이었는지, 그리고 사건 이후의 일상이 얼마나 삭막하고 냉혹한 것인지를 강조하고 있다. 이와 같은 부재와 결핍의 심화는 인간의 삶에 변화를 초래할 뿐 아니라 자연의 풍경까지 바꾸어버리기도 한다.

붓을 세웠다 미물이 먼저 와 있었다

쏙 잡는 노인 곁에서 한참을 보았다

갑각류 절지 미물도 붓을 넣으면 문다

어떤 무학의 한이 붓을 탐하게 하는지 알 길 없지만

남해 갯벌, 몸체 초서가 가득하다

머리에 먹물 가득 찬 선비가 서울에서 내려왔다

죄의 무게는 파벌의 기울기에 얹혀있고 당쟁은 모의의 먹물 줄기에서

나온다

몸 하나 숨기는 구멍이 영역의 전부인 쏙

넣었다 뺐다 성질을 건드린다

선비의 의중이 붓을 들듯 숨구멍마다 물이 차면

먹물 냄새를 맡고 붓을 잡는다

붓 하나로 한 영역을 낚아 올릴 수 있는 비결이 촌부에까지 이르렀다

문자가 궁금해 덥석 무는

숨구멍마다 미물의 글이 깨알같이 적혀있다

아침 갯벌, 수백 장의 전지가 펼쳐져 있다

물에 풀어지는 문자들

새로운 초서가 성학집요로 읽힌다

―이지호, 「소통」 전문

　　"무학의 한"이 빚어내는 풍경은 그것의 결핍을 보충하기 위
한 노력의 모습이겠지만, 결과적으로 자연의 갯벌을 온통 문자
들로 가득 차게 한다. "쏙"이라는 절지동물을 붓으로 낚시하는
장면을 보면서 시인은 쏙이라는 미물이 "무학의 한"으로 인해서

"붓을 탐하게" 되었다고 해석한다. 이러한 해석은 우리 사회의 문자에 대한 강박관념, 혹은 학벌에 대한 본능적 충동을 과장하여 해석한 것으로 이해할 수 있지만, 그러한 무학의 한은 남해의 갯벌을 "몸체 초서"로 가득 차게 한다. 물론 여기서 "몸체 초서"란 '쏙'의 몸체를 한자의 서체인 '초서'에 비유한 것이지만, 시인이 그것을 굳이 문자로 해석하고 있는 것은 시인이 속한 사회가 지닌 욕망의 모습을 대변해준다고 하겠다.

문자에 대한 강박관념이 지배하는 사회, 혹은 무학의 한이 지배하는 사회는 모든 현상을 문자화하려는 충동을 지닐 수 있다. 이러한 상황은 "몸 하나 숨기는 구멍이 영역의 전부인 쏙"이 먹물 냄새를 맡고 붓을 잡는 행동을 통해 확인된다. 그리하여 "붓" 하나만 있으며, "한 영역을 낚아 올릴 수 있는 비결"이 만연한 현상이 발생하게 된다. 그리고 결과적으로 수많은 구멍으로 점철되어 있는 갯벌은 붓을 무는 미물들의 몸체 초서라는 깨알 같은 글로 가득 차게 된다. 그리하여 남해의 아침 갯벌은 "수백 장의 전지"처럼 펼쳐지고 거기에는 무학의 한을 지닌 미물들이 만들어내는 깨알 같은 문자의 향연을 이루게 되는 것이다. 시인은 이러한 갯벌의 모습을 "성합집요"라고 하여 유가의 정치적 이념을 집대성한 책으로 해석하고 있거니와 이러한 해석의 밑바닥에는 미물과 같은 민초들의 삶에 대한 관심이 자리 잡고 있다고 하겠다.

남해의 아침 갯벌을 전지에 써진 수많은 초서의 세계로 이해하는 시인의 발상과 상상력이 참신하고 기발한 데가 있다. 이러한 인공적 세계란 시인이 생각하기에 수많은 무학의 한을 지닌 미물들, 혹은 농부들과 어민들의 한과 욕망이 그려낸 새로운 세상이라는 점에서 그 발상과 사유의 깊이가 놀랍기만 하다. 비록 시적 전개 과정에서 문자란 죄와 당쟁의 원인이기도 하다는 문제제기가 없는 것은 아니지만, 못 배운 자들의 문자와 학문에 대한 갈망이 남해의 갯벌을 초서들의 향연, 혹은 "성학집요"의 책이라는 새로운 세계로 변용시키는 과정을 읽어내는 시인의 직관이 빛을 발하고 있다.

5. 또 다른 세계의 개화를 위해서

지금까지 살펴본 것처럼 신인들의 발상과 상상력은 개성으로 넘치고 있으며, 참신하고 기발하다. 미각과 촉각 등의 감각적 재료로 활용해서 그려내는 배수연의 새로운 경험과 새로운 세계의 구축은 매우 독특하면서도 구상적인 실감을 주고 있다. 알레고리를 매개로 해서 탈출구 없는 현대사회의 도시 문명의 폐쇄적이고 삭막한 일상을 그려내는 이재연의 중세풍의 도시 세계는 매우 그로테스크하면서도 기괴하다. 가장 일상적인 현실 세계에 발을 딛고 있는 이지호의 시적 모험 또한 결핍과 부재로 점철된 현실을 직관을 매개로 해서 설득력 있는 인공의 세계를 구축해 놓고 있다.

하지만 배수연이 새롭게 구축하고 있는 세계는 너무 주관적이거나 특수한 세계에 치우쳐 있어 독자들의 참여를 머뭇거리게 한다. 즉 그녀가 구축하고 있는 감각의 세계는 시적 주관의 일방적이고 일회적인 체험에 국한되어 있어서 독자들이 보편적인 감흥이나 의미로 포착하는 데 어려움을 겪게 하고 있는 것이다. 감각의 결을 살리면서도 얼마나 독자들과 그 체험을 공유할 수 있는가 하는 것이 배수연의 과제인 듯하다.

이재연이 구축하고 있는 현대 도시의 삭막한 풍경들은 알레고리적 기법으로 인해서 중세적인 신비함을 보이기도 하고, 계보학적 의도를 내포하고 있는 듯도 하지만 현상학적 지향만이 분명하게 드러날 뿐 그 세계의 구상적인 모습이 감각적으로 살아있지 못하다. 이재연이 구축한 도시의 성곽은 폐쇄적이고 자족적인 것이어서 그것이 외부와 어떻게 연결되어 있으며, 어떻게 소통할 수 있는지를 애초부터 차단하고 있다는 점에서 자폐적이다. 자폐적 공간에서 펼쳐지는 시적 전개과정은 분석적이고 논리적인 시적 구도가 우세하여 감각의 질감이 떨어지기 때문에 담론의 수준으로 떨어질 위험성도 있다. 이러한 위험에서 벗어나는 것이 이재연의 과제가 될 듯하다.

이지호의 직관적 인식과 본질에 대한 통찰은 매우 심오하고 참신한 가치를 지니고 있다. 하지만 그녀가 구축한 인위적 세계는 인간의 욕망에 충실한 세계로서 현실의 논리가 너무 자명한 것으로 전제되어 있다. 자명한 현실 논리는 상상력의 폭을 제약하고 시적 영역을 애써 한정하는 결과를 초래할지 모른다. 이지호가 보이는 현실에 대한 결핍과 부재에 대한 관심은 계몽주의적 색채로 흐를 수 있는 위험성도 지니고 있다. 이와 같은 함정과 위험성에서 벗어나는 것이 앞으로의 과제가 될 것이다.

광기(狂氣), 혹은 섬세한 극단의 세계

— 김진규, 이병철, 이영재의 새로운 시선

1. 폐인, 마니아, 광기(狂氣)

신인들의 새로운 발상이 눈이 부시다. 신인들은 한국문학사에 새로운 시각을 가져온다는 점에서 한국문학사에 균열을 마련하고, 그 균열을 통해 새로운 지형도를 완성하는 존재라고 할 수 있다. 하나의 새로운 시각은 지각변동을 일으키기도 하고, 미미한 잔상으로 마무리되기도 하지만, 하나의 가능성이라는 점에서 적극적으로 평가될 필요가 있다. 하나의 성공은 무수한 실패를 딛고서 일어서는 것이기 때문이다.

요즘 유행하는 말로 "폐인"이라는 말이 있다. 원래는 병 따위로 몸을 망친 사람이거나 쓸모없이 된 사람을 지칭하는 용어인데, 요즘 젊은이들의 감각으로 이러한 의미 규정은 "폐인"의 정확인 의미를 해명해주기 어렵다. 폐인은 최근에는 어떤 것에 중독되어 일상생활에 심각한 지장을 받는 사람을 의미하는 말로 사용되고 있다. 폐인이라는 말은 과거에도 사용되었으나 이 말이 사람들 사이에 회자되기 시작한 것은 디지털카메라 동호회 사이트 디시인사이드에서 이 사이트의 열혈 이용자들을 '디시

폐인' 또는 '페인'이라 부르면서부터라고 한다. "게임 폐인", "다모 폐인" 등에서 알 수 있듯이 어떤 영역이나 분야에 극단적으로 심취하여 몰입하는 경우를 지칭하고 있다.

신조어인 폐인은 기존의 외래어인 "마니아(mania)"나 한자어 "광기(狂氣)"와 가장 유사한 의미자장을 지니고 있다. 마니아란 어떤 한 가지 일에 열중하고 있는 사람이나 특정 분야에 몰입하는 사람을 지칭하는데, 어원은 그리스어로 '광기'라는 뜻이라고 한다. 광기라는 말은 상식과 대립되는 어휘로서 일반적인 생각이나 행동에서 벗어나는 경우를 가리킨다. 폐인, 마니아, 광기 등은 일반적인 통념과 상식에서 벗어난 극단의 세계를 대변해주고 있다.

어떤 분야나 영역에 대해 폐인이 되는 경우 삶의 균형 감각을 유지하기 어렵다. 특정 분야에 과도하게 무게중심이 쏠리기 때문에 다른 분야에 대한 적절한 고려와 균형을 유지하기 어렵기 때문이다. 따라서 폐인은 지나친 편향성으로 인해서 원만한 사회관계가 어려울 수 있다. 또한 폐인이 된다고 해서 그것이 생산적으로 작용하리라는 보장도 없다. "게임 폐인"의 경우 얼마나 게임의 생산성과 게임 산업의 발전에 긍정적으로 기여할 수 있을지에 대한 판단을 하기 어렵다. 폐인은 과도하게 소비적이고 소모적인 일면을 지닐 수 있는 것이다.

따라서 폐인의 생산적 조건에 대해 고려해보는 것이 필요하다. 마니아, 광기는 과도한 쏠림 현상으로 중용의 도를 실천하기 어렵다. 그렇다면 그것이 지닌 미덕은 전인미답의 극단적 세계에 대한 탐험을 통해 미지의 세계를 개척하는 것일 수 있다. 새로운 세계의 발견과 구축은 방종과 안일의 그것일 수 없다. 시인의 상상력이 편향적인 일면을 지니고 극단적으로 밀어붙이면도 그것에 대한 일정한 질서와 형식을 부여할 수 있는 절제가 필요한 것이다. 따라서 광기의 생산적 조건은 극단과 절제라는 역설적인 두 요소가 조화를 이루는 것일 수 있다. 그리고 무엇보다 시적 세계에서 새로운 미지의 영역을 개척하기 위해서는 섬세한 감각과 관찰, 그리고 미묘한 생의 기미에 대한 예민한 촉수가 필요할 것이다. 섬세하고 세밀한 관찰과 묘사가 없는 극단은 항상 파괴적 일탈로 전락할 위험성을 지니고 있기 때문이다.

이번에 새롭게 살펴볼 신인들의 새로운 발상과 극단적인 상상력은 경이롭다. 그들은 각각 자신들만의 편향적인 시각을 극단화해서 그것을 끝까지 밀어붙이고 있으며, 세밀한 감각과 관찰을 통해서 거기에 일정한 형식을 부여하고 있다. 이러한 극단의 발상과 섬세한 시각은 그들에게 개성적인 색채를 부여하고 있다. 신인들은 극단적인 상상력의 추구와 세밀한 관찰을 통해 많은 평론가들이 그토록 신인들에게 당부하곤 하는 요구사항인 개성을 실현하고 있는 것이다. 그들의 새로운 세계로 들어가 보자.

2. 생의 미묘한 순간, 파편화된 몸의 언어를 통한

2014년 한국일보 신춘문예에 시 「대화」가 당선되어 문단에 나온 김진규는 세심한 관찰력과 풍경을 감각화하는 능력이 뛰어난 시인으로 평가받고 있다. 당선작인 「대화」는 죽은 새의 구겨진 몸에 투영된 고단한 삶에 대한 성찰이 절제된 언어를 통해 표출되고 있다. 이번 신작에서 시인은 생의 미묘한 순간, 혹은 삶의 어떤 중대한 국면에 대해서 화면을 정지한 채 줌인(zoom-in)

를 통해 들여다보듯이, 생동감 있게 묘사해주고 있다. 특히 하나의 유기체를 분해한 듯한 해체된 몸의 부분들에 대한 세밀한 관심과 비유를 통해서 삶의 특별한 국면이 지니고 있는 섬세한 기미와 의미를 포착해서 드러내고 있다. 시의 제목으로 제시되어 있는 "헬드볼"이나 "계절의 이름", 그리고 "트레블링" 등의 어휘들이 모두 특정한 삶의 미묘한 국면을 환기해주고 있다. 예컨대 이런 식이다.

광장 끄트머리에 앉아 반대쪽을 바라본다
당신이 앉아있다
당신은 혼자이고 나도 그렇다
당신이 저 멀리서 고개를 숙이고 있을 때에는
그 머리를 만지고 싶다 이마에 닿고 싶다

(중략)

눈이 마주칠 때마다 당신과 나는
우리가 된다
꽤 긴 시간
우리였다가, 당신이 먼저
우리에서 빠져나간다
나는 광장을 내려다본다

당신이 없는 그 자리에서 당신이 고개를 들고 있을 때
나는 그 어깨의 언저리쯤이 되고 싶어졌다
어깨 위를 지나가는 그 날씨를 오래도록 더듬고 싶어졌다

당신이 사라진 자리에 당신 같은 누군가가 앉는다

나는 다시 당신을 본다

―김진규, 「계절의 이름」 부분

　광장에서 마주친 맞은 편 사람과의 짧은 조우를 그리고 있
다. 우연히 마주치게 된 순간 교차되는 시선의 교류와 시적 자아
에서 발생한 미묘한 심적 변화 등이 섬세하게 묘사되고 있다. 예
컨대 맞은편에 앉은 익명의 "당신"이 "저 멀리서 고개를 숙이고
있을 때" 시적 자아는 잠깐 동안 "그 머리를 만지고 싶"고, "이마
에 닿고 싶"은 내면적 충동을 느낀다.

　그리고 시적 자아는 "당신"과 마주칠 때 "우리"가 되었다고
느낀다. 서로의 시선이 교차할 때 시적 자아는 "우리"라는 동질
감을 느끼며 상대방과 유대라는 끈으로 묶인 듯한 내적 경험을
하지만 시선이 어긋나게 되면 시적 자아는 "당신"이 우리라는
"우리"에서 빠져나갔다고 느낀다. 또한 시적 자아는 "당신"이 사
라졌을 때에도 당신이 들고 있을 "고개"를 상상하기도 하고, "그
어깨의 언저리쯤이 되고 싶"은 욕망을 지니기도 한다.

　시적 자아는 "당신"이 사라지고 난 자리에 또 다른 "누군가가
앉는" 모습을 보고 "다시 당신을 본다." 그리하여 이제 당신에 대
해서 시적 자아는 지금까지 해온 관계 맺기와 내면의 미세한 변
화를 다시금 반복할 것이다. 결국 당신은 누가 되어도 상관이 없
는 익명적 존재이며, 스치며 지나가는 듯한 인간관계의 형성과
종결을 보여주는 대상일 뿐이다. 시인은 이러한 인간관계의 단
면을 보여주기 위해서 해체된 몸의 상상력을 활동하고 있는데,

나에게 포착된 당신은 온전한 유기적 전체로서의 존재가 아니라 파편적인 몸의 부분들의 집적물과 같은 것이다.

예컨대 시적 자아는 당신의 "머리", "이마"만을 파편적으로 부각하기도 하고, "등"과 "눈", 그리고 "고개"와 "어깨" 등 시적 자아에 포착된 "당신"의 파편적인 몸의 일부만을 강조해서 드러내 준다. 시적 자아에게 광장 맞은편에 앉은 "당신"은 결코 전인적 존재로서 나에게 다가오지 않고 파편적인 부분적 대상이 관심의 초점으로 부각되거나 부분적인 인상에 머물고 마는 존재라는 점을 이러한 파편화된 몸의 언어를 통해 표현하고 있는 것이다.

결국 이와 같은 파편화된 당신의 부분들, 그 부분들에 대한 인상이란 현대인들이 살아가면서 감촉하고 느끼는 "계절의 이름"을 형상화한 것이라고 할 수 있다. 광장의 익명적 존재, 그 존재의 파편화된 몸의 일부를 경험하듯이 현대인들은 계절을 맞이하고 보내며 생활한다. "당신"이 사라진 자리에 새로운 "당신"이 자리를 잡게 되는 것은 결국 계절의 변화를 지칭한 표현으로서 봄이 가고 여름이 오는 것과 같은 이치이다. 결국 시인은 현대인들이 느끼는 계절감각, 계절의 변화에 대한 느낌 등의 미묘하고 미세한 감각과 느낌을 섬세한 관찰과 익명적인 인간관계의 단면을 통해서 묘사해주고 있는 것이다. 물론 그 역도 성립하는데, 시인은 현대인의 계절 감각과 같은 느낌을 통해 타인을 대하고 인간관계를 형성하는 세태를 보여주고 있다고 해도 될 것이다. 다음 시도 마찬가지다.

구겨놓은 유서가 펴지는 속도로
나는 헤어진 여자의 머리를 묶어준다

내 목은 그녀 쪽으로 점점 길어진다

턱을 훔치며 나는 제일 미안한 사람이 되고
느슨한 의자에 앉아, 그녀를 부축한다
병원은 바닥이 밝다 빛이 난다
그때 태어나지 않은 내가 나였다가,
나와 비슷한 것이었다가

옷장 가장 깊은 곳에 넣어둔 옷을 떠올린다
나는 혼자서만 그 옷을 꺼내볼 것이다
그리고 긴 기도를 한다 깨어나지 않는 사람 옆에서

닫아둔 창문 틈으로 자꾸 아기가 운다

헤어질 여자가 티셔츠 사이로 목을 내보인다
가끔 그녀의 목이 밤보다 어둡다
옆구리로 흘러내리는 그 길의 전신주들
끊어지지 않고 이어지는

누구의 집도 아닌 곳으로 가다가
나는 그만,
헬드볼이라고 외치고 싶다

　　　　　　　　　　　　　　　—김진규, 「헬드볼」 전문

　헬드볼이란 농구 경기에서 두 명의 상대 선수가 볼을 한 손
또는 두 손으로 동시에 꽉 쥐고 있는 상태로서 두 선수가 서로

거칠게 하지 않고는 어느 한 선수도 독단적으로 볼의 소유권을 얻을 수 없을 경우를 말한다. 그러니까 판단중지, 혹은 선택 불가의 상황으로서 어떤 선택도 하기 어려운 딜레마적 상황을 의미하기도 한다. 이 시는 바로 이러한 미결정성, 중층결정성이 작용하는 생의 미묘한 국면을 묘사하고 있다.

시적 전개과정은 대략 병원에서 의식을 회복하지 못한 여자 환자를 상대로 한 시적 자아의 태도와 내면의 변화가 토로되고 있다. 시적 자아는 의식 불명에 빠진, 헤어진 여자의 머리를 묶어준다. "내 목은 그녀 쪽으로 점점 길어진다"는 표현을 통해서 그 여자에 대한 관심과 안타까움이라는 시적 자아의 내면 심리가 고스란히 전달된다. 헤어진 여자가 어째서 의식 불명에서 깨어나지 못하는지에 대한 설명은 없기에 그러한 과정은 독자의 상상력에 맡겨지고 있다. 하지만 시적 자아는 병원에서 "깨어나지 않는 사람 옆에서" 기도를 하기도 하고, 옷장 속의 옷을 떠올리기도 하며, 불길하게도 아기의 울음소리를 듣기도 한다. 병원의 환자에 대한 시적 자아의 미묘하고 섬세한 행동과 태도가 묘사의 주된 관심사가 되고 있는 것이다.

그런데 이 시에서도 주목되는 것은 파편화된 몸에 대한 관심이 부각되고 있다는 점이다. 시적 자아는 의식불명의 그녀에게 "턱을 훔치며" 미안한 느낌을 가지게 되고, "헤어질 여자가 티셔츠 사이로 목을 내보이"는 것을 보면서 "가끔 그녀의 목이 밤보다 어둡다"고 생각하기도 한다. 그리고 "옆구리로 흘러내리는 그 길의 전신주들"에 주목하기도 한다. 이처럼 시적 자아가 환자의 파편화된 몸의 일부에 주목하는 것은 역시 환자가 시적 자아에게 전인적인 유기체적 존재로 수용되지 못하는 현상을 반영하고 있다. 시적 자아는 환자에 대한 감정과 태도를 부분 대상, 즉 턱이나 목, 옆구리 등의 파편화된 대상을 매개로 해서 형성하고 있는 것이다. 이 환자가 아직 "깨어나지 않는 사람"으로 의식불명의 환자라는 점에서도 어쩌면 이러한 접근은 당연한지 모른다. 의식이 없는 환자의 몸은 그야말로 통일성을 상실한 관절과 마디의 조립물일 수 있기 때문이다.

중요한 것은 김진규 시인이 인간과 인간의 만남, 혹은 인간과 인간의 관계가 형성하는 미묘한 상황과 순간에 대해서 예민한 감각과 시각을 지니고 묘사하려는 강한 충동을 지니고 있다는 점이다. 하지만 현대 사회의 인간관계가 피상적이고 파편적인 것일 수밖에 없음을 잘 아는 시인으로서는 유기적이고 전인격적인 관계를 묘사할 수 없다. 해체된 몸의 부분, 파편화된 몸에 대한 관심과 시적 태도는 이러한 국면을 타개하기 위한 시인의 효과적인 전략인 셈이다.

3. 이름 혹은 상상력, 환유의 언어를 통한

「도미노 놀이」, 「숨박꼭질1」 등의 작품으로 2014년 ≪시인수첩≫ 신인상을 수상하며 문단에 나온 이병철은 '죽음'이라는 다소 무거운 주제를 "냄새"나 "소리"와 같은 감각을 통해서 구체적으로 형상화하는 데에 장점을 지니고 있다는 평가를 받았다. 이번 신작에서는 냄새나 소리 같은 구체적 감각을 통해 시상을 전개하려는 충동은 여전히 유지하고 있지만, 그러한 방법을 통해서 드러내려고 하는 것은 죽음의 문제가 아니라 말과 이름과 관련된 언어의 문제라고 할 수 있다. 그런데 이러한 언어는 기록과 축적, 성장과 성숙 등의 다양한 메타포와 연관되면서 시상이 복잡한 양상을 보여준다. 당선작들과 마찬가지로 게임이나 놀이를 통해서 세상을 바라보려는 관심 또한 여전히 지속되고 있다.

아이들의 손에서 불꽃이 지저귀고 있었다 놀이터에 도착한 우리는 비닐봉지에서 나비탄 팽이탄 로켓탄을 꺼냈다 성냥으로 불을 붙이자 우리의 폭죽은 예쁜 새가 되어 날개를 푸득였다 반짝이는 불꽃에 얼비치던 네 미소

불꽃을 오래 보면 눈 속에 연어들이 헤엄쳐 온다, 내가 말했고 너는 그 말을 좋아했다 폭죽 연기에서 비린내가 났다 불꽃을 다 쏟아낸 폭죽은 어느 강가의 죽은 물고기처럼 함부로 버려졌고

우리는 불꽃에다 새와 나무, 동물들의 이름을 붙였다 하나 남은 폭죽은 네 손바닥 위에서 날지 못하는 새처럼 죽었고 너는 화상을 입었다 집에 갈래, 울면서 네가 말했다 우리의 마지막 불꽃놀이였는데

불발된 나비탄은 얼마나 예쁜 날개를 가지고 있었을까 우리의 마지막 폭죽은 새도 물고기도 되지 못한 채 죽어버렸고 우리는 불꽃놀이가 무서워졌다 불꽃에 붙여주려던 이름이 떠올랐을 때 이미 너는 떠나고 없었다

몇 시간 뒤 새해가 시작됐다
이름을 붙일 수 없는 커다란 불꽃들이 밤하늘을 덮었다
—이병철, 「불꽃 놀이」 전문

"불꽃놀이"라는 축제가 시적 대상이 되고 있는데, 시적 대상

인 불꽃이 다양한 존재로 명명되면서 변화하고 있다. 즉 첫째 연에서는 불꽃이 "예쁜 새가 되어 날개를 푸득"이는 것으로 묘사되고 있으며, 2연에서는 불꽃이 "연어"나 "강가의 죽은 물고기"로 명명되고 있다. 3연에서 시적 자아는 "불꽃"에다 "새와 나무, 동물들의 이름을 붙"인다.

그런데 하나 남은 폭죽이 "날지 못하는 새처럼 죽"어버리자 불꽃놀이는 끝나고 폭죽은 "새도 물고기도 되지 못한 채 죽어버"린다. 그리하여 "몇 시간 뒤 새해가 시작"되고 "이름을 붙일 수 없는 커다란 불꽃들이 밤하늘을" 뒤덮게 된다. 시적 전개의 논리에 의하면 폭죽이 터질 때, 폭죽은 새가 되기도 하고, 연어와 같은 물고기가 되기도 하며, 동물들이 되기도 한다. 그런데 폭죽이 터지지 않자 불꽃놀이는 끝나고 이름붙일 수 없는 불꽃들이 밤하늘을 뒤덮게 되는 것이다.

이러한 시적 전개 과정에는 환유와 상상력의 문제가 놓여 있다. 아이들에게 불꽃이 터지는 현상은 저저귀는 새가 날개를 푸드득이는 소리를 연상시키는 것이며, 비린내를 풍기는 연어들이 헤엄치는 것을 떠올리도록 한다. 폭죽의 불꽃은 소리와 냄새의 감각적 환기를 통해서 새와 연어라는 동물들과 인접성을 확보하고 있는 셈이다. 따라서 푸드득거리는 새와 헤엄치는 비린 연어는 바로 폭죽의 불꽃에 대한 환유라고 할 수 있다. 그런데 시인은 이러한 환유가 원관념인 불꽃에 대한 이름이라고 생각하고 있다. 그리하여 시적 자아는 불발탄이 된 폭죽에 대해서 "새도 물고기도 되지 못한 채 죽어버렸"다고 선언하고 있는 것이다. 결국 어떤 현상이나 사물의 이름은 상상력에 의해서 촉발되는 환유적 언어라고 할 수 있다. 따라서 시인의 생각에 의하면 이름을 붙일 수 없게 된다는 것은 상상력이 고갈된 것이며, 더 이상 환유적 언어를 구사할 수 없게 된 것을 의미한다. 이러한 메커니즘을 고려할 때 다음과 같은 발상을 이해할 수 있게 된다.

네 입술이 닫히는 순간
세상의 모든 문들도 닫히고
문을 품었던 집들은 와르르 무너져
젖은 먼지 날리는 네 숨결 속에서
고양이 새끼마냥 웅크린 불씨들이 태어나
나자마자 어른이 되어버린 불의 눈빛은
몸속에 수만 줄기 길을 내며 타오르고
나이테들은 가장자리부터 차례대로 지워져
가엾은 추억들아, 필라멘트를 꺾지 마
아직 내 속살에 새겨지던 그 지문을 기억해
보드라운 날갯짓이 어떻게 인두가 될 수 있었을까
—이병철, 「일기예보」 부분

"입술이 닫히는 순간/ 세상의 모든 문들도 닫히고/문을 품었던 집들은 와르르 무너져"내린다. 입술이 닫히는 순간은 언어가 끊어지는 순간이며, 언어가 끊어지는 순간이란 상상력, 곧 환유적 상상력이 고갈되는 순간이라고 할 수 있다. 그런데 이러한 언어도단, 상상력 고갈의 순간은 "어른이 되어버린 불의 눈빛"으로부터 온다. 그것들은 시간의 기억이 새겨진 나이테를 지우고 추억의 불꽃들을 모두 지우게 된다. 그리하여 언어가 끊어진 순간 "세상의 모든 문은 닫히고" 언어로 구축된 세계는 "와르르 무너져"내리게 되는 것이다. 결국 "어른"이 되는 것이 문제의 중심으로 부각된다.

톱밥 속에 뒤엉킨 지렁이들을 끄집어낸다 지렁이는 미끄럽고 끈적거린다 말 못 하던 내 혀 같다 입에 손가락을 집어 넣은 적이 있다 혀를 잡아당기듯 지렁이를 끄집어낸다 나는 물컹물컹한 것이 싫다

거무죽죽한 수면은 표정이 없다 어둠이 단단하게 경직되고 있다 어둠의 일부가 되려는 듯 아버지는 퀭한 눈으로 찌를 바라보고 있다 움직이는 것이 이토록 고요할 수 있다니, 아버지가 무섭다 물이 무섭다

낚시바늘에 지렁이를 꿴다 바늘 끝이 닿자 꿈틀거린다 바늘이 몸을 뚫고 내장을 찢는다 온몸을 꼬아댄다 아무리 움직여도 소리가 나지 않던 혀처럼, 무언가 말하고 있는 것이다 지렁이는

낚시에 걸린 붕어가 물의 주름을 팽팽하게 잡아당긴다 붕어 입에 손가락을 넣어 바늘을 꺼낸다 토막난 지렁이 몸통이 바늘 끝에 분홍빛으로 굳어 있다 내가 겨우 토해내던 한 음절도 그랬다

물가에 부는 바람은 끈적한 혀를 지녔다 소리를 얻지 못하고 굳어버린 혀가 어둠 속에서 날름거린다 나는 무슨 소리가 들리는 것 같은데 아버지는 미동조차 없다 소리를 향해 손을 뻗으면 무언가 물컹물컹한 게 만져지는데

         —이병철, 「소리를 얻지 못하고 굳어버린」 전문

낚시의 과정에서 느끼는 세밀한 감회가 묘사되고 있는데, 주

된 관심사는 소리, 혹은 이름과 언어의 문제라고 할 수 있다. 시적 자아는 "미끄럽고 끈적거리는" 지렁이를 보면서 "말 못하던" 자신의 혀와 같다고 생각한다. 말을 못하는 것은 지렁이만이 아니다. "거무죽죽한 수면"도 말이 없고, "아버지의 퀭한 눈"과 "찌"도 모두 고요히 말이 없다. 이처럼 말이 없는 대상인 아버지와 물을 보고서 시적 자아는 "무섭다"고 말한다.

그런데 "낚시바늘에" 꿰인 지렁이는 꿈틀거리면서도 말이 없다. 온 몸을 꼬아대면서 무언가 메시지를 전하고 있으면서도 소리를 내서 말을 하지 못하고 있는 것이다. 시적 자아는 낚시바늘에 걸린 붕어의 입속에서 분홍빛으로 굳어 있는 토막 난 지렁이의 몸통을 보면서 자신이 겨우 토해냈던 "한 음절"의 소리 같다고 느낀다. 한 음절의 소리는 말이라고 할 수 없다. 그것은 감탄사와 같은 것으로 하나의 소음일 뿐이다.

낚시를 하는 물가에는 "끈적한 혀"를 가졌으면서도 소리를 내지 못하고 굳어버린 "바람"이 불고 있다. "소리를 얻지 못하고 굳어버린 혀"와 같은 바람은 "어둠 속에서 날름거린다." 시적 자아는 "무슨 소리가 들리는 것 같"아서 그 소리의 행방을 찾고자 하지만, 아버지는 소리에 대해 전혀 관심이 없다. 시적 자아는 소리의 행방에는 "물컹물컹한 것"이 놓여있다고 고백한다.

이상의 시적 구도에서 주목되는 점은 소리와 고요의 대비, 그리고 단단히 경직된 어둠과 미끄럽고 끈적거리는 혀의 대비이다. 고요는 경직된 어둠의 속성을 지니고 있고, 소리는 물컹물컹하고 유연한 속성을 지니고 있다. 그런데 문제는 물컹물컹한 속성을 지닌 혀, 혹은 소리조차 토막이 나 있거나 경직되어 있다는 점이다. 그리하여 이 시의 시적 공간은 괴괴한 고요와 침묵, 그리고 발버둥과 소리 없는 아우성이 지배하게 된다. 침묵과 고요가 지배하는 시적 공간은 하지만 평화롭고 조화로운 곳이 아니다. 그곳에는 말 없는 아버지의 고민이 숨겨져 있고, 몸통을 관통당한 지렁이의 꿈틀거리는 비명이 스며 있으며, 지렁이를 탐하다 바늘에 걸린 붕어의 회한이 물들어 있다. 시적 화자가 보기에 이러한 세계가 바로 침묵과 고요의 세계의 본질인 것이다.

따라서 소리가 없는 세계, 언어가 사라진 세계는 고뇌와 음모, 고통과 회한, 악몽과 공포가 지배하고 있는 곳이라고 할 수 있다. 시적 자아가 "아버지가 무섭다 물이 무섭다"고 고백하는 것은 바로 이러한 이유 때문이다. 소리를 박탈당한 존재들인 지렁이, 붕어, 물, 바람 등은 모두 어둠 속에 경직되어 있으면서 공포와 고통에 몸부림치고 있다. 이러한 세계는 인접성에 기반을 둔 환유의 상상력, 환유의 언어들이 고갈된 세계로서 모든 존재자들이 파편화된 상태로 고립되어 있는 국면을 상징해준다. 이병철의 신작들은 "입술이 닫히는 순간/ 세상의 모든 문들도 닫히고/ 문을 품었던 집들이 와르르 무너져"내리는 세상의 어두운 국면을 집요하게 파고들고 있는 것이다.

4. 경계 혹은 사이, 콜라주의 이미지

이영재는 2014년 세계일보 신춘문예에 「주방장은 쓴다」라는 시가 당선되어 문단에 나왔다. 그는 심사위원들로부터 존재의 미세한 기척들에 대한 민감한 감각을 지니고 있으며, 기발한 발상과 세련된 언어감각이 돋보인다는 평가를 받았다. 이번에 새롭게 발표한 신작들에서도 이러한 그의 장점들은 여실히 발휘되고 있다. 상상력의 비약과 약동이 눈부시며, 높은 파도가 치듯이 전개되는 시상의 전개는 큰 울림을 지니고 있다. 인접성과 유사성을 찾아보기 어려운 이미지와 언어들의 폭력적이고 충격적인 배치는 독자들의 상식과 인습에 균열을 가하면서 신선한 충격을 주고 있다.

더욱 주목되는 점은 이러한 폭력적 이미지의 배치라는 방법을 통해서 그가 새롭게 창출하려고 하는 세계가 미묘한 경계, 혹은 사이의 세계라는 점이다. 명증한 언어로 포착하기 어려운 현상과 사태의 미묘한 경계와 사이, 혹은 어떤 사태의 변화가 초래하는 미세한 균열의 세계를 포착해서 보여주려는 야심찬 의도를 지니고 있는 것이다. 시인의 섬세한 관찰과 발상의 과감한 도전을 확인할 수 있다는 점에서 이러한 자질들은 매우 소중한 것임에 틀림없다.

죽지 않은 사람을 믿어본 적이 없다
질량이 질량을 보존하고
형태는 허위를 보존하고 있으므로

아름답구나
거짓말이다

할머니 약상자에 든
설탕

죽는

경우 너머의 수를 예측하면

달고 달고 점점 더 달고

설탕은 설탕처럼 자세를 바꾼다

겨우 두 시간 전에 마신 커피가

오줌이 됐다

설탕을 떠나, 여전히 단

설탕

—이영재, 「여전히 단 설탕」 전문

시적 자아가 "죽지 않은 것을 믿어본 적이 없다"고 진술한 것
은 모든 "형태가 허위를 보존하고 있"기 때문이다. 믿을 수 있는
것은 "질량이 질량을 보존한"다는 사실, 혹은 사태와 사물이 지
닌 속성이 변하지 않고 유지된다는 사실이다. 그래서 설탕은 믿
을 수 있는 것인지도 모른다. 설탕은 어떤 변신을 감행하든지 간
에 '달다'는 속성을 여전히 변함없이 간직하고 있기 때문이다.

그렇다면 시인은 본질주의자인가? 어떠한 현상적 변화에도
변하지 않는 본질적 속성을 찾고자 하며, 그러한 것에 가치를 부
여하는 것일까? 그렇지는 않다. 시적 자아는 "아름답구나/거짓
말이다"라는 진술을 통해 허위를 보존하면서 변신하고 있는 현
상에서 심미적 효과를 발견하고 있다. "할머니의 약상자에 든/
설탕"이야말로 이러한 성격을 가장 잘 드러내준다. 쓴약을 삼키
기 위해 설탕을 먹는다는 것, 그러니까 설탕은 쓰디쓴 약의 쓴맛
을 감추고 그것을 중화시키는 거짓 약인 셈이다.

설탕은 어떤 상태로 변한다고 하더라도 달디 단 설탕이다. 그러나 달다는 성향이 중요한 것은 아니다. 그것이 설탕이었다가, 커피로 변했다가, 다시 오줌으로 변하는 그 과정에서도 여전히 단 성향을 유지하고 있다는 점이다. 문제는 설탕이 끊임없이 "자세를 바꾼다"는 점이며, 끊임없이 형태를 바꾼다는 점이며, 그러한 형태가 허위를 보존하고 있는데, 그러한 허위가 아름답다고 생각된다는 점이다. "설탕을 떠나, 여전히 단/ 설탕"이 문제의 중심이며, 자세를 바꾸며 형태를 바꾸면서도 자신의 속성을 전달해가는 유전자와 같이 변신하는 설탕의 변신이 주된 관심의 대상이 되고 있는 것이다. 이러한 변신의 모티프는 다음 시에서 좀 더 선명하게 드러나고 있다.

열병을 치르는 꽃무더기가 피어 있다

충동은 위험하다

터널을 지나는 열차는 결국 도착하고야 말 것이다

공통된 죄의식을 끌어올려 맺은 붉은 사과

번져가는 산불

사랑한다고 말해 달라

교량에 설치할 폭탄을 고르다 보면 저녁이 오겠지

접시 위, 깨끗하게 잘려나간 사과의 단면

촘촘해지는 나이테는 확인되어야만 한다고

당신의 꼬리는 내일도 새롭게 자라지 않는가

꽃병 속의 뜨거워지는 물조차 오래 견뎌 왔으므로

위선이다 점점 느리게

욕조를 흘러넘치는 결정

붉음의 경계는 과연 어디까지가 옳은가

오늘을 회상한다면 계절과 날씨를 먼저 떠올리길 바란다

꽃과 꽃 사이

사랑한다 손을 잡자

오직 나만이 용서받을 자격이 있다

—이영재, 「짙은」 전문

　제목이 "짙은"이다. '짙다'는 것은 빛깔을 나타내는 물질이
많이 들어 있어 보통 정도보다 빛깔이 강하다는 뜻을 지니고 있

는데, '짙다'는 어휘 속에는 깊다, 어둡다, 촘촘하다, 두껍다, 밀도가 높다, 무겁다 등의 다양한 의미가 탑처럼 포개져 있다. 중의적이고 다의적인 의미로 충만해 있는 "짙은"이라는 미세한 상태, 그 미묘한 울림을 형상화하기 위해서 이 시는 다양한 형태의 이미지와 묘사를 동원하고 있는데, "붉음의 경계"가 이미지들이 그려내는 궁극적인 목표를 형성한다. '짙음'은 일차적으로 '붉음의 짙음'을 의미하는데, 그것은 수많은 경계와 사이를 내포하고 있다.

"열병"과 "꽃무더기"가 시적 공간에 붉은 색의 이미지를 색칠한다. 어떤 "충동"과 금기 등의 "위험"한 상황을 암시하던 붉은 색은 결국 "공통된 죄의식"과 연결된 "붉은 사과"를 끌어온다. 그리고 선악과와 원죄의 욕망을 암시하고 있는 "붉은 사과"는 "번져가는 산불"을 호명하며, 그것은 다시금 "교량에 설치한 폭탄"의 긴장된 국면을 몰고 온다. 이처럼 이 시는 "붉은 빛"을 지니고 있는 사물과 이미지들의 연쇄 작용으로 시적 공간이 구축되고 있는데, 그러한 붉은 색은 금기와 위반, 그리고 폭발적이고 파괴적인 어떤 상황을 암시해준다.

이미지의 연쇄는 콜라주의 기법에 의존하고 있는데, 비약과 단절이 심한 이미지들이 폭력적으로 서로 결합되어 있는 장면에서 이를 확인할 수 있다. 즉 꽃무더기와 사과, 산불과 폭탄 등의 이미지는 붉은 색을 공유하고 있지만, 매우 이질적인 속성을 지닌 사물들이라고 할 수 있다. 그런데 그러한 사물들이 어떠한 매개도 없이 충격적으로 결합되어 있는 것이다. 특히 이러한 사물들과 "꽃병 속의 뜨거워진 물"이나 흘러넘치는 "욕조"의 결합은 매우 폭력적인 결합임에 분명하다.

시적 자아는 이러한 충격적인 결합을 강요하면서 "붉음의 경계"를 묻기도 하고, "계절과 날씨"의 미묘하고 확정 불가능한 경계와 사이에 대해서 의문을 제기하기도 한다. 그리고 "꽃과 꽃"의 "사이"를 강조하고 "오직 나만이 용서받을 수 있다"고 진술하면서 그 "사이"가 구원의 가능성일 수 있음을 암시하고 있다. 우리는 "꽃과 꽃 사이"가 어떻게 사랑의 가능성으로 작용하고, 또한 그것이 구원의 계기일 수 있는지에 대해서 자세히 알기 어렵다. 하지만 붉음의 "경계"와 "사이"에서 어떠한 해방의 가능성을 발견하려는 시인의 의도를 읽어낼 수는 있다.

5. 극단의 아름다움을 위해서

극단은 아름다울 수 있지만, 위험성을 지니고 있다. 그것은 상식과 관습을 전복하기에 관습적 독서에 익숙한 독자를 소외시킬 수 있으며, 맥락과 의미를 상실하고 부유할 수 있는 위험성이 있다. 과도한 비약과 생략은 문맥의 상실을 초래하고, 그러한 문맥의 상실은 언어의 종국적 목적지나 형상화의 의도를 외면한 채 기표들의 유희로 치달을 수 있다. 이번에 새롭게 조망하는 신인들의 신작들도 이러한 위험성에서 자유로운 것은 아니다. 중요한 것을 극단적인 상상력과 언어에 형상을 가하는 절제가 필요하다는 것이다. 상상력의 진폭을 줄이는 것이 문제가 아니라 상상력에 질서를 부여하는 노력이 중요하다고 하겠다.

제 4 부

마법의 힘과 창조적 상상력

마법의 힘, 혹은 창조적 상상력
— 권민자, 이소연, 전문영의 새로운 시선

1. 상상력, 새로운 의미 세계의 창출

신인들의 가장 주요한 특징은 상상력의 새로움이라고 할 수 있다. 그들은 기성 시인들이 지니지 않는 새로운 상상력으로 무장하고 문단에 등장한다. 그리하여 새로운 시선과 발상의 새로움을 문단에 제공함으로써 경이로움을 산출하는데, 이러한 경이로움은 물론 이 세상에 존재하지 않았던 새로운 의미와 가치가 창출되었기 때문에 발생하는 것이다. 이러한 점에서 상상력이야말로 새로운 심미적 가치 창출의 원동력인 셈이다.

상상력(想像力, imagination)이란 눈에 보이지 않는 것의 영상(映像)을 마음속에서 만들어 내거나 경험을 초월한 세계를 만들어내는 정신적 능력을 지칭하기 위한 용어이다. 영국의 콜리지가 지적한 것처럼 그것은 사상과 사물의 만남, 곧 정신과 자연 두 세계를 연결해주는 힘이라고 할 수 있는데, 그렇기 때문에 관념과 감각의 동시적인 작용에 의해서 상상력이 발현된다고 할 수 있다. 즉 세상을 바라보는 관점과 감각에 수용되는 사물의 결합에 의해서 새로운 의미의 세계가 창출되는 것이다. 상상력이 개성적인 발상과 창조적 기능을 발휘할 수 있는 것은 그것이 감각적 소여를 새롭게 해석하고, 그것에 독특한 의미를 부여함으로써 새로운 의미를 창출하기 때문이다.

새로운 관념과 의미의 창출이라는 점에서 상상력은 신의 창조 행위와 비견될 수 있다. 상상력은 감각적 경험이나 환상, 혹은 기억이나 상기와 같은 다양한 체험에 형태를 부여하거나 재구성하여 새로운 세계를 창출하는 창조적 행위와 다르지 않은 것이다. 또한 상상력이 창출한 새로운 세계란 보편적으로 승화된 세계로서 심미적 가치를 지니고 있다는 점에서 의미를 지니고 있다. 상상력은 가치 있는 새로운 세계를 우리 눈앞에 현현함으로써 정서적 감동의 원천으로 작용하는 힘인 셈이다. 따라서 신인들이 새로운 감수성을 무기로 새로운 상상력을 펼치려고 하는 것은 매우 자연스러운 일이라고 하겠다.

상상력은 인식적 측면에서도 가치를 지니고 있다. 상상력이란 단순히 사물을 거울처럼 반영하는 것은 아니며, 사물에 대해 지적 작용을 가함으로써 인식적 차원을 열어나간다. 그래서 칸트는 상상력을 구상력(Einbildungskraft)이라는 개념으로 설명하면서 감각적 대상에 범주와 같은 원리를 적용하여 감각적 소여를 인식적 지평으로 끌어올린다고 진단한 바 있다. 상상력은 사상과 자연의 결합이라고 지적한 바 있지만, 이러한 결합 또한 인식적 지평의 차원에서 이루어지기도 한다는 점에서 상상력은 새로운 앎의 세계를 열어젖히기도 하는 것이다.

상상력은 유동적인 성격을 지니고 있으며, 새로운 경험을 가능케 하는 능력을 발현하도록 하기도 한다. 상상력은 지금, 여기에 존재하지 않는 전혀 다른 세계를 상상의 공간에 구축함으로써 새로운 가상적 경험을 가능토록 하는 것이다. 그리하여 상상력은 여행과 마찬가지로 "앉아서 유목하기"와 같은 가상적 체험의 영역을 확장함으로써 독자에게 새로운 경험을 추체험하도록 하기도 한다. 시인들이 펼쳐놓은 상상의 길을 쫓아가면서 독자들이 신비한 여행에 초대된 듯한 감동을 경험하는 것은 바로 이와 같은 상상력의 마법적 힘이 작동했기 때문이다.

이와 같이 상상력은 새로운 세계를 창출하기도 하고, 새로운 인식적 지평을 넓히기도 하며, 현실에서는 불가능하지도 모르는 경험을 가능케 함으로써 독자들을 현혹하는 마법적인 힘을 지니고 있다고 할 수 있다. 그래서 새로운 상상력의 힘을 보여주는 신인들의 작품들은 항상 기대와 설렘을 야기하는 매력(attraction), 즉 끌어당기는 힘을 지니고 있는지도 모른다. 상상력이 창출하는 마법의 세계로 들어가 보자.

2. 죽음, 혹은 의식의 흐름이 지향하는 것

「밤의 모자」 등의 작품으로 2012년 ≪문학사상≫ 신인상을 수상하면서 문단에 나온 권민자는 관습적인 연상에서 벗어난 돌연한 시상의 전개와 굴곡이 드리워진 시적 공간의 창출을 통해 매우 독특한 상상력을 보여주고 있다는 평가를 받은 바 있다. 또한 자아와 세계의 대립 구도, 그리고 불화와 균열의 상상력을 통해 자아의 정체성을 찾아가려는 시적 지향을 보이고 있는 것으로 평가되기도 한다.

이번 신작에서도 이와 같은 기존의 시적 성향이 그래도 유지되고 있으며, 독특한 상황 설정과 발상의 전환을 통해서 기발한 상상력의 전개를 보여주고 있다. 특히 "죽음"에 대한 상상이 독특한 분위기를 자아내고 있으며, "아버지는 북쪽으로 머리를 두고 잠을 잔다."(「뽑힌 눈알이 비처럼 내리는 우물」)는 표현이나 "손금을 서쪽으로 돌렸다."(「건너편」) 등의 방위를 나타내는 표현들이 원시적이며 주술적인 색채를 가미하고 있다. 또한 시의 제목인 "뽑힌 눈알이 비처럼 내리는 우물" 등의 표현이나 "중세의 마녀들은 두 개의 목을 신고 다녔고"(「건너편」) 등의 표현 등은 그로테스크한 분위기를 자아내고 있다.

기괴하고 독특한 분위기를 형성하고 있는 권민자의 신작들도 결국은 당선작들처럼 자아의 정체성을 탐구하는 작업에 몰두해 있다. 그런데 그러한 작업은 매우 기발하고 참신한 상황 설정과 상황의 재구성이라는 독특한 상상력을 통해서 이루어지고 있는 것이다. 자아의 정체성이라는 작업을 탐구하기 위해 시인은 아버지에 대한 관심을 보여주기도 하고, 자아와 긴밀히 결부되어 있는 타자의 존재에 주목하기도 하지만, 가장 중심적인 관심의 대상은 "죽음"이라는 사건이다. 죽음에 대한 상상적 재구성을 통해 시인은 자아의 위상과 속성, 그리고 자아가 지닌 가능성 등의 다양한 정체성 탐구 작업을 진행하고 있는 것이다.

몇 명이 왔니?

한꺼번에 접시들이 깨지는 방식으로 있는 힘껏 몸에서 하루가 떨어져 나갔을 때,

봤지? 담벼락에 앉아 있는 의식의 다리가 후들거리는 것.

죽음은 투명해지는 것.

내가 내 얼굴에 손가락을 넣고, "죽음"이 되는 것.

(귀신은 쓸데없이 말이 많으니까) 들어볼래? 이야기를 들어도 나에 대해 더 많은 것을 모르게 돼. 나의 말에 영원히 잠잘 수 없게 돼. 고백처럼 흉측해지게 돼. 말의 뜯어진 실밥. 더, 뜯어볼래?

수화기는 침묵의 자세로 달리아는 화분의 자세로 나는 저녁의 자세로 얼굴 속에서 시계를 꺼내고 시계 속에서 거울을 꺼내고 거울 속에서 나를 꺼내도…… 신체 부위 중 어둠이 가장 많은 곳은 "의식"이라는 것을 알게 돼.

(나는) "담벼락에 앉아" (나를) "봤지."

저녁은 조문객.
조문객은 관습.

(몇 명이 왔는지에 의해서) 나는
"어떤" 사람이 되는데

눈앞에 양들을 떠밀자.
양의 뿔 같은 저녁을 세자.
뚫는 양의 세계에 진입!

그래도 묻게 돼.

"몇 명이 (안)왔니?"

─권민자, 「내 장례식에」 전문

어쩌면 죽음 앞에 섰을 때 우리는 우리 자신에 대해서 가장 잘 알게 될지도 모른다. 죽음은 우리들을 한계 상황으로 내몰아 우리 자신의 진정한 실체에 대해서 깨닫도록 하는 힘을 지니고 있기 때문이다. 시인이 자신의 장례식장을 상정하고서 상상력을 통해 미리 죽음의 세계로 나아가 보는 것은 이와 같이 자신을 한계 상황으로 내몰아 자아의 진정한 실체를 확인하고자 하는 욕망에 추동되고 있는 것이다.

시적 자아는 자신의 죽음을 상정하고서 장례식에 온 조문객들의 양을 헤아리기도 하고, 죽음의 속성에 대해서 상상하기도 하며, 죽음이 초래할 변화 등을 미리 추론해봄으로써 자아의 본질과 정체성에 대해서 어떤 실마리를 잡고자 한다. 죽음은 "한꺼번에 접시들이 깨지는" 것과 같은 자아의 몰락과 붕괴를 야기하는 속성을 지니고 있으며, "의식의 다리가 후들거리"게 하는 공포와 전율을 야기하는 사건으로 이해된다. 또한 죽음은 "투명해지는 것"으로 이해되는데, 그렇기 때문에 죽음에 대해서 행해지는 수많은 이야기들은 죽음을 더욱 신비스럽고 무지의 것으로 만들고 만다. 시인이 "이야기를 들어도 나에 대해 더 많은 것을 모르게 돼. 나의 말에 영원히 잠잘 수 없게 돼"라고 주장하는 대목은 죽음의 역설적 성격을 지적한 것으로 이해할 수 있다.

또한 시인이 보기에 죽음은 자신의 얼굴에 새겨진 시간의 흔적을 읽도록 하고, 그 시간 속에 새겨진 자아를 성찰하도록 하여 자신의 정체성에 도달하는 데 도움을 준다. 시인이 "얼굴 속에서 시계를 꺼내고 시계 속에서 거울을 꺼내고 거울 속에서 나를 꺼내도……"라고 표현한 것은 바로 상상적 죽음이 초래하는 자아 성찰의 효과를 지적한 것이다. 하지만 결국 죽음도 그처럼 죽음을 상상하면서 자아에 대해서 성찰하고자 하는 시적 자아의 의식의 실체에 대해서 별다른 정보를 알려줄 수 없다. 그래서 시인은 "신체 부위 중 어둠이 가장 많은 곳은 의식"이라고 고백하게 되는 것이다.

그리하여 결국 시적 자아는 자신의 정체성은 타자에 의해 결정될 수밖에 없다는 것, 그리고 그것도 자신과 관계 맺고 있는 타자들의 양에 의해 좌우될 수밖에 없다는 사실을 수긍한다. 시인이 "조문객"에 대해서 주목하면서 그들이 몇 명 왔는지, 몇 명이 안 왔는지에 대해서 묻는 것은 그러한 인식의 과정을 보여준다. 시적 전개의 후반부에서 "(몇 명이 왔는지에 의해서) 나는/"어떤" 사람이 되는데"라고 고백하는 장면은 이와 같은 인식적 결과를 표상해주고 있다. 결국 이 시는 미래에 경험할 죽음을 미리 경험해보는 상상적 죽음을 통해 자아의 정체성과 자아가 처한 현실을 파헤치고 있는 작품이라고 할 수 있는데, 죽음이 결코 세상과의 화해를 가져오지 않는다는 점에서 시인의 분열과 대립 의식을 읽어낼 수 있다. 다음 작품은 의식의 흐름을 통해 삶과 죽음을 사유하면서 정체성에 도달하고자 하는 시도를 보여준다.

*

너는 "건너편"을 "집"이라 부르고, 나는 "너"를 "건너편"이라 부른다.

건너편에 대해 생각하다가 건너편을 바라보다가 건너편의 네가 건너편의 나를 바라보는데 너도 나는 아니었으면 좋겠지?

*

칼에서 집을 꺼냈다. 도마 위, "탯줄을 끊고 세상에 나온 나는 무엇이든 끊는 것이 습관이잖아." 도마 위, 쉴 새 없이 머리를 박아대는 동안 너는 "전염" 되었잖아.

손금을 서쪽을 돌렸다. 나는 "마음에 들지 않는 자세도 받아줄 수 있는 신발을 갖고 싶다"고 말했고, 너는 "골목이 직선에서 곡선으로 휘어지는 건 길이 집으로 향하기 때문"이라고 말했다. 중세의 마녀들은 두 개의 목을 신고 다녔고, 나는 그녀들의 불태워진 몸을 신고 다녔다. 서양의 동화와 동양의 동화가 비슷해서 나는 너를 신성시 여기기로 했다.

그러니까 그것은 집이 칼인 이야기. 와전은 "건너편"처럼 점점 멀어지고 점처럼 사소해지고 언젠가부터 의식하지 않게 되는 휴전선처럼 공기처럼

*

쏟아버렸다. 어항의 수면. 위장을 게워내고도 남아 있는 스틸녹스.
울컥거렸다. 젖. 생리가 끝나고도 흘러나오는 머리끄덩이 같은 혈.

나는 비명처럼 끊어졌다. 옛날이야기처럼 끊어지기 때문에 이어졌다.
방관이었다. 고통은 공평했다. 그래서 나는
"칼"로,

—권민자, 「건너편」 전문

복잡하고 돌발적인 사유가 전개되고 있어서 시상에 어떤 질서를 부여하기가 어렵다. 하지만 대체로 이 시는 "흐름"과 "끊김", 혹은 유동의 이미지와 단절의 이미지가 대립을 이루면서 존재와 무, 혹은 삶과 죽음 등의 근본적인 문제가 성찰되고 있는 것처럼 보인다. 시인은 시의 프롤로그에서 "죽음은 소문처럼 구전된다/ 나의 죽음은 너의 죽음처럼 된다."는 경구를 제시하면서 죽음이 사유의 주요한 대상임을 밝혀놓고 있다.

한편, 이 시의 주된 이미지는 유동의 이미지, 흐름의 이미지라고 할 수 있는데, 이 흐름의 이미지는 "구전", "전염", "와전" 등의 어휘들이 대변해주고 있다. 또한 "위장을 게워내고도 남아 있는 스틸녹스", "젖", "생리가 끝나고도 흘러나오는 머리끄덩이 같은 혈" 등의 이미지들이 흐름과 연속성이라는 이미지를 구성하고 있다. 그리고 그러한 연속의 이미지는 이 시의 주된 사유 대상인 "집"과 연결되어 있는데, 집은 "골목이 직선에서 곡선으로 휘어지는 건 길이 집으로 향하기 때문"이라는 진술에서 알 수 있듯이 연속성과 흐름의 이미지를 집약하고 있다. 그리고 이 흐름의 이미지는 앞서 언급한 "젖"이나 "혈", 그리고 "탯줄"의 이미지와 결합되어 있다는 점에서 죽음과 대립되는 생명, 혹은 삶의 의미 자장을 거느리고 있다.

흐름의 이미지와 대립되는 것이 끊김, 혹은 단절의 이미지인데, 끊김의 이미지를 대변하는 시적 대상은 "칼"이라고 할 수 있다. 칼은 집과 대비되면서 흐름을 단절시키는 역할을 하는데, 칼의 이미지는 "점"이나 "비명", "휴전선" 등의 어휘들과 결합하여 끊김과 단절의 의미를 실현하고 있다. 그것은 흐름의 이미지가 삶과 생명의 의미와 결합되어 있다면, 죽음과 무(無)의 의미와 결합되어 있다고 하겠다.

그런데 주목되는 점은 시인이 칼과 집, 단절과 연속의 이미지들이 결코 분리될 수 없다고 생각하는 점이다. 시인은 "칼에서 집을 꺼냈다"고 서술하기도 하고, "그러니까 그것은 집이 칼인 이야기"라고 단정하기도 하고, "옛날이야기처럼 끊어지기 때문에 이어졌다"고 진술하면서 연속과 단절이 결코 분리될 수 없음을 강조하고 있다. 이와 같은 사실은 시의 제목인 "건너편"에 이미 암시되어 있다. 시인은 "너는 "건너편"을 "집"이라 부르고, 나는 "너"를 "건너편"이라 부른다."라고 진술하고 있는데, 지금까지 살펴본 시적 논리에 의하면 건너편이 집이라면 집의 건너편에 있는 "너"는 "칼"이라고 할 수 있다. 그러니까 건너편이 피안으로서 삶을 표상하는 집이라면 그 맞은편은 차안으로서 죽음을 표상하는 칼인 셈이다. 건너편은 사실 상대적인 개념으로서 이쪽에서 보면 저쪽이 건너편이고, 저쪽에서 보면 이쪽이 건너편이라고 할 수 있다. 따라서 그것은 각각 상대적인 위치와 입장을 표상해주는데, 삶과 죽음은 어떤 쪽도 주도권을 잡지 못하고 각각 상대적인 가치와 의미를 지니게 되는 것이다.

권민자의 상상력은 현저히 인식적 경향으로 기울어져 있음을 확인한 셈이다. 그녀의 상상력은 삶과 죽음, 혹은 자아와 타자의 의미, 자아의 정체성 등의 철학적이고 형이상학적인 주제를 탐구하는 쪽으로 경사되고 있다. 하지만 그렇다고 그녀의 시적 상상력이 철학적 인식론의 형태를 띠고 있다는 것은 아니다. 그녀가 죽음에 대해 사유하고, 자아와 타자의 관계, 혹은 자아의 의미에 대해서 사유하는 것은 삶의 자세를 확립하려는 욕망, 혹은 세계와 자아의 올바른 관계를 통해 가치 있는 삶을 모색하는 과정으로 보이기 때문이다.

3. 사막, 혹은 번짐의 미학

권민자의 상상력이 인식론적 경향으로 기울고 있다면, 이소연의 그것은 새로운 세계에 대한 갈망을 지향하고 있다. 이소연의 상상력은 지금, 여기에 없는 새로운 세계, 즉 "내 생으로는 가닿을 수 없는 피안"(「툰드라의 목동」)에 대한 갈망으로 가득 차 있는 것이다. 권민자의 신작시와 마찬가지로 이소연의 시적 상상력은 흐름과 유동적인 이미지에 지배되고 있는데, 그러한 이미지를 실현하는 자질은 "사막", 혹은 "모래"라는 점에서 변별점을 발견할 수 있다. 모래의 유동적인 이미지로 대변되는 사막은 시인을 "어떤 지도에도 없는 나라로 끄집고 들어"가기 때문에 관심의 대상이 된다. 이소연은 사막에 대한 독특한 상상력을 통해 새로운 세계와의 부딪침, 혹은 새로운 경험의 창출 가능성에 대해서 꿈꾸고 있는 것이다.

머플러로 얼굴을 지우고 지나가는 사막,
나는 이동력이 있는 듯 없는 듯 번지고 있다

산전 검사는 마치 번짐에 대한 학습
리트머스 종이와 사막이 필요하다
낙타의 느린 걸음은 그 번짐 속으로 빠져들까 봐
태초부터 물을 가두어 혹을 세웠으니
그 속에선 지구 뒤편의 달도 목을 축이고 있겠다

천지간은 이미 모래의 기미로 달콤하고 부유하다
낙타의 눈물이 범람하기라도 하면
곧 사막의 지형은 바뀌고, 모래 쥐들은
모래로 이루어진 죽음을 맞이한다

그러나 모래의 번짐은
층층을 유동시키는 존재방식
지평선을 태우는 노을의 저녁과
소용돌이치는 뭇별들이 지독하게 아름다운 것은
눈꺼풀로 응시할 수 없는 시간이 있기 때문이다

오늘도 다른 세계로 한 걸음 내딛게 해주는
나의 낙타, 환하게 번진다
낙타 주변으로 유즙 냄새가 난다
그 유즙의 힘으로 사막의 푸른 종이가 번진다
　　　　　　　　　　　　—이소연, 「푸른 종이가 번진다」 전문

　이 시의 시적 공간을 가득 채우고 있는 이미지는 번짐의 이미지, 곧 흐르고, 이동하고, 스며드는 이미지들이라고 할 수 있다. "산전 검사"와 "리트머스 종이", 그리고 "낙타의 느린 걸음"과 "모래의 번짐" 등의 표현들이 모두 스며들고, 흐르고, 유동하는 번짐의 이미지들을 내포하고 있다. 또한 "낙타의 눈물"이나 "지평선을 태우는 노을", 그리고 "유즙 냄새"와 "푸른 종이", "소용돌이치는 뭇별' 등의 이미지들이 모두 흐르고 퍼져나가는 번짐의 이미지를 실현하고 있는데, 이와 같은 유동의 이미지는 결국 "사막"이라는 시적 대상으로 집약된다. 시적 공간을 가득 채우고 있는 유동의 이미지는 사막의 공간에서 이루어지는 것이기 때문이다.

사막을 대변해주는 사물들이 모래와 낙타이다. 시인은 직접적으로 "머플러로 얼굴을 지우고 지나가는 사막"이라는 구절을 통해 사막을 움직이는 사물로 규정하는가 하면, "모래의 번짐은/층층을 유동시키는 존재방식"이라고 표현하여 모래의 본질이 유동적 성질에 있음을 강조하기도 한다. 또한 "나의 낙타, 환하게 번진다"라고 표현하면서 낙타가 본질적으로 번지는 성질을 지니고 있음을 표나게 내세우기도 한다. 이와 같이 사막을 비롯하여 그것과 환유적 관계로 설정되는 모래나 낙타 등을 모두 번지거나 유동적인 성질을 지닌 것으로 파악하고 있는 것이다.

그런데 이와 같이 사막의 요소들이 스며들고, 퍼지고, 이동하는 등의 번지는 성질을 지니고 있는 것이 중요한 이유는 그것이 시인으로 하여금 "다른 세계로 한 걸음 내딛게 해주"기 때문이다. 즉 사막의 번지는 성질은 시인으로 하여금 지금, 여기의 현실과는 전혀 다른 세계를 경험하도록 해주기 때문에 의미가 있는 것이다. 시인에게 사막의 번지는 성질은 "지평선을 태우는 오늘의 저녁"을 보여주기도 하고, "소용돌이치는 뭇별들"의 아름다움을 보여주기도 하는데, 사막의 번지는 성질이 이와 같이 아름다운 풍경들을 선사하는 것은 그것이 "시간"의 변화를 초래하기 때문이다. 또한 사막의 번지는 성질은 시적 화자 자신도 변화하도록 하는데, "나는 이동력이 있는 듯 없는 듯 번지고 있다"는 시적 진술이 시적 자아의 변화를 초래하는 사막의 유동적인 힘을 강조해주고 있다.

결국 사막은 시인에게 변화의 상징으로서 다른 세계의 가능성을 내포하고 있는 잠재성으로 인식되고 있다. 물론 이와 같은 새로운 가능성에 대한 발견은 시인의 상상력이 작동하고 있기 때문이다. 시인은 사막이 지나가고, 모래가 흐르고, 낙타가 번지는 현상을 상상하면서 그것을 시간의 흐름과 연결시키고, "지형"의 변화를 상상하기도 한다. 결국 이와 같은 변화의 가능성은 다른 세계로 한 걸음 내딛게 해주는 가능성으로 해석되는 것이다. 삭막하고 건조한 사막에서 유동적 흐름을 읽어내고 그것을 새로운 세계의 가능성으로 연결시키는 시인의 안목에는 독특한 상상력의 힘이 작동하고 있는 셈이다. 시인의 다음 신작시도 개성적인 상상력을 보여주고 있다.

횡단을 위해 태어난 목
수명을 다할 때까지
무릎관절을 꺾으며 걷는 목
횡단을 할수록
얼굴이 멀어진다면
제대로 걷고 있는 것

수염처럼 자라나는 밤에는
턱밑을 조심하라
어제 넘은 모래언덕이
오늘의 턱밑에 고꾸라져 있을 테니

신기루처럼 반짝이는 얼굴들

두 개의 샘과

둔덕에 파묻힌 두 개의 파이프관

하나의 도랑과

타오르는 갈급을 위해

단봉낙타의 걸음이 있다

그렇다면 얼굴이여 더 멀리 있어라!

　　　　　　　　　　　　　　　—이소연, 「결후」 전문

　시의 제목인 "결후"란 신체의 한 부위로서 목 앞에 돌기한 울
대를 지칭한다. 후두융기(喉頭隆起) 또는 후두돌기(喉頭突起)라
고 하는 결후는 남성의 목의 정면 중앙에 방패연골이 튀어나온
부분으로 울대뼈라고도 부른다. 시인은 이와 같은 목 앞으로 튀
어나와 있는 울대뼈를 대상으로 해서 독특한 상상력을 보여주는
데, 그것을 사막과 연관시키는 현상이 그녀의 독특한 상상력을
대변해준다. 이 시는 울대뼈를 시적 대상으로 삼으면서도 "모래
언덕"이나 "신기루", "단봉낙타" 등의 어휘 등을 동원하여 그것을
사막의 공간으로 연결시키고 있는 것이다.

　사막과 연결되어 있기에 결후는 "횡단을 위해 태어난 목"이
나 "무릎관절을 꺾으며 걷는 목"으로 묘사되면서 움직이며 이동
하는 운동성이 부각되고 있다. 결후는 어딘가를 향해 나아가고
있는데, 이처럼 결후가 나아가는 것은 "타오르는 갈급" 때문이라
고 할 수 있다. 시적 논리에 의하면 울대뼈는 "타오르는 갈급을
위해/ 단봉낙타의 걸음"처럼 걸어가고 있는 것이다. 그렇다면
단봉낙타처럼 걸어가는 울대뼈의 목표점은 오아시스이거나 사

막을 벗어난 풍요로운 공간일 것이다. 그런데 시적 공간에서 그러한 풍요로운 공간은 "두 개의 샘과/ 둔덕에 파묻힌 두 개의 파이프관" 등이 있는 "신기루처럼 반짝이는 얼굴"이라고 할 수 있다. 울대뼈가 단봉낙타처럼 횡단하며 걸어서 도달하고자 하는 곳은 오아시스와 같은 얼굴이라고 할 수 있는 것이다.

그런데 시인은 결후의 움직임을 "단봉낙타의 걸음"에 비유하면서도 "그렇다면 얼굴이여 더 멀리 있어라"라고 진술하거나 "얼굴이 멀어진다면/ 제대로 걷고 있는 것"이라고 언급하면서 울대뼈의 횡단하는 운동이 얼굴과 멀어지는 과정임을 강조하고 있다. 이러한 이율배반적인 상황을 이해하기는 쉽지 않다. 다만 무한한 상상력이란 결핍에서 야기된다는 것, 그리고 유토피아란 그 어디에도 없기에 사람들의 영원한 갈급의 대상이 될 수 있다는 점을 생각해 볼 수는 있을 것이다. 시인이 지향하는 곳이 "어떤 지도에도 없는 나라"(「툰드라의 목동」)이거나 "내 생으로는 가 닿을 수 없는 피안"(「툰드라의 목동」)이라고 한다면, 그러한 목표는 상상력을 통해서 "신기루"와 같은 방식으로 밖에는 실현될 수 없다는 것, 그렇기 때문에 시인은 끊임없이 새로운 세계의 가능성을 지니고 있는 번짐의 미학을 충족시키는 상상력에 의존할 수밖에 없을 것이라는 점을 짐작할 수 있을 것이다.

4. 극적 상황이 의미하는 것, 혹은 배치의 미학

권민자 시인이 상상적 죽음이나, 흐름에 대한 독특한 상상력에 의지하고 있고, 이소연 시인이 사막의 번짐에 대한 상상력을 독특하게 발휘하고 있다면 전문영은 특정한 상황을 구상함으로써 그러한 상황이 발전할 수 있는 다양한 가능성과 그러한 상황이 지닐 수 있는 의미 등에 대해서 탐색하는 것처럼 보인다. 즉 전문영은 독특한 연극적 상상력을 발휘하여 특정한 상황을 구성하고 그러한 상황의 구성을 통해서 잠재적 현실의 가능성을 타진함으로써 새로운 가상 세계를 창출하려는 욕망을 지니고 있는 것이다. 극적인 상황의 구성이 새로운 가상적 세계의 창출과 연관되어 있다고 할 때, 중요한 것은 극적 상황을 구성하는 요소들과 그것들의 배치라고 할 수 있다. 어떤 요소들이 상상적 무대에 등장하고, 상상적 무대를 채운 가상적 요소들이 어떠한 관계를 형성하고 있는가 하는 점이 새로운 세계의 모습과 의미를 결정해주기 때문이다.

먹으면서 먹는 얘기를 하면
테이블 위에서 마라톤이 시작된다

꽃은 열심히 꽃인 척 하고 냅킨은 주름의 측면에서 최선이고
촛불은 숨이 숨어 지내는 장면들을 축도하고
식탁보 아래로는 미라의 힘줄처럼 창백한 발톱들만 자라난다

나는 성실하게 숟가락으로 숟가락을 떠먹는다
창밖에 엘리베이터가 없으니 내 살가죽을 늘려
떨어지기 직전 바닥에 미리 내던져두려고

뚱뚱한 여인이 내 안에 몸을 누이고 내 피부를 구석구석 무두질하면
트랙을 돌던 얼굴들이 한꺼번에 기울어지고

여인이 부르짖는다: 내가 믿는 것은 너를 못 믿겠다는 것이다!

그래도 방금 식사를 하지 않았나 생각하면
차의 조수석에서 충직한 가윗날처럼 다리를 다물리게 되고

접힌 살의 아늑한 모서리로 도망치는 어둠에게
여인은 다시 한 번 목을 내주고 만다
              ─전문영, 「뚱뚱한 여인이 노래를 부를 때까지」 전문

　돌발적인 이미지의 나열과 비약적인 시상의 전개로 인해서
시적 의도나 메시지를 파악하는 것이 쉽지 않다. "뚱뚱한 여인이
노래를 부를 때까지"라는 시의 제목 또한 매우 독특해서 의미를
파악하기가 쉽지 않지만, 독특한 제목은 시인이 각주에서 설명
한 것처럼 바그너의 〈니벨룽겐의 반지〉에서 한 거대한 여성 인
물이 노래 부르면서 국면이 전환되는 것에서 유래되어, 경기가
끝나기 전에는 그 결과를 알 수 없다는 의미를 지니고 있다. 따
라서 이 시는 결과에 도달하지 못한 채 부유하는 어떤 유동적인
상황, 혹은 미결정의 중층적 상황을 시적 대상으로 삼고 있다고
할 수 있다.
　그런데 이 시에서 모든 시적 상상력의 전개는 "먹으면서 먹
는 얘기를 하"는 사건으로부터 시작된다. 먹으면서 먹는 얘기를
하는 것은 실체와 현상의 일치를 보여주는 상황으로서 이는 포
스트모더니즘이 강조하는 예술의 자기 반영성을 암시하기도 하
고, 자신을 자신과 관계되는 하나의 관계로 설정하는 실존주의
의 단독자 개념을 연상시키기도 한다. 자기반영성의 개념과 자

신과 관계되는 자신의 관계라는 개념은 결코 주체가 타자와 맺는 관계를 포함할 수 없다. 따라서 이러한 개념에 지배되는 시적 언어의 서술어는 항상 주어 자체의 속성을 지칭한다는 점에서 동어반복성의 성질을 띠게 된다. 시적 진술에서 "꽃은 열심히 꽃인 척 하고 냅킨은 주름의 측면에서 최선이고" 등의 진술들은 모두 이와 같은 자기동일성, 혹은 동어반복적인 자기반영성의 특성을 표현해주고 있다. 특히 "나는 성실하게 숟가락으로 숟가락을 떠먹는다"는 시적 진술은 그러한 자기 반영성의 성격을 여실히 드러내면서 그러한 상황이 지닌 비생산적인 불모성의 성향을 적절히 드러내 준다.

시인이 여인의 목소리를 빌어 "내가 믿는 것은 너를 못 믿겠다는 것이다"라고 진술하는 것은 이와 같은 자기 반영성으로서의 동어반복이 어떠한 실존적 진리나 의미를 창출하지 못하고 있다는 점을 암시해준다. 결국 이와 같은 자기 반영성이 야기된 극적 상황은 "먹으면서 먹는 얘기를" 했기 때문이라고 할 수 있다. 즉 극적 인물이 행동을 하면서, 자신의 행동에 대해 정당성을 꾀하는 상황이 연출되었기에 그 행동은 한 치도 앞으로 나아가지 못하고 그 자체를 맴돌 수밖에 없는 것이다. 그렇기 때문에 상황은 종료되지 않고 항상 부유하는 유동적인 상황에 머물 수밖에 없다. 전문영 시인은 바로 이와 같이 나르시시즘적인 상황에 처해서 자신 밖에 반영하지 못하는 극적 상황을 설정하고, 그러한 상황이 지닌 불모성을 고발하고 있다고 하겠다.

어떻게 둘이 먹다 셋이 죽어버릴 수 있는지에 대한 답을 듣고 돌아왔다
: 독(毒)인간 하나를 두 명이 나눠먹는다

오랜만에 욕조를 청소하는 남자가 와있다

결국엔 양말이 다 젖는데 왜 늘 슬리퍼를 신고 일을 할까

독인간에게 우유를 먹이면서 독이 연해지길 기대하는 사람 같다

비누 거품을 낼수록 머리카락이 단단해진다

굳이 베어 먹지 않아도 비누는 요즘 들어 점점 더 알 것 같은 맛

한때는 미식가가 아니면 수녀가 되고 싶었지만

난 이미 맛없는 음식을 너무 많이 먹었고

수녀복을 벗지 않고 샤워하는 요령도 모른다

샤워기를 잠글 때는 꼭 숨을 죽이게 된다

그 사이에 거실에서 셋 정도는 죽어버린 것처럼

그중에 독인간은 누구였을까

이제 욕실 앞에도 야구방망이를 하나 비치해둬야겠다

다짐하며 욕조를 부순다 욕조는 세수하는 곳이 아니니까

적당한 조각을 골라 그 안에 물을 받아 세면대로 쓰고

수건으로 톡톡 얼굴을 일부 털어내고 나면 욕실문을 열기 쉽고

문간에 기댄 채 야구방망이를 들고 있는 건 아까 그 청소부다

그는 욕실 앞에 놓여 있는 걸 보고 욕조를 치울 때 임시로 썼다며

굳이 내 손에 야구방망이를 돌려준다

욕조는 방금 내가 부숴서 치운 줄 알았는데

그전에 내가 한 건 샤워가 아니었나 보다; 다시 욕실로 들어가려는데

남자가 얼굴을 찌푸리며 자긴 이런 냄새를 맡으면 비위가 상한다고 한

다

어려서 벌을 설 때 늘 비누를 입에 물어야 했다고

—전문영, 「미식」 부분

앞서 분석한 작품처럼 역시 음식의 메타포가 등장하고 있는데, 상상력의 전개 방향은 매우 다르다. 앞서 분석한 작품이 현대인의 나르시시즘적 경향성에 대한 분석으로 상상력이 작동했다면, 이 작품은 음식의 메타포를 통해 현대인이 지니고 있는 은밀한 성적 욕망의 모습을 보여주는 쪽으로 상상력이 발동하고 있다. "독(毒)인간"이라는 난해한 인물이 등장하고 있기는 하지만, 이 시의 상상력은 대체로 욕조에서 샤워를 하는 시적 자아와 욕조를 청소하는 남자의 구도에서 작용하고 있다. 욕실 안에는 욕조가 있고 시적 자아는 욕조 안에서 샤워를 하는데, 욕조를 청소하는 남자는 야구방망이를 들고 욕실 밖에서 대기하고 있다. 이러한 구도는 여성과 남성 사이에서 생성되고 있는 어떤 성적인 욕망을 환기해준다. "양말이 다 젖는데"라는 구절이나 "양말 끝까지 축축해지는 기분" 등의 구절들은 축축하게 젖어드는 성적 욕망을 대변해준다.

여기에 음식의 메타포가 등장한다. 시적 자아는 "미식가가 아니면 수녀가 되고 싶었지만"이라고 진술하면서 미식가와 수녀를 대립시키고 있는데, 수녀가 금욕적 존재를 상정한다는 점에서 미식가는 그와 대립되는 성적 욕망의 담지자로 이해할 수 있다. 이러한 미식가의 앞에 문제적 성격을 지닌 비누가 등장하는데, '비누'라는 대상 또한 맛을 지닌 것으로 성적인 욕망과 연관되어 있다. 즉 시적 화자는 "굳이 베어 먹지 않아도 비누는 요즘 들어 점점 더 알 것 같은 맛"이라고 하면서 비누가 세척을 위한 것이 아니라 시식을 위한 것임을 드러낸다. 그리고 시적 화자는 남자의 말을 빌어서 "어려서 벌을 설 때 늘 비누를 입에 물어야 했다고" 진술하면서 비누가 어떤 죄의식과 연관되어 있음을 암시하고 있으며, "이런 냄새를 맡으면 비위가 상한다"고 진술함으로써 비누가 비릿한 냄새를 지니고 있는데, 그러한 냄새가 역겨운 효과를 자아내고 있음을 강조하고 있다. 또한 시적 화자는 "비누 거품을 낼수록 머리카락이 단단해진다"와 같은 진술을 하고 있는데, 이와 같이 비누와 연관된 이미지들은 어떤 은밀한 성적인 욕망과 연관되어 있음을 암시하고 있다.

결국 이 시는 욕실에서 샤워하는 여자와 욕실을 청소하는 남자의 상황 설정을 통해서, 그리고 욕조와 야구 방망이, 비누 등이 환기하는 메타포를 통해서 현대인이 지니고 있는 성적 욕망에 대해 보여주고 있다고 할 수 있다. 시인은 은밀한 현대인의 성적 욕망을 드러내기 위해서 여자와 남자, 욕조와 방망이 등의 다양한 상황과 요소들을 배치하고 있는데, 이와 같은 상상력에 의한 극적 구성이 시적 공간에 질서를 부여하고, 그러한 질서를 통해 시적 공간은 유의미한 세계를 창출해내고 있는 것이다.

5. 보편적 상상력을 위하여

상상력은 정신과 자연, 즉 관념과 감각의 동시적인 작용에 의해서 새로운 세계를 창출하는 힘이라고 정의한 바 있다. 상상력의 창조 행위는 신적인 창조 행위에 비견되곤 하는데, 상상력이 창출한 세계는 보편적으로 승화된 세계이며, 심미적으로 가치를 지닌 세계라는 점에서 상상력의 가치와 의미를 인정할 수 있었다. 또한 상상력은 우리에게 지금, 여기의 현실에서 발견할 수 없는 새로운 세계를 경험하도록 한다는 점에서, 그리고 자연과 인간에 대한 새로운 발견을 가능케 하는 인식적 힘을 지니고 있다는 점에서 의미를 지니고 있다.

　권민자의 가상적 죽음에 대한 상상을 통한 자아와 타자, 그리고 존재의 의미에 대한 탐구는 매우 철학적인 차원에서 인식적 발견의 감명을 주고 있었다. 이소연의 사막에 대한 사유, 혹은 번짐과 유동성에 대한 상상은 놀라운 세계를 경험하고자 하는 열망과 경이감을 전해주고 있다. 마지막으로 전문영의 극적 상황에 대한 구상력은 현대인이 지닌 다양한 속성들을 파헤쳐주는 데에 장점을 발휘하고 있었다. 그러나 신인들의 상상력은 독자들과 공감할 수 있는 보편적인 세계를 보여주기보다는 개인적인 취향이 짙은 상대적이고 주관적인 상상력의 궤도를 보여주고 있다는 점에서 아쉬움을 남긴다. 상상력이 새로운 가치와 의미를 창출하여 독자들에게 감명을 줄 수 있는 것은 그것이 보편성으로 승화될 때라는 점에 대해서 좀 더 고민할 필요가 있을 것이다.

현실의 궁핍과 환상의 비약

―최덕진, 박천순, 유순덕의 새로운 시선

1. 환상과 현실의 경계

　환상(fantasy)과 현실(reality)은 사람들이 생각하는 것처럼 그렇게 명확하게 구분되는 것은 아니다. 우리는 현실이란 실제로 존재하는 세계를 지칭하고, 환상이란 비실재적인 것의 가상적 구축물을 지칭하는 것으로 이해하곤 하지만, 현실이라는 개념 또한 하나의 상징적 조작에 의해 구축된 것이라는 점을 생각해 보면, 환상과 그리 멀리 있는 것은 아니다. 우리가 현실이라고 하는 것은 인간적 관점에서 상징적 체계를 통해 구축한 세계라는 점에서 구성적 현실이라고 할 수 있는데, 그렇기 때문에 현실은 상징계로서의 현실을 지칭하는 것이다.

　그런데 상징계는 모든 현실을 그 상징적 질서 안으로 포섭하지 못한다. 우리가 무의식적인 충동이라고 부르는 것, 혹은 외상(trauma)라고 부르는 것들은 상징적 질서 안으로 포섭되지 못하고 여전히 그 너머에서 배회하고 있다가 기회가 되면 상징적 질서에 틈입하여 그것을 교란한다. 그러니까 우리가 현실이라고 부르는 것들은 결코 있는 그대로의 현실이 아니며, 인간에 의해 인위적으로 구축된 세계라고 할 수 있는데, 그 세계 또한 완벽한 체계가 아니라 많은 균열과 혼란을 내포하고 있는 체계인 셈이다. 정신분석학에서는 이처럼 상징적 현실로 모두 포섭되지 않는 잉여물, 혹은 잔여물로서의 외상과 충동 등의 요소들을 실재(the Real)이라고 부르는데, 환상은 현실을 부정하고 그것과 대립관계를 형성한다는 점에서 이 실재와 연관되어 있다.

환상은 물자체(Ding an Sich)을 부정하는 구성적 현실을 다시 부정한다는 점에서 이중의 부정인 셈인데, 이러한 이중의 부정이 곧 구성된 현실을 부정하고 실재를 환기할 수 있는 것이다. 물론 환상이 실재와 동일한 것이라 규정할 수는 없지만, 환상은 강고한 현실에 균열을 만들고, 그 체계 너머의 세계를 환기하고 지칭한다는 점에서 실재와 동일한 효과를 발휘하는 것은 사실일 것이다. 환상은 확고한 현실이라는 믿음에 균열을 가하고, 혼란을 야기한다는 점에서 현실의 변혁과 확장에 기여할 수 있는 셈이다. 환상이 현실의 확장에 기여할 수 있는 것은 현실이란 구성된 것인데, 그러한 구성이 하나의 관습과 이념과 깊이 관련되어 있기 때문이다. 즉 현실은 관습과 이념과 관련되어 있는데, 환상이 그러한 관습과 이념에 균열을 가하고 자극한다면 관습과 이념은 그 범주를 넓혀 현실을 포괄하려고 할 것이고, 그러한 과정을 통해서 현실은 확장되고 갱신될 것이다.

그런데 앞서 실재가 외상과 관련되어 있다고 했듯이 환상은 한편으로 상징적 세계가 감당할 수 없는 충격과 공포와 연관되어 있기도 하다는 점에서 세계의 비참을 환기하기도 한다. 상징적 관습과 신념으로 소화하기 어려운 충격을 경험했을 때, 환상은 병리적인 성격을 지닌 채 등장하곤 하는 것이다. 따라서 환상은 한편으로는 인간이 이성으로 통제하고 제어할 수 없는 낯선 경험에 대한 곤경과 당혹을 함축하고 있기도 하다. 그리하여 환상은 낯설고 괴기스러운 표상과 정서를 창출하면서 독자들에게 충격과 공포를 자아내기도 하는 것이다.

결국 환상이란 현실에서 포착되지 않는 현실 너머의 세계를 통해서 현실을 확장하고 갱신하며, 상징적 현실이 통제하지 못하는 충격적인 경험과 사건에 대해 일정한 형식을 부여함으로써 그것을 포용할 수 있는 계기를 제공한다는 점에서 문학적으로 매우 중요한 기제인 셈이다. 환상은 독자들에게 현실의 확장으로서의 새롭고 신기한 경험을 선사할 뿐만 아니라 참혹한 현실에 대한 치유와 적응의 기제를 제공한다는 점에서 문학적인 관심의 대상이라고 할 수 있다. 이번에 새롭게 조명하고자 하는 시인들인 박천순과 유순덕, 그리고 최덕진은 모두 이러한 현실과 환상의 경계에서 서성이고 있는 것처럼 보인다. 최덕진이 좀 더 현실의 궁핍함과 속악함에 대해서 고민하고 있다면, 박천순과 유순덕은 그러한 현실을 부정하면서 현실의 확장으로서 환상으로 달려가고 있는 것처럼 보인다. 세 사람 모두 현실이 불완전하고 고통스러운 것이라는 인식을 공유하고 있지만, 최덕진이 그러한 현실을 해부하면서 천착하는 현실주의적 태도를 취하고 있다면, 박천순과 유순덕은 그러한 현실의 경계 너머로 달려가 상징적 현실에 대해 균열을 가하면 새로운 현실을 창출하려는 환상적 태도를 취하고 있는 것이다. 그들의 신선하고 새로운 시선 속으로 들어가 보자.

2. 궁핍한 현실과 냉철한 시선

최덕진의 시적 태도는 현실의 속악함과 삭막함에 대해 최대한 냉철함을 유지하는 것이다. 그의 신작들은 현실이 지닌 부정적 측면에 대한 비판적 자세를 견지하면서도 시적 대상에 대해서 최대한 거리를 두고서 관찰하는 자세를 취하려고 한다. 그러한 객관적 자세는 시인으로 하여금 현실에 대해 천착하도록 하는 구심적인 힘으로 작용한다. 박천순과 유순덕의 시와 달리 최덕진의 시가 현실 너머의 환상의 세계로 탈주하지 않는 것은 그의 시가 지닌 이러한 객관적이고 분석적인 냉철한 태도 때문이라고 할 있다.

예컨대 시인은 「라면 이야기」라는 시에서 '라면'에 얽힌 과거의 추억을 떠올리면서 "최루탄 가루가 감치고 돌거나/ 프레스에 깨진 손톱에서/ 쇠비린내가 날 때 먹는 라면은/ 눈물이 고이도록/ 아려 와야 제맛이었다// 요즘 라면이 점점 매워지고 있다"라고 진술하고 있는데, 이러한 시적 통찰에는 점점 더 그악스러워지는 현실에 대한 인식이 담겨 있다. 상처나 살갗 따위가 찌르는 듯이 아픈 맛을 내야 라면이 제맛이라는 것, 그리고 요즘의 라면은 그와 같은 맛을 내기 위해서 점점 더 매워지고 있다는 것을 담담하고 고백하고 있는데, 이러한 고백 속에는 상처를 내고 그것을 들쑤시는 현실의 냉혹함에 대한 인식과 고발이 담겨 있는 것이다. 좀 더 맵고 좀 더 자극적인 맛을 찾는 현대인의 성향은 바로 그들을 둘러싸고 있는 현실의 혹독함에 대한 대응이라는 점을 역설하고 있는데, 이러한 통찰 속에는 현실에 대한 분석과 해부라는 냉철한 시선이 숨어 있는 것이다. 이와 같은 경향을 다음 작품이 더욱 선명히 보여준다.

　　이제 누군가 방문을 열면 새벽 두 시
　　귀가 마지막까지 살아남는다고 한다

　　폐가 망가진 노인은 벌컥벌컥 숨을 들이쉬고만 있고 그의 딸은 울지 않
　는다

　　누가 뒤에서 잡아당기는 것일까 입속으로 빨려 들어가는 얼굴 울러대
　는데 이골이 났을 꼿꼿한 팔뚝에 검버섯으로 돋은 불화를 그의 아내도 울
　지 않는다

　　조카들이 목 놓아 울고 우르르 누이들이 한데 몰려와 야윈 손을 부여잡
　고 핏기 없는 얼굴을 쓰다듬으며 한바탕 악을 쓰고 무너진다

　　다정한 간격이 있을 수 있을까
　　멀리 살수록 긍정적이라니

　　모진 쪽으로만 구겨지던 주름에 맥이 풀리고 팔이 드리워져도 그의 딸
　은 손을 잡지 않는다
　　날아간 밥상처럼 벽을 흐르는 김칫국물처럼
　　엎질러진 적의는 흔적을 남긴다

　　같이 산다는 건 왜 이렇게 객관적일까 그의 아내가 한 남자의 죽음을 확
　인하고 있다
　　　　　　　　　　　　　　　　　　　　　—최덕진, 「어떤 임종」 전문

"같이 산다는 건 왜 이렇게 객관적일까"라는 의문 속에는 삶에 대한 시적 주체의 통찰이 담겨 있다. 죽음에 대해서 태연할 수 있다는 것, 가족의 죽음을 객관적인 사건으로 냉정하게 바라볼 수 있다는 것은 같이 살았기 때문이다. 임종을 지키기 위해서 멀리서 방문한 조카들과 누이들은 "손을 부여잡고 핏기 없는 얼굴을 쓰다듬으며 한바탕 악을 쓰고 무너지"지만, 함께 살았던 아내와 딸은 죽음을 의미하는 드리워진 팔도 잡지 않으며, 냉정하게 "한 남자의 죽음을 확인하고 있다." 그래서 시적 주체는 "멀리 살수록 긍정적"이라고 진술하고 있는데, 이러한 역설을 도대체 어떻게 가능한 것일까?

그것은 상처 때문일 것이다. 같이 산다는 것이 객관적일 수 있는 이유는 같이 산다는 것이 상처일 수 있기 때문이다. 죽어가는 아빠이자 남편이라는 존재는 "을러대는데 이골이 났을 꼿꼿한 팔뚝에 검버섯으로 돋은 불화"를 지니고 있는 존재이다. 언젠가 그가 지닌 불화로 인해서 발생했을 것으로 추정되는 "날아간 밥상처럼 벽을 흐르는 김칫국물처럼/ 엎질러진 적의는 흔적을 남"기게 된다. 그리하여 적의의 흔적은 딸로 하여금 아비의 죽음에 대해서도 울지도 않고 손도 잡지 않게 하였을 것이며, 아내로 하여금 "한 남자의 죽음을" 객관적으로 확인하도록 했을 것이다.

결국 함께 사는 것, 즉 관계를 맺는 것이란 상처를 주고받는 것이며, 그렇기 때문에 인간관계란 객관적인 것으로 규정되는 것이라는 인식이 이 시가 내포하고 있는 시적 통찰인 셈이다. 상처와 객관적 관계는 죽음에 대해서도 어떠한 감정적 표출을 억제하도록 하는데, 감정의 표출이 극도로 억제된 세계에서 인간적 온정과 동정심 등 인간관계를 떠받치는 자질들을 발견할 수는 없을 것이다. 갈수록 그악해지는 사회, 상처로 인해서 안으로 문을 걸어 잠그는 시대는 감옥과 같은 세상이라고 할 수 있을 것이다. 그러한 세상에서 냉철한 시선은 가장 유용한 생존전략인지도 모른다. 속고 속이는 세상, 혹은 멸시와 모멸이 판을 치는 세상에서 그러한 전략은 더욱 유효성을 지니게 된다.

    죽어도 감지 못 하는 눈

    조여 오던 그물의 완력이 어른거렸을까 시장 바닥에 누웠던 것이 부끄러웠을까 몸부림의 마지막 순간들이 그들의 이름을 완성하는 아우성들이 접시에 담겨 뒤틀리고 있다 아가미가 터지도록 고개를 젖히고 내장이 시커멓게 타버린 것은 빛에 속았기 때문이지만

    그들은 하나의 자세로 있다

    복원할 수 없는 기억들이 메말라 가고
    곪아 터진 멸시는 덧나고 있는데

    부릅뜬 눈을 한 번도 깜박이지 않고
    내 허기가 느슨해지는 것을 쳐다보면서

    속이는 것보다 속는 것이 더 잘못이라는 듯,
    아무 의심도 없이 점점 경직되고 있다
                                    ―최덕진, 「멸치」 전문

시적 대상인 "멸치"는 "멸시"와 "속임수"라는 현대사회의 속성을 표상해주는 것이다. 시적 주체가 생각하기에 그것이 잡힌 것은 "빛에 속았기 때문이"며, 또한 그것은 "속이는 것보다 속는 것이 더 잘못이라는 듯"한 표정을 하고 있다. 또한 그것은 이유를 분명히 알 수 없지만, 하나의 현대사회에 만연한 멸시를 대변해주는데, 시적 주체가 보기에 그것들은 "시장 바닥에 누웠던 것이 부끄러웠"는지 "접시에 담겨 뒤틀리고 있"으며, "곯아 터진 멸시"로 메말라 가고 있다.

시장 바닥에 뒹굴고 있는 멸치를 보면서 시적 주체가 멸시와 속임수라는 부정적 현상을 연상하는 그 내면의 메커니즘을 이해하기는 어렵다. 하지만 중요한 것은 멸치를 보면서 시적 주체는 그와 같은 속악한 세상의 부정적 현상을 연상하고 있다는 것이다. 멸치를 통해서 우리는 세상의 속임수라든가 멸시와 같은 속성을 연상하기 어렵기 때문에 그와 같은 연상작용은 시적 주체의 일방적인 투사라고 해석할 수밖에 없다. 세계 이해의 한 측면을 시적 주체는 멸치에게 투사하여 제시하고 있는 것으로 해석할 수 있다는 것이다. 그리고 더욱 중요한 것은 그러한 투사를 통해서 "죽어도 감지 못 하는 눈"을 초점화하고 있다는 점이다.

세상은 속악한 세상으로서 속고 속이는 관계로 점철되어 있다는 것, 그리고 모멸과 멸시의 관계가 판을 치고 있다는 것, 그러하기 때문에 "속이는 것보다 속는 것이 더 잘못이라는" 것 등의 메시지들이 "죽어도 감지 못하는 눈"에 투영되어 있다. 또한 그런 이미지 속에는 속악한 세상에 대처하기 위해서는 한시도 방심해서는 안 된다는 점, 대상으로부터 거리를 둔 채 냉철한 시선을 유지해야 한다는 세계관 등이 함축되어 있다. 궁핍한 시대의 속악한 현실이 객관적이고 분석적인 시선을 강요하고 있거니와 이러한 현실 인식은 어떻게든 시적 주체가 발 딛고 있는 현실이 의미를 지니고 있다는 태도가 내재되어 있다. 여기서 한 발짝만 더 나아간다면 우리는 새로운 현실로서 현실 너머의 환상과 마주치게 된다.

3. 개인적 외상이 그려내는 환상

박천순의 신작들에서 주목되는 점은 현란한 상상력이다. 심안(心眼)을 통해 보이지 않는 현상들을 읽어내는 눈, 그리고 상상적 대상들이 서로 얽히고설키면서 만들어내는 다양한 관계의 자장들, 특히 그러한 관계들이 생성해내는 다양한 이미지들의 변주는 매우 매혹적이면서도 마술적인 신비로움을 발산하고 있다. 예컨대 시인은 탭댄스를 보면서 "소리가 따라다니는 그의 뒤꿈치에서 마술처럼 눈이 내리고 아이가 태어나고 꽃이 피었습니다"라고 묘사하면서 그 마술적인 현란한 상상력을 선보이고 있다. 하지만 이러한 마술적 상상력은 악몽과도 같은 비현실적 환상의 세계를 구축하는 데에서 더욱 그 가능성을 발휘한다.

처음 보는 물고기들이 수면 위에서 퍼덕거린다 눈자위가 수척해지도록 제 비늘을 하나씩 떼어먹는 돌고기는 어느 소용돌이 속을 헤매다 왔을까 붉은 눈알과 푸른 눈알이 부딪혀 깨진다 놀란 내 눈동자가 흘러내린다 비에 불은 창문이 터지고 어두운 물이 쏟아져 들어온다 물속에 잠기는 방, 깨진 유리를 가슴에서 꺼내 꿰매기 시작한다 물풀이 흐느적거리며 발목에 감긴다 발길질을 할수록 엉켜드는 잡념들, 시퍼런 핏줄을 따라 수만 개의 가시가 돋아난다 눈알이 빠진 연어가 뼈만 남은 몸으로 강을 거슬러 오르고 뻐끔거릴 때마다 검게 질식해가는 아가미, 소리치는 입들이 물결 무늬 벽에 걸리고 침대는 지느러미도 없이 혼자 온 방을 떠다닌다

— 박천순, 「떠다니는 잠」 전문

　　"떠다니는 잠"이라는 제목으로 볼 때, 위 시에서 묘사된 장면들은 꿈속의 세계라고 할 수 있다. 꿈속의 세계라는 점에서 상상력의 전개는 현실적 정합성의 논리를 뛰어넘어 자유자재로 변주된다. 그런데 묘사된 꿈속의 장면들이 매우 괴기스럽고 고통스러운 그것이라는 점을 생각해보면 이 시에서 묘사하고자 한 장면들은 악몽의 그것이라고 할 수 있다. 가위눌리는 듯한 상태에서 꿈속의 장면들이 점멸하기도 하고 부유하기도 한다. 하지만 그 상상의 전개는 공포와 전율을 자아내기에 충분하다.

　　수면(睡眠) 속의 세상은 그야말로 수면(水面) 속의 세상이다. 물고기들이 퍼덕거리고, 물풀들이 흐느적거리는 수면 속의 세계가 펼쳐지고 있는 셈이다. 시적 주체가 잠들어 있는 침대조차 "지느러미도 없이 혼자 방안을 떠다니"는 한 마리의 물고기로 비유되고 있다. 시적 전개는 이와 같은 물속을 유영하는 듯한 자유로운 상상력과 연상 작용에 의해서 물 흐르듯이 펼쳐진다. 그런데 그 물은 "어두운 물"로서 죽음과 공포를 연상케 하는 속성을 지니고 있으며, 그 속에서 헤엄치는 물고기들 또한 괴기스러운 형상을 하고 있다. 즉 어두운 물속에 등장하는 물고기들은 "수면 위에서 퍼덕거리고" 있거나 "제 비늘을 하나씩 떼어먹는" 자학적이고 자폐적인 속성을 지니고 있다. 또한 그것들이 지니

고 있는 "붉은 눈알과 푸른 눈알"은 "부딪혀 깨"지고 있으며, "눈알이 빠진 연어"는 "뼈만 남은 몸으로 강을 거슬러 오르고" 있으며 뻐끔거리는 아가미는 "검게 질식해가"고 있다.

자신의 비늘을 떼어먹거나 퍼덕거리고 있는 물고기들, 혹은 눈알이 빠지고 형해만 남은 물고기들이 헤엄치는 광경은 공포스러운 정서를 자아낸다. 또한 검은 물을 배경으로 해서 부유하는 그러한 장면들은 황폐한 세계를 표상해주고 있으며, 파괴되고 해체된 세계, 혹은 죽음에 의해 지배되는 저승의 이미지를 제공해준다. 또한 부드러운 물의 속성과 터진 창문, 혹은 "깨진 유리"와 "수만 개의 가시" 등의 이미지가 서로 충돌하면서 묘한 부조화와 긴장 등의 효과를 발휘하고 있다. 이러한 이미지들의 조합 속에 등장하는 시적 주체 또한 "놀란 내 눈동자가 흘러내린다"는 표현이나 "시퍼런 핏줄을 따라 수만 개의 가시가 돋아난다"는 표현에서 알 수 있듯이 파괴되거나 망가지고 있으며, 날카롭고 히스테리컬한 반응을 보이고 있다.

우리는 이와 같은 참혹한 세계의 원인과 이유를 알 수 없다. 이 시가 그려낸 환상의 세계가 현실에 대한 하나의 알레고리로서 우리 국민들이 감당하기 어려웠던 세월호 참사를 암시할 수도 있을 것이다. 어쨌든 시인이 그려내고 있는 환상의 세계가 하나의 악몽과 같은 세계라는 점은 분명하다. 악몽과도 같은 환상의 세계는 시인이 생각하는 우리의 현실 세계가 그만큼 고통스럽고 부조리하다는 하나의 방증이 될 것이다. 하지만 다음 시와 나란히 놓고 읽어보면 시인이 창출한 악몽과도 같은 환상의 세계는 시인 자신의 내면풍경일 수도 있다.

창백한 태양 앞에서
내 안의 어둠을 달인다
바짝 졸은 어둠이 목젖에 엉겨 붙는다
입 안의 혀가 무겁다
내 속에서 오래 졸아든 시
쓴 환약으로 목에 걸린 당신

발바닥 밑으로 미끄러지던 길 위에서 당신과 나의 그림자가 겹쳐졌지
나무 끝에 찔린 하늘이 푸른 피를 토해내고 나뭇잎이 헛바닥을 세우고 상
처 난 하늘을 핥고 있을 때 함께 껴안은 달빛, 품속에서 간질거리던 낮달
에서 흰 피가 흘러 흘러

그 달빛 꺾어서 목구멍을 환하게 채울 수 있을까
푸르게 독 오른 나뭇잎처럼 부풀었다 말라가는 당신
바스락 흩어지며
검은 노을로 눈썹에 걸린다

—박천순, 「오래 달인 어둠」 전문

시로 쓴 시론이라고 할 수 있는 작품인데, 역시 '어둠'의 이미
지를 중심으로 현란한 상상력이 펼쳐지고 있다. 시인이 묘사하
고자 하는 "오래 달인 어둠"은 시적 주체의 내면에서 생성되어
달여진 어둠이다. 그 어둠은 "목젖에 엉겨 붙"기도 한다는 점에
서 '언어'로 변주되기도 하고, 더 나아가 "내 속에서 오래 졸아든
시"가 되기도 하며, "쓴 환약으로 목에 걸린 당신"이 되기도 한
다. 결국 시적 주체의 내면에서 형성된 어둠은 언어로 졸아져서

쓰디쓴 환약과 같은 시로 거듭나는 셈인데, 도대체 내면의 어둠은 어디서 온 것인가?

그 해답은 2연의 환상적 묘사에서 발견할 수 있는데, 상처라고 할 수 있다. 시인이 구축하고 있는 환상의 구도에 의하면 "나무 끝에 찔린 하늘"은 "푸른 피를 토"하고, "나뭇잎"은 "상처난 하늘을 핥고 있"다. 뿐만 아니라 푸른 하늘에 떠 있던 "낮달" 또한 "흰 피"를 "흘리"고 있는데, 낮달이 피를 흘리는 것은 하늘이 푸른 피를 흘리고 있는 것처럼 상처를 입었기 때문이라고 추측해 볼 수 있다. 결국 세계는 온통 피 흘리는 대상으로 넘쳐나고 있으며, 또 그러한 상처를 핥고 있는 존재들로 채워지고 있다. 시적 주체가 1연에서 자신의 내면에 형성된 어둠의 변주에 대해서 이야기하고 2연에서 그것과 나란히 피 흘리는 상처투성이의 세상을 병치하고 있는 셈인데, 이러한 병치는 1연에서 언급한 시적 주체의 내면에 형성된 어둠의 근거를 제공해주고 있다.

그리하여 시적 전개는 다시 3연에서 내면의 어둠으로 돌아오는데, 내면에서 생성되어 졸아든 어둠은 "푸르게 독 오른 나뭇잎처럼 부풀었다 말라가는 당신"으로 비유되고 있다. 그리고 최종적으로 그 어둠은 "바스락 흩어지며/ 검은 노을"로 변형된다. 졸아든 어둠이 부스러기처럼 건조해져서 흩어지고, 결국 "검은 노을"로 변한 셈인데, 졸아든 어둠이 시인이 쓰는 시에 대한 은유라는 점을 착안해 보면, 검은 노을이 곧 시인의 시인 셈이다. 어둠을 달여서 쓴 것이 시인의 시라고 할 수 있는데, 그 시는 "검은 노을"과 같은 속성을 지니고 있는 것이다. 아름다운 붉은 노을과 대비되는 "검은 노을"은 을씨년스럽고 불안한 정서를 야기하는데, 그런 성격을 지닌 시가 시인의 시라고 할 때, 검은 노을로서의 시는 달여진 어둠, 혹은 시인의 외상의 발현이라고 할 수 있다. 물론 그러한 외상은 "푸르게 독 오른 나뭇잎처럼 부풀었다 말라가는" 외상으로서 언어에 의해 표현되고 정제되어 순화된 외상이라고 하겠다. 결국 박천순의 환상으로서의 시적 세계는 현실 외부의 외상을 순화시키는 기제로서 작용하고 있는 셈이다.

4. 세계의 비참, 혹은 현실의 확장으로서의 환상

유순덕의 신작 또한 현란한 상상력이 빛을 발하고 있다. 특히 그 환상적 이미지의 연쇄는 마술적인 세계를 창출하고 있다. 예컨대 "1월"을 묘사하고 있는 시 중에서 "잠긴 창문 위에 차려 놓은 식탁 위로/ 바람을 태우고 달리는 검은 화물 열차/ 구겨지는 문장들이 연통에 매달린다 달콤한 여백이다"라는 구절을 보면, 기괴한 상상력이 환상적 장면을 연출하고 있음을 볼 수 있다. 인용된 부분들이 "1월"을 묘사하고 있다는 점을 상기해 보면, 그녀의 시에서 발휘되고 있는 상상력의 참신함을 짐작할 수 있다. 박천순과 마찬가지로 유순덕 또한 환상의 나래를 펼치기 위해서 꿈속의 세계로 잠입한다.

괭이갈매기들 여섯 개의 섬 사이를 날아다녀요 바다 등고선을 따라 꿈의 음계를 밟고 내려가요 바다를 배회하는 목은 참 부드럽게도 늘어나네요 허나 아무리 달려봐도 내 발이 제자리인건 식은땀 때문일거예요 손 내밀면 잡힐 듯한 아파트 유리창 물무늬는 어디로 가는 걸까요? 검은 돌돔들은 암반 밑 산호 속으로 도망을 치네요 나도 그 뒤를 따라 칠흑 속으로 기울어지죠 메아리가 쩡 쩡, 울리는 낭하에선 날개 없는 새들이 날아올라요 여긴 대체 어디냐고 외쳐보지만 입 속에선 물풀들만 말없이 펄럭거려요 꼬리로 바닥을 치던 고래의 마지막 숨소리가 바다 깊이를 재어주고 가네요 접힌 허리를 곧게 펴고 몇 개의 옥타브를 올라 수면으로 솟구쳐 올라요 세상은 여전히 웃고 있는데, 괭이갈매기들은 괴성을 지르고 있어요 천리향의 냄새를 따라 한없이 멀리 달려도 어김없이 당신이 보여요 길 위에서 피를 흘리는 당신이 보여요 당신 곁에 누운 안개 한 다발 가랑비에 젖고 있네요

─유순덕, 「수중생태지도를 보며」 전문

시의 구조는 "괭이갈매기들"을 중심으로 그들이 날고 있는 지상과 그들 아래 자리 잡고 있는 바다 밑의 세계로 구분되고 있다. 바다 밑의 세계는 꿈의 세계를 대변해주고 지상은 일상적 현실의 세계를 표상해준다. 시적 주체는 "꿈의 음계를 밟고" 바다 밑의 세계로 내려가는데, 이러한 잠수 행위는 꿈속의 세계로 진입하는 것이기도 하지만, 현실과 대비되는 환상의 세계로 잠입하는 탈주이기도 하다. 시적 주체가 괭이갈매가들이 괴성을 지르는 현실을 벗어나 수면 아래의 바다 세계, 곧 꿈속의 환상 세계로 잠입하는 것은 현실의 비참함 때문이다. 지상에서는 괭이갈매기들이 괴성을 지르고 있고, 신원을 알 수 없는 한 서정적 청자인 "당신은" "길 위에서 피를 흘리"고 있다. 피를 흘리고 있는 당신은 시적 주체가 "한없이 멀리 달려"서 벗어나 회피하려 했다는 점에서 부정적인 존재임에 분명하다. 그 옆에는 "누운 안개 한 다발"이 "가랑비에 젖고 있"다. 길 위에서 한 사람은 피를 흘리고, 그 사람 곁으로는 안개 한 다발이 가랑비에 젖고 있는 구도는 한 편의 추상화를 보는 것 같지만, 상처받은 사람들로 가

득 찬 현실의 존재들이 뚜렷한 방향성을 상실하고 배회하는 상황으로 이해할 수 있을 것이다.

그리하여 시적 주체는 환상의 세계로 탈주하는 셈인데, 환상의 세계 또한 악몽과 같은 모습을 띠고 있다. "아무리 달려봐도 내 발이 제자리인건 식은땀 때문일거예요"라는 구절이나, "여긴 대체 어디냐고 외쳐보지만 입 속에선 물풀들만 말없이 펄럭거려요"라는 대목에서 우리는 환상이 하나의 악몽과 같은 모습을 띠고 있음을 확인할 수 있다. 그리고 이 환상의 세계는 "칠흑 속으로 기울어지죠"라는 구절이나 "바다의 깊이"라는 대목을 보면 바로 심연 속에서 작동하는 우리들의 무의식적 세계와 연관되어 있음을 짐작할 수 있다. 결국 수면 속 세상인 환상의 세계는 시적 주체의 무의식의 영역으로서 악몽과도 같은 모습을 띠고 있는 셈인데, 환상의 세계가 악몽과 같은 성격을 띠는 것은 그것이 부정적 현실을 반영해주고 있기 때문이다. 부정적 현실과 환상의 세계는 서로 상승작용을 일으키면서 시적 주체가 처한 현실을 고발하고 부정함으로써 새로운 현실의 필요성을 암시하고 있다. 물론 악몽과 같은 환상은 시적 주체가 처한 세계와 그 세계에 대한 개인적 인식을 반영할 수도 있지만, 이 시를 다음 시와 나란히 놓고 읽어 보면 시인의 악몽으로서의 환상은 세계의 비참과 연관되어 있음을 확인할 수 있다.

콱! 우린 요나처럼 고래 뱃속으로 여행을 왔나봐 어쩌지? 피노키오처럼 코가 길어지는 건 싫은데 고래가 물을 뿜을 때까지 기다리면 되는 걸까? 그래, 말을 잘 들으면 되는 거야 헌데 물이 점점 부풀어 오르고 있어 우릴 어서 뱉어 달라고 미끈거리는 내장 벽을 불끈 쥔 주먹으로 텅!텅! 하지만

눈꺼풀이 온 몸을 무겁게 내리 눌러 물속으로 굴러가버린 눈알을 더듬거
려 찾아 저길 봐, 저기 아주 먼 곳에 한 줄기 따스한 햇살이 해변을 비추
고 있어 조금 있으면 고래의 커다란 입은 우릴 그곳에 푸우, 하고 뱉어 놓
고야 말거야 어디선가 촉촉하고…달콤하고…말랑말랑한……엄마, 배가
고파……웃는 얼굴로 달려온 아빠가 사랑하는 내 딸아, 여행은 즐거웠
니? 널 위해 만들어온 계란말이란다 어? 그런데 손이, 팔이, 입이, 어디로
간 걸까? 천국 따윈 싫어 집으로 집으로만 갈 거야 온 몸의 뼈가 다 닳아
도 집으로만 가기 위해 헤엄을 칠거야 꽈당! 기우뚱거리던 배에 날개가
돋고 있나봐 뱅그르르 한 바퀴 돌고 있어 그래, 고래는 지금 힘차게 이륙
하고 있어 그렇지?

—유순덕, 「바다는 꽃들을 모르고」 전문

　　배의 침몰과 그 뱃속에서 죽어가는 아이들의 독백으로 시가
구성되어 있다는 점에서 우리가 올해 우리 사회를 충격과 경악
속으로 빠뜨렸던 세월호 참사를 떠올리는 것은 자연스러운 일이
다. 그렇다면 이 시는 세월호의 침몰 과정과 그 속에서의 죽어가
던 어린 학생들의 내면적 풍경이 상상력을 통해서 재구성되고
있다고 할 수 있는데, 특징적인 점은 "요나"라는 인물을 통해서
성경의 모티프를 패러디하고 있다는 점이다. 주지하듯이 요나는
『요나』서의 주인공으로 앗시리아의 니네베로 가서 이교도를 개
종시키라는 하느님의 명령을 거부하다 거대한 물고기에 먹혀 삼
일 밤과 삼일 낮을 물고기의 뱃속에서 있다가 육지로 토해져서
살아난 인물이다. 그는 결국 이 사건을 통해 교훈을 얻어 이교도
를 개종하라는 하느님의 명령을 이행하게 된다. 시적 주체는 침
몰한 배 속의 아이들에게 요나와 같은 성격을 부여함으로써 그

들을 희생양으로 삼는다. 요나가 하느님의 심부름꾼으로써 신의 섭리를 대변하고 실현한 인물이라면 세월호의 희생자들도 그러한 신의 섭리를 실현하려는 존재로서의 성격을 부여함으로써 그들의 희생이 결코 헛된 것이 아니라는 것을 강조하고 있는 것이다.

하지만 요나가 신의 섭리를 대변하는 존재로서 삼일 만에 육지로 토해져 자신의 임무를 수행했지만, 세월호에 의해 희생된 어린 학생들은 결코 물속에서 나올 수 없었다는 점에서 비극이 탄생한다. 세월호에 희생된 아이들이 요나처럼 신의 섭리를 대변하는 존재라면 그들의 수장은 신의 섭리에 대한 배반이며, 신은 스스로 자기모순의 함정에 빠지는 것이다. 시종 일관 자신들이 고래 뱃속에서 갇혀 있으며, 곧 고래가 자신들을 육지로 뱉어놓게 될 것이라고 믿고 있는 아이들은 신의 약속에 대해 배신당한 꼴이 되는 것이다. 아이들은 신의 섭리에 의해 육지로 토해져서 신의 사명을 수행하지 못한다. 그들은 차가운 물속에서 완벽한 존재의 해체를 경험하는데, 그들의 눈은 물속으로 굴러가버리고, 손과 팔과 입은 어디로 간 것인지도 모르게 분해되고 만다. 요나와 같은 아이들의 해체와 분해는 따라서 신의 섭리라는 것의 공중분해를 암시해준다.

어쩌면 현대사회는 요나로 대변되는 신의 섭리가 해체된 것인지도 모른다. 세월호는 자본주의의 이해를 대변하고 그것의 섭리를 대변해줄 뿐이다. 극도의 효율성과 생산성, 수단방법을 가리지 않는 이윤추구의 법칙이 세월호를 지배하고 있었다. 그리하여 세월호는 자본주의 이념으로 점철된 상징계적 질서가 얼마나 부실하고 불완전한 것인지를 여실히 드러내준 얼룩이자 외상이라고 할 수 있다. 이 시는 신의 섭리를 대변해주는 요나라는

인물의 설정을 통해서 세월호 참사가 우리사회의 상징적 질서가
지닌 하나의 구멍이자 균열일 수 있음을 드러내고 있는 셈이다.

5. 환상과 현실의 확장

이상에서 신인들의 새로운 시선과 상상력을 조감해 보았다.
최덕진의 현실에 대한 객관적이고 분석적인 태도는 현실의 속악
함과 궁핍함을 대변해준다. 그러한 현실에 대해 취하는 냉철한
시선은 어떻게 보면 시인이 생각하는 현실에 대한 최선의 생존
전략인지 모른다. 결코 흥분하지 않고 냉정한 시선으로 현실을
분석해 들어가는 시인의 시선이 믿음직스럽다. 결코 들뜨거나
허황되지 않는 시적 전개가 시인의 시적 태도가 지닌 균형 감각
을 대변해준다. 하지만 최덕진의 시선에서 세상에 대한 근본적
인 질문이나 의문을 발견하기는 어렵다. 더욱이 대상에 투사된
세계관이나 인식 태도는 시적 논리나 이미지의 구체성을 통해
검증되지 않고 있다는 점에서 일방적인 성격을 면하기 어려운
듯하다.

박천순의 상상력은 현란하고 매혹적이다. 물 흐르듯이 전개
되는 환상의 세계가 시인이 그동안 얼마나 시를 위해 절차탁마
했는지를 대변해주고 있다. 그녀가 구축하고 있는 환상의 세계
는 악몽과도 같지만 그로테스크한 아름다움, 혹은 추(醜)의 아름
다움을 지니고 있다. 현실에 대한 근본적인 문제 제기, 기괴한
모습을 지니고 있는 현실에 대한 비판과 황폐화된 내면풍경에
대한 직시 등의 시작술은 앞으로의 창작을 더욱 기대하게 한다.

하지만 그녀의 시는 추상적 표현의 영역에 머물러 있는 듯이 보인다. 자신의 내면을 표현하는 것조차 "달인 어둠"이라는 추상에 의지하고 있는 것을 보면 이 점을 분명히 알 수 있다. 현실에 대한 인식 또한 분명한 방향성과 모험적인 접근이 필요한 듯하다.

유순덕의 상상력 또한 현란하고 매혹적이다. 콜라주 기법을 활용한 이미지의 병치 또한 신선하고 충격적인 경험을 선사한다. 성경을 패러디한 작품이 지닌 기법의 참신함이 돋보인다. 지상과 수심의 대비를 통한 시적 구성의 탄탄함도 높이 살만하다. 특히 그녀가 구축하고 있는 환상의 세계가 이 세계의 상징적 질서에 대한 근본적인 질문으로 이어져 있다는 점에서 문제의식의 날카로움을 지적할 만하다. 하지만 이미지의 진폭을 늘이기 위한 이미지의 폭력적인 결합에서 생경하고 인위적인 모습이 보인다. 이러한 모습은 시인이 지니고 있는 자신만의 주관적인 세계에 대한 확신이 너무 강하기 때문에 연출되는 장면일 것이다. 환상의 세계란 결코 자신의 자폐적인 세계가 아니라 현실에 구멍을 내고 그러한 현실의 확장과 갱신을 위한 것이라는 점에서 환상의 생산성에 대해서 좀 더 고민할 필요가 있을 것이다.

현실의 비현실, 혹은 비현실의 현실
—강지혜, 리호, 전문영의 새로운 시선

1. 시뮬라크르, 현실로서의 가상

오늘날 우리 사회에서 시뮬라크르(simulacre)라는 말이 더 이상 생소하지 않다. 허상, 가상, 복제, 모조품, 혹은 이미지 등의 다양한 용어로 번역될 수 있는 시뮬라크르는 현실과 대립적인 개념으로 이해되고 있지만, 반드시 그러한 것은 아니며, 또 현실에 개입하는 또 다른 현실로서 그 중요성이 강조되고 있기도 하다. 상품의 사용가치가 아니라 상품의 디자인과 포장을 중시하는 현상이라든가, 상품이 지닌 이미지를 소비하는 현상은 시뮬라크르가 더 이상 현실과 대립되는 어떤 것일 수 없음을 보여주고 있다. 정치인들이 애써 만들려고 하는 서민 친화적인 이미지 또한 시뮬라크르가 현실의 권력 창출과 그것의 행사에 얼마나 중요한 영향력을 행사하고 있는지를 보여주고 있다.

시뮬라크르란 엄밀히 정의하면 순간적으로 생성되었다가 사라지는 우주의 모든 사건 또는 자기 동일성이 없는 복제를 가리킨다. 원래 이 용어는 플라톤에 의해 정초되었지만, 포스트구조주의의 대표적인 철학자인 질 들뢰즈(Gilles Deleuze)와 장 보드리야르(Jean Baudrillard) 등에 의해서 그 의미와 가치가 구체화된 개념이라고 할 수 있다. 잘 알려져 있듯이 플라톤은 그의 유명한 이데아론에서 원본으로서의 이데아와 그것의 복제물인 현실, 그리고 현실의 복제물인 시뮬라크르로서 그림이나 예술 등을 구분한 바 있다. 완벽성의 상징인 이데아는 실재(實在)로서 신성스러운 성질을 지닌 것이며, 그것을 모방한 현실은 원본을 훼손한 것으로서 타락한 대상이며, 그것을 다시 모방한 시뮬라크르는 모방의 모방으로서 원본에 대한 이중의 왜곡이기 때문에 열등한 가치를 지닐 수밖에 없다는 것이 플라톤의 생각이었다.

하지만 들뢰즈는 우주에서 일어나는 모든 사건들이 인간의 삶에 의미와 가치를 창출할 수 있다고 전제하면서 지속성과 자기 동일성이 없는 순간적인 사건일지라도 그것은 인간의 삶에 영향력을 행사할 수 있기 때문에 가치 있는 것으로 평가할 수 있다고 보았다. 들뢰즈에게 시뮬라크르는 단순히 원본을 복사하거나 모방하는 것이 아니라 원본을 뛰어넘어 새로운 자신의 공간을 창출해나가는 사건이라고 할 수 있는데, 이러한 사건의 존재론에서 원본과 복제품, 혹은 현실과 허구의 경계는 중요성을 상실하고 만다. 들뢰즈에게 있어서 이데아와 시뮬라크르, 혹은 진짜와 가짜 같은 구분은 무의미한 것이며, 현실적 변화를 초래할 수 있는 힘만이 중요한 척도가 된다.

한편, 장 보드리야르는 현대사회는 원본과 시뮬라크르의 구분이 점점 어려워지는 시대가 되고 있으며, 오히려 원본보다 시뮬라크르의 중요성이 부각되는 사회라는 사실을 강조한다. 그에 의하면 현대사회에서 많은 시뮬라크르들은 원본 없이도 존재하고 있으며, 심지어 원본을 대체하고 원본보다 더욱더 중요한 역할을 담당하는 쪽으로 그 영향력을 확대하고 있다. 현대인들이 상품의 사용가치보다는 상품의 이미지를 중요시하고, 다양한 허상들을 우상화하는 경향은 시뮬라크르와 원본의 전도된 관계를 대변해준다. 바야흐로 오늘날 우리 사회는 원본이나 실재가 중요하지 않는 시대, 가상과 환영, 허상과 이미지가 더욱 중요한 영향력을 행사하는 시대를 향해 나아가고 있는 것이다. 현실이 아니라 환영, 진짜가 아니라 가짜가 더욱 중요한 사회라는 것은 그것들이 우리의 삶에 틈입하여 우리 삶을 좌지우지 하는 실질적인 힘을 지니고 있음을 의미한다.

강지혜, 리호, 전문영 등 신인들의 신작들을 보면서 가장 먼저 드는 생각은 시창작을 통해서 가상적 현실을 창출하는 것이 전혀 생소하지 않는 작업이 되었으며, 순간적이고 파편적인 단상이나 사건들이 우리의 삶에 개입하는 것에 대한 관심과 탐색이 시창작의 중요한 원천이 되고 있다는 점이었다. 우화도 아니고, 픽션도 아니지만, 비현실적인 어떤 시적 상황을 설정하고, 그러한 상황에서 야기될 수 있는 다양한 사건들을 구성하고 그 의미를 탐색하는 작업이 시창작의 중요한 방법이 되고 있는 것이다. 가상적 상황을 설정하고, 그러한 상황에 다양한 변수들을 부여하여 어떤 사건들이 발생하고 전개하는지를 따져보는 발상은 요즘 유행하는 컴퓨터 게임의 구도와 다르지 않을 것이다. 시뮬라크르의 창출과 그것의 전개과정을 탐색하는 방법이 시창작에서도 무시할 수 없는 방법이 되고 있는 셈이다. 그러한 작시술의 세계로 들어가 보자.

2. 쫓기는 삶, 혹은 프로그래밍 된 삶

강지혜는 2013년 ≪세계의 문학≫에서 「기적」 등의 작품으로 신인상을 수상하며 문단에 등장했다. 그녀의 신작들은 악몽을 꾸는 것과 같은 불편함을 지니고 있다. 시종 일관 이유도 없이 어딘가로 쫓겨 가고 있는데, 영문도 알 수 없고 목표도 알 수 없을 때의 막막함이 시적 정조를 지배하고 있다. 그리하여 그녀의 작품들은 영원히 끝나지 않을 시지포스의 노동처럼 질주를 반복하면서 길 위의 생을 살아야 하는 운명 같은 것을 보여주고 있다. 그런데 이러한 질주와 탈주의 과정은 불안과 고독으로 점철되어 있다는 점에서 생에 대한 비극적 인식의 일단을 엿볼 수 있다.

처음과 끝을 생략한 채, 중도에서 시상을 일으킨 시인은 어떤 상태에서 질주하는 삶의 모습을 보여준다. 이러한 시적 전략은 물론 우리의 삶이 유기체적 성격을 지니기 어렵게 되었다는 것, 우리의 삶은 파편적인 삶의 국면들의 조합에 불과하다는 생각을 전제하고 있다. 그리하여 시인은 영화의 한 장면처럼 도주와 탈주의 한 국면을 잘라서 보여주면서 우리가 처해 있는 삶의 모습과 성향에 대해서 질문하려고 한다. 작품 속으로 들어가 보자.

구역질이 나, 끈질기게 석유 냄새가 나

버스는 오래도록 달렸지만 어두운 곳이 끊임없이 늘어났다
어디서 오는지 알 수 없는 더럽고 축축한 웅덩이들

두 시간 후에 탄생할 나의 동생들이 젖을 텐데

내가 맡는 이 냄새가 결국
너희 생까지 물고 늘어지는구나

과연 내가 찾고 있는 차양은 넓은가
모두가 함께 둘러앉아 푸른 땀을 닦을 수 있는가
알지 못하면서도

두 시간 전에 내가 두 시간 후에 동생에게 다시 메시지를 보낸다

나는 평생을 너에게 비겁하구나, 라고
답장은 오지 않았지만

자꾸 짙어져만 가는 밤하늘을 보며 흐느낀다

지금쯤 우리가 태어나고 있을 때니까, 우리는 우리대로 우는 법을 익히고 있을게, 걱정하지 마. 사랑해 누나.

대체 누가 저 어두운 곳에 내 동생들을 뿌려놓았나
나는 왜 하릴없이 두 시간 전의 속도로 떠나야 하나

—강지혜, 「떠나며」 전문

"떠나며"라는 제목을 지니고 있는데, 어디서 어디로 떠나는 것인지는 의문에 싸인 채 해명되지 않고 만다. 시적 주체는 누군가의 프로그램에 의해 정해진 여행을 해야 하며, 그러한 여행에

서 벗어날 수가 없다. 그는 두 시간 후에 태어날 동생들의 삶에 개입할 수 없으며, "두 시간 전의 속도로 떠나야" 한다. 어디서 어디로 떠나는 것인지는 모르겠지만 어쨌든 떠난다는 것인데, 시적 논리를 추리해 보면 시적 주체가 버스를 타고 달리는 것은 "어두운 곳"으로부터 벗어나기 위한 것임을 짐작할 수 있다. 그러나 "어디서 오는지 알 수 없는 더럽고 축축한 웅덩이들"은 더욱 늘어나기만 하고, 시적 주체는 "두 시간 후에 탄생할 동생들이" 젖을 것을 걱정하면서도 어찌할 수 없다. 그러니까 시적 주체는 두 시간 전에 어딘가를 향해서 떠나게 되어 있으며, 동생들도 그가 간 길을 따라 두 시간 후에 따라오게 되어 있는데, 그처럼 정해진 여정과 궤도는 바꿀 수 없는 것으로 간주되고 있다.

시적 주체는 두 시간 후에 태어날 동생들에게 메시지를 보내기도 하고, 두 시간 후에 메시지를 받기도 한다. 그런데 그 내용이란 것은 자신이 동생들에 대해서 비겁하다는 고백과 동생들로부터 위로를 받는 내용이다. 이들은 서로 시간적 거리를 두고서 소통해야 하는 운명을 타고 났지만, 그것에 대해서 숙지하고 있다. 특히 "지금쯤 우리가 태어나고 있을 때니까"라는 동생의 독백을 보면 그들은 태어날 시각까지 미리 주지하고 있었고, 그러한 시간을 기다리고 있었던 것으로 간주되고 있다. 이러한 시적 구도는 영화 〈매트릭스〉와 같이 인공지능으로 설계된 감정을 느끼고 정해진 인생을 살아가야 하는 것과 같은 가상세계를 연상하도록 한다. 물론 "어두운 곳"이라든가 "더럽고 축축한 웅덩이들", "흐느낀다", "우는 법" 등의 시어들이 그처럼 주어진 가상적 삶이 결코 행복할 수 없음을 암시하고 있다. 다음 작품 또한 밑도 끝도 없이 주어진 삶의 행로를 달려가야 하는 인생의 고단함을 표출하고 있다.

여기에 내가 있다
천적끼리의 교배를 통해 세상에 나온 자식이다

천적은 천적의 새끼를 물어 죽여야 하는데, 어미와 아비는 울음을 터뜨리는 나를 그저 바라보다 사라졌다 뜯어야 할 지 핥아야 할 지 알 수 없었으니

나는 죄를 짓지 않았다 애초에 저지를 생각이 없었다 그저 범인으로 지목되었을 뿐

매일 놀라운 속도로 단단하고 투명하게 죄목이 자라났다 그러나 나에게 날개는 없었다 등껍질 또한 없었다 단지 더러운 이름과 나약한 팔다리를 가진 인간이었다

도처에 나의 몽타주가 붙어 있었지만 그것들 중 어느 하나도 나를 닮지 않았다 포스터 속 그들은 모두 허기져 보이지 않았으니까 수배를 당하는 것은 배를 곯는 일인데

범인의 일생은 선택되었기 때문에 바꾸려 하면 할수록 아팠다 열이 오르고 며칠을 내려가지 않았다 포기하면

열이 내렸다 언제 그랬냐는 듯이

나는 당신과 당신 사이에 숨어 있었다 가끔은 당신의 주먹과 나의 광대

뼈가 강렬하게 마주치기도 했다 기억나지 않는다고? 왕왕 있는 일이다 때린 사람이 맞은 사람을 잊는 것 당신이 손쉽게 영웅이 되는 일

　바라건대, 당신이 당신과 당신, 당신과 당신들로 빽빽이 겹쳐진 곳 일대를 이 잡듯 뒤져 나를 찾아내길. 나를 발가벗긴 후 광장으로 데려가 옴짝달싹 할 수 없게 묶어세우기를. 그리하여 세상 모든 이가 나에게 돌을 던지기를. 돌에 맞은 부위에 또 다시 돌이 날아와 맞고, 그 부위에 또 다른 돌이 박혀 살이 찢어지고 피가 흐르기를, 그리고 그 부위에 또 다시 돌을 맞아 푸르게 빛나는 뼈가 드러나기를. 간절히 바란다

　여기에 내가 있다 그 어떤 동정도 필요하지 않은 내가 있다고 외치다 죽을 수 있도록 더 이상 외롭지 않도록

—강지혜, 「범인의 노래」 전문

　요컨대 "천적끼리의 교배를 통해 세상에 나온 자식"이기 때문에 축복받기는커녕 저주 받은 운명을 살아가야 한다는 것, "죄를 짓지 않았"는데 "범인으로 지목되어" 쫓기는 삶을 살아야 한다는 것, 그리하여 쫓기는 삶의 외로움을 견딜 수 없기 때문에 차라리 자신을 잡아서 죽여주기를 갈망한다는 것 등의 시적 내용이 전개되고 있다. 시적 주체는 "여기에 내가 있다"고 선언하면서 자신의 존재를 강하게 부각시키고 있지만, 자신의 삶은 "범인의 일생"으로 "선택되었기 때문에 바꾸려 하면 할수록" 그 운명의 굴레는 더욱 강화되고, 열병을 앓을 수밖에 없다고 고백한다. 그리하여 시적 주체는 자신이 "당신과 당신 사이에 숨어 있"다고 고백하면서 자신을 광장으로 끌어내 돌로 쳐서 "푸르게 빛

나는 뼈가 드러나기를" 바란다고 고백한다.

도대체 이 시에서는 무슨 일이 일어나고 있는 것일까? 애초에 죄를 짓지도 않았는데 범인으로 지목되어 범인의 일생을 살아야 한다는 것, 그리고 "매일 놀라운 속도로 단단하고 투명하게 죄목이 자라나"고 있다는 것, 범인의 일생을 살아야 할 운명은 바꿀 수 없다는 것 등이 시적 주체의 입을 통해서 토로되고 있는데, 이러한 진술의 가장 큰 특징은 수동성이라고 할 수 있다. 내가 내 삶의 주인이 아니고 꼭두각시처럼 나를 움직이는 어떤 보이지 않는 손에 의해 나는 조종당할 수밖에 없다는 것, 그리고 그러한 조종의 행로는 이미 결정되어 있어서 그 궤도를 수정하기 어렵다는 것 등이 그러한 진술들의 이면에 잠재되어 있는데, 이러한 잠재적 내용들은 곧 우리의 삶은 사는 것이 아니라 살아지는 것이라는 점을 강조하고 있다.

범인의 삶은 시적 주체의 의지로 선택된 삶이 아니기 때문에 죄의식이 틈입할 여지가 없다. 그렇기 때문에 시적 주체는 자신을 찾아내어 돌을 던지기를 요구하며, 그 돌이 잔인하게 자신의 존재를 뭉개버리기를 소망하기도 한다. 요한복음 8장 7절의 "너희 중에 죄 없는 자가 먼저 돌로 치라"라는 구절을 연상시키는 이러한 대목은 범죄에 대한 공동의 책임을 연상시키기도 한다. 실제로 시적 주체는 범인으로서의 자신이 "당신과 당신, 당신과 당신들로 빽빽이 겹쳐진 곳 일대"에 숨어 있음을 진술하고 있는데, 이러한 진술은 사람들 사이에 존재하는 다양한 관계의 망이 죄의 온상일 수 있음을 암시하고 있다. 하지만 이 시의 관심은 윤리적인 영역에 있는 것이 아니라 정서적 효과에 있다. 범인으로서의 일생을 강요받는 삶은 "배를 곯는 일"처럼 허기진 삶이라는 것, 그리고 타인들이 던지는 돌을 견뎌야 하는 외로운 삶이라는 것이 부각되고 있는 것이다. 문제는 그처럼 허기지고 외로운 삶을 우리는 주체적으로 선택하지 않고 강요받는다는 점이다. 결국 강지혜는 가상적 상황 설정을 통해서 현대인의 삶이 직면한 수동적인 국면을 부각시키고 있으며, 그러한 삶이 도주와 탈주의 그것처럼 불안하고 고독한 것일 수밖에 없음을 강조하고 있다고 하겠다.

3. 상식의 전복, 혹은 전복적 상식

리호는 「기타와 바게트」로 2014년 ≪실천문학≫ 제3회 오장한 문학상을 수상하면서 문단에 등장한 시인이다. 그녀는 베스트셀러가 된 소설의 한 구절과 "적도의 펭귄"이라는 독특한 부제를 설정하고, 그러한 부제와 연관된 시적 내용이 서로 조응하도록 작품을 구성하면서 독특한 시형식을 창출하고 있다. 시적 내용 전개 또한 참신하고 기발한 발상이 빛을 발하고 있다. 그녀의 상상력은 매우 기괴하고 그로테스크한 경향을 지니고 있는데, 이질적인 이미지들의 화학적인 결합이 다양한 가상과 허상을 만들어내고, 그러한 것들이 우리 삶에 개입하는 다양한 층위에 대해서 주목하고 있다. 다음 작품이 그러한 경향을 잘 보여준다.

마다가스카르에 가면

우리의 상식을 깨는 동물들이 참 많지
사막에서 사는 게의 이야기

둘 중 하난 죽어야 하는 운명을 타고났다고 하면

누가 죽을까?

게를 너무 많이 잡아먹어서 게를 수없이 그린 이중섭처럼

사막게를 잡아먹고 홀로 남은 게는 사막에서 무엇을 그리려고 할까

그녀의 초상화를 그릴까 그의 누드화를 그릴까

아니면 전갈을 불러들여 볼까

보름달 면사포를 쓰고 혼인댄스 마친 암컷 전갈이 자른 수컷의 목은 무슨 색일까

새를 먹는 타이거피시는 어때?

아니지 유황 가스 속에 사는 새우는 뜨거운 명함을 팔 수 있을까

그도 아니면 심장까지 훤히 보이는 투명 개구리는 어때

우리가 사는 세상은 말야

상식을 깨는 일들이 참 많아

북극곰과 남극 펭귄의 만남이

가당키나 한 일인지는 신께 물어보자고

이따금 안개 뒤덮인 불면의 사막에서

북극곰의 손을 슬며시 잡고 잠든 펭귄이 있었다고 하거든

　　　　　　　　　　　　　　—리호, 「156페이지, 신의 잠꼬대 편」 전문

　시의 모든 진술은 "마다가스카르에 가면"이라는 전제에서 시작된다. 따라서 "마다가스카르"는 현실에서는 불가능하다고 생각되는 일들이 가능한 곳, 현실에서는 상상하기 어려운 일들이 실현되는 곳으로서 환상의 섬이자, 시뮬라크르의 섬이라고 할 수 있다. 실제로 마다가스카르 섬은 아프리카 남동쪽 인도양

에 있는 세계에서 네 번째로 큰 섬인데, 고립된 섬지역이라는 특성으로 말미암아 바오밥나무 등 희귀 생물종들이 가장 많이 번식하고 있는 지역으로 알려져 있다. 그리하여 거기에는 "상식을 깨는 동물들"을 많이 발견할 수 있는데, 시적 주체가 나열하고 있듯이 "사막에 사는 게", "혼인댄스를 마친 암컷"이 "수컷의 목"을 자르는 전갈, "새를 먹는 타이거피시", "유황 가스 속에 사는 새우" 등이 바로 그러한 존재들이라고 할 수 있다. 마다가스카르는 현실에서 도저히 불가능한 일들이 일어난다는 점에서 비현실적인 공간이기도 하지만, 또한 엄연히 그러한 동물들이 존재하고 있다는 점에서 현실적인 공간이기도 하다. 마다가스카르는 상상하기 어려운 일들이 일어난다는 점에서 현실적인 비현실의 공간이자 비현실적인 현실의 공간이라고 할 수 있는 셈이다.

상식을 깨는 비현실적인 일들이 발생하는 곳이기에 그곳은 현실의 공간이기도 하지만 허상의 공간이라고 할 수도 있다. 따라서 가상의 어떤 일들이 일어난다고 해서 하등 이상할 것이 없게 된다. 시의 마지막에서 시적 주체가 "이따금 안개 뒤덮인 불면의 사막에서/ 북극곰의 손을 슬며시 잡고 잠든 펭귄이 있었다고 하거든"이라고 진술하면서 북극곰과 남극의 펭귄이 동일한 장소에서 공존할 수 있음을 언급하고 있는데, 이러한 허구적 발상은 엄격한 현실적 세계에서는 통용되기 어려운 담론이라고 할 수 있다. 하지만 상식을 깨는 비현실적인 현실이 가능한 마다가스카르는 공간이라면 그러한 진술이 조금도 이상할 것이 없는 것이 되며, 또한 그러한 일이 불가능하다고 주장하기도 어렵다.

시적 주체는 이러한 일들이 "신의 잠꼬대"와 같은 일일 수도 있음을 암시하고 있기는 하지만, 그러한 일들이 시뮬라크르의 시대에 곳곳에 편재한다고 해서 이상할 것이 없다는 인식 또한 그러한 언급에 잠재되어 있다. 판타지, 게임, 영화, 신화 등이 득세하고 있는 현대사회에서 북극의 곰과 남극의 펭귄이 조우하는 일이 무슨 그리 큰 일이 되겠는가? 문제는 그러한 비현실들이 현실에 개입하여 영향력을 행사하고, 현실의 질적 변화를 유도하며, 현실의 행로를 바꿀 수 있다는 점이다. "마다가스카르"는 그와 같은 힘을 지닌 가상이 현실과 혼재되어 있는 곳, 가짜가 진짜와 공존하는 곳, 모조품이 원본의 자리를 위협하는 곳으로서 현대사회의 시뮬라크르의 존재를 대변해주고 있다.

10만 원어치의 코끼리를 빼내는 중이다

코끼리 떼가 현금지급기 속으로 언제 들어갔는지 아무도 모른다

소리가 빠르거나 높을수록 보시한 기억으로 만든 풍등이 높이 떴다

병원로비 나란히 네 개 붙은 철제의자는 바리케이드로 제격이다
쉰들러리스트처럼 구원을 기다리는 아침이 촘촘하게 9를 만들어 뒤통수를 민다

현금이 인출되었습니다, 할머니, 단어 세 개를 부를 테니 그대로 말해보세요
얇은 종이 화석이 된 그녀가 긴 코를 펄럭인다

우산 잃은 기억에 비 내리는 중이다

커피자판기 앞에서 손목시계 초침을 넣고 비옷 하나 빼냈다

뭐라구? 십만 원으로 구만 원짜리 뭘 샀다구?

내일의 일용할 양식은 하얀민들레죽이다

그러니까 나는 목돈을 만진 적이 없어, 코끼리 빤스 하나가 그렇게 비싸?

서쪽 하늘을 접어 만든 모자를 쓰고 약도 없는 밤을 걸었다
                                —리호, 「인간에게 치명적인 다섯 번째」 전문

"10만 원어치의 코끼리를 빼내는 중이다// 코끼리 떼가 현금지급기 속으로 언제 들어갔는지 아무도 모른다"라는 시적 진술은 매우 도발적이고 당황스러운 것임에 틀림없다. 물론 현금지급기 속에 들어간 "코끼리"는 지폐에 대한 은유일 것이지만, 그렇다고 해도 코끼리를 지폐에 대한 은유라고 하기에는 두 대상의 이질성이 너무 크기에 충격의 폭은 감소되지 않는다. 그런데 "얇은 종이 화석이 된 그녀가 긴 코를 펄럭인다"는 구절을 보면, 현금지급기 속으로 들어간 코끼리는 또한 할머니에 대한 은유이기도 함을 알 수 있다. 코끼리가 현금이 되고, 다시 그 현금은 할머니가 되는 셈인데, 이러한 현란한 은유의 전이는 이 시가 구사하는 상상력의 진폭을 크게 하여 생동감 있는 작품이 되게 한다.
　기발한 상상력은 현금지급기에서 코끼리를 빼내는 것처럼 어느 특정한 곳에서 전혀 이질적인 것을 빼내거나 터무니없는

재료나 비용을 치르고서 엉뚱한 대상을 만들거나 구입한다는 구도에 크게 의지하고 있다. 즉 시적 내용을 보면, 시적 주체는 "커피자판기 앞에서 손목시계 초침을 넣고 비옷 하나를 빼"내기도 하고, "보시한 기억으로" "풍등"을 만들어내기도 한다. 그리고 시적 주체는 병원로비에 나란히 붙은 네 개의 철제의자를 "바리케이트"로 탈바꿈시키기도 하고, "아침이 촘촘하게 9를 만들"도록 하기도 하며, "서쪽 하늘을 접어"서 "모자"를 만들기도 한다.

그런데 시적 논리를 추론해 보면 이와 같은 마술적 상상력은 사실 시적 주체의 작용이라기보다는 치매를 앓고 있는 듯한 할머니의 상상력에 가까운 것임을 알 수 있다. 시적 구도를 보면, 철제의자와 커피자판기, 현금인출기가 있는 병원 로비가 시적 배경인데, 여기에 판단력이 흐린 할머니가 등장하여 사물을 인식한다. 그녀는 "단어 세 개를 부를 테니 그대로 말해보세요"라는 대화에서 알 수 있듯이, 언어 능력과 판단 능력, 그리고 기억력에 문제가 있는 치매 환자로 볼 수 있다. 그녀는 "얇은 종이 화석"으로 비유될 정도로 연로해 있으며, "뭐라고? 십만 원으로 구만 원짜리 뭘 샀다구?"라는 대사나 "코끼리 빤스 하나가 그렇게 비싸?"라는 독백이 할머니가 치매성 환자라는 것을 암시해주고 있다. 치매를 앓고 있는 사람에게 세상은 언어적 상징으로 구축된 질서 있는 세계로 다가오지 않을 것이다. 아마도 그런 할머니의 눈으로 보면 세상은 유사성의 원리가 지배하는 애니미즘적 물활론의 세계로 보일지도 모른다. 시인은 이 시의 부제로 "죽일거야, 내 마음에 당신이 다시 태어날 수 있게"라고 표현하면서 상상력이 기존의 질서를 파괴하고 새로운 세계를 구축할 수 있음을 암시하고 있다. 물론 죽이고 다시 태어나게 한 세상은 상징적 질서를 갖춘 상징계가 아니라 시뮬라크르의 세계일 것이다. 가상과 허상, 복제와 이미지가 지배하는 세상, 모든 가상들이 자유롭게 결합하여 비현실적인 현실을 산출할 수 있는 세계, 이 시는 그러한 세계의 일단을 보여주고 있다고 평가할 수 있다.

4. 잠재적 현실의 발명

전문영 시인은 「사과를 기다리며」 등의 작품이 2013년 《창비》 신인상에 당선되어 문단에 나왔다. 전문영 시인은 당선작을 비롯하여 이후의 창작 활동을 통하여 독특한 연극적 상상력을 발휘하여 특정한 상황을 구성하고 그러한 상황의 구성을 통해서 잠재적 현실의 가능성을 타진하고자 하는 의도를 보이고 있었으며, 새로운 가상 세계의 창출을 통해서 삶의 의미를 진단하려는 시적 태도를 견지하고 있었다. 신작에서도 이러한 시적 경향과 태도는 이어지고 있는데, 무엇보다 가상적 현실을 창출하고, 그 현실에 반응하는 인간들의 반응을 통해 그것의 의미와 가치를 평가하려는 의도가 두드러지고 있다.

원래 저기가 큰 공장에 꽃이 뒤덮여있었어-
어느 할아버지가 지하철에 앉아 창을 가리킨다
마치 꽃을 찍어내는 공장 같았다는 말 따위 아무리 되뇌도
창이 굴해 단숨에 풍경을 바꿔주는 일 같은 건 없다
할아버지는 겸연쩍은 얼굴로 이리저리 몸을 뒤튼다
공장을 세우고 꽃을 피우는 자세가 따로 있다는 듯이

있긴 뭐가 있어요— 아무 것도 없는데- 아무 것도-

지겨워진 옆자리 아주머니가 할아버지 앞에서 자기 자신마저 말끔히
지워낸다

어떻게 해도 그 광경을 볼 수 없다는 게 끔찍해진 아이들은

급히 창에 손가락 끝을 대고 꽃을 찍어냈지만 차량이 공장이 되어주진
않았고

지상에 올라가면 창을 옮기는 인부들에게 막혀 걸음이 멎는 일도 생긴다

창이 여럿 겹쳐 있다는 설명은 아무리 들여다봐야 알 길이 없고

인부의 걸음이 느려져 창이 거의 바닥처럼 행세해야 하는 순간이 와도

창은 창이기를 포기하지 않아서 꽃 같은 건 피우지도 않았다

—전문영, 「점입가경」, 전문

"원래 저기가 큰 공장에 꽃이 뒤덮여있었어-"라는 할아버지
의 한 마디로 인해서 지하철에 앉아 있던 사람들은 가상적 현실
로 빠져든다. 지금은 없지만, 창문으로 보이는 저곳에 큰 공장이
있었고, 그 공장에는 꽃이 흐드러지게 피어 있었다는 진술이 의
미를 지니는 것은 지금 그러한 광경이 사라져버렸기 때문이다.
지금도 그러한 상태라고 하다면 그러한 진술이 주변의 관심과
호기심을 자극할 까닭이 없다. 지금, 여기에 없는 어떤 풍경을
설정하고, 그것을 눈앞에 현현하도록 상상력을 자극함으로써 할
아버지의 진술은 주위의 관심을 끌어들이고 다양한 반응을 이끌
어낸다.

"있긴 뭐가 있어요-아무것도 없는데-아무 것도-"라는 대사는
할아버지 옆에 앉아 있던 "아주머니"의 진술인데, 이러한 진술

속에는 큰 공장과 꽃을 찾기 위해서 애타게 집중했던 그간의 노력과 그것이 헛된 결과에 이르게 된 과정에 대한 안타까움이 포함되어 있다. 또한 "어떻게 해도 그 광경을 볼 수 없다는 게 끔찍해진 아이들은/급히 창에 손가락을 끝을 대고 꽃을 찍어내"려고 시도한다. 꽃이 있었다는 언술이 꽃을 보고자 하는 열망을 촉발하고, 유리창에 가상의 꽃을 그려내는 행동까지 유발하고 있다는 점에서 우리는 할아버지가 구축한 가상적 현실이 현실에 얼마나 커다란 파급효과를 가져오는 지를 목격할 수 있다.

물론 지상에 올라 꽃을 확인하려는 작업 또한 성공하지는 못한다. 가상의 꽃은 가상의 꽃일 뿐이며 현실과 괴리를 지니고 있기 때문이다. 그런데 이 시에서 중요한 점은 시적 장치로서 중요한 역할을 하는 "창"의 의미를 해명하는 작업이라고 할 수 있다. 시적 맥락에서 "창"은 지하철 안과 밖의 공간을 구분해주는 경계인데, 주지하듯이 벽이 아니라 창은 안과 밖을 차단하면서도 동시에 소통시키는 역설적인 성격을 지니고 있다. 창은 안과 밖을 가로막아 차단하면서 시각적 소통을 통해 그것을 연결해주는 이중적인 역할을 담당하고 있는 것이다. 그런데 이 시에서 지하철 안은 현재의 시간을 표상하고 있으며, 지하철 밖은 과거의 시간을 표상하고 있다. "원래 저기가 큰 공장에 꽃이 뒤덮여있었어-"라는 할아버지의 진술로 인해 지하철 밖은 과거의 가상현실을 현현해주기 때문이다. 그렇기 때문에 지상에 올라가 꽃을 확인하려고 하는 일은 헛된 노력에 불과할 뿐이다. 꽃은 가상의 현실을 통해서만 현현하며, 그러한 가상의 현실과 통하는 문은 "창" 뿐이기 때문이다. "창은 창이기를 포기하지 않아서 꽃 같은 건 피우지도 않았다"라는 진술은 가상현실로 연결된 "창"의 성격을 지적한 것으로 이해할 수 있다. 결국 이 시는 가상적 현실이란 현실에 중요한 영향력을 행사하고 있지만, 현실과는 항상 단절되되 괴리된 것으로서 현실과 구분된다는 점에서 시뮬라크르와 같은 것임을 분명히 하고 있다.

요 앞까지만 나갈게요 멀리는 못 가고

철봉에 허리를 대고 한 바퀴 돌자
주머니의 동전이 사라지고 친구는 유괴 당했다
그치만 친구는 계속 발행되는 동전과도 같고
난 또 친구가 생기고 친구는 나를 초대하기도 하고
그/녀는 주사를 끊은 뒤에도 털은 계속 기르고 있다고 한다
털은 아름답지 않아서 우리가 수용해야만 하는 존재로 늘 명백하고
그저 밖으로 쭉쭉 쫓겨나가면서 자신을 미화하지 않는 아름다움을 과
시하는 거라고
그/녀가 말했더라면 내가 슬쩍 동의하기도 하는 식의 대화를 상상해보
지만
정작 그/녀는 나와 눈을 마주치지 못하고 끊임없이 차에 설탕만 탈 뿐
이다
그리고 나는 설탕이 흐르는 그/녀의 내장을 눈앞에 선명하게 그려내는
능력을 부여 받는다
설탕을 타고 부르릉 우리를 떠나 사라지는 것들이 있고
설탕이 어딘가에 처박혀 조용히 죽어갈 때
모든 행인은 변장할 생각조차 않는 유괴범들이다

그러니 내가 예전에 번역한 희곡에 나왔던, 익명의 주인공을 아직도 겪

정할 수밖에 없다

　그/녀는 아이다호 보이시에서 배앓이를 하고 있고, 희곡에는 의사가 등

장하지 않는다

　다행히 내게 약간의 의학지식이 있어 잠시 희망을 품기도 하지만

　그/녀가 책 속에 있지 않더라도 나는 그/녀를 만날 수 없을 것이다

　그건 희망을 품은 최선의 유머가

　그/녀가 아이다호 안에 있다는 말을

　아이다호가 그/녀를 삼켰다는 말로 쉽게 바꿀 수 있기 때문이다

　공평하게도 아이다호 역시 결코 그/녀를 방문할 수 없고

　그건 내가 저녁밥 대신 저녁을 홀랑 다 먹을 줄은 알면서도

　정작 내 위장을 방문하지는 못하는 것과 다르지 않다

　나의 심장은 나에게서 가장 멀고

　희곡에 그/녀가 배앓이로 눈물을 흘리는 장면이 나오지 않기에

　나는 그/녀의 눈물을 기대하지 않으며 덕분에 내 걱정은 선정성과 거리

가 멀다

—전문영, 「환대」 부분

　　반갑게 맞아 정성껏 후하게 대접하는 뜻을 지닌 "환대"라는
제목으로 기괴한 시적 상상력이 펼쳐지고 있다. "철봉에 허리를
대고 한 바퀴 돌자/ 주머니의 동전이 사라지고 친구는 유괴 당했
다"는 당돌하고도 비약적인 시적 진술로 인해 독자들은 현실적
논리에 혼란을 겪게 된다. 하지만 이러한 비약적인 시적 전개는
시종일관 계속되는데, "그/녀는 주사를 끊은 뒤에도 털을 계속
기르고 있다고 한다"는 진술에 이르러 정점에 이른다. 갑자기 등
장하는 "주사"라든가 "털"의 출현도 당혹스러운 것이기는 하지

만, 문득 등장하는 "그/녀"의 존재도 문제이다. 또한 "그/녀"라는 기표는 '그'와 '녀' 사이에 '/'를 두어서 둘을 구분함으로써 기표에 대한 관습적 접근을 지양토록 하면서 다양한 효과를 산출하고 있다. "그/녀"는 그와 그녀의 구분을 통해서 성적인 분리를 함축하기도 하고, 이 시의 가장 큰 특징인 연극적 상황에서 대립적인 두 등장인물을 암시하기도 한다. 하지만 이러한 연극적 상황은 사실은 "그/녀가 말했더라면 내가 슬쩍 동의하기도 하는 식의 대화를 상상해보지만"이라는 구절에서 알 수 있듯이 상상적인 차원에서 이루어지는 것이다. 시적 주체는 어떤 가상적인 상황을 설정하고 가상적인 등장인물을 등장시켜 상상적인 대화나 사건을 연출하고 있는 셈이다.

상상적인 연극적 상황은 셋째 연에서는 희곡 속의 인물과 현실 속의 인물이 맺는 관계로 대치된다. 시적 주체는 "예전에 번역했던 희곡에 나왔던, 익명의 주인공을 아직도 걱정할 수밖에 없다"고 진술하고 있는데, 이러한 진술에서 현실과 허구의 경계란 무의한 것이 되고 만다. 실제로 시적 전개과정을 보면 시적 주체는 "아이다호 보이시에서 배앓이를 하고 있는" 주인공을 근심하기도 하며 그의 질병에 대해 "잠시 희망을 품기도" 한다. 하지만 그들은 결코 현실에서 만날 수 없는데, "그/녀가 책 속에 있지 않더라도 나는 그/녀를 만날 수 없을 것이다"라는 진술이 현실의 시적 주체와 희곡 속의 '그/녀'가 책 속이 아니라면 결코 만날 수 없음을 강조하고 있다. 돌발적인 사건과 시적 상황의 출현, 그리고 낙차 큰 이미지의 충돌과 변주 등으로 인해서 우리는 이 시가 하고자 하는 의도를 명확히 포착하기 어렵다. 하지만 이 작품을 비롯하여 전문영의 다른 신작들이 허구와 사실, 가상과 현실 등의 경계란 생각처럼 그렇게 뚜렷하지 않으며, 그것들의 혼재로 인해서 현실은 더욱 풍요로워질 수 있다는 생각을 담고 있다는 사실은 분명히 포착할 수 있다.

5. 시뮬라크르, 삶의 풍요로움과 에너지를 위하여

지금까지 우리는 강지혜와 리호, 그리고 전문영의 신작들을 '시뮬라크르'라는 그물망을 통해서 포착해 보았다. 강지혜의 신작들은 프로그래밍 된 상황 속에 놓인 시적 주체를 등장시켜 그 속에서 겪을 수밖에 없는 다양한 경험을 표출함으로써 가상과 현실의 교호작용을 탐색하고 있었다. 컴퓨터 롤 게임처럼 어떤 역할을 부여받고, 그 역할을 수행할 수밖에 없는 상황을 설정하고, 그 역할에서 느낄 수 있는 정서적 효과를 통해서 가상적 삶의 의미를 탐색하고 있는 것이다.

리호는 좀 더 경쾌한 상상력으로 판타지, 게임, 영화 등이 번성하는 현대사회에서 상식을 전복하는 비현실적인 사건과 사물들이 현존하는 역설적 상황을 드러내면서 가상의 역할과 중요성에 대해서 강조하고 있었다. 특히 변신 모티프나 마술과 같은 장치를 활용하여 상상적인 유희를 감행함으로써 시뮬라크르가 우리의 현실에서 중요한 영향력을 행사하고 있음을 강조하고 있다.

마지막으로 전문영은 가상적 상황을 설정하여 그것이 몰고 오는 파장과 파급 효과를 분석하거나 연극적 상황을 상상적으로 구성하여 가상적 현실을 창출함으로써 시뮬라크르가 우리의 현실에서 중요한 역할을 수행하고 있으며, 우리의 삶을 풍요롭게 하는데 기여하고 있음을 강조하고 있었다. 특히 가상과 현실의 관계에 대한 자의식을 보여주면서 현실과 가상이 맺고 있는 관계에 대해 탐구하려는 시도를 보여주고 있는데, 이러한 시도는 매우 주목할 만한 시적 작업으로 생각되기도 한다.

시뮬라크르에 주목하는 신인들의 신작들은 시의 양식적 영역을 새로운 국면으로 이끌고 있으며, 시적인 것의 개념을 새로운 관점에서 확대하고 있다고 생각된다. 시라는 장르가 개인의 내면적 상상력을 특화시키는 영역이며, 시적인 사건과 대상이 야기하는 눈에 보이지 않는 효과에 주목하는 양식이라고 할 때, 시뮬라크르는 비현실의 현실로서 시적인 탐구를 극대화시킬 기제가 될 수 있을 것이다. 시인이란 가상의 현실을 사는 존재이며, 그가 주목하는 시적인 것이란 현실을 구성하는 이미지로서의 비현실이라고 할 수 있기 때문이다.

신비주의, 혹은 삶의 미묘한 국면들

—정우림, 박가경, 문근영의 새로운 시선

1. 삶의 신비, 혹은 시의 신비

신비주의(神秘主義, mysticism)는 원래 초월적인 차원에서 신(神)과 접촉한다는 점에서 종교적인 자장에 속하는 개념이다. 신과의 접촉은 이성적(理性的) 능력에 의하지 않고 어떤 직관적이고 초월적인 방법에 의한다는 점에서 논리적 접근이나 분석적 접근을 허용하지 않는다. 그렇기 때문에 신비주의는 기본적으로 신비적인 합일(合一)의 개념에 의해서 신과의 접촉을 설명하는데, 그것을 보충하기 위해서 임재(臨在)라든가 현현(顯現) 등의 개념들이 동원된다. 이처럼 논리와 이성의 극한에서 펼쳐지는 언어도단의 세계는 항상 곤경에 직면한 현실로 하여금 피안을 향하게 한다는 점에서 그것은 삶의 종교적 지평에 대한 하나의 방증이 된다.

신(神)이라거나 실재(實在), 혹은 우주의 궁극의 근거로 지칭되는 초월적인 존재와의 합일은 유한한 존재자의 내적 공간을 무한히 확장할 수 있다는 점에서 그것은 삶의 충일한 향한 모험일 수 있다. 신비한 종교적 체험은 세속적인 가치와 이해관계로 점철된 현대인의 삶에 새로운 의미와 가치로 충격을 가하고 정화된 심신으로 현실에 임하게 하는 참신한 계기가 될 수 있기 때문이다. 이를 위해서 현대인은 초월자에 대한 절대적 귀의를 시도하거나 자기방기의 극단에 빠져들기도 한다. 또한 구체적인 방법론을 모색하여 명상(瞑想)에 몰두하기도 하고, 참선(參禪)에 들기도 한다.

시(詩)를 쓰는 것은 어떤가? 양식적 차원에서 언어의 극한을 시험한다는 점에서, 그리고 논리와 이성의 언어로 명증하게 해명되지 않은 삶의 미묘한 국면을 포착하려 한다는 점에서 그것은 신비주의적 체험과 그리 멀리 있지는 않다. 감정의 미세한 굴곡과 변화에 주목하고, 그것이 우리의 삶에 미치는 세세한 영향과 효과를 규명하고 싶은 욕망에 추동되면서, 피안과 차안, 유한과 무한, 타자와 자아의 경계를 허물고 절대자와 유한자의 극적 합일을 꾀하면서 미물의 존재에서 우주의 이법을 발견하려 한다는 점에서, 시는 망원경과 현미경의 세계를 통합하려는 극한의 모험이라고 할 수 있다. 그리고 그러한 미묘한 경계의 해체와 합일을 포착하기 위해서 언어의 극한을 추구한다는 점에서도 시는 신비적 모험의 하나라고 할 수 있을 것이다.

이번에 새롭게 조명하려는 정우림, 박가경, 문근영 시인들의 신작들을 살펴보면 신인의 패기로 충만한 작품들은 삶의 미묘하고 신비로운 국면을 포착하려는 모험으로 가득 차 있음을 느낄 수 있다. 이성과 논리의 그물을 빠져나가는 삶의 미묘한 국면, 감정의 신비스러운 형성과 변화, 그리고 삶에 틈입하는 알 수 없는 힘이라는 신비한 존재에 대한 호기심과 모험심으로 충만해 있는 것이다. 이러한 시적 태도는 시라는 양식의 본질적 측면에 충실한 것이라고 평가할 수 있으면서도, 이성과 논리의 횡포, 그리고 그것들의 폭력에 대한 반성으로 향하고 있는 시대적 발언이라고 평가할 수도 있으리라.

물론 각각의 신인들이 개성이 없는 것은 아니다. 정우림은 삶에 개입하거나 공존하는 죽음의 의미에 대해서 천착하면서 삶의 신비에 접근하고 있다. 박가경은 미묘한 감정의 떨림과 변화에 주목하고 그것의 의미와 파장에 대해서 음미하면서 삶의 미묘한 국면을 포착하고 있다. 마지막으로 문근영은 세속적 삶에서 작동하는 종교적 상상력과 그것이 지니는 힘을 통해서 삶의 신비로움에 다가가고 있다. 명증한 언어로 포착하기 어려운 미묘한 삶의 국면에 다가가고 있다는 점에서 신인들의 신작들은 극한을 향한 모험이라고 할 수 있으며, 그러한 점에서 충만한 패기를 읽어낼 수 있다.

2. 죽음, 언제나 삶에 틈입하는

정우림의 신작인 「죽은 자의 한식(寒食)」, 「책의 무덤」, 「초조(焦燥)」 등의 작품에는 죽음에 대해 접근하고자 하는 시인의 열망이 짙게 투영되어 있다. 죽음에 대한 관심은 물론 삶에 대한 관심의 역설적 반응이라고 할 수 있는데, 죽음에 대한 의미는 곧장 삶에 대한 의미로 통하기 때문이다. 죽음은 삶의 이면에 숨어서 삶을 추동하고, 삶에 에너지를 제공하는 원천이라고 할 수 있다. 죽음으로 인해서 삶이 팽팽한 긴장을 유지할 수 있으며, 그러한 긴장으로 인해서 삶은 탄력적이고 생동감 있는 형식을 유지할 수 있다. 또한 죽음은 삶에 음영을 부여함으로서 삶을 좀 더 입체적으로 하는 역할을 한다. 피안이 없다면 차안이 얼마나 무미건조하고 평면적일 것인지를 생각해 보면 이러한 이치를 쉽게 이해할 수 있을 것이다.

정우림의 죽음에 대한 관심도 삶에 틈입한 죽음의 모습을 통해서 삶의 입체적 의미를 포착하기 위한 방법론적 전략이라고 할 수 있다. 그녀의 시에서 죽음이 전면으로 등장하고, 그것이 지닌 다양한 의미와 가치가 해부되는 것은 죽음과 섞여 있는 삶의 신비로움에 대한 관심 때문이라고 할 수 있다. 죽음은 삶의 한 부분을 차지하면서 삶에 영향력을 행사하는데, 그러한 영향력으로 인해서 삶은 입체적이고 신비로운 성격을 지니게 된다. 다음 시를 보면 삶과 죽음이 서로 부둥켜 안고서 하나의 의미를 완성하고 있는 것을 목격할 수 있다.

고독한 사람의 휴식을 본다

비밀을 캐내는 표정의 자작나무 눈동자 흔들리고

치솟는 불길, 붉은 재, 회색의 메아리, 돌아오지 않는 물음

일곱 매듭이 풀리지 않은 고독한 이름

쇠절구에서 다정한 잠이 부서지고 있다

온 산들은 무덤처럼 둥글고 납작해져 간다

쩡, 쩡, 쩡, 타오르는 영혼은 새보다 먼저 날아간다

비어진 밥그릇은 꽃처럼 향기롭다

일곱 사자를 흔드는 것은 막 지어 김 오르는 밥 냄새

핏자국이 사라진 주검이, 황토 속에 삭혀 온 뼈

배고프다, 아직도 단단한 근심인 뼈가루 범벅

잿빛 밥덩이 들고 가는 저 한낮의 어둠

어디로 가는지 묻지 마라, 밥 한 톨 물고 날아가는 새의 날개가

부채살 같은 저녁

　　　　　　　　　　　— 정우림, 「죽은 자의 한식(寒食)」 전문

한식(寒食)은 동지에서 105일째 되는 날로서 이날 사람들은
조상들의 묘에 찾아 성묘하고 불을 금하는 풍속 때문에 차가운
음식을 먹는다. 이러한 풍습은 신화적 해석에 의하면 개화(改
火) 의례에서 유래했는데, 구화(舊火)의 소멸과 신화(新火)의 점
화를 위한 과도기로서 불을 금하는 한식(寒食)의 풍속이 생겼다
는 것이다. 구화의 소멸과 신화의 점화란 불의 갱신 의식(更新儀
式)이라 할 수 있는데, 이러한 의식이 필요한 것은 원시인들의
물활론적 세계관에서 기인한다. 즉 그들은 모든 사물에는 생명

이 깃들어 있으며, 그러한 생명은 오래될수록 생명력이 소멸하기 때문에 주기적으로 갱신해야 한다고 생각했던 것이다. 이러한 풍속의 유래와 의미를 상기해보면, 한식이란 결국 죽음과 삶이 공존하면서 교차하는 과도기에 해당된다고 할 수 있다.

이 시의 시적 구도는 기본적으로 이처럼 삶과 죽음이 별개의 영역이 아니라 하나의 시공에서 공존할 수 있다는 생각을 토대로 구축되고 있다. 물론 시상의 전개는 죽은 자를 위한 장례의 절차를 따르고 있다. 주검이기에 그것은 고독한 자의 휴식일 수 있을 것이다. 하지만 곧 주검은 "치솟는 불길"에 휩싸이게 되고, 화장된 뼈들은 절구에 부서지고, 백(魄)은 땅으로 내려가고, 혼(魂)은 하늘로 올라가게 된다. 결국 죽은 자가 남기는 것은 "비어진 밥그릇"일 것인데, 시적 자아는 그것을 "꽃처럼 향기롭다"고 고백한다. 그것이 꽃처럼 향기로울 수 있는 것은 욕망으로부터의 해탈, 혹은 육탈로 인해 생기는 여유와 해방감 때문일 것이다.

하지만 "비어진 밥그릇"이 "꽃처럼 향기로"울 수 있는 것은 곧 그것이 삶의 욕망을 환기하기 때문일 수도 있다. 곧장 이어지는 시상에서 "김 오르는 밥 냄새"라든가 "배고프다", 혹은 "잿빛 밥덩이", "밥 한 톨" 등의 '밥'의 이미지, 그리고 그것과 결부된 '허기'의 이미지가 쏟아지듯이 빈출하는 현상에서 이를 짐작할 수 있다. 산자의 입장에서 볼 때, "황토 속에 삭혀 온 뼈"는 여전히 "배고프"고, 화장해서 육탈된 "뼈가루 범벅"도 여전히 "아직도 단단한 근심"으로 파악된다. 삶의 논리가 죽음의 영역을 침범하기 때문이다. 사정이 이러하기에 죽은 자를 위한 그토록 많은 "밥"이 등장하는 것이다.

"죽은 자의 한식(寒食)"이라는 제목에서부터 그러한 역설이 암시되고 있는데, 일용할 양식이 필요 없는 죽은 자를 위해 제공되는 "한식(寒食)"은 실제로 산 자들을 위한 양식이 되는 셈이다. 장례식이 죽음의 충격을 완화하고 죽은 자와의 이별을 원만히 성취하기 위한 하나의 절차이자 축제이듯이, 죽은 자를 위한 공양은 산 자들의 마음의 평정을 위한 것인지 모른다. 죽은 자를 기념하기 위해 불을 금했던 '한식'이라는 풍속이 새로운 생명으로서의 불을 기다리는 것처럼 이 시는 죽은 자를 위한 위로와 추도로 가득 차 있는데, 그것은 궁극적으로 산 자의 영역에 죽은 자를 포섭하기 위한 시도이다. 그리고 그러한 시도는 산 자들의 영역을 풍요롭게 하고 입체적인 성격을 지니게 하는 의례라고 할 수 있을 것이다.

하지만 죽음이 이처럼 삶의 풍요로움의 원천이기만 한 것은 아니다. 「책의 무덤」에 등장하는 죽음도 언제나 삶에 개입하고 있다. 책은 하나의 죽음이기는 하지만 "너를 만나지 않으면 눈감을 수 없는 날들"이라는 표현에서 알 수 있듯이, 산 자들을 위한 일용할 양식이기도 하다. 하지만 그것은 언어로 지어진 "비석 없는 무덤"이기도 하고, "누구라도 열어볼 수 없는 문"이기도 하다. 책은 궁극적으로 "살과 피가 마른 가을들녘" 같은 것이거나 "모든 것의 표정이 사라진 그림자"와 같은 것으로, 삶에 생동감을 부여할 수 없는 죽은 기록이기 때문이다. 시적 자아는 그러한 책 속에서 "무의미의 축제에서 축배 드는 나를 만나게" 된다. 하지만 죽음은 그처럼 삶의 영역을 무의미와 허무(nihil)로 위협하기에 더욱 삶을 빛나게 하는 것이기도 하다.

이 말은 날아서 내게 왔다, 꽁지 작은 새가 숯불에 올려진다로부터

아버지는 이 말을 그림으로 풀어 주셨다, 이미 그림 속에 배어 있는 불안

새는 알에서 왔다 부화의 몸부림이 알을 죽였다

삼 백 만 개 알 중에서 태어났다, 꿈틀거리는 몸에서 온, 나는

숯불에 올려진 새가 되어 살았다, 검은 재가 나를 덮쳤다

나뭇가지가 흔들렸다 일 초도 머물지 않는 그림자가 스쳐 간 뒤

한 달에 한 번씩, 나는 타오른다, 알을 버렸기 때문이다

한 쪽 눈은 뜨고 자는 밤

숯불 연기 속에, 부리가 심장을 쪼고 있다

— 정우림, 「초조(焦燥)」 전문

'초조(焦燥)'란 불에 타고 물기가 말라서 건조해지는 자연 현상을 지칭하기도 하지만, 애가 타서 마음이 조마조마한 심리적 상태를 지칭하기도 한다. 이러한 의미를 지닌 '초조'라는 시의 제목은 그 시적 내용으로 볼 때, 삶의 형식을 지칭하는 것으로 해석할 수 있다. "나는/ 숯불에 올려진 새가 되어 살았다"는 시적 진술에서 알 수 있듯이, 초조와 불안이 삶을 지배하는 삶의

형식으로 제시되고 있기 때문이다.

시적 자아의 삶을 불안과 초조가 지배하게 된 것은 죽음의 그림자 때문이다. "새는 알에서 왔다 부화의 몸부림이 알을 죽였다"는 구절에서 알 수 있듯이 삶은 죽음을 토대로 성립하는 위태로운 것이다. 알을 깨지 않으면 부화가 불가능하듯이, 무수한 주검들을 생식하지 않으면 삶의 유지도 불가능하다. 삶은 무수한 죽음을 자양분으로 해서 겨우 버텨가는 지속인 것이다. 그렇기 때문에 삶은 불안과 초조의 형식을 지니지 않을 수 없는지도 모른다. "숯불에 올려진 새"처럼, 혹은 "한 쪽 눈을 뜨고 자는 밤"처럼 삶은 불안과 초조를 일용할 양식으로 삼고 있는 것이다.

"숯불에 올려진 새"라는 삶의 모습은 어쩌면 삶의 실상에 대한 정확한 비유인지도 모른다. 삶은 자신의 수명을 저당잡히며 자신의 생존을 유지하고 있기 때문이다. 시간의 흐름은 곧 삶의 시간을 단축하는 것이며, 그렇기 때문에 그만큼 죽어간 것이라고 할 수 있다. "숯불 연기 속에, 부리가 심장을 쪼고 있다"는 구절처럼 삶은 자신의 일부를 죽음에 넘겨주면서 겨우 시한부의 삶을 보장받고 있는 것이다. 삶의 입장에서 보면 "검은 재가 나를 덮쳤다"는 진술은 매순간 발생하는 삶과 죽음의 길항작용을 적확하게 표현해주고 있다. 죽음과 얼싸안고 버티는 것이 삶이기에 삶은 항상 초조하고 불안할 수밖에 없다. 하지만 그러한 초조와 불안은 삶의 풍요로움과 창조성의 기반을 이루기도 한다. 죽음과 동거하는 삶의 신비는 이러한 점에서 찾을 수 있을지 모른다.

3. 마음의 풍경, 혹은 라비린토스

　정우림이 삶에 개입하는 죽음의 모습으로 인해 야기되는 삶의 신비에 대해 주목하고 있다면, 박가경은 인간관계에서 야기되는 미묘한 감정의 무늬와 그 변화를 통해서 삶의 신비에 접근하고 있다. 박가경이 상정하는 마음의 무늬는 그 시작과 끝을 알 수 없는 미로(迷路)와 같은 것으로 합리적인 의식으로 그것을 명중하게 포착하기 어려운 것이다. 하지만 그처럼 탈출구를 찾을 수 없는 미로 같은, 혹은 형태를 짐작하기 어려운 난해한 무늬 같은 내면의 풍경은 미세한 현미경이 그려내는 세계와 같은 매혹적이고 현란한 하나의 우주를 담고 있다.

　　빗장이 풀리고 말았어

　　누군가는 궁금하여 문을 두드리고
　　누군가는 맞지 않는 열쇠로 한참을 기웃거렸지만
　　나는 심장을 데워 걸고 또 걸었었는데,
　　확고했던 울분이 날숨 따라 가볍게 흘러나와
　　요동치며 바닥에 닿고 말았어
　　이별 후, 당신을 닮은 시집 속 구절들을 읽어보지만
　　언제나 나쁜 예감은 꼭 나쁘게 빗나가고
　　서성임은 끝내 납득할 수 없어
　　내 목구멍에서는 결핍을 핥고 지나온 장면들이
　　울컥울컥 쏟아져 나왔어
　　한계는 조금씩 나에게 증후로 다가왔고

상황들은 끝내 멈추지 않고

이제 더 이상 나를 간수 할 필요가 없지만

나는 빗장에 기대어 당신을 반복하고 또 반복 했어

울림이 완전히 빠져나갈 때까지

처음과 마지막을 방치하면서

빗장이 다시 닫히고 말았어

극단을 삼킨 상태로 돌아가겠다는 듯이

잔인한 고요를 품겠다는 듯이

—박가경, 「구토」 전문

  이별 후의 심리적 동요와 변화의 과정이 물결처럼 출렁이는 문체를 통해서 섬세하게 드러나고 있다. 작품의 첫 구절인 "빗장이 풀리고 말았어"로부터 시작되어 "빗장이 다시 닫히고 말았어"로 끝나는 시적 구도는 이별 후에 겪게 되는 내면풍경의 드라마를 극적으로 담아내고 있다. 독백의 형식을 통해서 내면의 변화를 섬세하게 드러내는 시적 문체는 마음의 무늬를 섬세하게 아로새기고 있다.

  이별 후의 고통을 견디기 위해서 실연한 사람은 마음의 문을 잠그기 마련이다. 하지만 그처럼 닫힌 마음속의 공간은 발효되는 고통으로 인해 팽창하게 되고, 자연스러운 순서로 "빗장이 풀리"기 마련이다. 빗장이 풀린 마음에서는 "울분"과 "예감"과 "결핍", 그리고 "증후"들이 쏟아져 나오게 되는데, 이러한 요소들은 모두 이별 후의 마음에 새겨진 반추의 감정들이라고 할 수 있다. 소가 먹은 풀을 다시 토해서 되새김질하듯이 시적 자아는 이별 후에 그러한 곳에까지 다다르게 된 과정과 계기들을 반추하게 되는 것이다.

하지만 그러한 반추는 "서성임"과 "납득할 수 없"음으로 귀결되고, "당신을 반복하고 또 반복"할 수밖에 없을 것이다. 그러한 반복은 도돌이표처럼 되풀이 되고, 탈출구를 발견하지 못한 정동(情動)은 자신의 에너지를 소진할 때까지 시계추처럼 진동을 계속할 것이다. 그리하여 드디어 "울림이 완전히 빠져나가"면 "빗장은 다시 닫히고" 적막과 고요가 내면의 공간을 차지할 것이다. 반추와 회한을 통과한 내면 풍경은 가라앉은 앙금처럼 더욱 삭막해지고, 그리하여 고요만이 그것을 지배할 텐데, 시적 자아는 그러한 고요를 "잔인한 고요"라고 명명한다. 이별과 냉담, 그리고 반추와 회한을 겪은 고요는 "극단을 삼킨 상태"의 고요로써 체념과 상실의 내면 풍경을 채우게 된다.

그런데 시인은 이러한 내면의 드라마에 왜 "구토"라는 제목을 붙인 것일까? 모든 존재가 존재의 이유도 없이 우연성에 의해서 존재한다는 사실에 구역질을 느끼는 사르트르의 『구토』을 염두에 둔 것일까? 그럴지도 모른다. 시적 자아의 내면에서 일어난 심리적 드라마는 이유도 알 수 없는 한 마디 이별의 통보로 인해서 일어난 파도라고 할 수 있기 때문이다. 하지만 그러한 우연성이 우리 삶의 진정한 형식인지도 모르며, 우연성이야말로 삶의 신비를 산출하는 근거가 될 수도 있다. 하지만 완전히 사라지지 않고 흔적으로 남아 있는 감정의 앙금 또한 우리의 이성적인 이해를 거부하는 신비를 생성하기도 한다.

당신은 왜 내게 잔설로만 남아있을까

얼지도 녹지도 안은 채 그 만큼의 온도로만.

가장자리에서 안으로 들어오지도 못하고
밖으로 밀려나지도 않은 채
감정을 적당한 온도로 숙성하고 있는 애매한 태도라니

잔설 속으로 꾸역꾸역 날짜들이 들어가고 있다
영하권으로 떨어지지 않는
감정이 없던 그늘의 날들

녹으려는 순종과 녹지 않으려는 버팀 사이로
바람이 나를 꾸역꾸역 밀어 넣는다

나는 얼음을 새긴 질문 몇 개를 던져놓고 빠져나온다

당신은 왜 떠나지 못한 채 흔적을 고집하는가
이것은 최초인가 최후인가

나는 나를 열지도 닫지도 못한 채 어정쩡과 무작정을 품는다

빙점까지 내려갔다 되돌아오던
반복을 이젠 끝내야 하는가
잔설의 뿌리가 황홀도 없이 빛나고 있다

—박가경, 「잔설의 온도」 전문

산의 그늘진 곳에 남아 있는 잔설(殘雪)을 보면 묘한 감정의 파동을 느끼게 된다. 그것은 겨울의 흔적으로서, 소멸하는 겨울에 대한 미련과 아쉬움을 담고 있는 것처럼 느껴지기도 한다. 또한 그것은 자신을 내세우거나 드러내지 않으면서 항상 다른 것을 암시하고 시사하는 속성을 지니고 있다. 마치 그늘이 부재를 통해서 햇볕의 존재를 증명하듯이, 그것은 어떤 부재처럼 존재하면서, 그러나 결코 무화(無化) 될 수 없는 어떤 앙금이나 잔존(殘存)의 존재를 주장한다. 그러한 점에서 잔설이란 어떤 경계, 혹은 가장자리를 표상하거나 어떤 망설임과 머뭇거림이라는 심리적 상태에 대한 표상이 될 수 있다.

이 시는 이것도 저것도 아니고, 있다고도 할 수 없고 없다고도 할 수 없는 애매하고 모호한 존재로서 '잔설'을 시적 대상으로 삼아 인간관계의 미묘한 상황이나 파장에 대해서 그려내고 있다. 시적 자아가 파악한 "잔설"의 성격을 나열해 보면, 그것은 빙점 주변을 서성이는 "온도"이기도 하고, "안으로 들어오지도 못하고" "밖으로 밀려나지도 않은" "애매한 태도"이기도 하다. 또한 그것은 "녹으려는 순종과 녹지 않으려는 버팀 사이"에 존재하는 것이며, "떠나지 못한 채" 남아 있는 일종의 "흔적"이기도 하다. 그것은 어떤 존재의 "최초"의 기미이기도 하고, "최후"의 모습이기도 하다. 그것은 대상을 향해서 "열지도 닫지도 못한 채 어정쩡과 무작정"의 심정으로 머뭇거리는 심적 동요와 혼란에 대한 하나의 표상이기도 하다.

결국 이상에서 나열한 속성들을 함축하고 있는 "잔설"이란 존재의 신비이자 관계의 불가사의이며, 마음의 오묘함의 총체에 대한 하나의 상징이라고 할 수 있다. 그것은 우리가 직면해야 하는 삶의 모든 비밀과 미스터리에 대한 일종의 상징으로서 우리 앞에서 "황홀도 없이 빛나고 있"는 것이다. 박가경은 "잔설"이라는 낯설고 친숙한 상징의 숲을 통해서 삶의 신비 속으로 들어간다.

4. 주술적 사고, 혹은 일상의 징후들

정우림이 삶에 개입하는 죽음에 의해 생성되는 신비에 주목하고, 박가경이 미묘한 무늬로 채색되는 감정의 신비에 몰두하고 있다면, 문근영은 삶의 불확실성과 운명의 불가사의에 의해서 창출되는 신비에 빠져들고 있다. 「빨래의 배후」, 「공터를 씹다」, 「족집게 무당벌레」 등의 작품에서 시인은 이성으로 해석되지 않는 피안으로 가는 길목에 있는 종교와 주술의 경계에서 서성거리고 있다.

1.
거품으로 지워지는 꽃을 만져요. 저릿한 손목으로 얼룩을 꾹꾹 주물러 치대요. 동안거에서 갓 깨어난 노스님의 옷을 절집 보살이 헹구는데요. 빨래를 툴툴 털 때마다 바람에 버석버석 말라가는 겨울 갈대 소리가 들렸어요. 빨래터 옆 수수들은 이미 목이 잘렸어도 낮달의 다림질을 기다리네요. 관절부위가 구겨진 옷들도 있었구요. 안쪽에 가두었던 육신의 공백이 말끔히 지워지는 소리는 아직 돋지 않은 막니로 따뜻한 바위를 꽉 물고 떨어지지 않으려는 몸짓이네요. 새들조차 서투른 방뇨를 자제하며 마르는 옷 위를 날아가네요.

2.

난데없는 소나기를 몇 번이나 맞았기에 발목 팔목 이리도 무거운가요.
남편의 옷은 객지생활에서 생겨난 구겨짐이거나 절름거리던 회색 도시
의 기억을 털어내려고 하는지 깊은 잠의 냄새가 나네요. 날품 팔러 떠났
다 몇 달 만에 돌아온 당신, 문이 없는 문을 벽에 그리던 당신, 벗어 놓은
옷들은 모두 너럭바위를 닮아가네요. 젖은 옷들이 찍어 놓은 것은 손, 발,
목 없는 불상들, 바위가 속까지 젖는 동안 지상의 옷들은 천천히 말라가
겠지요. 그 기다림의 시간 동안 나는 들꽃을 꺾으러 가요. 거처가 서로
다른 두 분의 당신, 육신의 공백에 한 묶음 놓아두려구요.

―문근영, 「빨래의 배후」 전문

"동안거에서 갓 깨어난 노스님의 옷"이나 "날품 팔러 떠났다
몇 달 만에 돌아온 당신"의 옷은 그것이 담고 있는 육신이 겪었
던 그동안의 삶의 과정을 고스란히 반영해주는 지표가 된다. 동
안거의 노스님이 입었던 옷은 욕망의 비움과 해탈의 지향을 반
영하기에 "바람에 버석버석 말라가는 겨울 갈대 소리가 들"린다.
고생스러운 객지생활을 마치고 돌아온 당신의 옷은 비에 젖어
무겁고 구겨져 있거나 "깊은 잠의 냄새"가 난다. 빨래감으로 던
져 놓은 더럽혀진 옷들은 그동안 그것이 담고 있었던 육신의 흔
적을 고스란히 간직하고 있는 것이다.

그런데 말 그대로 빨래감으로서의 옷들은 그것들이 담고 있
는 "육신의 공백"을 표상하는 대상이기도 하다. 텅 빈 공간에 육
신을 담고 있었던 옷들이기에 그것은 육신이 행한 삶의 행적에
대한 기록이기도 하지만, 빨래로 남겨진 옷들은 육신이 무화된
공(空)의 형상을 간직하고 있는 것이다. 빨래가 단순히 더럽혀

진 옷이 아니라 종교적 표상으로 승화되는 지점이 바로 이곳일
것이다. 이처럼 빨래가 종교적으로 승화된 대상이기에 거기에
남겨진 삶의 흔적으로서의 얼룩은 "꽃"이 될 수 있으며, "젖은 옷
들"은 "손, 발, 목 없는 불상들"이 될 수 있는 것이다. 진흙에서
연꽃이 피고, 번뇌가 깨달음으로 가는 지름길이듯이 빨래는 단
순히 더럽혀진 옷이 아니라 종교적 자장을 거느린 상징물이 되
는 것이다. 문근영 시인은 일상의 자잘한 사물인 빨래에서 종교
적인 의미를 지닌 상징을 길어내는 것을 통해서 세속적인 삶의
이면에서 숨 쉬고 있는 종교적 가치를 발굴해내고 있는 것이다.
문근영의 시선에는 일상적 삶 속에 종교만 숨어 있는 것은 아니
다. 그녀의 눈으로 볼 때 일상 속에는 어떤 운명의 기미와 징후
들이 우글거린다.

조금 늦게 도착한 궁금함의 가시
통증을 뽑는 데는 족집게만 한 것이 없겠다

소문을 듣고 찾아간 논현동 점집
마당 구석구석 무성한 국화에 앉은 그녀는
햇살이 제 몸 부풀리는 환한 시간에도
꽃잎 한쪽씩 떼어내고 있었다
맞다, 아니다, 그게 그거다
등껍질에 박힌 검은 점이 뽑아 든 점괘
이리저리 굴리는 접신 코드에는
화르르 펼쳐 드는 꽃잎 부채가 있었다

세상 진딧물 다 빨아먹은 힘, 거기에
한 치 어긋남 없이 와 있는 가을

그 점집 마당 국화 향기는 오래 머물 꽃방석이 분명한데
날지 못하고 애벌레처럼 살아온 내게
삶이란 조급하게 펼 날개가 아니라며
약발 잘 듣는 촘촘한 그물맥 부적이
꺼내 놓는다, 아직 가지 않은 길들

외벽 타기로 기어온 무당벌레
외줄에 얹힌 신통력으로
꼭대기까지 올라가야 포르르 날 수 있다고
캄캄한 정수리에 거듭나라 빛을 쬐어준다

—문근영, 「쪽집게 무당벌레」 전문

　"점집", "점괘", "접신", "부적" 등의 시어들이 강한 샤머니즘
적 상상력을 자극한다. 미래의 시간에 대한 호기심, 풀리지 않는
일상의 문제들에 대한 답답함, 그리고 비상하지 못하는 운명의
질곡에 대한 궁금증 등이 이러한 주술적 상상력의 배경을 이루
고 있다. 시적 자아가 지니고 있는 이러한 문제들은 "아직 가지
않은 길들"처럼 합리적인 추론이나 판단으로 접근할 수 없는 불
가사의한 문제들이기 때문이다. 그리하여 시적 자아는 운명에
대한 "궁금함의 가시"를 뽑기 위해서 "족집게"로 소문이 난 점쟁
이에게 의지하고자 하는 것이다.
　그런데 시적 자아가 의지하는 점쟁이는 "등껍질에 박힌 검은

점"을 지니고 있는 "무당벌레"와 중첩되는 이미지로 설정되어 있다. "접신"을 통해서 초월적인 신통력을 발휘한다는 점에서 점쟁이를 영매(靈媒)인 "무당"과 연결하는 것은 자연스럽다. 하지만 무당이 다시금 "무당벌레"와 연결되는 것은 비약을 필요로 한다. 시적 논리에 의하면 그것은 "외벽 타기로 기어온 무당벌레"이고 "외줄에 얽힌 신통력"을 지니고 있기에 "날지 못하고 애벌레로 살아온 내게" 비상의 신비를 알려주는 존재이다. 즉 그것은 "세상의 진딧물 다 빨아먹은 힘"으로 외줄의 "꼭대기까지 올라가야 포르르 날 수 있다"는 삶의 비의(秘意)을 몸소 체현하고 있는 존재로서, "아직 가지 않는 길들"을 어떻게 가야하는 지를 알려주고 있다. 그렇기 때문에 점쟁이는 곧 "무당벌레"일 수 있을 것이다. 문근영 시인은 무당벌레의 등껍질에 박힌 점들을 보면서 차안에 영향력을 행사하는 피안의 힘을 발견하려 한다는 점에서 볼 때, 과학이 지배하는 현실에 주술적 세계를 도입하려는 모험의 길을 걷고 있는 셈이다.

5. 삶의 진실을 길어 올리는 언어

신인들의 시들은 항상 모험과 도전으로 가득 차 있다. 이번에 조명한 젊은 시인들도 각각의 고유한 언어와 문체를 지니고서 삶의 신비를 탐험하고자 하는 열망으로 가득 차 있었다. 그들의 시적 모험은 이성과 논리의 그물을 빠져나가는 삶의 신비를 길어 올리려고 한다는 점에서 시의 본령에 육박하고 있다. 시란 명증하게 인식되지 않는 삶의 미묘한 국면과 감정의 섬세한 결을 발굴하고자 하는 모험이자, 그러한 세계를 형상화하고자 하는 언어의 극한이기 때문이다.

삶에 개입하는 죽음으로 인해서 음영을 지닌 삶의 신비에 주목하는 정우림의 시편들은 삶의 신비에 엄숙성을 더한다. 감정의 미묘한 무늬와 변화, 그리고 인간관계의 오묘함에 주목하는 박가경의 시편들은 내면 풍경의 절묘한 결을 살려내고 있다. 세속적 삶의 이면에서 살아 숨쉬고 있는 종교적 영역과 주술적 사고에 대해 주목하는 문근영의 시편들은 투명한 이성적 삶의 그늘에서 서식하면서 언제나 우리들의 삶에 틈입하는 불가사의한 힘으로 우리들의 시선을 유도한다. 이들의 작품들은 그 자체로도 충분히 아름답고 매혹적이다. 삶의 신비를 향한 그들의 모험이 우리들의 삶을 좀 더 생동감 있고, 입체적인 것으로 갱신하는데에 기여할 때 그들의 시적 모험은 더욱 빛을 발할 것이다.

시적 영역의 확장
― 진창윤, 김정진, 김관용의 새로운 시선

1. 시적 영역의 확장

한 원로 시연구자는 기성의 문학 정신과 형식을 부정하며 전통적인 서정에서 일탈하려는 시도들이 있을 때마다, 또 한편에서는 서정시로 회귀하려는 반작용이 있어났으며, 그 반복과 회귀의 여정이 현대시를 이끌어온 추동력이었으며, 시적 영역의 확장을 가능케 한 벡터였다고 주장한 바 있다.(김현자, 「한국 현대시에 나타난 '서정'의 본질과 의미, 『한국시학연구』16, 2006.8) 서정을 배제하는 정신도, 서정을 극복하고자 하는 시도도 서정에 바탕을 두고 있으며, 이때마다 시와 비시의 경계가 새롭게 확장되며 시의 영역 또한 확장되었다는 것이다.

물론 이러한 논의는 서정의 본질과 그 의미, 그리고 변화를 추적하고자 하는 시도에서 나온 고찰이지만, 시적 영역의 확대라는 관점에서 보면 그것은 일탈과 포획의 반복 과정을 적절하게 지적하고 있다는 점에서 주목을 요한다. 서정의 영역에만 국한되는 것이 아니라 좀 더 포괄적인 차원에서 시적 영역의 확장은 기존의 시적 문법에 대한 교란과 탈주, 그리고 그것의 재영토화를 통한 시적 다양성의 확대 과정으로 이해할 수 있기 때문이다. 기존 시의 문법에 대한 회의와 의심을 통해서 새로운 이질성을 시의 영역에 도입하는 것은 모든 시인들의 의무이자 권리일 것이지만, 신인들에게는 특히 이러한 도전과 모험이 요구되는 것은 당연한 현상이다. 신인의 탄생이란 잔잔한 시의 영역에 이물질이 틈입해 오는 현상이기도 하고, 그러한 이물질은 파문과 파동을 몰고 와 시적 영역의 질서를 교란하고 궁극적으로 시적 영토를 확장하는 현상으로 이어져야 그 의미를 찾을 수 있기 때문이다.

이번에 조망하게 될 진창윤, 김정진, 김관용 등의 신인들은 각각 새로운 발상과 상상력을 발휘하고 있어서 기존의 시적 문법에 파문을 일으키기에 충분한 역량과 자질을 가지고 있다고 평가할 만하다. 세 명의 신인들은 모두 자기만의 개성적인 시적 발상과 시적 관심을 통해서 기존의 시의 자장이 포획하지 못한 새로운 요소들을 시의 영토에 끌어들이고 있을 뿐만 아니라, 그것을 통해서 기존의 진부한 시적 관습에 대해서 각성과 갱신을 요구하고 있기 때문이다.

구체적인 양상에 대해서는 시 분석을 통해서 자세히 살펴볼 것이지만, 미리 소개하자면 진창윤은 서사의 활용을 통해서 시적 영역을 확장하고 있으며, 김정진은 관념의 도입을 통해서 우리 시에 관념시의 가능성을 타진하고 있다. 그리고 김관용은 이른바 '지리학적 상상력'이라고 할 만한 독특한 시적 발상을 통해서 우리 시의 변경을 확장하고 있다. 이러한 시도들은 모두 우리 시의 한 경계를 탐사한다는 점에서 시적 영역의 확장과 관련된 소중한 도전이자 모험이라고 할 만하다.

2. 서사(敍事)의 시적 활용

2017년 문화일보 신춘문예를 통해서 문단에 나온 진창윤은 전통적인 서정시, 특히 우리의 시사적 전통 중에서도 현실참여적인 시적 성향을 보인다는 점에서 오늘날 '미래파'의 대안으로 새롭게 관심의 대상이 된 바 있는 '정치시'의 계보에 속한다고 볼 수 있다. 시적 대상이 지금, 여기의 우리 사회의 현실이라는 것, 우리 사회의 그늘진 모습과 사회적 모순에 대한 정치적 감각을 지니고 있다는 점 등에서 그의 시는 현실 지향적인 우리시의 한 전통적 경향에 속한다고 평가할 수도 있다. 그러한 점에서 진창윤은 신인으로서 기존의 시적 문법에 도전하는 패기와 도전이 부족하다는 인상을 지우기 어렵다.

하지만 모든 신인들이 기존의 시에 대해 항거하고 거부해야 하는 것은 아니며, 전통을 충실히 계승하면서도 그것을 지금, 여기의 현실에 맞게 변형함으로써 현대시가 현실을 표현할 수 있는 훌륭한 기제라는 점을 증명하는 것 또한 신인들의 과제에 속할 것이다. 이러한 점에서 볼 때 진창윤은 기존의 전통을 충실히 수용하면서도 2010년대의 후반을 살아가는 현대인의 삶의 감각을 대변해주고 있다고 할 수 있다. 특히 그가 구사하는 작시술에는 서사를 활용하고자 하는 강한 충동이 내재되어 있는 바, 그러한 전략이 서사지향적인 현대사회와 현대인의 은밀한 욕망과 만나고 있다는 점에서 주목된다.

대형 마트에서 카운터를 보는 한 여성의 하루의 삶을 통해서 비정규직으로서의 힘든 삶을 살아가는 현대인의 삶의 형식과 심정을 대변해주고 있는 「오케이마트」라는 시에서는 현대사회에 대한 부조리와 그에 대한 비판과 울분이 표출되고 있다. 하지만 이 시가 더욱 감동적일 수 있는 이유는 시상의 전개 과정에서 곳곳에 바둑돌처럼 포진하고 있는 시적 정보를 통해 구축되는 그녀의 삶의 서사라고 할 수 있다. "열입곱에" 미혼모로서 아이를 낳았다는 것, 그 아이는 "젖 한번 못 빨고 그녀 품을 떠난 핏덩이"라는 것, 그러한 서러운 과거를 지니고 그녀는 "아침 일곱시에서 밤 열 한 시까지" 노동에 시달리고 있다는 것 등의 이야기가 조곤조곤 토로되고 있는데, 그러한 삶의 서사로 인해서 이 시는 시적 감동을 증폭시키고 있는 것이다. '구두'를 통해서 삼촌에 대한 삶의 서사를 펼쳐놓고 있는 다음 작품도 진창윤 시의 특성을 잘 보여준다.

삼촌은 맞선 볼 때 처음 구두를 신어봤다 명절날
손가락으로 벽을 가리키며 말했다 구두신은 네가 부러웠어
흑백 사진 속 빛나는 구두를 신은 내가 기저귀를 찬 채로 앉아 있었다

구두는 굽을 높였다 최종학력 중졸 삼촌은 무작정
옷이 좋아 동대문 도매오빠가 되었다 라디오 주파수에 귀를 기울이며
기지바지에 주름을 잡으며 사무실로 교회로 책을 날랐다 아침부터
저녁까지 흠뻑 젖은 소 울음으로 징을 박듯 대문을 두드렸다

젊은 구두는 양은 냄비 속 라면 가닥처럼 밑창이 흐물거렸다
아무리 살아도 쌓이는 게 없더라 내 까까머리를
쓰다듬으며 구두가 말했다 나는 구두의 바닥을 오래 생각했다
노을이 물렁물렁한 서쪽으로 고개를 숙이고 있었다

지난겨울 구두는 이혼하고 귀농했다 나도 삼촌의 구두처럼
나이를 먹었다 첫사랑이 다시 온다 해도 싫어 아직 할 일 많고
갈 길은 멀어 포장지를 벗긴 구두처럼 삼촌은
마을 회관 공터에 굽이 닳은 채 납작하게 쭈그리고 있다
구두는 아직 속을 다 비우지 못하고 입 벌리고 있다

—진창윤, 「구두」 전문

'구두'라는 환유를 사용하여 삼촌의 신산한 삶의 과정이 묘
사되고 있는데, 그러한 삶의 과정이 소박한 욕망의 몰락과 소멸
의 과정으로 등치되고 있다는 점에서 비극적 삶의 비전이 제시
되고 있는 셈이다. 삼촌의 삶은 부유의 상징으로 인식되는 '구두'
한 켤레를 사 신는 것, 그리고 드디어 맞선 볼 때, 구두를 처음으
로 신어 볼 수 있었다는 사실이 잔잔하게 토로되고 있는데, 정작
삼촌의 삶은 그러한 구두가 낡고 퇴락하는 과정으로 환유되고
있다. 즉 삼촌의 삶은 구두 뒷굽에 "징을 박듯" 힘차고 안정적인
삶을 원했으나 실제 그 내용은 "양은 냄비 속 라면 가닥처럼 밑
창이 흐물거"리는 과정을 거쳐, 결국 "마을 회관에 굽이 닳은 채
납작하게 쭈그리고 있"는 모습으로 귀결된다. 구두가 닳고 낡아
서 퇴락하고 몰락하듯이 삼촌의 삶은 그러한 과정을 거쳐 이제
폐기처분될 종점에 다가서고 있는 것이다.

이 시의 시안(詩眼)은 물론 '구두'라는 환유라고 할 수 있다.
구두는 시적 대상인 삼촌의 삶을 대변해주는 환유인데, 그것이
포장지를 벗긴 후부터 지상을 거닐게 되면서 겪게 되는 과정이
삼촌의 퇴락하는 삶과 인접성을 통해서 결합되어 있다. 험한 길
을 걸어야 하는 구두의 운명과 신산한 삶의 과정을 거쳐야 하는

삼촌의 삶이 서로 대응하면서 구두는 삼촌의 삶을 대변하는 사물이 되는 것이다.

그러나 더욱 주목되는 점은 그러한 환유를 통해서 시인이 환기하고자 하는 삶의 서사(敍事)라고 할 수 있다. 반짝 반짝 빛나다가 낡고 닳아서 너덜너덜 해지는 구두의 이미지 그 자체도 시적 감동의 원천이기도 하지만, 그러한 구두의 퇴락하는 과정이 환기하는 삶의 보잘 것 없음과 피폐해지며 무너지는 삶의 좌절 등이 시적 감동의 원천이 되는 것이다. 그리고 구두라는 환유는 이러한 삶의 비참과 신산함을 하나의 서사로 완성해서 보여주고 있기 때문에 더욱 감동을 자아내는 것이다. 결국 환유와 서사의 결합이 이 시를 감동적인 시로 만들어주고 있는 셈인데, 비유와 서사의 결합이라는 작시술이 빛을 발하고 있는 장면이라고 할 수 있다.

군산 목재소 앞마당에는 코끼리가 산다
눈을 처음 봤다는 그는 울타리를 삼고 싶어 거대한 힘으로 통나무를 굴린다 원목이 구를 때마다 나이테에서는 람차방 항구의 뱃고동 소리가 난다 뚜우 뚜 지붕 위에 켜켜이 쌓인다

기계톱날이 돌아가면 눈보라처럼 뿜어져 나오는 톱밥, 뭉툭하고 둥근 발목까지 차오른다 편편이 잘린다
판재 한 겹 눈발 한 겹
층수가 높아가는 아유타야의 울음소리

원목은 한 번도 눈빛 푸르게 실려 온 적이 없다

목재소는 긴 연통을 쳐들고

그는 화목난로에 톱밥 한 삽 퍼 넣는다 상어 이빨 같은 불빛이 뻗어나온다

사와티캅, 떠나고 싶었던 곳이 가장 돌아가고 싶은 곳이라니 발갛게 달
아오른 철판의 몸통에 다가갈 수 없다 허벅지 주름에 금이간다

한 발짝 물러나자

칠면초 나문재의 초원 새만금 들판을 쿵쾅거리며 달려온 군산항의 눈
보라 목재소 앞마당으로 몰려온다

휴식 벨소리가 울린다

톱밥을 베고 누운 코끼리 몸통에 둥근 무늬를 새기며

천천히 꼬리를 흔들며 사라진다

──「코끼리가 산다」, 전문

이 작품도 비유와 서사가 적절히 결합하여 시적 감동과 울림
을 자아내고 있다. "람차방 항구의 뱃고동 소리"라든가 "아유타
야의 울음소리" 등의 시구를 보면 "코끼리"라고 명명되는 목재소
의 "그"는 태국 출신의 외국인 노동자일 가능성이 많다. 그는 모
국에서 실려오는 원목으로 판재를 만들기도 하고, 화목난로에
톱밥을 퍼 넣으며 온기를 쬐기도 한다. "떠나고 싶은 곳이 가장
돌아가고 싶은 곳이라니"라는 시적 진술을 보면, 그는 가난이 싫
어서 한국 땅으로 들어온 것이라고 할 수 있으며, "눈을 처음 봤
다는 그는" 따뜻한 고향이 그리워 다시 돌아가고 싶은 욕망을 간
직하고 있으나, 그것도 뜻대로 되지 않는 상황임을 추론할 수 있
다. "떠나고 싶은 곳이 가장 돌아가고 싶은 곳"이라는 진술은
"그"의 삶을 특징짓는 말이기도 하지만, 인간의 보편적인 삶의

형식을 함축해주기도 한다.

하지만 더욱 주목되는 점은 그 한 마디의 시적 진술 속에 "그"라는 시적 인물의 삶의 서사(敍事)가 고스란히 응축되어 있다는 점이다. 즉 떠나고 싶을 정도로 피폐한 삶의 조건에 시달린 고향에서의 삶, 낯선 이국에서의 방랑과 유랑의 과정, 그리고 다시금 세상의 속악함에 짓눌려 보잘 것 없는 곳이라고 생각되었던 고향으로라도 돌아가고 싶은 소박한 소망으로 점철된 삶의 무늬가 그 시구 속에 아로새겨져 있는 것이다. 더욱 주목되는 점은 이러한 서사의 주인공이 '코끼리'로 명명되고 있다는 점이다. 육지에 사는 동물 중에서 몸집이 가장 큰 동물, 아프리카나 남아시아의 뜨거운 열대에서 주로 사는 동물인 코끼리를 끌어와 시적 인물의 은유로 삼는 것은 무슨 의미일까? 아마도 그것은 코끼리와 같은 무게의 비애와 회한, 그리고 추운 겨울을 나는 열대지방의 외국인 노동자의 이질감을 극대화하기 위한 장치가 아닐까?

진창윤이 시도하고 있는 서사의 활용은 근대 시사에서 새롭거나 낯선 것은 아니다. 이미 우리는 1930년대 말 임화가 시도한 '단편서사시'라는 작품을 여러 편 가지고 있다. 그리고 백석의 우리 민족에 대한 원형적 서사도 떠올릴 수 있다. 60년대 이후에는 신동엽의 농민과 동학혁명에 대한 다양한 시적 서사들을 발견할 수 있으며, 신경림을 비롯한 이른바 참여 시인들의 역사적 서사를 기억하고 있다. 진창윤의 시적 서사 또한 이러한 전통에 기반을 두고 있다. 하지만 그는 환유와 은유 등의 비유와 서사를 적절히 활용하면서 함축적인 서사와 이미지화된 서사를 추구하고 있다는 점에서 새로운 시적 지평을 열어나갈 가능성을 보여주고 있다.

3. 관념시(觀念詩)의 새로운 가능성

김정진은 2016년 ≪문학동네≫ 신인상을 수상하면서 문단에 등단하였다. 그의 시는 이질적인 것들의 결합이 산출하는 충격적인 이미지에 경도되는 경향이 있으며, 그러한 이질적인 요소들의 결합을 집요한 시적 사유를 통해서 통찰함으로써 세계의 구조와 형상에 접근하려는 시도를 보여주고 있다는 점에서 신인으로서의 당찬 도전과 포부를 읽어낼 수 있다. 그는 우리 시에서 상대적으로 희소했던 관념시의 한 영역을 개척하고 있다는 점에서 주목을 요한다. 시적 공간이 철학적 사유와 논리적 놀이의 공간일 수도 있음을 김정진 시인은 증명하고 있는 셈이다.

이번에 발표된 작품의 제목만 살펴보아도 그의 시적 경향을 짐작할 수 있다. 독립된 두 개 이상의 주기적인 사건을 적절한 방법으로 결합, 제어함으로써 일정한 위상 관계(位相關係)를 지속시키는 일을 지칭하는 '동기화', 그리고 휘발성의 성질과 견고한 성질의 한 표상으로 간주할 수 있는 '알코올 혹은 콘크리트', 도저히 서로 결합하기 어려운 형용 모순인 듯한 '여름 감기' 등의 제목이 그의 시적 관심과 성향을 대변해주고 있다는 것이다. 그리고 주된 시의 내용은 이러한 결합하기 어려운 이질적인 요소들의 결합이 자아내는 의미와 파장에 대해서 숙고하고 추론하는 작업으로 이루어져 있다. 작품 속으로 들어가 보자.

오랜만에 길에서 우연히 너를 발견하고 불렀는데
너는 네가 네가 아니라 너의 이미테이션이라고 했다
그건 닮은 사람이라는 뜻인가?

너는 닮았다는 게 아니라
네가 너의 이미테이션이라고 반복했다

너는 네가 아니고
너와 닮은 사람도 아니고 너의 이미테이션이구나
그렇지만 신경쓰지 않았다

너의 이름과
말을 하며 오른손으로 턱을 자주 만지는 습관과
종잇장처럼 소리없이 사뿐거리며 걷는 발걸음과
오른쪽에만 서서 걸으려는 고집까지
모두 너와 다름이 없었다

그렇지만 분명 너는 네가 아니고 너의 이미테이션

지구엔 사람이 정말로 많으니까
이름부터 생김새와 습관까지 똑같은 사람이 어딘가엔 있을 거야
생각했지만 이미테이션은 그보다 더 똑같은 사람
똑같은 것보다 더, 하지만 동일하지는 않은

그런데도 네가 네가 아니라는 것이 전혀 이상하지 않았다
너는 그러한 사실로서 존재하는 사람
그 말을 믿을 때에야 너는 가능했다

하나도 안 변했네
한참만에 나를 알아보고 네가 대답했다

　　　　　　　　　　　　　　　　　—김정진, 「동기화」 전문

‘너’와 ‘너의 이미테이션’이 서로 충돌하면서 결합되어 있는 현상이 철학적 사유를 담은 시적 진술로 반복되고 있다. 시적 진술에 의하면 이미테이션, 즉 모조품은 원본을 닮은 것이 아니라 그것을 대변하는 것이다. 피조물이 신의 본성을 분유(分有)하는 것처럼, 혹은 현상이 이데아를 모방(模倣)하는 것처럼 이미테이션은 원본을 닮은 것이 아니라 그것과 “다름이 없”는 것이다. 사회학적 이론을 원용해 보면, 우리는 누구나 사회적 가면을 쓰고 살아간다고 하는데, 이때 사회적으로 요구되는 역할과 인격을 가장하는 가면으로서의 나가 바로 이미테이션이라고 할 수 있을 것이다. 혹은 문학적 개념으로 보면 이상적 자아와 분열된 수많은 자아들, 즉 현실적 자아들, 사회적 자아들, 속악한 자아들이 바로 이미테이션의 실체들일 것이다.

　가상세계가 일상화된 오늘날의 현실에서 보면, 현실적 자아와 분열되어 있는 가상적 자아들, 즉 나를 대변하는 아바타, 아이디, 닉네임, 캐리커처 등등의 무수한 분신들이 이에 해당될 것이다. 제목인 ‘동기화’라는 개념도 컴퓨터 용어에서 파생된 것으로 작업들 사이의 수행 시기를 맞추는 것, 즉 사건이 동시에 일어나거나, 일정한 간격을 두고 일어나도록 시간의 간격을 조정하는 것을 이른다. 즉 화면과 음향을 일치시키는 것이라든가 컴퓨터와 스마트폰의 작업 환경을 일치시키는 것 등 두 사건이 결합되어 어떤 관계망을 형성하는 것을 지칭하는 것이다. 전자기기나 가상 세계에서 동기화가 안 되면 작업이 불가능한 것처럼 현실 세계에서도 현대인들은 다양한 분신 혹은 이미테이션과의 동기화가 안 되면 사회생활을 영위할 수 없을지 모른다. 기호와 언어, 문법으로 규정되는 상징계를 벗어나 실제계에 들어서면 우리는 타인과 소통하거나 공감하는 관계망을 상실할 수 있기 때문이다. 어쩌면 이미테이션은 우리가 타인과 더불어 관계망을 형성하면서 소통하고 공감하는 세계를 형성할 수 있도록 하는 실체일 수도 있는 것이다. 이 작품이 지닌 시적 사유의 깊이가 만만치 않음을 짐작할 수 있다.

보라색 물을 놓아둔 방 안에는 보라색 물의 입자가 떠다니고 당신이 판서해 둔 이름은 보호색을 잃었다. 내 이름은 빨강. 다시는 숨은 채 기도하지 못하리라. 야경이 유명한 도시에는 야맹증을 가진 이들과 눈이 좋지 못한 자들이 안경을 벗고 모여든다. 멀리서 본 풍경은 희극적이리니 실없는 웃음에 너도나도 목소리가 두 개씩이다. 모호할수록 황홀한 야경. 저 짓무른 빛의 덩어리가 우리의 태양이야. 물 위에 뜬 기름띠에서 건진 무지개는 우리의 깃발이지. 나를 발견한 당신이 비극배우의 표정을 하지만 내겐 그 얼굴이 보이지 않는다. 증발하는 입자들을 잔뜩 마시면 몸속도 보랏빛이 되는 걸까. 팔다리가 있는 데도 없는 것처럼 느껴지네. 그것도 아픈 건데, 아픈 줄 모르고 우리는 웃으며 야경을 구경한다. 빛 속에 숨는 것과 어둠 속에 숨는 것은 다를 게 뭐가 있나. 새로 얻은 보호색은 당신들을 위한 것. 내 이름은 빨강, 내 이름은 파랑, 내 이름은 보라, 네 이름은 초록, 네 이름은 노랑…… 차가운 손을 가진 내가 더 차가운 네 손을 만지면 너는 내가 뜨겁다고 말한다. 우리도 모여 있으면 저 야경과 같을까요. 벗은 눈으로 반짝거리며. 두 개의 목소리 중 하나가 숨죽인다. 이른 새벽, 지시등 없이 차선을 침범해 들어오는 무겁고 낮은 트럭처럼 우리의 생애 불심검문. 내가 내 머리 위에서 비극적인 잠. 든다.

—김정진, 「알코올, 혹은 콘크리트」 전문

「동기화」와 마찬가지로 두 속성들의 결합이 야기하는 아이러니와 역설의 상황들이 사유의 대상이 되고 있다. 결국 이 작품도 시적 사유가 시적 공간을 지배하고 있는 지배소라고 할 수 있는데, 대립되는 자질들의 충격적인 결합이 야기하는 효과와 가치에 대한 사유가 주된 사유의 내용인 셈이다. '알코올 혹은 콘크리트'라는 제목 자체에서부터 대립되는 자질들의 충격적인 결합이 예고되어 있다. 휘발성의 물질로서, 혹은 도취와 광기의 동인으로서의 알코올과 견고성의 상징으로, 혹은 무표정과 무감정의 표상으로서의 콘크리트라는 이질적인 요소들이 결합되어 있기 때문이다.

시적 내용 또한 대립적인 자질들의 결합이 야기하는 효과에 집중되어 있다. 시적 내용에서 주된 역할을 하는 '보라색'은 빨강과 파랑이 결합되어 있는 색체로서 그 자체로 이중적인 가치와 의미가 결합되어 있는 색채이다. 즉 차가운 색감의 파랑과 뜨거운 색감의 빨강이 결합되어 형성되어 있는 보라색은 여명과 석양의 색깔로서 빛과 어둠이 공존하는 색채이기도 하다. 또한 그것은 역사적으로 고귀한 귀족적 가치를 대변하는 색체이기도 하며, 정신병적인 징후나 상사(喪事)와 같이 죽음을 환기하는 이미지를 지니고 있기도 하다.

또한 시적 모티프로 등장하는 '야경'은 빛과 어둠이 결합하여 빚어낸 현상이며, 그러하기에 그것은 희극적인 것과 비극적인 것이 결합되어 있는 현상으로 해석될 수도 있다. 또한 그것은 "실없는 웃음"처럼 웃음도 아니고 실망도 아닌 애매모호한 현상이기도 하다. 시적 화자는 이러한 현상을 두 개의 "목소리"라고 해석하고 있는데, 두 개의 목소리란 역시 빛과 어둠, 혹은 그것을 대하는 이중적인 퍼스나를 지칭하고 있다. 추위와 더위라는 것도 매우 상대적인 것이어서 보라색이나 야경은 그것을 보는 시각에 따라 뜨거운 이미지로 부각되기도 하고, 차가운 감촉으로 다가오기도 한다.

그런데 세상은 이러한 이질적인 것들이 적절히 섞여 녹아 있을 때 이상적인 상황을 형성할지도 모른다. "모호할수록 황홀한 야경"처럼, "빛 속에 숨는 것과 어둠 속에 숨는 것"이 다르지 않는 것처럼, 혹은 "두 개의 목소리"로 살아가는 것처럼 우리 세상은 이질적인 것들이 경계선 없이 결합되어 운영되는지도 모른다. 태양과 달, 아폴론과 디오니소스, 노동과 유희, 이성과 감성처럼 이 세상은 수많은 이중적인 대립적 요소들이 서로 결합되어 빛과 어둠이 섞인 희붐한 세계를 이루고 있기에 코스모스를 이루고 있는 지도 모른다는 것이다. 여명과 석양처럼 빛과 어둠이 섞인 채, 휘발성과 견고성이 교묘하게 결합된 채 세상은 운행되고 있을지 모른다. 따라서 진정한 비극은 그러한 이중성이 깨어지고 한쪽으로 쏠리는 것, 하나의 요소가 다른 하나의 요소를 잠식하는 사태일 수 있다. 시인이 "야맹증"이나 "눈이 좋지 못한 자들"을 내세우거나 혹은 빈번히 "보호색"을 강조하는 것은 이원적인 구조로 형성된 세계의 구조를 강조하고, 그처럼 양 날개로 날아야 하는 세계의 시간이 붕괴되는 것을 걱정하기 때문인지도 모른다. 김정진 시인의 앞으로의 행보가 주목되는 이유는 그에 의해서 우리 시의 영역에 관념의 거대한 구조물이 세워질지도 모른다는 기대 때문일 것이다.

4. 지리학적 상상력의 출현

2015년 경향신문 신춘문에 당선되어 문단에 나온 김관용 시인은 이번 신작에서 독특한 작품들을 선보이고 있다. 이른바 '지리학적 상상력'이라고 할 만한 작품들을 발표하며 신선한 충격을 주고 있다. 마르크스주의 지리학자인 데이비드 하비(David Harvey)가 정의한 지리학적 상상력이란 장소와 공간에 대한 감수성을 지칭한다. 그가 강조한 바에 따르면 그것은 개인들로 하여금 그들 자신의 전기(biographies)에서 공간과 장소의 역할을 인식하도록 하며, 그들 주변에서 자신들이 볼 수 있는 공간들과 관련시키도록 하며, 개인들과 조직들간의 교호작용이 이들을 분리시키는 공간에 의해 어떻게 영향을 받는가에 대해 인식하도록 하며, 다른 장소들에서의 사건들의 적실성을 판단하도록 하며, 공간을 창조적으로 설계하고 이용하도록 하며, 그리고 타인들에 의해 만들어진 공간적 형태들의 의미를 이해하도록 한다고 한다.

공간과 장소가 그들의 개인적 삶과 사회적 삶에 미치는 영향과 교호작용, 그리고 공간의 활용 가능성과 그 의미에 대한 파악 등이 지리학적 상상력의 핵심적 내용인 셈이다. 물론 김관용 시인의 시편들이 데이비드 하비가 말한 정의에 부합하는 지리학적 상상력을 구축하고 있다는 것은 아니다. 데이비드 하비가 말한 지리학적 상상력이 사회적 개념에 가깝다면 김관용의 그것은 시적인 상상력으로서 주관적인 성향이 강하다. 즉 김관용의 지리학적 상상력이란 장소와 공간에 대한 주관적 기억 및 느낌, 혹은 장소와 공간에 대한 주관적인 정서적 태도로 이해할 수 있다. 우리가 여행을 하게 되면 특정한 공간은 객관적인 지리적 사실과 사회·경제적 환경으로 이해되지는 않는다. 그곳은 우리의 경험 중에서 헤어진 연인에 대한 이미지로 기억되기도 하고, 우연히 겪었던 특정한 경험과 결부된 주관적인 정서로 연결되기도 한다. 김관용의 시적 공간에서는 이와 같은 상상력이 펼쳐지고 있는 것이다.

신비로웠지만 답은 아니었다
어려운 퍼즐이다 어쨌든 그렇게 운명이 갈렸다

이런 기분이 있다
발밑 땅 아래로 상상할 수 없는 축축하고 기다란 어떤 짐승이 지나고 있다고
그것은 비린 냄새가 난다고

내가 비가 되어 떨어진다면 그 몸의 일부가 되어버릴 것 같은 밤

몇 개의 골목을 지나며
그것들이 내 몸의 일부가 아닐 거라고 생각한다

버려진 가구와 공사 중이라 쓰인 글자, 움푹 파인 바닥들이
툭툭 끊어지는 면발 같다

작은 포클레인은 편지를 쓰는 자세다

또 이런 기분이 있다
늙은 고모가 있고 죽은 할아버지가 있는 숲, 그것을 본적이라 옮겨보고

싫다고

　까마귀나 까치가 울면 본적이 흰자위부터 얼어버릴 것 같다고

　본적은 누군가의 목소리로 채워진 염통 같았다

　바위틈에 숨어서 겨냥하는 엽총 뒤의 숨죽인 눈알처럼

　본적이 사라진 날

　난 그 숲에서 넘어졌던 것인데,

　그것이 겨냥했던 것은 무심하고 부주의한 내 동공이었을지 모른다

　회오리바람을 타고 어딘가 날아가 버릴 것만 같아서

　며칠간 붕대를 감고 다녀야 했다

　나는 새로운 본적이 될 것이므로 어느덧

　오늘은 투표하러 가는 날이다

　　　　　　　　　　　　　　　　　　　　　　　　─김관용, 「의정부」 전문

　　왕위찬탈을 놓고 자식들이 서로 싸우자 유일한 친구인 무학
대사가 있는 양주의 회암사에 태조 이성계가 머물렀다는 것, 그
래서 태종 이방원이 자주 찾게 되어 정무를 의논하던 의정부가
종종 태종을 따라 옮겨와서 정무를 의논했다는 데서 의정부라는
지명이 유래되었다는 것, 서울과 원주를 잇는 금성가도의 분기
점으로 교통과 상업의 중심지라는 것 등의 사실들이 일정 정도
의정부라는 장소를 둘러싼 상상력을 제한할 수 있다. "신비로웠

지만 답은 아니었다/ 어려운 퍼즐이다 어쨌든 그렇게 운명이 갈렸다"는 밑도 끝도 없는 시적 진술들은 태조와 태종을 둘러싼 정치적, 도덕적 갈등에 대한 연상을 불러일으킨다. 마지막의 "오늘은 투표하러 가는 날이다"라는 진술 또한 지명과 관련된 '의정부'라는 정무를 담당하는 기구가 정치적 상상력을 자극한 결과일 수 있으리라.

하지만 이 시에서 가장 중요한 요소는 "이런 기분이 있다", 혹은 "또 이런 기분이 있다"고 전제하고서 펼쳐지는 주관적인 상상력이다. 그 구체적인 내용은 "발밑 땅 아래로 상상할 수 없는 축축하고 기다란 어떤 짐승이 지나고 있다"는 상상이나 "늙은 고모가 있고 죽은 할아버지가 있는 숲, 그것을 본적이라고 옮겨보고 싶다"는 소망 등이다. 이러한 상상과 소망이 특별히 의정부라는 도시와 결부될 필연성을 시적 공간 어디에서도 발견하기 어렵다. 실제로 의정부라는 도시를 여행하거나 거주하는 사람들이 이러한 상상과 소망을 간직하게 될 것이라는 필연성도 발견하기 어렵다. 시적 주관의 개인적인 정서와 태도의 문제인 셈이다.

결국 기분의 문제라고 하더라도 이러한 시적 관심과 태도는 매우 중요한 시도처럼 보인다. 장소와 도시는 인간의 삶과 정서에 어떤 식으로든 영향을 미치게 되며, 그러한 영향에 반응하는 것은 장소와 시간에 대한 인간의 능동적이고 주체적인 태도이며, 공간과 장소를 우리의 삶의 현장 안으로 끌어들이는 적극적인 실천이기 때문이다. 의정부라는 도시에 대해서 시적 주관이 "축축하고 기다란 어떤 짐승"을 연상했다는 것, 도시의 부분들이 "툭툭 끊어지는 면발 같다"는 생각을 했다는 것, 그리고 "본적"에 대해서 근본적으로 접근해 보았다는 것, 본적을 동공과 연관지

어 보았다는 것 등은 의정부라는 장소와 공간에 대해서 시적 주
관이 생성한 사유와 상상의 내용이다. 우리는 우리가 발 딛고 있
는 땅의 일부분에 대한 문학적 상상과 형상에 대한 공감을 하나
획득한 셈이다.

　　누군가 찾아왔다 오른손을 올리고 왼쪽 다리를 약간 구부린 채로 늦은
산책이 빠져나갔다 우린 과정이었으므로 태어나기 이전을 고백하기 시
작했다 광화문에서 동쪽으로 일출이 있었고 일출은 화산이 만들어낸 고
요한 섬이었다

　　모래를 쌓다 보니 발코니가 보였다 수백 개나 되는 뼈에서 빗물이 빠져
나간 날 남자의 목소리가 들렸고 여자의 목소리가 겹쳐졌다 텅 빈 위장을
물로 채운 짐승처럼 1월 1일은 느리게 지나갔다 술집에서는 아픈 데 없
느냐고 물어주길 기다리다가

　　아주 어렵지 않게 욕설이 태어났다 화가 치민 철길 위에서 모래가 된 것
같다 모래의 문장엔 귀신들이 우글거린다 바람이 솟구치던 기암절벽은
두 번째 페이지에서 넘겨졌다 나의 몸엔 주저앉은 밤거리들이 우글거린
다 우산을 잃어버린 저녁

　　나는 내가 비 내리는 창문이란 기억에 있다 우리는 정동진을 소비하지
만 곧 그의 멸종 앞에서 고딕으로 말라갈 것이다 누군가 찾아왔다 언덕
위로 배가 오르고 있다 백사장에서 요철이 느껴졌고

　　잠든 이들의 냄새가 심하게 훼손되고 있었다
　　　　　　　　　　　　　　　　　　　　　　　—김관용, 「정동진」 전문

정동진(正東津)은 강릉시내에서 동해안을 따라 남쪽으로 약 18㎞ 떨어진 지점에 있는 마을이다. 한양(漢陽)의 광화문에서 정동쪽에 있는 나루터가 있는 마을이라는 뜻으로 이름이 지어졌다고 한다. 신라때부터 임금이 사해용왕에게 친히 제사를 지내던 곳으로 2000년 국가지정행사로 밀레니엄 해돋이축전을 성대하게 치른 전국 제일의 해돋이 명소이기도 하다. 시상의 전개 또한 정월 초하루 해돋이의 명소로 유명한 동해 바다 해안가의 작은 마을 '정동진'에 초점을 맞추어 전개되고 있다. "광화문에서 동쪽으로 일출이 있었"다는 진술이나 "태어나기 이전을 고백하기 시작했다"는 구절들은 '정동진'이라는 장소가 환기하는 1월 1일의 일출 조망과 연관되어 있으며, 묵은 시간을 보내고 새로운 시간을 맞이하는 통과의례로서의 원시적 상상력이 촉발시킨 현상으로 이해할 수 있다.

"모래"에 대한 상상은 정동진이라는 해안가의 마을에서 이루어진다는 점에서 어쩌면 당연한 것일지 모른다. 하지만 그것은 거대한 바위가 마모되는 헤아릴 수 없는 오랜 시간의 이미지를 담고 있다는 점에서 역시 일출과 새해의 시작이라는 원시적이고 신화적인 사건과 관련되어 있다. 이렇게 보면 "수백 개나 되는 뼈에서 빗물이 빠져나간 날"이라든가 "모래의 문장에 귀신들이 우글거린다"는 구절들이 환기하는 이미지들이 예사롭지 않게 된다. 어떤 근원적이고 신화적인 사건과 이미지들이 연상되기 때문이다. "나의 몸에 주저앉은 밤거리들이 우글거린다"는 표현 또한 수많은 시간이 종족적 차원에 새겨놓은 어떤 무의식적 흔적들을 떠올리게 한다. 어떤 "남자의 목소리"와 '여자의 목소리" 또한 개성을 지니지 못한 원초적 형상으로서의 익명성과 태초의 소리로서의 시원성에 대한 상상을 자극한다.

물론 지금까지 거론한 다양한 이미지와 상상들은 정동진에 대한 시적 주관의 개인적인 차원의 상상력이 촉발시킨 내용들이다. 그러나 그것이 단순히 한 개인의 차원에 국한되지 않는다는 것을 확인한 셈이다. 그것은 어떤 원형적이고 신화적인 차원과 관련되어 있기 때문이며, 종족적 차원의 무의식과 연관되어 있기 때문이다. 김관용의 지리학적 상상력이 단순히 개인적 차원의 기분이나 취향에 머물지 않고 우리 삶의 터전에 대한 공동체적 공감을 획득할 수 있는 여지가 있음을 보여주고 있는 장면이라고 할 수 있다.

5. 새로운 도전을 위하여

과감한 서사의 도입을 통해서 현실을 반영하면서도 은유와 환유 등의 비유를 통해서 그것을 이미지화 하는 진창윤의 새로운 시적 모험, 그리고 세계의 형상과 질료에 대한 철학적이고 근원적인 사유를 전개하고 있는 김정진의 관념적 모험, 마지막으로 우리의 삶의 터전으로서의 장소와 공간에 대한 독특한 지리학적 상상력을 펼치고 있는 김관용의 시적 도전은 우리 시가 얼마나 다양한 스펙트럼을 가지게 되었는지에 대한 하나의 방증일 수 있다. 그리고 각각 자신만의 독특한 시적 관심과 상상력으로 우리 시의 시적 영역을 넓혀가고 있는 현상은 우리 시단의 미래가 매우 밝다는 희망적인 전망을 하도록 한다. 본래 아방가르드적인 속성을 지니고 있는 시적 장르는 도전과 모험을 통해 성숙하고 확장하기 때문이다.

| 고요아침 叢書 28 |

젊은 시인들의 새로운 시선

초판 1쇄 인쇄일 · 2020년 12월 08일
초판 1쇄 발행일 · 2020년 12월 21일

지은이 | 황치복
펴낸이 | 노정자
펴낸곳 | 도서출판 고요아침
편   집 | 정숙희 김남규

출판 등록 2002년 8월 1일 제 1-3094호
03678 서울시 서대문구 증가로 29길 12-27 102호
전화 | 302-3194~5
팩스 | 302-3198
E-mail | goyoachim@hanmail.net
홈페이지 | www.goyoachim.net

ISBN 979-11-90487-77-1(04810)